可讀可背的寫作素材

自然風物 × 歷史文化 × 人生哲理 ×
生活智慧 × 修身勵志，
從讀懂到活用，助你輕鬆提筆成章！

張祥斌，閆哲美 編著

古文名句

打破「死記硬背」的困境！
能讀懂、背誦很多古文，
為什麼卻寫不出一篇好作文？

【古文名句】＋【出處・解析】＋【寫作例句】

將古文「學以致用」，與生活相結合，達到運用自如的境界！

目錄

前言

「學以致用」是一個重要的教育理念，古詩文越來越受到重視，不應該只停留在能讀懂、能背誦的層面，更應該與學習、生活結合起來，才能做到「學以致用」。該怎樣結合呢？

古文可以稱為古人的作文，語言精練，內容豐富。可是很多人能讀懂、背誦很多古文，卻寫不出一篇好作文，為什麼呢？其根源就在於不知道如何把古文與寫作文結合起來。本書採用表格形式對古文進行講解，表格分兩列，共三個區塊，左列是三個區塊的名稱，分別是「名句 · 出處」、「解析 · 應用」、「寫作例句」，右列是對應內容，簡潔明瞭、一目了然地告訴了讀者如何把古文名句與寫作文結合起來，便於閱讀、學習。

古文作為中華文明的重要載體，其經典著作濃縮了中華文化之精髓，其思想結晶成為了傳之千古的智慧。本書精選的古文名句，涵蓋了從古到今萬口相傳，人們日常生活中使用頻率最高的佳句、警句，並對其進行了詳盡解析，透過作文這個結合點，引導讀者「學以致用」。希望讀者朋友們能夠透過本書直覺地感受古文所具有的獨特魅力，更容易地掌握古文知識，並達到運用自如的境界！

第一章　自然風物

名句·出處	流水不腐，戶樞不螻。（《呂氏春秋·盡數》）	
	戶樞：門上的轉軸。 螻：螻蛄。這裡用如動詞，指生蟲蛀蝕。	
解析·應用	流動的水不會腐臭，轉動的門軸不會生蟲朽爛。	
	比喻身體要經常活動，才不至於生病。泛指經常運動著的東西不易被腐蝕。又作「流水不腐，戶樞不蠹」。	
寫作例句	1. 關於運動對人體健康的作用，中醫學早在兩千多年以前就有說明。《呂氏春秋》指出：「流水不腐，戶樞不螻。」意思是說，流動的水不會腐臭，經常轉動的門軸蟲不蛀，人的形體和精神也要經常運動才能強壯，如若形體不運動，則精神不能暢通，就會導致內部臟腑鬱寒。 2. 運動養生並非一朝一夕之事，貴在經常持久不間斷。「流水不腐，戶樞不蠹」這句話一方面說明了「動則不衰」的道理，另一方面也強調了持久而不間斷的重要性。	

名句·出處	尺之木必有節目，寸之玉必有瑕璫。 （《呂氏春秋·舉難》）
	節目：樹枝交叉處紋理不順的地方。 瑕璫：玉的斑點，瑕疵。
解析·應用	一尺長的木頭一定有節疤，一寸長的玉石一定有斑紋。
	比喻事物不可能十全十美。

寫作例句	1. 在選材製作器物時，須知曉「尺之木必有節目，寸之玉必有瑕瓋」。就像那看似可用的一尺長的木材，仔細檢視必然會發現有樹節紋理不順之處；一寸見方的美玉，也必定會存在瑕疵斑點。所以工匠在選材時，要精心考量這些天然的缺陷，根據製作需求合理取捨。 2. 在看待他人時，應牢記「尺之木必有節目，寸之玉必有瑕瓋」。每個人都如同尺木寸玉，再優秀的人也會有自身的缺點不足，如同木材的節目和玉石的瑕瓋。我們不能因他人的小缺點而否定其全部價值，而應全面、客觀地認識和接納他人。

名句·出處	竭澤而漁，豈不獲得，而明年無魚；焚藪而田，豈不獲得，而明年無獸。（《呂氏春秋·義賞》）
	竭澤：排盡池塘中的水。藪：指沼澤地。田：打獵。
解析·應用	將池塘弄乾了來捉魚，哪能捉不到呢，只是第二年就沒有魚了；將沼澤地燒光了來打獵，哪能打不到呢，只是第二年就沒有野獸了。
	指做事不可只顧眼前利益而喪失長遠利益。

寫作例句	1. 古有「竭澤而漁，豈不獲得，而明年無魚；焚藪而田，豈不獲得，而明年無獸」的訓誡，即諷喻做事只圖眼前利益，不顧將來、不留餘地的人。面對關乎人類前途和命運的環境問題，我們每個人都該做出抉擇，付諸行動—「任何一株草的死亡都是人的死亡，任何一棵樹的夭折都是人的夭折。」此話並非危言聳聽。人們啊，切莫再做「竭澤而漁、焚林而獵」的蠢事了。 2.「竭澤而漁，豈不獲得，而明年無魚。」竭澤而漁，等於一網打盡，容易看出成績，但以後就沒有魚可捕了。

名句·出處	末大必折，尾大不掉。（《左傳·昭公十一年》）
	末：樹梢。
解析·應用	樹梢過大樹就會折斷，尾巴太大就會掉轉不靈。
	舊時比喻下面的勢力太大，就會出現上面指揮不動的情況，就會出亂子。「尾大不掉」現多用來比喻機構龐大、指揮不靈。
寫作例句	1. 很多大型企業因為盲目擴張，業務線過於複雜，導致管理失控，最終「末大必折，尾大不掉」，企業也因此走向了衰敗。 2. 要想使這廠房搬遷，還真有點尾大不掉的感覺。

名句·出處	伐木不自其本，必復生；塞水不自其源，必復流；災禍不自其基，必復亂。（《國語·晉語一》）
解析·應用	砍樹不砍根，一定還會再生；堵水不堵源頭，一定還會再流；滅禍不從禍根滅起，一定還會生亂。
	常用來比喻說明解決問題要找到根本原因。
寫作例句	企業管理若不注重根本，就會像「伐木不自其本，必復生；塞水不自其源，必復流；災禍不自其基，必復亂」，難以持續發展。

名句·出處	涓涓不塞，將為江河；熒熒不救，炎炎奈何。（《六韜·文韜·守土》）
	涓涓：細流。熒熒：指小火。
解析·應用	細水涓涓流動時不堵塞，將來就會發展成大江大河；微火熒熒閃爍時不撲救，等到烈火炎炎時就不知如何是好了。又作「熒熒不滅，炎炎奈何；涓涓不壅，將成江河」。
	告誡人要把災禍消滅在萌芽狀態。
寫作例句	1.「涓涓不塞，將為江河；熒熒不救，炎炎奈何。」這句話是防微杜漸的意思。顯然，在管理中出現的任何不良現象，都有必要在萌芽時即將其除去。 2. 勿謂何殘，其禍將然；勿謂莫聞，天妖伺人。熒熒不滅，炎炎奈何；涓涓不壅，將成江河。

名句·出處	橘生淮南則為橘，生於淮北則為枳。（《晏子春秋·雜下之六》）

解析·應用	橘樹生長在淮南就是橘樹，移植到淮河以北就變為了枳樹。比喻同一物種因環境條件不同會發生變異。
	後人從此句概括出成語「南橘北枳」，來比喻環境對人的影響。
寫作例句	1. 在農業種植的智慧裡，人們深知「橘生淮南則為橘，生於淮北則為枳」，地域的差異決定了作物的特性，這不僅是自然的法則，也是農耕文明對環境的深刻洞察。 2. 在人生的舞臺上，每個人的成長與成就亦如「橘生淮南則為橘，生於淮北則為枳」，不同的環境與文化背景塑造了不同的個性與價值觀，正如橘樹因土壤而異，人亦因環境而變，但關鍵在於如何在既定的環境中，保持自我，綻放獨特的光彩，成為那獨一無二的「橘」。

名句·出處	伐木不自其根，則櫱又生也。（《晏子春秋·內篇諫下》）
	櫱：新芽。
解析·應用	砍伐樹木不挖掉根子，就會又生出新芽來。
	常用來比喻解決問題要從根本上入手，不留後患。
寫作例句	在解決問題時，如果我們只是表面應對，沒有深入探究問題的根源並徹底解決，那麼問題就像被砍伐卻未除根的樹木一樣，很快又會以新的形式出現，讓我們再次陷入困擾之中。因此，我們必須學會找到並解決問題的核心，才能真正實現長治久安。

名句·出處	割雞焉用牛刀？（《論語·陽貨》）
解析·應用	殺隻雞何必用宰牛的刀。
	比喻辦小事情用不著花大氣力。 今多作「殺雞焉用牛刀」。
寫作例句	殺雞焉用牛刀？有我出手足夠了！

名句·出處	日月逝矣，歲不我與。（《論語·陽貨》）
	逝：流逝。與：等待。
解析·應用	時光逝去不會再回來。
	指時間不等人，應該勤奮努力。
寫作例句	時間是最公正的。它不畏懼權勢豪強，也不憐憫懶漢懦夫。它只遵循自然規律，勇往直前，永不停息。正如《論語》所說「日月逝矣，歲不我與」，它不會等待任何人。

名句·出處	歲寒，然後知松柏之後凋也。（《論語·子罕》）
	凋：凋落。
解析·應用	天氣到了最寒冷的時候，才能知曉松樹和柏樹是最後凋落的。
	比喻只有經過嚴酷環境的考驗，才能顯示傑出人才的高風亮節。又作「歲不寒無以知松柏」。

寫作例句	1. 在我沮喪、懊惱之時，父親語重心長地說：「世上沒有常勝的將軍。你經歷的失敗太少了，所以遇到一點挫折就抬不起頭來。要記住，每一次失敗都是對你意志的考驗。一次小測驗考不好沒關係，我們應該慶幸得到了一次磨練自己的機會。歲寒，然後知松柏之後凋也。」 2. 君子隘窮而不失，勞倦而不苟，臨患難而不忘細席之言。歲不寒無以知松柏，事不難無以知君子。

名句·出處	朽木不可雕也，糞土之牆不可杇也。（《論語·公冶長》）
解析·應用	腐朽的木頭不能雕刻，糞土做的牆壁不能粉刷。
	常用來比喻一個人的不可造就。
寫作例句	對於那些不思進取、頑固不化之人，教育者常感無力：「朽木不可雕也，糞土之牆不可杇也。」若內心缺乏求知的渴望與改變的決心，再精妙的教育方法與資源也難以觸動其靈魂，喚醒其潛能。

名句·出處	御狂馬不釋策。（《孔子家語·子路初見篇》）
解析·應用	駕馭性情狂野的馬不能放鬆手中的馬鞭。
	常用來說明面對困難要積極想辦法應對，不能鬆懈。
寫作例句	即使在事業上已獲得顯著成就，他仍然秉持御狂馬不釋策的態度，時刻保持清醒，不敢因一時順遂而懈怠。

名句．出處	天無私覆，地無私載，日月無私照。 （《孔子家語．論禮》）
解析．應用	天沒有私自覆蓋一種東西，地沒有私自承載一種東西，日月也沒有單獨照耀一種東西。
	常用來表示天、地、日月是至公無私的，人應向它們學習這種精神。
寫作例句	領導者應秉持公正，如「天無私覆，地無私載，日月無私照」，方能贏得眾人的信任與支持。

名句．出處	大旱之望雲霓。（《孟子．梁惠王下》）
解析．應用	百姓盼望，就像遭逢大旱盼望雲雨一樣。
	常用來形容盼望之情的急切。
寫作例句	1. 這片土地已經數月未降甘霖，莊稼都快乾涸而死，百姓們如同「大旱之望雲霓」，每日都在急切盼望烏雲和雨虹的出現，以解乾旱之苦。 2. 這個貧困的小山村多年來一直缺乏教育資源，當聽聞有教育扶持專案即將到來時，村民們猶如「大旱之望雲霓」，眼中滿是對改變山村教育現狀的渴望。

名句．出處	觀水有術，必觀其瀾。（《孟子．盡心上》）
	術：方法。瀾：大波浪。
解析．應用	觀賞水也有竅門，一定要觀賞壯闊的波瀾。
	比喻做人應當具有崇高遠大的志向，不可庸庸碌碌。

寫作例句	孟子說：「觀水有術，必觀其瀾。」生活也是這樣，有波浪滔天、雄壯瑰麗的景象，亦有平庸無奇、死水一潭的狀況。有志氣的人，不僅要觀其瀾，而且要全身心地投入進去。

名句·出處	登東山而小魯，登泰山而小天下。（《孟子·盡心上》）
解析·應用	登上東山，就覺得魯國變小了；登上更高的泰山，就覺得整個天下都變小了。
	常用來說明站得越高，眼界越寬廣。可用來形容人的思想境界。
寫作例句	1. 古人有云：「登東山而小魯，登泰山而小天下。」此言非虛，當我立於泰山之巔，俯瞰群山，只見雲霧繚繞間，齊魯大地彷彿盡在掌握，天下萬物皆顯渺小，心胸豁然開朗，方知世界之廣闊，個人之渺小。 2. 學問之路，猶如攀登泰山，每進一步，視野便開闊一分。「登東山而小魯，登泰山而小天下」，當我們遨遊於知識的海洋，不斷深入探索，那些曾經的困惑與難題便逐漸變得微不足道，對世界的理解也越發深刻全面，最終達到「小天下」之境，成就非凡智慧與胸懷。

<table>
<tr><td>名句·出處</td><td>吾聞出於幽谷遷於喬木者，未聞下喬木而入於幽谷者。（《孟子·滕文公上》）</td></tr>
<tr><td rowspan="2">解析·應用</td><td>我聽說鳥從幽谷裡飛出來遷到喬木之上，沒聽說有鳥從喬木上飛下來進入幽谷裡去的。</td></tr>
<tr><td>《詩經·伐木》有「伐木丁丁，鳥鳴嚶嚶。出自幽谷，遷於喬木」之句，這裡是對這句詩的化用。常用來比喻人應該棄暗投明而不是棄明投暗，應該放棄不好的而轉向好的，而不是相反。</td></tr>
<tr><td>寫作例句</td><td>1. 世間萬物，皆嚮往光明與高遠，正如古人所言：「吾聞出於幽谷遷於喬木者，未聞下喬木而入於幽谷者。」鳥兒離開陰暗的山谷，飛向挺拔的樹木，這是生命的自然選擇，也是向更高更遠處追求的象徵。
2. 在他的事業巔峰之時，正是憑藉堅韌和智慧，他深諳「吾聞出於幽谷遷於喬木者，未聞下喬木而入於幽谷者」的道理，永不止步，不甘倒退至昔日的困境。</td></tr>
</table>

<table>
<tr><td rowspan="2">名句·出處</td><td>雖有天下易生之物也，一日暴之，十日寒之，未有能生者也。（《孟子·告子上》）</td></tr>
<tr><td>暴：通「曝」，晒。寒：凍。</td></tr>
<tr><td rowspan="2">解析·應用</td><td>即使有天下最容易生長的植物，晒它一天，又凍它十天，沒有能夠長大的。</td></tr>
<tr><td>比喻做事一日勤，十日怠，沒有恆心，是不會成功的。成語「一暴十寒」即出於此。</td></tr>
</table>

寫作例句	1. 在園藝的世界裡，即使是最容易生長的草木，「雖有天下易生之物也，一日暴之，十日寒之，未有能生者也」。若是對其時而曝晒，時而冷落，缺乏持續的關愛與照料，即使是生命力再頑強的植物，也難以茁壯成長，綻放生機。這告訴我們，無論是養花種草，還是對待生活中的任何事物，持之以恆的關懷與努力都是不可或缺的。 2. 在學習的道路上，「雖有天下易學之知識也，一日暴之，十日寒之，未有能成者也」。即使是最基礎、最容易理解的知識，如果我們不能保持持續的學習熱情，時而熱情高漲，時而懈怠懶散，那麼最終也很難真正掌握，達到學有所成的境界。這啟示我們，無論是學術研究，還是個人成長，都需要我們持之以恆，堅持不懈，方能在知識的海洋中遨遊，實現自我價值的飛躍。

名句·出處	合抱之木，生於毫末；九層之臺，起於累土。（《老子》）
	累：堆積，累積。
解析·應用	合抱的大樹，生長於細小的萌芽。九層的高臺，是由一點一點的土累積起來的。
	指要想成就大事業，必須踏踏實實地從點滴小事做起。
寫作例句	如果平日缺乏堅持從點滴做起的刻苦磨練工夫，那麼，在需要你心理上的進攻力量時，你是會做不到的！春秋時的思想家老子曾說過「合抱之木，生於毫末；九層之臺，起於累土」的話，也是告誡人們要有從點滴做起的求實、踏實精神。

名句．出處	直木先伐，甘井先竭。（《莊子．山木》）	
解析．應用	長得順直的樹木首先被砍伐， 口味甘甜的水井首先被汲乾。	
	長得很直的樹木成了材，有用，所以總是先被伐取；甘井的水甜，人們爭先汲取，所以先乾枯。想要不被「先伐」，不致「先竭」，那就要不成為「直木」，不成為「甘井」，也就是「虛己」、「無為」。這當然是消極的思想，但才能外現，而遭世俗之忌！最後反受其害的現象，在現實中又的確存在。後世常用這句話喻指因才高能強，反受其害。	
寫作例句	他深知「直木先伐，甘井先竭」的道理，故而在為人處世中，他總是保持低調，不輕易顯露自己的才華。	

名句．出處	朝菌不知晦朔，蟪蛄不知春秋。（《莊子．逍遙遊》）
	朝菌：一種朝生暮死的菌類植物。 晦朔：農曆每月的最後一天和最初一天。 蟪蛄：蟬的一種，春生夏死或夏生秋死。
解析．應用	朝菌不知道什麼是晦朔，蟪蛄不知道什麼是春秋。
	常用來形容生命短暫或見識有限的事物或人。
寫作例句	《莊子．逍遙遊》中說：「朝菌不知晦朔，蟪蛄不知春秋。」「楚之南有冥靈者，以五百歲為春，五百歲為秋。」對於朝菌、蟪蛄、楚之南的冥靈三者來說，由於生命的長短不同，它們的時間觀念是不一樣的。

名句．出處	水之積也不厚，則其負大舟也無力。（《莊子．逍遙遊》）
解析．應用	水蓄積不深厚，那麼它就沒有力量承載起大船。
	比喻基礎不牢固、不扎實， 就無法承擔重大的事業和責任。
寫作例句	1. 在江河湖海之中，我們常常看到，「水之積也不厚，則其負大舟也無力」，淺薄的水域難以承載巨輪的重量，唯有深廣的水域才能悠然托起萬噸巨輪，悠然前行，這正是自然之理。 2. 在知識的海洋裡，「水之積也不厚，則其負大舟也無力」。如果沒有廣泛而深入的知識累積，就如同淺薄的水窪，想要承載起偉大的學術研究、科技創新等宏偉目標是絕無可能的，只有不斷充實知識儲備，才能有足夠的力量去實現遠大的理想。

名句．出處	狗不以善吠為良，人不以善言為賢。（《莊子．徐無鬼》）
解析．應用	狗不因為善於叫喚就認為牠是好狗，人也不能因為他會說漂亮話就認為他是賢人。
	莊子藉這句話警示我們，不能把是否「善言」當作評判是否賢能的標準。
寫作例句	在選拔助理時，他始終秉持「狗不以善吠為良，人不以善言為賢」的原則，注重考察一個人的實際能力和品德修養。

名句·出處	一尺之棰，日取其半，萬世不竭。（《莊子·天下》）
	棰：木棍。竭：盡，用盡。
解析·應用	一尺長的短棍，每天擷取它的一半，永遠也不會用盡。
	常用來描述事物具有無限可分性。
寫作例句	1. 宇宙是無限的，不但原子可分，原子核也可分，電子也可以分，而且可以無限地分割下去，正如莊子講的「一尺之棰，日取其半，萬世不竭」。 2. 記得在讀大學時，老師向我們講微積分，第一課就是講《莊子》中的「一尺之棰，日取其半，萬世不竭」，很具體地使我建立起極限的概念。這表示古人就已了解到事物的發展變化是無限的，也說明我們的先人對自然界的認識已達到相當的水準。

名句·出處	人生天地之間，若白駒之過隙，忽然而已。（《莊子·知北遊》）
	白駒：白色的駿馬，比喻太陽；隙：縫隙。
解析·應用	人活在天地之間，就像白色的駿馬在縫隙前飛快地越過。
	比喻時間過得很快，光陰易逝。

寫作例句	1. 站在古老的城牆下，望著夕陽餘暉灑在斑駁的磚石上，不禁感嘆，「人生天地之間，若白駒之過隙，忽然而已」。歲月匆匆，那些曾經在這裡發生的金戈鐵馬、悲歡離合，都已成為歷史長河中的短暫瞬間，而我們每一個人的生命在這廣袤天地間，也不過是極其短暫的過客。 2. 在追逐夢想的道路上，人們常常忙於奔波，卻忽略了身邊的美好。其實，「人生天地之間，若白駒之過隙，忽然而已」。每一個機會、每一次成長、每一段感情都是短暫而珍貴的，就如同那一閃而過的流星，不應被輕易錯過，我們應珍惜當下，用心去感受生命中的每一刻，莫等一切消逝才追悔莫及。

名句·出處	鷦鷯巢於深林，不過一枝;偃鼠飲河，不過滿腹。(《莊子·逍遙遊》)
解析·應用	鷦鷯在深廣的林子裡築巢，也不過占其中的一根枝條；偃鼠到黃河裡飲水，也只不過是灌滿肚子。
	常用來說明一個人真正的物質需求很有限。
寫作例句	在面對諸多誘惑時，他始終堅守內心的原則，正如「鷦鷯巢於深林，不過一枝；偃鼠飲河，不過滿腹」，懂得知足常樂，不為外物所動。

名句·出處	良弓難張，然可以及高入深；良馬難乘，然可以任重致遠。（《墨子·親士》）
解析·應用	好弓拉開困難，但是射出的箭飛得高、入得深；好馬難以駕馭，但是卻可以負擔重的貨物走遠路。
	比喻人才難免會有個性，不順從，但是任用他們卻可以發揮一般人發揮不了的作用。
寫作例句	在選拔人才時，他始終秉持「良弓難張，然可以及高入深；良馬難乘，然可以任重致遠」的原則，注重考察一個人的潛力和品格。

名句·出處	水可載舟，亦可覆舟。（《荀子·王制》）
解析·應用	水可以將舟船承載起來，也可以使舟船傾覆。
	常被用來比喻人民和政權統治者的關係。
寫作例句	企業與員工的關係猶如「水可載舟，亦可覆舟」，唯有相互依存，方能共同發展。

名句·出處	月不勝日，時不勝月，歲不勝時。（《荀子·強國篇》）
解析·應用	凡做事按月計算不如按日計算，按季計算不如按月計算，按年計算不如按季計算。
	常用來告誡人們要珍惜時間，不可怠忽。

寫作例句	1. 觀察自然萬物的生長變化，可知「月不勝日，時不勝月，歲不勝時」。在植物的生長過程中，每日的光照、水分、溫度的細微變化不斷累積，一個月內的變化就很明顯；而每個月的變化疊加起來，一個季節的變化就更為顯著；各個季節的變化匯總起來，一年的變化更是龐大，歲月的力量在這種漸進的變化中得以表現。 2. 在學習知識和累積經驗方面，「月不勝日，時不勝月，歲不勝時」。每天堅持學習一點知識，積少成多，一個月後的收穫就很可觀；每個月都保持這種學習狀態，一個季度下來進步就更為顯著；而如果每個季度都能持續提升自己，經過一年的努力，就會發現自己有了本質的變化。 這告訴我們，持續不斷地努力和累積，隨著時間的推移會產生重大的成果。

名句・出處	歲不寒無以知松柏，事不難無以知君子。 （《荀子・大略》）
解析・應用	季節不到寒冷的時候看不出松柏和別的樹有什麼不同，事情不到艱難的境況時看不出君子和其他人有什麼不同。
	常用來說明季節寒冷後可以看出松柏並沒有凋謝，在艱難的境遇中可以看出人的頑強不屈。
寫作例句	在自然界中，唯有經歷嚴冬的考驗，方能知曉松柏之堅韌不拔；同樣，在人生的道路上，「歲不寒無以知松柏，事不難無以知君子」，只有在逆境與挑戰面前，才能真正看出一個人的品格與擔當。

名句．出處	木受繩則直，金就礪則利。君子博學而日參省乎己，則知明而行無過矣。（《荀子．勸學》）
	金：用金屬製造的器物。礪：磨刀石。
解析．應用	木材經過墨線測量就能變直，金屬經磨石一磨就能變得鋒利。君子廣泛地學習，並且經常把學到的東西拿來檢查自己的言行，遇到事情就可以不糊塗，行為也就沒有過失。
	指人只有經過學習並經常自我反省，才能成為有用之才。
寫作例句	「木受繩則直，金就礪則利。君子博學而日參省乎己，則知明而行無過矣。」荀子說得明白，學習不僅是不可完結的過程，而且是不斷地變化著、超越著的生命狀態。

名句．出處	積土成山，風雨興焉；積水成淵，蛟龍生焉。（《荀子．勸學》）
	淵：深水潭。
解析．應用	累積土石成為高山，就會興起風雨；累積水流成為深潭，就會生養蛟龍。
	比喻持久不懈地點滴累積，就會有大的作為。
寫作例句	荀子認為知識是不斷累積的，善德是逐步培養的。才性雖高，棄而不學，也將一事無成；才性雖低，鍥而不捨，也可以成績卓著。他說：「積土成山，風雨興焉；積水成淵，蛟龍生焉；積善成德，而神明自得。」

名句·出處	假輿馬者，非利足也，而致千里；假舟楫者，非能水也，而絕江河。（《荀子·勸學》）
	假：憑藉。輿：車。致：到達。楫：船槳。絕：橫渡。
解析·應用	憑藉車馬的人，並不是他擅長走路，卻能到達千里遠；憑藉船槳的人，並不是他擅長游泳，卻能橫渡大江大河。
	常用來強調利用外部條件的重要性，以及智慧和策略在成功中的作用。
寫作例句	如我們在生活中，體力處於劣勢，就藉助於工具之力；一個人做某事不行時，就藉助於他人的力量；現有工具解決不了問題，我們就藉助智力改進工具來改變力量上的對比狀態；一個人的思想有最大的片面性、局限性，那麼，全體人員的思想就可能是最小的片面性和局限性。《荀子·勸學篇》中講的「假輿馬者，非利足也，而致千里；假舟楫者，非能水也，而絕江河」，無不都是在設法改變力量的對比狀態。

名句·出處	千丈之堤，以螻蟻之穴潰；百尺之室，以突隙之煙焚。（《韓非子·喻老》）
	突：煙囪。
解析·應用	千丈長堤，會因為螻蟻的洞穴滲水而決潰；百尺高樓，會因為煙囪的裂縫冒出煙火而焚毀。
	比喻小事不慎將釀成大禍。後來劉安在《淮南子·人間訓》中也有相同表達：「千里之堤，以螻蟻之穴漏；百尋之屋，以突隙之煙焚。」成語「千里之堤，潰於蟻穴」由此而來。

寫作例句	他深知「千丈之堤，以螻蟻之穴潰；百尺之室，以突隙之煙焚」的道理，故而在工作中，他總是注重細節，不放過任何一個可能導致問題的隱患。

名句·出處	爭魚者濡，逐獸者趨。（《列子·說符》）
解析·應用	抓魚的人一定會弄溼衣服，追趕野獸的人一定會奔跑。
	常用來比喻凡想有所收穫的，必然會付出一定的代價。
寫作例句	在人生的競技場上，「爭魚者濡，逐獸者趨」同樣具有深刻的啟示意義。人們為了追求夢想與目標，往往需要付出汗水與努力，甚至可能面臨挑戰與困境，正如爭魚者難免被水沾溼，逐獸者必須疾步奔跑。但正是這些經歷，塑造了我們的堅韌與毅力，讓我們在成長的道路上不斷前行。

名句·出處	吞舟之魚，不游枝流；鴻鵠高飛，不集汙池。（《列子·楊朱》）
	枝流：支流。鴻鵠：天鵝。
解析·應用	能吞下船的大魚，不會在細淺的溪水裡遨遊；在天空高飛的天鵝，不會在髒水池棲息。
	比喻志向遠大的人不會滿足於平庸的生活。

寫作例句	古語說：「吞舟之魚，不游枝流；鴻鵠高飛，不集汙池。」為什麼？因為它有遠大的志向。如果不是這樣，而讓大魚大雁們屈尊枉駕，在狹小的天地裡與泥鰍麻雀們一決高低，那就成了「高射炮打蚊子」，再明顯的優勢也沒了用武之地，而且這優勢還成了刺眼的缺點，在世俗眼中是必欲排之而後快的。從這個角度看，九方皋真是大手筆。他能面對王者之尊而一如既往，不失方寸，絕非易事。

名句·出處	海與山爭水，海必得之。（《慎子·逸文》）
解析·應用	海和山一起來爭水，海必然會得到水，因為海處在低位。
	常用來比喻人謙虛就會受益。
寫作例句	1. 在大自然的競爭法則裡，「海與山爭水，海必得之」。海以其廣袤無垠的胸懷和深邃的引力，不斷吸納來自山川的水流，山川雖能暫時留存雨水，但最終水還是會奔騰入海，這是自然賦予海的強大力量和獨特優勢。同理，謙虛的人往往更受人尊敬，人生也會更成功。 2. 在當今激烈的商業競爭中，企業如同「海與山爭水，海必得之」。那些具有強大吸引力和包容力的企業，就像大海一樣，與其他競爭對手爭奪資源，它們憑藉廣闊的市場、先進的理念和優秀的團隊等優勢，必然能夠獲取更多的資源，從而在市場的浪潮中站穩腳跟，發展壯大。

名句·出處	一葉蔽目，不見泰山；兩豆塞耳，不聞雷霆。（《鶡冠子·天則》）
解析·應用	一片樹葉擋住眼睛，連前面高大的泰山都看不見；兩顆豆子塞住雙耳，連天上的響雷也聽不見。
	比喻被局部的或暫時的現象所迷惑，不能認清全面或本質的問題。
寫作例句	1. 在茂密的森林中，他因被「一葉蔽目，不見泰山」，錯過了那巍峨挺立的壯觀景象；同時，「兩豆塞耳，不聞雷霆」，未能捕捉到遠處瀑布轟鳴的壯麗之音。這片自然的神奇與壯美，就這樣在不經意間，與他擦肩而過。 2. 在人生的道路上，我們時常會被眼前的瑣碎與局限所矇蔽，「一葉蔽目，不見泰山；兩豆塞耳，不聞雷霆」，忽視了那些真正值得我們關注與追求的事物。有時候，一個狹隘的視角，會讓我們錯過生命中最珍貴的風景；一次固執的偏見，會讓我們錯失人生中最動人的旋律。因此，保持一顆開放與包容的心，學會跳出自己的舒適圈，才能擁抱更加廣闊的世界，聽見更加豐富的聲音。

名句·出處	高飛之鳥，死於美食；深泉之魚，死於芳餌。（《吳越春秋·勾踐陰謀外傳》）
解析·應用	高空飛翔的鳥，會因貪美食而死；深水游動的魚，會因貪香餌而死。
	常用來比喻人也會因貪慾而敗亡。

寫作例句	他始終牢記「高飛之鳥，死於美食；深泉之魚，死於芳餌」的古訓，不斷提醒自己要保持清醒的頭腦，不被眼前的利益所矇蔽，才能走得更遠。

名句·出處	寧為雞口，無為牛後。（《戰國策·韓策》）
解析·應用	寧願做小而潔的雞嘴，也不能做大而臭的牛肛門。
	比喻寧可在小範圍內自己做主，也不能在大範圍內聽命於人。
寫作例句	在面對選擇時，他毫不猶豫地選擇了自主創業，因為他堅信「寧為雞口，無為牛後」，只有自己掌握命運，才能實現更大的人生價值。

名句·出處	泰山不讓土壤，故能成其大；河海不擇細流，故能就其深。（《諫逐客書》秦·李斯）
	讓：辭讓，拒絕。擇：捨棄。
解析·應用	泰山不拒絕貧瘠的土壤，所以能形成它的高大；河海不挑剔細小的水流，所以能成就它的深廣。
	比喻器量宏大的人，能夠包容一切。也指建立偉大的功業，須從點滴做起。
寫作例句	秦朝的政治家李斯說得好：「泰山不讓土壤，故能成其大；河海不擇細流，故能就其深。」所以能力也是一點點培養起來的，沒有意志力的人，是不可能有高超才能的。

名句·出處	一犬吠形，百犬吠聲。（《潛夫論·賢難》漢·王符）
解析·應用	一隻狗看見影子叫起來，眾多的狗聽到牠的叫聲也會跟著叫起來。
	多用來譏諷不了解真相便隨聲附和之徒。
寫作例句	1. 在那寂靜的村莊裡，一隻狗看到一個黑影晃動便開始狂吠起來，緊接著其他狗聽到叫聲，也不問緣由就跟著叫起來，真可謂「一犬吠形，百犬吠聲」，一時間犬吠聲此起彼伏，打破了夜晚的寧靜。 2. 網路上，當有一個人發表了一則未經證實的消息並表達了自己的觀點時，很多人不去探究真相，便盲目跟風附和，「一犬吠形，百犬吠聲」，這種現象導致了許多不實資訊的傳播和網路輿論的混亂。

名句·出處	反裘而負薪，愛其毛，不知其皮盡也。（《鹽鐵論·非鞅》漢·桓寬）
	反裘：裘，皮衣；古人穿皮衣以毛朝外為正，「反裘」指毛朝裡。薪：柴。
解析·應用	這句話的把皮衣反過來穿去背柴，是為了愛惜皮衣的毛，卻不知道這樣會將皮磨壞（毛還怎麼存在呢）。
	比喻做事情如果輕重倒置，捨本逐末，一定會得不償失。
寫作例句	一些企業過度追求短期的利益和表面的繁榮，盲目削減研發和基礎建設投入以增加利潤數字，這無異於「反裘而負薪，愛其毛，不知其皮盡也」。這種短視行為最終會損害企業的根基，導致企業走向衰敗。

名句·出處	桃李不言，下自成蹊。（《史記·李將軍列傳》漢·司馬遷）
解析·應用	桃樹李樹雖然不會說話，但樹下自然會形成小路。因為桃李樹有芬芳的花朵、甜美的果實，它們不會說話招呼，也會吸引人們到樹下賞花嘗果，以致樹下會走出小路。
	常用來形容美好的事物，不用自我宣揚，也會使人們嚮往並獲得讚譽。
寫作例句	先生以高尚德行垂範世人，「桃李不言，下自成蹊」，其教誨之深，影響之廣，令無數學子心嚮往之，紛紛追隨其足跡。

名句·出處	騏驥之跼躅，不如駑馬之安步。 （《史記 · 淮陰侯列傳》漢 · 司馬遷）
解析·應用	良馬如果躑躅不前，那就不如劣馬一直慢慢走。
	比喻天資聰明的人如果不努力， 就不如雖不聰明但很勤奮的人。
寫作例句	「騏驥之跼躅，不如駑馬之安步。」有些人才華橫溢如千里馬，卻在追求目標的過程中因過於急切或選擇錯誤而步履維艱；而另一些人雖無驚世駭俗之才，卻能以平和的心態，穩步前行，在適合自己的領域裡收穫幸福與成功。

名句・出處	登高使人欲望，臨深使人欲窺，處使然也。（《淮南子・說山訓》漢・劉安）
解析・應用	登到高處人就想向遠處眺望，站到深淵邊上人就想向下探視，這是所處的位置使人這樣的。
	常用來表示環境可以影響人的行為。
寫作例句	1. 置身於高山之巔，那遼闊的視野與壯麗的景色，「登高使人欲望，臨深使人欲窺，處使然也」，讓人不禁心生嚮往，渴望探索未知的世界；而面對深邃的山谷，又讓人忍不住想要窺探其奧祕，這種欲望，皆源於所處的環境對人的心靈產生的深遠影響。 2. 在人生的旅途中，不同的境遇與經歷，亦如「登高使人欲望，臨深使人欲窺，處使然也」。面對成功的巔峰，我們心生嚮往，渴望攀登更高；而面對困境與挑戰，我們則想要深入探究，尋找突破的路徑。這種內心的驅動力，正是我們所處的環境與生活經歷賦予我們的，它激勵著我們不斷前行，探索未知，實現自我超越。

名句・出處	千里不同風，百里不共雷。（《論衡・雷虛篇》漢・王充）
解析・應用	相隔千里所颳的風會不一樣，相隔百里雷聲也不相同。
	可用來比喻地方不同風俗各異。

寫作例句	1. 由於地域遼闊，「千里不同風，百里不共雷」，北方的廣袤草原上有著豪邁奔放的民俗風情，而南方的水鄉小鎮則有著溫婉細膩的文化傳統，不同地區的氣候現象也千差萬別。 2. 在不同的企業文化中，「千里不同風，百里不共雷」，大型網際網路企業有著創新、開放、快節奏的工作氛圍，而傳統製造業企業可能更注重嚴謹、務實和按部就班的工作作風，管理模式和價值觀念也存在很大差異。

名句·出處	臨淵羨魚，不如退而結網。（《漢書·董仲舒傳》漢·班固）
解析·應用	站在深水邊羨慕魚兒的肥美，不如回家去結張魚網。
	常用來比喻美麗的幻想不如切實的行動。
寫作例句	「臨淵羨魚，不如退而結網。」在繁忙的都市生活中，我們常常感嘆他人成功，卻忘了自己也可以透過努力去編織屬於自己的夢想。

名句·出處	疾風知勁草。（《後漢書·卷二十》）
解析·應用	在猛烈的大風中才能知道哪些草是強勁的。
	比喻經過艱難困苦的環境，才能看出誰是禁得起考驗的。
寫作例句	「疾風知勁草」，文天祥面對強敵，威武不屈，最終以身殉國，充分顯示了英雄本色。

名句·出處	失之東隅，收之桑榆。（《後漢書·馮異傳》）
	東隅：太陽昇起的東方，指早晨。桑榆：日落時太陽的餘光照在桑樹和榆樹之間，指傍晚。
解析·應用	早晨損失的東西，傍晚又收回來了。
	指只要堅持不懈地努力，一開始的損失就能得以彌補，最終獲得成功。
寫作例句	「失之東隅，收之桑榆」，失去的東西並不一定真是你的損失，許多事實證明因禍可以得福，只是看你有沒有力氣承擔一時之間的痛苦而已。

名句·出處	揚湯止沸，莫若去薪。（《後漢書·董卓傳》）
解析·應用	如果用把水揚起的辦法制止水的沸騰，不如把下面的柴火去掉。
	常用來比喻解決問題要從根本處著手。
寫作例句	1. 面對鍋中翻滾的沸水，母親笑道：「揚湯止沸，莫若去薪」，於是她迅速熄滅了灶火，從根本上解決了沸水四濺的問題，讓廚房恢復了寧靜。 2. 在處理社會矛盾時，僅僅依靠表面的安撫與壓制，就如同「揚湯止沸，莫若去薪」，唯有深入問題根源，解決不公平與不平等，才能真正促進社會發展，讓民眾心悅誠服，國家長治久安。

名句·出處	隄潰蟻孔，氣洩鍼芒。（《後漢書·陳寵傳》）
	隄：隄防。孔：洞孔。芒：刺。

解析·應用	隄防崩潰往往是因為螞蟻般的小洞孔，氣體洩漏往往是因為針尖大的小縫隙。
	指事情的失敗往往是由小事引起的。
寫作例句	鋼模板沒刷脫模劑、支模時少插一根螺栓這類錯誤，都被現場的品質檢查人員們一一查出進行了整治，將品質隱患消滅在萌芽中。「堤潰蟻孔，氣洩鍼芒」的意識，是每位品質檢查人員嚴把品質關的天條。

名句·出處	孤犢觸乳，驕子罵母。（《後漢書·仇覽傳》）
解析·應用	牛犢吃奶會觸頂母牛的乳房，驕橫的兒子會詈罵自己的母親。
	比喻嬌慣的子女容易忤逆不孝。
寫作例句	有些得到過多特權和優待的人，在團隊或者社會中肆意妄為，對給予他機會和幫助的人毫無感恩之心，甚至恩將仇報，這便是「孤犢觸乳，驕子罵母」，這種行為最終只會讓自己走向孤立無援的境地。

名句·出處	不遇盤根錯節，何以別利器乎？（《後漢書·虞詡列傳》）
	盤根錯節：樹木的根枝盤旋交錯。
解析·應用	不遭遇盤根錯節難砍伐的樹，怎麼能辨識哪個器具是鋒利的呢？
	比喻不遭遇紛難複雜的事情，就不能辨識人處理問題的能力。

寫作例句	「不遇盤根錯節，何以別利器乎？」國家之治理，猶如雕琢璞玉，唯有在錯綜複雜的時局中，方能考驗出政策之優劣、領導者之智慧，從而篩選出治理國家的良策與棟梁之才。

名句·出處	風霜以別草木之性，危亂而見貞良之節。（《後漢書·盧植傳論》）
解析·應用	在風寒雪霜的氣候中，能辨識草木是否耐寒；在危難混亂的情況下，能顯出忠良之人的節操。
	指非常時期、緊要關頭，最能考驗人。
寫作例句	「風霜以別草木之性，危亂而見貞良之節。」視察組看清了他倆的不同人格：老員工的正直剛毅、臨危不懼令人敬佩，新領導者的見風使舵、膽怯懦弱令人厭惡。

名句·出處	鮑魚不與蘭茝同笥而藏。（《韓詩外傳·卷九》漢·韓嬰）
	蘭茝：香草。笥：方形的竹器。
解析·應用	鹹魚不能跟芳香的蘭茝同放在一個竹篋裡。
	比喻賢良的人不會與不賢的人在一起。
寫作例句	在社會交際中，他始終堅守「鮑魚不與蘭茝同笥而藏」的原則，不與低俗、庸俗的人同流合汙，保持自己的高尚品格。

名句·出處	大寒而後索衣裘，不亦晚乎？（《法言·寡見》漢·揚雄）

解析·應用	天氣冷了再去找衣服，不是太晚了嗎？
	常用來比喻做任何事情應早做準備。
寫作例句	在做決策時，我們應該提前做好充分的準備，而不是等到問題出現了才匆忙應對，否則就「大寒而後索衣裘，不亦晚乎」，錯失良機。

名句·出處	草木秋死，松柏獨在。（《說苑·談叢》漢·劉向）
解析·應用	多數草木到秋後就凋零或枯死了，只有松柏依然青翠。
	比喻高尚之士在艱危的環境中仍會保持自己的節操。
寫作例句	他身處逆境，卻堅韌不拔，正如「草木秋死，松柏獨在」，始終保持著積極向上的心態。

名句·出處	十步之澤，必有香草。（《說苑·談叢》漢·劉向）
解析·應用	十步之間的草澤內，一定會有芳香的花草。
	常用來比喻處處都有人才。
寫作例句	「十步之澤，必有香草」，這句古語在現代社會依然適用。即使在競爭激烈的職場，也有那些不畏艱難、勇於創新的年輕人，他們如同香草般在挑戰中茁壯成長，最終綻放出屬於自己的光彩。

名句・出處	金剛則折，革剛則裂。（《說苑・敬慎》漢・劉向）
解析・應用	金屬過於堅硬便容易折斷，皮革過於堅硬則容易開裂。
	常用來比喻在處理人際關係、國家關係等社會關係中不能太強硬，否則自身利益會受損。
寫作例句	「金剛則折，革剛則裂」，此言不虛。在現代社會，若只知一味追求剛強，不懂得適時退讓與妥協，縱有再大的才華與抱負，也難以在複雜的人際關係中立足，更遑論成就一番事業。

名句・出處	堅冰作於履霜，尋木起於蘖栽。（〈東京賦〉漢・張衡）
	尋：計量單位，八尺為一尋。
解析・應用	厚實的冰層是從踩到薄霜的時候就開始結凍的，高大的樹木是從小樹芽成長起來的。
	原意是奉勸統治者節欲崇儉、防微杜漸，現在常用來表示事物的發展總是從細微處逐漸成長壯大起來的。
寫作例句	自然界中，細微之處往往預示著宏大的變化，正如「堅冰作於履霜，尋木起於蘖栽」，厚厚的堅冰始於腳下初現的薄霜，參天大樹則源自幼小的嫩芽與根栽。這告訴我們，任何事物的形成都非一蹴而就，而是始於微末，積小成大。

名句・出處	隄潰蟻孔，氣洩鍼芒。（〈清盜源疏〉漢・陳忠）

解析·應用	一個小小的螞蟻窩可以使隄防滲水潰決，一個小小的針眼可以使氣全部洩光。
	常用來比喻小處不慎可能釀成大的禍端。
寫作例句	「隄潰蟻孔，氣洩鍼芒。」一個不起眼的壞習慣，若不加以改正，可能會逐漸侵蝕我們的意志與品格，最終導致失敗；一次小小的失信，若不及時挽回，也會讓信譽如漏氣般迅速消散。因此，我們應當注重細節，時刻自省，確保人生的隄防堅不可摧，信譽之氣長存不衰。

名句·出處	不涸澤而漁，不焚林而獵。（《淮南子·主術訓》漢·劉安）
	涸：水乾，枯竭，這裡是「使……枯竭」。
解析·應用	不要把湖泊裡的水排乾去捕魚，不要把森林燒毀來打獵。
	常用來勸誡人們打獵捕魚時要適可而止，以便於生物的生長繁殖，保持生態平衡。
寫作例句	1.「不涸澤而漁，不焚林而獵。」先民們早已明白，過度的捕撈與狩獵只會破壞生態平衡，導致資源的枯竭。因此，他們選擇了一種更為長遠的生存方式，即在自然的恩賜中尋求和諧共存。 2.「不涸澤而漁，不焚林而獵。」在現代社會中，這一古老的智慧依然閃耀著光芒。面對日益嚴峻的環境問題，我們應當學會適度開發，保護生態，讓子孫後代也能享受到大自然的恩澤。只有在可持續發展的道路上穩步前行，人類與自然才能真正實現和諧共生。

<table>
<tr><td>名句・出處</td><td>貍之不可使搏牛，虎之不可使捕鼠。（《淮南子・主術訓》漢・劉安）</td></tr>
<tr><td rowspan="2">解析・應用</td><td>不能讓貍貓去與牛搏鬥，讓老虎去捕捉老鼠。</td></tr>
<tr><td>常用來比喻用人必須用其所長。</td></tr>
<tr><td>寫作例句</td><td>1. 古人有云：「貍之不可使搏牛，虎之不可使捕鼠。」
此言道出了萬物各有其天性與專長。正如貍貓難以勝任與牛搏鬥的重任，猛虎亦不屑於捕捉微小之鼠。世間萬物，皆應順應其本性，方能發揮最大效用。
2. 在人才任用與管理上，「貍之不可使搏牛，虎之不可使捕鼠」具有深刻的啟示意義。領導者應當明察秋毫，了解每位員工的特長與潛能，避免大材小用或誤用庸才。唯有如此，才能確保團隊中每位成員都能在其擅長的領域發光發熱，共同推動事業蓬勃發展。</td></tr>
</table>

<table>
<tr><td rowspan="2">名句・出處</td><td>嶢嶢者易缺，皎皎者易汙。（《後漢書・黃瓊傳》）</td></tr>
<tr><td>嶢嶢：高直的樣子。缺：損壞。</td></tr>
<tr><td rowspan="2">解析・應用</td><td>又高又尖的東西容易折斷，
潔白明亮的東西容易受到汙染。</td></tr>
<tr><td>常用來比喻優秀的人才為世俗所不容。</td></tr>
</table>

寫作例句	1. 那座曾經巍峨挺拔的山峰，因常年風雨侵蝕，如今已顯得殘破不堪，正應了那句「嶢嶢者易缺，皎皎者易汙」，自然界的壯麗往往也難以抵擋時間的侵蝕，讓人不禁感嘆世事無常。 2. 在紛擾複雜的社會中，那些才華橫溢、品德高尚之人，往往更容易成為眾矢之的，正如「嶢嶢者易缺，皎皎者易汙」，他們的光芒在照亮他人的同時，也吸引了更多的嫉妒與誹謗，唯有保持內心的堅韌與純淨，方能不被世俗的塵埃所染。

名句·出處	洗不必江河，要之卻垢；馬不必騏驥，要之疾足。（《諸葛亮集·陰察》）
解析·應用	洗東西不一定要到江河裡去，關鍵是去掉汙垢；選馬不一定選騏驥這樣的名馬，關鍵在於牠要跑得快。
	比喻使用人才時要重視其實際能力， 而不要講究名氣大小。
寫作例句	「洗不必江河，要之卻垢；馬不必騏驥，要之疾足。」我們不必追求昂貴的名牌，而應注重產品的實際效用。無論是選擇生活用品還是職業發展，都應以實用性和效果為先，避免盲目追求虛榮與浮華。只有這樣，我們才能在紛繁複雜的世界中，找到真正適合自己的道路。

名句・出處	天稱其高者，以無不覆；地稱其廣者，以無不載。（〈求通親親表〉三國・魏・曹植）
解析・應用	天所以稱其高的理由，是因為它沒有覆蓋不下的；地所以稱其廣遠的理由，是因為它沒有負載不了的。
	常用來說明人要想做成大的事業，就要像天地一樣包容萬物。
寫作例句	1. 大自然的神奇之處就在於其包容永珍，「天稱其高者，以無不覆；地稱其廣者，以無不載」。天空之所以被稱其高，是因為它沒有什麼不能覆蓋；大地之所以被稱其廣，是因為它沒有什麼不能承載。日月星辰在天空閃耀，山川河流於大地安臥，萬物在天地之間和諧共生。 2. 一個偉大的國家或者一個優秀的領導者，就像天地一樣，「天稱其高者，以無不覆；地稱其廣者，以無不載」。一個偉大的國家以其海納百川的胸懷，包容著不同民族、不同文化的人民，給予他們平等的發展機會；一個優秀的領導者以其廣闊的胸襟，容納著各式各樣的人才，讓他們在各自的職位上發揮才能，共同為國家的繁榮、團隊的發展貢獻力量。

名句・出處	木秀於林，風必摧之。（〈運命論〉三國・魏・李康）
解析・應用	在一片樹林裡哪棵樹長得太高，大風颳起來必定最容易摧斷這棵突出的樹。
	形容一個人過於優秀，也必定會招致周圍人的非議。

寫作例句	「木秀於林，風必摧之。」那些在職場或生活中過於突出的人，往往會成為眾矢之的，面臨更多的壓力和競爭。因此，我們需要在追求卓越的同時，保持謙遜和低調，以免成為風暴的中心。只有在平衡中穩步前行，我們才能在風雨中屹立不倒。

名句．出處	百足之蟲，死而不僵。（〈六代論〉三國．魏．曹冏）
	百足：傳說中的一種蟲子，一名馬蚿，中斷成兩段，各行而去。
解析．應用	百足這種蟲子，即使死了也不會馬上僵硬。
	比喻某些有權勢的人或集團雖然垮了，但仍存在一定的勢力和影響。
寫作例句	1. 那隻大蜈蚣即使被斬斷了身軀，卻依舊還能微微蠕動，真可謂「百足之蟲，死而不僵」，牠眾多的腳肢似乎還留存著些許生機，讓人感嘆這種生物頑強的生命力。 2. 曾經輝煌一時的大家族，雖然如今已經走向衰落，但「百足之蟲，死而不僵」，他們家族在當地盤根錯節的人脈關係、多年累積的產業基礎以及家族內部的文化傳承等，還在社會上有著不可忽視的影響力。

名句．出處	百川派別，歸海而會。（〈吳都賦〉晉．左思）
解析．應用	江河儘管處在不同的地方，但最後都要流入大海。
	常用來形容藝術或其他領域，儘管流派紛呈，但目標是一樣的。

寫作例句	1. 在這片廣袤的大地上，河流眾多，「百川派別，歸海而會」，它們從不同的源頭出發，奔騰而下，越過山川峽谷，最終匯聚於大海，那是一種壯觀而又和諧的自然景象。 2. 來自五湖四海的人們，有著不同的背景、文化和理念，就如同那眾多的河流，但「百川派別，歸海而會」，大家懷著共同的夢想和追求，匯聚到這個充滿機遇的大都市，為了實現個人價值和社會發展而共同努力。

名句·出處	金以剛折，水以柔全。（《抱朴子·廣譬》晉·葛洪）
解析·應用	金屬因它的堅硬而折斷，水卻因它的柔性而得以保全。
	比喻過於剛硬反而會傷害自身，顯示柔弱有時反而是保全自己的最好方法。
寫作例句	「金以剛折，水以柔全。」過於剛硬、不懂變通之人，往往會在複雜多變的環境中遭遇挫折；而懂得以柔克剛、隨方就圓之人，則能在逆境中保全自己，甚至化險為夷。

名句·出處	鄧林千里，不能無偏枯之木。（《抱朴子·博喻》晉·葛洪）
	鄧林：《山海經·海外北經》云：「夸父與日逐走，入日。渴欲得飲，飲於河、渭。河、渭不足，北飲大澤。未至，道渴而死，棄其杖，化為鄧林。據清代學者畢沅考證，「鄧」「桃」音近，「鄧林」即「桃林」。另有一說：鄧、大音近，「鄧林」即大樹林。
解析·應用	千里的大樹林，不可能沒有因病害而枯萎的樹木。
	比喻人一多就會什麼樣的人都有。

寫作例句	1. 在那廣袤無垠的鄧林之中，即使樹木綿延千里，生機盎然，「鄧林千里，不能無偏枯之木」，也難免會有因風雨侵蝕、土壤貧瘠而生長不良、枝葉偏枯的樹木。這自然界的法則，提醒我們即使是再繁茂的森林，也無法保證每一株樹木都能茁壯成長，生命的多樣性與差異性，正是大自然的魅力所在。 2. 在社會的大家庭中，每個人都是獨一無二的個體，正如「鄧林千里，不能無偏枯之木」，在龐大的社會群體中，也難免會有因各種原因而處於困境、發展受阻的人。這要求我們在追求個人發展的同時，也要關注社會的公平與正義，伸出援手，幫助那些需要幫助的人，共同營造一個和諧、包容的社會環境，讓每個人都能在陽光下茁壯成長。

名句·出處	欲致其高，必豐其基；欲茂其末，必深其根。（《抱朴子·循本》晉·葛洪）
解析·應用	要想物體高大，必須使基礎堅實；要想枝葉茂盛，必須使根柢深固。
	指任何事物的成長壯大，都必須從基礎做起。
寫作例句	幼教是為一個人日後成才奠定基礎的時期。古訓說：「欲致其高，必豐其基；欲茂其末，必深其根。」全社會都應重視幼教事業，為孩子的成長創造一個良好的氛圍。

名句·出處	千倉萬箱，非一耕所得；干天之木，非旬日所長。（《抱朴子·極言》晉·葛洪）	
	干天：通天。旬：十天為一旬。	
解析·應用	許多的糧食，不是一次耕作能夠收穫的；通天的樹木，不是短時間能夠長成的。	
	指極大的收穫和成功，要靠長期不懈的努力。	
寫作例句	古人講：「千倉萬箱，非一耕所得；干天之木，非旬日所長。」要想成就一件大事，那是需要付出畢生精力的。誰若急著一步登天，只能是異想天開。	

名句·出處	木猶如此，人何以堪！（《世說新語·言語》南朝·宋·劉義慶）
	堪：承受。何以：賓語前置，即「以何」。
解析·應用	樹木尚且如此，人又怎麼能承受時間流逝帶來的滄桑變化啊！
	這句話後來在使用時，也作「樹猶如此，人何以堪」或「物猶如此，人何以堪」。桓溫這句話之所以著名，是因為這句話表現了人類共有的一種情感，即對時間流逝的感傷。
寫作例句	望著窗外凋零的樹木，「木猶如此，人何以堪」，自然界的萬物尚且難逃季節的更迭與歲月的侵蝕，更何況我們人類，更應珍惜眼前的時光，善待自己的身體與心靈。

名句·出處	魚游於沸鼎之中，燕巢於飛幕之上。（〈與陳伯之書〉南朝·梁·丘遲）
解析·應用	魚在煮水鍋中游動，燕子築巢在飄動的帷幕之上。
	常用來比喻危險近在眼前。
寫作例句	在紛擾複雜的社會中，「魚游於沸鼎之中，燕巢於飛幕之上」的現象屢見不鮮。有些人身處變革的洪流之中，卻如同溫水煮青蛙，對即將到來的危機渾然不覺；又或者，他們追求的是表面上的安穩與繁華，卻忽視了根基的脆弱與不穩。這樣的態度與行為，無異於在危險的邊緣徘徊，隨時可能遭受滅頂之災。因此，我們應當保持清醒的頭腦，洞察時勢的變化，以智慧和勇氣應對生活中的挑戰與考驗。

名句·出處	登山則情滿於山，觀海則意溢於海。（《文心雕龍》南朝·梁·劉勰）
解析·應用	一想到登山，情思裡就充滿了山的秀麗景色，一想到觀海，情思裡便騰湧起海面的萬里波濤。
	常用來說明寫作構思時感情和想像所發揮的作用。

寫作例句	1. 古代的文人墨客，常常遊歷四方。當他們登山之時，「登山則情滿於山，觀海則意溢於海」。站在山巔，心中滿是對山川雄偉的敬畏與熱愛，那連綿的山峰、茂密的樹林、繚繞的雲霧，都能引發無盡的情思；而當他們面對大海時，浩瀚無垠的海面、洶湧澎湃的波濤，又使他們的思緒如同那海浪一般翻騰，心中的情感完全傾注於這山海之間。 2. 真正的藝術家在進行創作時，「登山則情滿於山，觀海則意溢於海」。他們深入生活，就像登山觀海一樣，內心充滿了對其的崇敬與情感。他們將自己全部的情感和思考融入到作品之中，無論是描繪宏偉的建設場景，還是刻劃平凡人的偉大夢想，都傾注了如同面對山海般的濃烈情感，從而創作出感人至深、富有內涵的藝術作品。

名句·出處	城門失火，殃及池魚。（〈檄梁文〉北齊·杜弼）
	殃：災禍。池：護城河。
解析·應用	城門失火，大家就會到護城河取水，水用完，魚就死了。
	常用來比喻受連累跟著遭殃。
寫作例句	1. 古時候，一旦「城門失火，殃及池魚」，不僅是城牆內的居民會遭受災難，就連護城河中的魚兒也會因水源受熱而死亡，可見災禍的無情與連鎖反應之劇烈。 2. 在社會的大家庭中，個人的遭遇往往與群體息息相關，「城門失火，殃及池魚」。一家企業的倒閉，不僅影響員工生計，還可能波及供應商、客戶乃至整個產業鏈，提醒我們在追求自身發展的同時，也要留意並維護社會的整體利益與穩定。

名句·出處	山中人不信有魚大如木，海上人不信有木大如魚。（《顏氏家訓·歸心》北齊·顏之推）
解析·應用	居住在山中的人不相信有大樹那樣大的魚，居住在海邊的人不相信有大魚那樣大的樹。
	比喻受環境條件限制，人的認知也會相應受到拘限。
寫作例句	在不同的專業領域之間，常常存在著認知的隔閡，就像「山中人不信有魚大如木，海上人不信有木大如魚」，從事文學創作的人難以相信在量子物理領域有如此多違背常規認知的現象，而物理學家可能也無法理解文學作品中那些奇幻的、超現實的意象建構方式。

名句·出處	瓜田李下，古人所慎。（《北史·袁聿修傳》）
解析·應用	在瓜田和李樹下必須避嫌，古人對此是十分慎重的。
	曹植〈君子行〉中有「瓜田不納履，李下不正冠」詩句，意思是不在瓜田裡彎腰提鞋，不在李子樹下整理帽子，因為這樣的動作容易使人產生誤解，以為是在摘瓜摘李子。後來「瓜田李下」就用來比喻容易引起嫌疑的場合或情景。
寫作例句	「瓜田李下，古人所慎。」無論是在職場還是生活中，我們都應保持適當的距離和分寸，避免與他人產生不必要的瓜葛。尤其是在涉及利益和敏感話題時，更應謹言慎行，以免因一時疏忽而陷入紛爭。

名句·出處	良玉未剖，與瓦石相類；名驥未馳，與駑馬相雜。（《北史·蘇綽傳》）
解析·應用	美玉還沒有從石塊中剝離的時候，它看起來就像瓦礫、石塊；好馬沒有奔馳的時候，和劣馬混在一起看不出有什麼不同。
	比喻人才只有使用才能顯出才幹。
寫作例句	「良玉未剖，與瓦石相類；名驥未馳，與駑馬相雜。」許多有才華的人在未被發掘之前，可能與普通人無異，默默無聞。然而，只要他們不斷努力，提升自己，終有一天會展現出與眾不同的光芒。我們不應僅憑外表或現狀來評判一個人，而應給予他們時間和機會，讓他們在實踐中證明自己的價值。只有在不斷的磨礪和挑戰中，真正的良玉和名驥才能脫穎而出，成為眾人矚目的焦點。

名句·出處	物有甘苦，嘗之者識；道有夷險，履之者知。（〈擬連珠〉北周·庾信）
解析·應用	東西有甜味、苦味，嘗過的人能辨別；道路有平坦和崎嶇，走過的人會知道。
	比喻凡事實踐以後才能有所體會。
寫作例句	世間萬物，皆有其內在之甘苦，唯有親身實踐，方能洞察其真諦；而人生之道，亦布滿未知與挑戰，唯有勇於探索、不懈前行，方能領悟「物有甘苦，嘗之者識；道有夷險，履之者知」的深刻含義。在知識的海洋裡遨遊，唯有勤學不輟，方能品嘗到學問的甘甜；在事業的征途上，唯有披荊斬棘，方能領略到成功的風景。

名句·出處	求木之長者，必固其根本；欲流之遠者，必浚其泉源。（〈諫太宗十思疏〉唐·魏徵）
	欲：要想。浚：疏通。
解析·應用	要想使樹長得高，必須使它的根長得結實、牢固；要想使水流得遠，必須疏通它的水源。
	比喻要想使事業發達昌盛，必須抓住根本，打好基礎。
寫作例句	「求木之長者，必固其根本；欲流之遠者，必浚其泉源。」我們衷心祝願科學研究組為奠定系統科學的堅實基礎而繼續努力，並獲得更為豐碩的成果。

名句·出處	東隅已逝，桑榆非晚。（〈滕王閣序〉唐·王勃）
	東隅：東方日出處，指早晨； 桑、榆：指日落處，也指日暮。
解析·應用	早年的時光雖然已經逝去，珍惜將來的歲月， 還為時不晚。
	常用來說明過去的時光已無可挽回，但今後發憤圖強也並不算晚。
寫作例句	1. 歲月匆匆，「東隅已逝，桑榆非晚」，晨光雖逝，但黃昏的霞光依然絢爛，提醒我們珍惜當下，勿讓時光空流。 2. 面對挑戰，「東隅已逝，桑榆非晚」，過去的失敗已成過往，未來的機遇猶在眼前，只要我們心懷希望，奮力前行，終能迎來屬於自己的輝煌時刻。

名句．出處	源潔則流清，形端則影直。（〈上劉右相書〉唐．王勃）
解析．應用	水源潔淨，水流就清澈；形體不彎，影子就正直。
	常用來說明一個人只要品格高尚，清白無瑕，就能夠時刻掌握住自己，堂堂正正地做人。
寫作例句	為官者應秉持「源潔則流清，形端則影直」的理念，做到清正廉潔，以身作則，為百姓謀福祉。

名句．出處	夫天地者，萬物之逆旅也；光陰者，百代之過客也。（〈春夜宴諸從弟桃李園序〉唐．李白）
解析．應用	天地是萬事萬物的旅舍，光陰是古往今來的過客。
	常用於表達對人生苦短的惆悵。
寫作例句	1. 站在高山之巔，俯瞰大地，仰觀蒼穹，不禁感嘆：「夫天地者，萬物之逆旅也；光陰者，百代之過客也。」山川大地，是萬物暫居之所；悠悠光陰，是百代匆匆過客。世間萬物在這廣袤天地間不過是短暫的停留，而時間的長河永不停息地流淌，帶走了一代又一代的生命與故事。 2. 當我們回首歷史，審視人類文明的發展過程時，會深刻地意識到「夫天地者，萬物之逆旅也；光陰者，百代之過客也」。人類社會在天地這個大舞臺上不斷演進，時間就像一位無情的過客，匆匆而過，而每個時代的輝煌與落寞都只是轉瞬即逝的片段。我們應珍惜當下，在有限的時間裡創造出無限的價值，不負這短暫的人生之旅。

名句·出處	根之茂者其實遂，膏之沃者其光曄。（〈答李翊書〉唐·韓愈）
	遂：順利地成長。膏：膏油。沃：肥美，此處指油脂又多又好。曄：光輝燦爛的樣子。
解析·應用	樹根茂盛，果實就會豐碩；膏油充足，燈光就會明亮。
	比喻凡事只有從根本著手，才會有顯著成效。也指事物內在的東西越充實，外在的表現就越完美。
寫作例句	「根之茂者其實遂，膏之沃者其光曄。」目前的投資基金業還是幾株幼松，需要它的關心者們辛勤地除草、啄蟲和悉心澆灌，讓我們為這些未來的參天大樹作個稱職的護林人吧！

名句·出處	山不在高，有仙則名；水不在深，有龍則靈。（〈陋室銘〉唐·劉禹錫）
解析·應用	山不在乎高，有了仙人就成了名山；水不在乎深，有蛟龍就能降福顯靈。 仙是山的靈魂，龍是水的靈魂，沒有仙的山再高也難以成名山，沒有龍的水再深也不會降福顯靈。
	後常用來表示不要因一些事物表面不起眼就小瞧，關鍵是要看它的品質。

寫作例句	1. 那座小山丘雖然看起來並不高大巍峨，但傳說有仙人在此修煉過，於是吸引了眾多的香客和遊人，旁邊的那潭湖水也並不幽深廣闊，可聽聞湖中有神龍出沒的蹤跡，便也被當地人視為聖地。真可謂「山不在高，有仙則名；水不在深，有龍則靈」。 2. 這家小小的書店，店面不大，裝修也不豪華，但經常有名家學者來此舉辦講座和簽售會，就像「山不在高，有仙則名；水不在深，有龍則靈」一樣，這些文化名人的到來讓這個書店名聲遠颺，吸引了眾多愛書之人前來。

名句·出處	大木百尋，根積深也；滄海萬仞，眾流成也。（《意林·唐子》唐·馬總）
	尋：古時八尺為一尋。滄海：大海。仞：古時八尺或七尺為一仞。
解析·應用	大樹能長到百丈高，是因為樹根扎得很深；大海能有萬仞深，是眾多河流匯集的結果。
	比喻要想有大的成就，必須打好基礎，長期累積。
寫作例句	「大木百尋，根積深也；滄海萬仞，眾流成也。」只有根基扎得很深，才能長成參天大樹；只有眾流匯集，才能形成洶湧波濤。只有用人類的全部知識充實自己，才能成為棟梁之材。

名句·出處	嚴霜降處，難傷夫翠竹青松；烈火焚時，不損其良金璞玉。（〈避世金馬門賦〉唐·徐賁）

解析·應用	嚴霜降臨時，青綠的竹子和松柏是不會受到損傷的；烈火燃燒時，真金和良玉是不會變色的。
	比喻品德高尚之士即使在惡劣的環境裡，也能保持自己的節操。
寫作例句	我校教師深知「嚴霜降處，難傷夫翠竹青松；烈火焚時，不損其良金璞玉」的道理，他們不僅傳授知識，更注重培養學生的品格和意志，使他們在面對挑戰時能夠堅韌不拔，保持內心的純淨和正直。

名句·出處	馬取穩健，不擇毛色。（《國史補》唐·李肇）
解析·應用	選馬要看牠是否走得穩健，不看毛色是什麼樣的。
	比喻重視事物的本質，不看表象。
寫作例句	1. 在挑選良駒之時，真正的行家往往更看重馬匹的穩健步伐與強健體魄，「馬取穩健，不擇毛色」，無論其皮毛是烏黑油亮還是斑駁陸離，只要步伐穩健、耐力持久，便是一匹值得信賴的好馬。這告訴我們，在評判事物時，應注重內在特質，而非外在表象。 2. 在人生的道路上，我們同樣應當秉持「馬取穩健，不擇毛色」的智慧。在追求夢想與目標的過程中，不應過分在意他人的眼光與評價，或是自己的出身、外貌等外在條件，而應專注於提升自我，培養堅韌不拔的意志與穩健前行的能力。正如千里馬不以毛色取勝，真正的成功與幸福，來自於內在的堅韌與不懈追求。

名句．出處	蹶足之馬，尚想造途；失晨之雞，猶思改旦。（《全唐文．卷一百七十三》）
解析．應用	跌傷了腳的馬，還想上路奔跑；早晨不能叫的雞，還想改變時間再叫。
	常用來說明動物尚且自強不息，人豈能因一次挫折就一蹶不振？
寫作例句	一些曾經失敗過的人，依然秉持著「蹶足之馬，尚想造途；失晨之雞，猶思改旦」的信念，不斷學習和提升自己，最終在新的領域中獲得了成功。

名句．出處	懲沸羹者吹冷齏，傷弓之鳥驚曲木。（《新唐書．傅弈傳》）
解析．應用	被熱羹湯燙了嘴的人看到涼拌的小菜也要吹一吹，被弓箭射傷過的鳥看到彎曲的樹木也會驚恐害怕。
	比喻在什麼上面吃過虧的人，會非常敏感，看到類似的事物就會非常警惕。
寫作例句	1. 被熱湯燙過的人，連冷菜也要吹涼才吃；受過箭傷的鳥，見曲木也驚飛。這就是「懲沸羹者吹冷齏，傷弓之鳥驚曲木」的道理，描繪了人們對過往傷痛的本能警覺。 2. 在職場上，經歷過失敗的人，面對新機遇時可能過於謹慎，生怕重蹈覆轍，這便是「懲沸羹者吹冷齏，傷弓之鳥驚曲木」心態的展現，須學會平衡警覺與勇氣，勇敢前行。

名句·出處	月暈而風，礎潤而雨。（〈辨姦論〉宋·蘇洵）
解析·應用	月亮周圍出現了光環就要颳風，礎石溼潤了就要下雨。
	比喻事情發生前總會出現一些徵兆和跡象。
寫作例句	1. 在古老的氣象觀測中，「月暈而風，礎潤而雨」是先輩們總結出的寶貴經驗。每當夜晚看到月亮周圍出現光暈，就知道即將起風；而看到房屋的基石變得溼潤，便知曉大雨將至。這一規律如同大自然給予人類的暗示，提醒著人們提前做好應對風雨的準備，比如漁夫看到月暈就會加固船隻，農夫發現礎潤就會趕忙遮蓋晾曬的穀物。 2. 在世事紛擾中，智者往往能洞察先機，「月暈而風，礎潤而雨」，從細微之處預見未來的趨勢。他們善於捕捉社會動態的微妙信號，如同觀察月暈預知風向，感受礎石溼潤預知雨至，從而在複雜多變的環境中做出明智的決策。

名句·出處	泰山崩於前而色不變，麋鹿興於左而目不瞬。（〈心術〉宋·蘇洵）
解析·應用	泰山在面前崩坍而面不改色，麋鹿在身邊突然躍起眼睛也不眨一下。
	形容無所畏懼，心態極佳。
寫作例句	那些真正的高手往往能夠在壓力和挑戰面前保持冷靜，他們的內心如同「泰山崩於前而色不變，麋鹿興於左而目不瞬」般堅定，無論環境如何變化，都能專注於目標，穩步前行。

名句·出處	世之奇偉瑰怪非常之觀，常在於險遠而人之所罕至焉，故非有志者不能至也。（《遊褒禪山記》宋·王安石）
解析·應用	世界上奇異雄偉、瑰麗怪誕，不同尋常的景觀，常常在那艱險僻遠，少有人至的地方，所以不是有堅定意志的人，是不能到達的。
	用「奇偉、瑰怪、非常之觀」比喻某種最高成就的境界。貪圖享受，吃不了苦，靠走平坦的大路，是見不到奇偉之景，是無法獲得人生成功的。吃得苦中苦，只有曲徑才能考驗人的意志品格，並決定只有意志堅強者才能到達風景優美的地方。見難而退是不會有什麼收穫的。
寫作例句	1. 探祕自然，我們常發現那些世之奇偉瑰怪非常之觀，往往隱匿於險遠之地，人跡罕至之所，唯有懷揣壯志之士，方能披荊斬棘，一睹其真容。正如古人所言：「世之奇偉瑰怪非常之觀，常在於險遠而人之所罕至焉，故非有志者不能至也。」 2. 在人生的征途中，那些輝煌的成就與非凡的見識，也往往隱藏在充滿挑戰與困難的道路上，是大多數人未曾涉足的領域。正如那句古語所云:「世之奇偉瑰怪非常之觀，常在於險遠而人之所罕至焉，故非有志者不能至也。」唯有那些擁有堅定信念與不懈追求的人，方能跨越重重障礙，達到他人難以企及的高度，領略生命的無限風光。

名句·出處	表曲者景必邪，源清者流必潔。（《資治通鑑·卷五十一》宋·司馬光）
	表：古時測量日影以計時的標竿。景：同「影」。

解析．應用	標竿彎曲，其影子也一定是歪歪斜斜的；源頭清澈，水流也一定是潔潔淨淨的。
	比喻上梁不正下梁歪，上級清正廉明了，下面就會端正無邪。
寫作例句	在企業管理中，領導者們應秉持「表曲者景必邪，源清者流必潔」的理念，注重企業的核心價值觀和文化建設，認為只有企業文化健康向上，才能帶動員工的行為規範，確保企業的長遠發展。

名句．出處	兔絲有絲之名而不可以織，燕麥有麥之名而不可以食。 （《資治通鑑．卷第一百四十八》宋．司馬光）
	兔絲、燕麥：皆植物名，均為野草。
解析．應用	兔絲雖然稱作絲，但不能用來織布，燕麥雖然稱作麥，但不能當作食物。
	比喻事物有其名無其實，不可大用。
寫作例句	1. 植物園中有些植物很奇特，兔絲有絲之名而不可以織，燕麥有麥之名而不可以食，它們的名字與實際用途存在很大差異。 2. 職場上某些人號稱是全能型人才，可實際工作中兔絲有絲之名而不可以織，燕麥有麥之名而不可以食，根本無法勝任本職工作。

名句・出處	繩鋸木斷，水滴石穿。（《鶴林玉露》宋・羅大經）
解析・應用	用繩子當鋸子也可以把木頭鋸斷，水不停向下滴可以把石頭滴穿。
	比喻只要有恆心，不斷勤奮努力，就沒有什麼事情不可以成功。
寫作例句	他在學習外語的道路上遇到了無數的困難，單字記不住、語法弄不懂、發音不標準，但他從未放棄，每天堅持學習一點。幾年下來，他的外語能力有了很大的提高，這就是「繩鋸木斷，水滴石穿」。無論做什麼事情，只要有堅持不懈的毅力，就能夠克服重重困難，達成目標。

名句・出處	水漲船高，泥多佛大。（《景德傳燈錄・曇華禪師》宋・釋道原）
解析・應用	水漲起來以後船也會跟著升高，泥積得越多佛像就會塑得越大。
	比喻只要勤奮不斷累積，自然就會做出大的功業。
寫作例句	在這個商業繁榮的時代，隨著市場需求的成長，相關企業的利潤也水漲船高，企業規模不斷擴大，就如同「水漲船高，泥多佛大」。 企業依託市場這個大環境，市場需求越旺盛，企業發展的空間就越大，所獲得的成果也就越顯著。

<table>
<tr><td>名句·出處</td><td>弄花一年，看花十日。（《天彭牡丹譜·風俗記》宋·陸游）</td></tr>
<tr><td rowspan="2">解析·應用</td><td>養育花需要一年的時間，而看花的時間不過十來天而已。</td></tr>
<tr><td>這句話與「臺上一分鐘，臺下十年功」的說法相類，都是表示短暫風光的背後，是常年累月的辛苦換來的。</td></tr>
<tr><td>寫作例句</td><td>1. 園藝師精心培育花卉，深知「弄花一年，看花十日」。從播種、育苗到精心養護，歷經春夏秋冬，耗費無數心血，只為那短暫的花期。當花朵盛開時，那絢爛的色彩和芬芳便是對一年辛勤勞作的最好回報。
2. 藝術家們在創作過程中，如同「弄花一年，看花十日」。他們長時間沉浸在構思、創作、修改的過程中，可能歷經數月甚至數年的磨礪，而作品展示在觀眾面前接受評判的時間卻很短暫。但即使如此，他們依然執著於創作，只為那瞬間綻放的藝術之美。</td></tr>
</table>

<table>
<tr><td>名句·出處</td><td>大海從魚躍，長空任鳥飛。（《古今詩話》）</td></tr>
<tr><td rowspan="2">解析·應用</td><td>大海廣闊可以讓魚兒隨意跳躍，天空空曠可以讓鳥兒任意飛翔。</td></tr>
<tr><td>現多作「海闊憑魚躍，天空任鳥飛」，常用來比喻環境十分寬鬆適合發展，人才可以大顯身手。</td></tr>
<tr><td>寫作例句</td><td>在現代社會，人們追求自由和個性的發展，正如「大海從魚躍，長空任鳥飛」所表達的那樣，每個人都應該有廣闊的發展空間和無限的可能性。勇敢追求夢想，才能實現自我價值。</td></tr>
</table>

名句·出處	花有重開日，人無再少年。（《竇娥冤·楔子》元·關漢卿）
解析·應用	花朵還有重新開放的日子，人沒有再回到少年的可能了。
	常用來說明青春易逝，一去不回。
寫作例句	1. 漫步在花海之中，望著那些凋零後又重新綻放的花朵，「花有重開日，人無再少年」，不禁讓人感嘆，自然界的生命總能迎來新生，而人的青春一旦逝去，便再也無法找回那份純真與活力。 2. 在人生的旅途中，「花有重開日，人無再少年」，每一次的選擇與努力都至關重要，因為時間不會倒流，青春不會再來，唯有珍惜當下，勇往直前，才能不負韶華，讓生命之花在歲月的長河中綻放得更加燦爛。

名句·出處	人無害虎心，虎有傷人意。 （《趙氏孤兒大報仇》元·紀君祥）
解析·應用	人本沒有傷害老虎的心，而老虎卻想傷害人。
	常用來比喻自己雖沒有傷害別人的意思，別人卻有傷害你的動機。
寫作例句	在人際交流中，有時也會出現「人無害虎心，虎有傷人意」的情況。有些人，雖然我們並未對其抱有惡意或做出傷害行為，但他們可能因為自身的性格缺陷、情緒問題或利益衝突，而對我們產生誤解或敵意。

名句·出處	鼎魚幕燕，亡在旦夕。（《元史·外夷傳》）
解析·應用	鼎中游動的魚，帷幕上築巢的燕子，死亡只在早晚之間。
	比喻處於極危險境地的人或事物，發生禍患是遲早的事。
寫作例句	1. 這座小城被敵軍重重圍困，城中糧草斷絕、兵力匱乏，猶如「鼎魚幕燕，亡在旦夕」，百姓們在絕望中等待著最後的命運。 2. 這家企業在市場競爭中決策失誤，資金鏈斷裂，又失去了核心技術人員，如今就像「鼎魚幕燕，亡在旦夕」，如果沒有奇蹟發生，恐怕很快就會倒閉。

名句·出處	激湍之下，必有深潭；高丘之下，必有浚谷。（《司馬季主論卜》明·劉基）
解析·應用	激飛而下的瀑布下面一定會有深潭，高高的山坡下面一定會有深谷。
	常用來說明事物有其一定運行規律，要善於預見。
寫作例句	1. 在這片山水之間，「激湍之下，必有深潭；高丘之下，必有浚谷」，那湍急的河流奔騰而下，在下方匯聚成幽深的水潭，高聳的山丘之下也必然有著深邃的山谷，這是大自然奇妙的地形構造。 2. 在社會的發展過程中，「激湍之下，必有深潭；高丘之下，必有浚谷」，強大的社會變革浪潮下必然隱藏著深刻的社會需求和潛在的發展機遇，偉大的成功背後也必然伴隨著龐大的挑戰和需要克服的困難，智者總能在動盪中發現這些深層次的內涵並加以利用。

名句・出處	大不如海而欲以納江河，難哉！（《郁離子・德量》明・劉基）
解析・應用	容量沒有海那麼大卻想接納江河，難啊！
	比喻沒有容人的度量，就無法招攬人才。
寫作例句	在人生的舞臺上，個人的胸懷與氣度亦如那容納江河的大海。若一個人自視甚高，卻缺乏寬廣的胸襟和深厚的底蘊，卻妄想吸納並融合各種思想與智慧，正如「大不如海而欲以納江河，難哉」所警示的，這樣的嘗試只會顯得力不從心，難以達成。唯有像大海那樣，不斷學習，不斷累積，拓寬自己的視野與胸襟，方能真正容納百川，成就非凡。

名句・出處	按牛頭吃不得草。（《石點頭・潘文子契合鴛鴦塚》明・天然智叟）
解析・應用	強按著牛頭，牛是不會吃草的。
	比喻用強迫方式不會有效果。
寫作例句	1. 做事情要遵循事物發展的規律，「按牛頭吃不得草」，如果不尊重規律，強行去做，往往會事與願違。 2. 在團隊管理中，要尊重員工的意願和能力，「按牛頭吃不得草」，如果不顧員工的想法強行分配任務，很難獲得良好的工作成果。

名句·出處	持螢燭象，得首失尾。（〈刻《幾何原本》序〉明·徐光啟）
解析·應用	拿著螢火蟲去照大象，照見頭就照不見尾。
	比喻目光短淺，就不能看到事物的全貌。
寫作例句	在追求知識與真理的道路上，若僅憑一己之力或片面資訊，「持螢燭象，得首失尾」，便難以窺見事物的全貌與本質。唯有廣納百家之言，綜合多方資訊，方能如明燈照亮，既見樹木又見森林，獲得全面而深刻的理解與洞察。

名句·出處	大廈之成，非一木之材也；大海之闊，非一流之歸也。（《東周列國志》明·馮夢龍）
解析·應用	大廈的建成，並非一根木材的功勞；大海的廣闊，並非一道溪流能夠形成。
	比喻要想做大事，必須廣納人才。
寫作例句	從事領導工作，沒有容人的肚量是萬萬不行的。做的事業越大，用人就越多。因為「大廈之成，非一木之材也；大海之闊，非一流之歸也」。可以說，獲得人才越多，成功的把握就越大。

名句·出處	天晴不肯走，只待雨淋頭。（《封神演義·第三十三回》明·許仲琳）
解析·應用	天晴著的時候不肯走，非得等到雨淋了頭後悔無及。
	常用來形容人不識時務自討苦吃。

寫作例句	1. 他出門遊玩時看到天氣晴朗，卻只顧著貪戀美景而不肯早點返程，結果烏雲迅速聚集，大雨即將傾盆而下，這真是「天晴不肯走，只待雨淋頭」，現在只能四處尋找避雨之處了。 2. 在商業競爭中，有些企業在市場形勢大好、盈利可觀的時候，沒有居安思危，積極進行策略轉型或者拓展新的市場領域，而是滿足於當下的成果，等到市場環境惡化、競爭對手崛起時，就如同「天晴不肯走，只待雨淋頭」，只能面臨困境甚至被淘汰出局。

名句‧出處	有風方起浪，無潮水自平。（《西遊記‧第七十五回》明‧吳承恩）
解析‧應用	有風吹起的時候水才會起浪，沒有潮汐的時候海水自然是平靜的。
	比喻事情的發生總是有原因的。
寫作例句	1. 在那片廣闊的海域上，「有風方起浪，無潮水自平」是常見的景象。當狂風呼嘯而過，海面便湧起層層巨浪，波濤洶湧；而一旦風停，潮水失去外力的推動，海面就漸漸恢復平靜，就像大自然用它無形的手在操控著這一切，遵循著一種天然的規律。 2. 在社會輿論的海洋裡，「有風方起浪，無潮水自平」的現象屢見不鮮。一些不實的傳聞就如同風，一旦颳起，便會在大眾中掀起輿論的浪潮，各種猜測、謠言紛紛湧現；但如果沒有別有用心之人不斷地推波助瀾，隨著時間的推移，大眾了解到真相，這些輿論自然就會平息下去，回歸理性與平靜。

名句·出處	山高自有客行路，水深自有渡船人。（《西遊記·第七十四回》明·吳承恩）
解析·應用	山再高也有人行的路，水深了自然就會有擺渡的人。 常用來說明天無絕人之路，總會有辦法度過難關。
寫作例句	許多人在面對挑戰和困難時，往往會感到迷茫和無助。然而，正如「山高自有客行路，水深自有渡船人」所言，只要保持積極的心態和堅定的信念，總能找到解決問題的方法，最終實現自己的目標。

名句·出處	破屋更遭連夜雨，漏船又遇打頭風。（《水滸傳·第四十五回》明·施耐庵）
解析·應用	破屋子遭遇連夜的雨下個不停，船漏了偏偏又遇著逆風。 常用於指禍不單行，倒楣事接二連三。後此語有種種不同的說法，如「屋漏更遭連夜雨，破船偏遇頂頭風」等等，大同小異。
寫作例句	在創業的道路上，李明已經歷了無數的艱難險阻，正當他以為可以稍微鬆一口氣時，一場突如其來的市場危機又讓他陷入了困境，「破屋更遭連夜雨，漏船又遇打頭風」。面對這突如其來的打擊，李明沒有選擇放棄，而是更加堅定了自己的信念，他知道，只有迎難而上，才能在逆境中尋找到新的機遇，讓事業重獲新生。

名句·出處	玉可碎而不可改其白，竹可焚而不可毀其節。（《三國演義》明·羅貫中）
解析·應用	玉石可以被破碎，但不可改變它潔白的本色；竹子可以被焚燒，但不能毀掉它堅貞的節操。
	常用來描寫人堅貞不屈、保持高尚節操的品格，即使面臨生死考驗也不改變其正直、純潔的本性。
寫作例句	關公是忠義之士，在他敗走麥城、東吳派諸葛瑾前往勸降時，他義正詞嚴地說道：「玉可碎而不可改其白，竹可焚而不可毀其節。身雖殞，名可垂於竹帛也。」寧死也絕不投降。

名句·出處	牡丹雖好，全仗綠葉扶持。（《紅樓夢·第一百一十回》清·曹雪芹）
解析·應用	牡丹花雖然好看，但還得靠綠葉在周圍襯托著才更美麗。
	比喻一個人的才能再突出，做事也得靠周圍人的協助才能成功。
寫作例句	在團隊合作中，每個成員都扮演著重要的角色，正如「牡丹雖好，全仗綠葉扶持」所表達的那樣，優秀的領導者固然重要，但團隊中每一個成員的貢獻都是不可或缺的，只有大家齊心協力，才能獲得最終的成功。

名句·出處	關門養虎，虎大傷人。（《說岳全傳·第四十回》清·錢彩）

解析·應用	關著門養虎，虎大了以後反而會傷人。
	可比喻本是好心施善，反被恩將仇報；或比喻對隱患應該早除，否則終會吃虧。
寫作例句	昔日帝王，若不明辨忠奸，一味寵信奸佞，結果「關門養虎，虎大傷人」，終致社稷傾覆，百姓塗炭。

名句·出處	河裡淹死是會水的。（《三俠五義·第八十八回》清·石玉崑）
解析·應用	河裡淹死的人，很多都是水性很好的人。
	常用來說明當一個人越自恃其能的時候，越容易栽跟頭吃苦頭。
寫作例句	人生路上，「河裡淹死是會水的」是一則深刻的教訓，意指那些自視甚高、驕傲自滿之人，往往容易在順境中迷失方向，忽視潛在的風險與挑戰，最終遭遇挫折。它提醒我們保持謙遜，不斷學習與自我反省，方能行穩致遠。

名句·出處	山之妙在峰迴路轉，水之妙在風起波生。（《幽夢續影》清·朱錫綬）
解析·應用	峰迴路轉才能顯出山的妙處， 風起波湧才能顯出水的妙處。
	比喻文章寫作切忌平淡，有起承轉合才見妙處；也可用以比喻人生經歷了曲折坎坷，才能顯出生活的意義。

寫作例句	1. 遊賞山水之間，我們不禁感嘆「山之妙在峰迴路轉，水之妙在風起波生」，山的魅力在於那曲折蜿蜒的小徑，引領我們不斷發現新的風景；水的靈動則在於微風吹拂下泛起的層層漣漪，讓靜謐的水面充滿生機與活力，兩者共同編織出一幅幅動人心魄的自然畫卷。 2.「山之妙在峰迴路轉，水之妙在風起波生。」人生的精采往往在於那些突如其來的轉折與挑戰，它們如同山路的曲折與水面的波瀾，雖然帶來一時的困難與不確定，卻也是成長與進步的契機，讓我們在克服中學會堅韌，在變化中擁抱未知，最終收穫更加豐富與多彩的人生體驗。

第二章　求學立志

名句·出處	功崇唯志，業廣唯勤。（《尚書·周官》）
解析·應用	功勛卓著靠立志高遠，學識廣博靠勤奮努力。
	常用來說明做事要有遠大志向，更需要勤勞、踏實。
寫作例句	在追求夢想的道路上，我們須牢記「功崇唯志，業廣唯勤」，若無堅定的志向，就如同沒有燈塔的航船，迷失方向；若缺乏勤勉的態度，恰似失去羽翼的飛鳥，難以翱翔天際。古往今來，無數仁人志士正是憑藉著遠大的志向和不懈的勤奮，才成就了一番偉大的事業。

名句·出處	不知而自以為知，百禍之宗也。（《呂氏春秋·謹聽》）
解析·應用	不知道而自以為知道，這是多種禍患的根源。
	常用來說明不懂裝懂，就很容易出問題。
寫作例句	他在學術研究中，常常因為不願深入鑽研，而停留在表面知識的層面上，卻不知而自以為知，這種行為正是「不知而自以為知，百禍之宗也」，導致他在學術道路上頻頻受挫，難以獲得真正的成就。

名句·出處	利人莫大於教，成身莫大於學。（《呂氏春秋·尊師》）
解析·應用	替人帶來利益，沒有比教育人功效更大的；修養身心，沒有比勤奮學習功效更大的。
	指教育利人，勤學利己。
寫作例句	從社會的角度看，能為人帶來根本利益和長遠利益的事情是教育，「利人莫大於教」；從個人的角度看，要想立身成才，有所成就，最重要的途徑是學習，「成身莫大於學」。

名句·出處	三人行，必有我師。（《論語·述而》）
	三人：泛指多人。
解析·應用	一起行走的人當中，一定會有可以做我老師的人。
	常用來強調學習的廣泛性和謙虛向學的態度，即無論何人，皆有其可學之處。
寫作例句	1.「三人行，必有我師。」在善意交流與銳意開拓中，我們磨礪青春，相互學習，共同進步。 2.「師」不僅限於「師生」、「師徒」之師，正如孔子所說：「三人行，必有我師焉，擇其善者而從之，其不善者而改之。」凡是有突出優點之人，皆可尊為「我師」。

名句·出處	朝聞道，夕死可矣。（《論語·里仁》）

解析·應用	早晨獲得了真理，即使晚上死去，也是可以的。又作「朝聞道，夕不甘死」。
	指人只要能求得真理，就是死也沒有遺憾。
寫作例句	1. 孔子認為要「志於道」，而且要有「朝聞道，夕死可矣」的精神。樂道就是甘願為實現自己的理想、志向而奮鬥、獻身。 2.1983 年起，王先生不顧年邁，以「朝聞道，夕不甘死」的精神，率領近百名美術史家集體突破瓶頸。

名句·出處	不患莫己知，求為可知也。（《論語·里仁》）
解析·應用	不怕沒有人知道自己，只求自己成為有真才實學、值得為人們知道的人。
	常用來說明當遭遇不為人所重視或忽略時，應當深切反求諸己，進修以求精進，而非歸咎他人的不知重用。
寫作例句	學者們應當牢記「不患莫己知，求為可知也」的教誨，專注於提升自己的研究水準和成果品質，而非過分關注外界的評價和知名度。

名句·出處	不學禮，無以立。（《論語·季氏》）
	立：立身。
解析·應用	不學禮，就不能立身處世。
	指禮是立身之本。
寫作例句	「不學禮，無以立。」公民基本道德規範中，就有「明禮」一條。

名句·出處	不降其志，不辱其身。（《論語·微子》）
解析·應用	不降低自己的志向，不使自身遭受屈辱。
	常用來強調志向和節操的重要性。
寫作例句	古之君子，秉持「不降其志，不辱其身」之信念，於亂世中堅守節操，不為權勢所屈，不為利誘所動。他們寧願清貧自守，亦不願降低自己的志向與追求，更不願以犧牲人格尊嚴為代價換取榮華富貴。

名句·出處	不憤不啟，不悱不發。（《論語·述而》）
	憤：鬱結於心，懣悶。啟：啟發。 悱：想說又不知道怎麼說。
解析·應用	不到百般思索卻還弄不明白的時候，不去開導他，不到想說卻又不知道怎樣說的時候，不去啟發他。
	指教學貴在激發學生的求學主動性。
寫作例句	「不憤不啟，不悱不發。」心憤憤，急要做而做不成功；口悱悱，急要說而說不清楚，這是前進的徵兆，是易於啟發的時候。

名句·出處	多聞，擇其善者而從之，多見而識之。（《論語·述而》）
解析·應用	多聽，選擇其中有益的話接受下來照著做；多看，然後記在心裡。
	常用來說明對自己所不知的東西，應該多聞、多見，努力學習。

寫作例句	在求知的道路上，我們應當秉持「多聞，擇其善者而從之，多見而識之」的態度。廣泛聽取各方意見，精心挑選其中有益的部分去遵循；親身觀察世間萬物，不斷累積知識，以此增長見識與智慧。

名句．出處	博學而篤志，切問而近思。（《論語．子張》）
	篤志：志趣專注。切問：懇切求教。
解析．應用	廣泛學習，志趣專注，懇切求教，多思考眼前的問題。
	常用來描寫一個人學習態度和方法上的全面與深入，即廣泛地學習並堅守自己的志向，同時善於提出切實的問題並深入思考，描述了求學應廣博精深、志向堅定且善思善問的精神風貌。
寫作例句	1. 專心致志地學習，累積知識充實自己；努力工作，報效國家，是我們最好的回答。「博學而篤志，切問而近思」，我們的努力同樣是為了國家的富強，我們肩上的重任並不比先輩們用血肉之軀抵禦外敵來得輕鬆！ 2.「博學篤志，切問近思」，此八字是收放心的工夫；「神閒氣靜，智深勇沉」，此八字是做大事的本領。

名句．出處	學而不思則罔，思而不學則殆。（《論語．為政》）
	罔，迷惘。「殆」有兩義：一為危殆，疑不能定；一為疲怠，精神疲怠無所得。
解析．應用	學習而不思考就會迷茫而無所得；一味地苦思冥想而不學習繼承前人的知識終究會疑而不決。
	常用來強調讀書和思考應該結合起來，學習才會有收穫。

寫作例句	1.「學而不思則罔，思而不學則殆」出自孔子的教誨，強調學習與思考相輔相成的重要性，學習而不思考會導致迷惑，思考而不學習則會陷入危險的空想。 2. 在快速變化的時代，「學而不思則罔，思而不學則殆」告誡我們，面對新知識的汲取，既要勤於思考以融會貫通，又要不斷學習以避免陷入慣性思考，實現自我持續成長。

名句·出處	知之為知之，不知為不知，是知也。（《論語·為政》）
解析·應用	知道就是知道，不知道就是不知道， 這才是實事求是的態度。
	常用來強調誠實面對知識的態度，即知道就是知道，不知道就是不知道，這才是真正的智慧。
寫作例句	「知之為知之，不知為不知，是知也。」懂得就是懂得，不懂得就是不懂得，懂得一寸就講懂得一寸，不講多了。

名句·出處	多聞闕疑，慎言其餘，則寡尤；多見闕殆，慎行其餘，則寡悔。（《論語·為政》）
	尤：過錯。
解析·應用	要多聽，有懷疑的地方不馬上下結論，其餘有把握的，也要謹慎地說出來，這樣就可以少犯錯誤；要多看，有懷疑的地方不馬上行動，其餘有把握的，也要謹慎地去做，就能減少後悔。
	常用來說明學習要多聽多看，要有質疑的勇氣和精神，這樣才能少犯錯誤，免得後悔。

寫作例句	1. 學者們應當遵循「多聞闕疑，慎言其餘，則寡尤；多見闕殆，慎行其餘，則寡悔」的原則，廣泛聽取各種觀點，對不確定的部分保持懷疑態度，謹慎表達自己的見解，同時透過多方面的觀察和實踐，對不確定的行為保持謹慎，從而減少錯誤。 2. 在人生的種種抉擇與行動中，我們應銘記「多聞闕疑，慎言其餘，則寡尤；多見闕殆，慎行其餘，則寡悔」的智慧。面對複雜多變的世界，多聽取各方意見，對於不確定的決策保持謹慎，不輕易表態，以免誤導他人或自身陷入困境；在行動之前，充分考慮可能的風險與後果，只在把握較大時採取行動，如此便能減少因衝動或盲目而帶來的遺憾與後悔。

名句．出處	知之者不如好之者，好之者不如樂之者。 （《論語．雍也》）
解析．應用	懂得它的不如愛好它的， 愛好它的不如以它為樂追求它的。
	強調了在學習知識或技能時，僅僅知道是不夠的，還需要真心喜愛並以此為樂，才能達到更高的學習效果和境界。「知之者」指的是對學習內容有所了解的人，但他們可能只是停留在表面認知上；「好之者」則更進一步，是真心喜歡學習的人，他們會更加主動地去探索和學習；「樂之者」則是最高境界，他們以學習為樂，享受學習的過程，這種狀態下的學習效果往往最佳。常用於鼓勵人們要培養對學習的興趣和熱愛，將學習視為一種樂趣而非負擔，從而更加高效、深入地掌握知識或技能。

寫作例句	孔子說：「知之者不如好之者，好之者不如樂之者。」了解一件事的人，不如喜歡一件事的人，喜歡一件事的人不如以這件事為樂趣的人。

名句·出處	三軍可奪帥也，匹夫不可奪志也。（《論語·子罕》）
解析·應用	可以使軍隊喪失統帥，卻不能迫使一個人改變自己的志向。
	常用於強調志的重要性。
寫作例句	立志就是要確立人生的遠大理想和奮鬥目標，解決前進的動力問題。孔子在強調「志」的重要性時說：「三軍可奪帥也，匹夫不可奪志也。」

名句·出處	博學而不窮，篤行而不倦。（《禮記·儒行》）
	窮：停止。篤：篤定，堅定。倦：厭倦。
解析·應用	廣泛地學習而不停步，堅定地實踐而不厭倦。
	指學習和實踐要密切結合。
寫作例句	艱辛知人生，實踐長才幹。這是古往今來許多人成就一番事業的經驗總結。《禮記》中說：「博學而不窮，篤行而不倦。」

名句·出處	身可危也，而志不可奪也。（《禮記·儒行》）
解析·應用	身體可以受到危害，但意志不可動搖。
	常用來讚揚為了志向而捨生忘死的人。
寫作例句	在歷史的長河中，無數英雄豪傑以「身可危也，而志不可奪也」的堅定信念，譜寫了壯麗的篇章。他們深知，生命的安危或許難以預料，但心中的志向與信念卻是任何力量都無法剝奪的。正是這種不屈不撓的精神，讓他們在逆境中屹立不倒，成就了非凡的偉業。

名句·出處	人一能之，己百之；人十能之，己千之。（《禮記·中庸》）
解析·應用	別人用一分努力做到的，自己就用一百分的努力去做；別人用十分努力做到的，自己就用一千分的努力去做。
	常用來說明只要付出了比別人百倍的努力，就沒有什麼做不到的。
寫作例句	1. 在學習外語的過程中，我們應該秉持「人一能之，己百之；人十能之，己千之」的精神，即使別人學一遍就能掌握的知識，我們也要反覆學習百遍，確保自己真正理解和掌握，從而在外語學習中獲得優異成績。 2. 在創業的道路上，「人一能之，己百之；人十能之，己千之」的毅力非常重要。即使別人用一種方法就能成功，我們也要嘗試多種方法，付出千倍的努力，透過不斷的嘗試和改進，最終找到適合自己的成功之路。

<table>
<tr><td>名句．出處</td><td>心誠求之，雖不中不遠矣。（《禮記．大學》）</td></tr>
<tr><td rowspan="2">解析．應用</td><td>心裡真誠地去追求一個目標，那麼即使一時還沒有實現也離實現不遠了。</td></tr>
<tr><td>「雖不中不遠矣」經常被引用，表示雖然還沒達到、雖然表達不一定準確，但已經很接近了。</td></tr>
<tr><td>寫作例句</td><td>1. 在求學問道的路上，我們若能秉持一顆虔誠、恭敬的心去探索知識的真諦，「心誠求之，雖不中不遠矣」。就像古代的學子，誠心誠意地研讀經典，即使不能完全理解聖人的思想精髓，但也離得不會太遠，因為那份真誠的態度會引導他們不斷靠近真理。
2. 在人際互動中，若想真正理解他人的想法和感受，需要用心去體會。當我們懷著真誠的態度去嘗試理解朋友的喜怒哀樂時，「心誠求之，雖不中不遠矣」。即使可能無法完全猜中對方的心思，但我們的真誠足以讓對方感受到尊重和關懷，從而拉近彼此的距離。</td></tr>
</table>

<table>
<tr><td rowspan="2">名句．出處</td><td>凡學之道，嚴師為難。（《禮記．學記》）</td></tr>
<tr><td>嚴師：尊重老師。</td></tr>
<tr><td rowspan="2">解析．應用</td><td>在學習中尊重老師是最難做到的。</td></tr>
<tr><td>常用來強調在求學過程中，尊重老師是難得且重要的。</td></tr>
</table>

寫作例句	「凡學之道，嚴師為難。師嚴然後道尊，道尊然後民知敬學。」意思是說，凡是為學之道，以尊敬教師最難做到。教師受到尊敬，他所傳授的道理、知識然後才會受到尊重。此意不知在什麼時候被演繹成了成語「師道尊嚴」，其意也被轉移為做教師的要莊重嚴肅。顯然，在《禮記》中，先聖們強調的是做老師的，先要在人格上征服學生，贏得學生的認可和敬重，然後學生才會對你所傳授的道理、知識心悅誠服。

名句・出處	化民成俗，其必由學。（《禮記・學記》）
解析・應用	教育感化人民，形成良好的習俗，一定要從辦學入手。又作「化民成俗，基於學校」。
	常用來說明學校具有不可低估的社會職能。
寫作例句	1.《禮記・學記》中強調了教師施教對民風民俗的推導作用，認為「化民成俗，其必由學」，只有透過教師的教育，才能改善社會的道德風尚，社會文明因師而化。古代傳播方式缺乏，國家用以維持社會秩序的法制與機制，都要靠教師的口頭傳授，才能轉化為社會成員自覺的責任。 2.「化民成俗，基於學校」，所以教育必須放在優先發展的策略地位。

名句・出處	善問者如攻堅木，先其易者，後其節目。（《禮記・學記》）	
	攻：做某項工作。節目：樹木砍去分枝後留下的疤。	
解析・應用	善於提問的人，就像劈砍堅硬的樹木一樣，先從容易的地方入手，然後再攻難點。	
	常用來強調在學習和提問過程中，應該採取先易後難、循序漸進的策略。	
寫作例句	無思考訓練深度的「是非問」和在提問之前「保證」學生答不上來的「刁難問」，是無益於學生的語言練習的。提問不應存在什麼固定模式，只有啟發性。「不憤不啟，不悱不發」，「善問者如攻堅木，先其易者，後其節目」，這才是啟發性提問教學原則的精髓所在。	

名句・出處	良冶之子，必學為裘；良弓之子，必學為箕。（《禮記・學記》）
	良冶：善於冶煉鑄造的工匠。裘：皮衣。良弓：善於製造弓箭的人。箕：簸箕。
解析・應用	父親會冶煉金屬，兒子就能觸類旁通，學會縫皮裝；父親會造弓，兒子就能依據原理，學會編簸箕。
	指家長的言行舉止，對子女具有很大的潛移默化作用。
寫作例句	古人說「良冶之子，必學為裘；良弓之子，必學為箕」，意思是說鐵匠鑄鐵以製器，其子必能綴裘以製衣；弓匠彎竹以製弓，其子必能屈柳以製箕。這是因為耳目濡染，觸類旁通，易於成材的緣故。

名句·出處	善學者，師逸而功倍；不善學者，師勤而功半。（《禮記·學記》）
	逸：清閒。
解析·應用	善於學習的人，老師教學不費力而收效很大；不善於學習的人，老師教得很勤奮但功效很小。
	常用來描寫學習效率的差異，強調學習方法與效果之間的關係。 即善於學習的人能讓老師輕鬆，自己也能事半功倍；而不善於學習的人，老師辛苦，自己也只能事倍功半。
寫作例句	《禮記·學記》說：「善學者，師逸而功倍，又從而庸之；不善學者，師勤而功半，又從而怨之。」這是要求學生多做主觀努力，不要把學習上的失敗歸咎於老師。我時常聽學生埋怨這個老師上課上得如何不好，那個老師上課上得如何糟糕。這其實是在為自己學得不好推脫責任。大學學習，不能靠老師灌輸，老師是為你指出方向，解答你在學習中的問題和困惑。你應該學得主動些。

名句·出處	雖有嘉餚，弗食不知其旨也；雖有至道，弗學不知其善也。（《禮記·學記》）
	嘉餚：精美的菜餚。弗：不。旨：甘美的滋味。至道：最高的道德。
解析·應用	雖有精美的菜餚，不品嘗就不知道它的美味；雖有最高的道德，不學習就不知道它的好處。
	常用來說明治學貴在實踐。

寫作例句	教與學經過實踐檢驗才能有所收穫，沒有實踐，認識只能是膚淺的、表面的。正像《學記》裡所說的那樣：「雖有嘉餚，弗食不知其旨也；雖有至道，弗學不知其善也。」一個教師要做到「教然後知不足」，必須透過不斷地實踐，在教學過程中發現自己的不足，才能促使自己總結經驗，努力涉獵新的知識，不斷改進，這樣才能成為一個優秀的教師。

名句·出處	人皆可以為堯舜。（《孟子·告子下》）
解析·應用	人人都可以成為堯舜（那樣的人）。
	堯和舜都是中國古代傳說中的聖人，他們一言一行都堪稱道德的典範。孟子認為，人的本性是善良的，關鍵是要去「做」。人若能事事處處都按照堯舜的思想、言行去做，那麼人人都可以成為像堯舜一樣的聖人。
寫作例句	「人皆可以為堯舜。」無論出身貴賤，能力大小，每個人都有機會成為自己領域的佼佼者，為社會貢獻自己的力量。

名句·出處	天將降大任於是人也，必先苦其心志，勞其筋骨，餓其體膚，空乏其身，行拂亂其所為，所以動心忍性，曾益其所不能。（《孟子·告子下》）

解析・應用	天將要將重大責任降在這樣的人身上，一定要先使他的內心痛苦，使他的筋骨勞累，使他遭受飢餓，以致肌膚消瘦，使他受貧困之苦，使他做的事顛倒錯亂，總不如意，透過那些來使他的內心警覺，使他的性格堅定，增加他不具備的才能。
	孟子的這段話非常著名，後世常用它鼓舞那些有志向卻尚在逆境中的人。
寫作例句	「天將降大任於是人也，必先苦其心志，勞其筋骨，餓其體膚，空乏其身，行拂亂其所為，所以動心忍性，曾益其所不能。」那些成功的企業家，在創業初期往往面臨資金短缺、市場開拓艱難、人才流失等重重困難，然而正是這些困難如同磨刀石，磨礪了他們的意志，使他們在困境中不斷學習、不斷成長，最終具備了駕馭企業在商海中乘風破浪的能力。

名句・出處	天下難事必作於易，天下大事必作於細。（《老子》）
解析・應用	世上困難的事是從容易的時候發展起來的，世上大的事情是從細小的事情發展起來的。
	常用來說明做事都是從易到難、從細節到整體的道理。
寫作例句	創業者應當遵循「天下難事必作於易，天下大事必作於細」的古訓，從最簡單的環節入手，逐步解決複雜的難題，同時注重每一個細節的完善，確保專案的順利推進和成功。

<table>
<tr><td>名句．出處</td><td>青，取之於藍，而青於藍。（《荀子．勸學》）</td></tr>
<tr><td rowspan="2">解析．應用</td><td>靛青是從蓼藍中提取的，但它比蓼藍的顏色更青。</td></tr>
<tr><td>後來由這句話衍生出「青出於藍而勝於藍」，常用來表示學生的成就超過了老師。</td></tr>
<tr><td>寫作例句</td><td>1. 在染色的技藝中，青色的染料是從藍色的植物中提取而來，但經過巧妙的加工與提煉，「青，取之於藍，而青於藍」，最終得到的青色，比原本的藍色更加鮮豔明亮，展現了工藝之美與色彩之魅。
2. 在知識的傳承與創新的道路上，我們總是從前人的智慧中汲取營養，「青，取之於藍，而青於藍」，透過學習與實踐，我們不僅掌握了基礎的知識與技能，更在此基礎上，結合時代的需求與個人的思考，創造出超越前人的新思想、新技術，為社會的進步與發展貢獻自己的力量，讓智慧的光芒在時間的長河中熠熠生輝。</td></tr>
</table>

<table>
<tr><td rowspan="2">名句．出處</td><td>騏驥一躍，不能十步；駑馬十駕，功在不捨。（《荀子．勸學》）</td></tr>
<tr><td>騏驥：駿馬。駑馬：劣馬。
駕：古代指馬行一天的路程為一駕。</td></tr>
<tr><td rowspan="2">解析．應用</td><td>駿馬跳躍一次，也不能超過十步；劣馬行走十天的路程，牠的成功在於不停地向前走。</td></tr>
<tr><td>比喻做事只要堅持不懈地努力，就能獲得成功。</td></tr>
</table>

寫作例句	1.「騏驥一躍，不能十步；駑馬十駕，功在不捨。」即使是悟性差、能力小的人，只要肯下「不捨」的工夫，堅持不懈地努力，照樣能夠獲得可喜的成就。 2. 前賢有言：「駑馬十駕，功在不捨」，「鍥而不捨，金石可鏤」。語言研究是科學，來不得半點馬虎，是不允許有絲毫憑空臆測成分夾雜其間的。

名句·出處	鍥而捨之，朽木不折；鍥而不捨，金石可鏤。（《荀子·勸學》）
	鍥、鏤：雕刻。
解析·應用	（如果）刻幾下就停下來了，（那麼）腐爛的木頭也刻不斷。（如果）不停地刻下去，（那麼）金石也能雕刻成功。
	常用來表示學習或做其他什麼事都應該持之以恆才會成功。
寫作例句	1. 在雕刻藝術中，「鍥而捨之，朽木不折；鍥而不捨，金石可鏤」說明了如果半途而廢，即使是最易雕刻的朽木也難以完成，而堅持不懈則能在堅硬的金石上雕刻出精美的作品。 2. 在人生的奮鬥中，「鍥而捨之，朽木不折；鍥而不捨，金石可鏤」啟示我們，無論面對多大的困難，只要堅持不懈，就能突破障礙，最終達到成功的彼岸。

<table>
<tr><td rowspan="2">名句·出處</td><td>蓬生麻中，不扶而直；白沙在涅，與之俱黑。（《荀子·勸學》）</td></tr>
<tr><td>涅：黑泥。</td></tr>
<tr><td rowspan="2">解析·應用</td><td>蓬草生長在麻地裡，不用扶就能直立；白沙混在黑泥裡，也會變得與黑泥一樣黑。</td></tr>
<tr><td>比喻環境對人的影響很大。</td></tr>
<tr><td>寫作例句</td><td>我們都是為了感受文明的溫暖、傳承文明的薪火而真實努力地出現在社會的各個角落。荀子在兩千多年前就告訴我們：「蓬生麻中，不扶而直；白沙在涅，與之俱黑。」善良的人們，為了讓我們眼前的天更藍、花更紅、草更綠、世界更美好、人們的生活更幸福安康，請堅持那比金子還金貴純樸的心吧！</td></tr>
</table>

<table>
<tr><td rowspan="2">名句·出處</td><td>百發失一，不足謂善射。千里跬步不至，不足謂善御。（《荀子·勸學》）</td></tr>
<tr><td>御：趕車。</td></tr>
<tr><td rowspan="2">解析·應用</td><td>發百箭而有一箭不中，就不能稱為好射手；行千里只差半步不達終點，就不能稱為好御手。</td></tr>
<tr><td>常用來說明凡事要善始善終，追求完美。</td></tr>
</table>

寫作例句	1.「百發失一，不足謂善射；千里跬步不至，不足謂善御」強調的是技藝的精準和持續性，若射箭百次中有一次失誤，就不能稱為射箭高手；若不能透過每一步的累積而到達千里之外，就不能稱為駕車高手。 2. 在專案管理中，「百發失一，不足謂善射；千里跬步不至，不足謂善御」提醒我們，無論是追求完美的執行還是實現遠大的目標，都需要每一個環節的精準和每一步的堅持，只有這樣才能獲得真正的成功。

名句・出處	不登高山，不知天之高也；不臨深溪，不知地之厚也。（《荀子・勸學》）
解析・應用	不攀登高山，就不知道天有多高；不下臨深溪，就不知道地有多厚。
	「不登高山，不知天之高」喻指站得高才能看得遠。整個句子可用來說明實踐的重要。
寫作例句	1. 想要真正了解大自然的壯闊，就應明白「不登高山，不知天之高也；不臨深溪，不知地之厚也」。那些從未涉足高山深谷之人，難以體會天地的雄渾與廣袤。 2. 在藝術追求上，「不登高山，不知天之高也；不臨深溪，不知地之厚也」。不深入學習經典藝術作品的精髓，就無法知曉藝術境界的高遠；不親身探索藝術創新的未知領域，就不能明白藝術內涵的深厚。

名句·出處	無冥冥之志者，無昭昭之明；無惛惛之事者，無赫赫之功。（《荀子·勸學》）
	冥冥：專心致志。惛惛：痴迷。昭昭：明白。赫赫：顯著。
解析·應用	沒有專心致志地刻苦學習，就不會有融會貫通的智慧；沒有埋頭執著地工作，就不會獲得顯著的成就。
	常用來說明人既要志向遠大，又要腳踏實地，才能獲得智慧和成功。
寫作例句	1. 學者們應當牢記「無冥冥之志者，無昭昭之明；無惛惛之事者，無赫赫之功」的道理，只有透過長期的默默努力和專注研究，才能獲得顯著的學術成果，獲得同行的高度認可。 2.「無冥冥之志者，無昭昭之明；無惛惛之事者，無赫赫之功。」我們應該保持堅定的職業目標和持之以恆的努力，透過不斷的累積和實踐，最終在工作中獲得卓越的成就，贏得同事和上司的尊重。

名句·出處	居不隱者思不遠，身不佚者志不廣。（《荀子·宥坐篇》）
	隱：窮困。佚：棄用。
解析·應用	一個人不經歷艱難窮困和被人遺忘的痛苦，思想就不會深遠，志趣就不會廣大。
	常用來描寫逆境對成才的促進作用。

寫作例句	「居不隱者思不遠，身不佚者志不廣。」許多人在舒適的生活環境中，如同溫水中的青蛙，不思進取。他們沒有經歷過生活的磨礪，沒有被置於困境之中，所以思考總是局限於眼前的利益，志向也僅僅停留在滿足物質需求的小範圍內。而那些勇於挑戰自我，走出舒適圈，經歷過失敗與挫折洗禮的人，他們的思想更加深邃，能夠看到更長遠的未來，志向也更加遠大，立志為社會、為人類做出更卓越的貢獻。

名句·出處	不聞不若聞之，聞之不若見之，見之不若知之，知之不若行之。（《荀子·儒效》）
	聞：聽。知：領悟。
解析·應用	沒有聽過不如親耳聽到，聽到的事不如親眼見到，見到的事不如心領神會，領悟的事不如親身實踐。
	常用來強調親身實踐是非常重要的。
寫作例句	耳聞不如目見，目見又不如親身實踐。荀子在〈儒效篇〉中說：「不聞不若聞之，聞之不若見之，見之不若知之，知之不若行之。」真正全面的學習，不只是「聞之」（聽老師講授），而且要「見之」、「知之」、「行之」。

名句·出處	志不強者智不達，言不信者行不果。（《墨子·修身》）
解析·應用	意志不堅強的人智慧也不會通達，言語不誠實的人做事也不會有成果。
	常用來告誡人們做人要有明確的志向，而且要言而有信。

寫作例句	古人云：「志不強者智不達，言不信者行不果。」此言揭示了意志與智慧、言信與行動之間的緊密連繫。一個人若志向不堅定，便難以在求知的道路上持之以恆，終難達到智慧的巔峰；同樣，言語若不誠信，其行動也必將缺乏力度與效果，難以贏得他人的信任與尊重。

名句·出處	行百里者半於九十。（《戰國策·秦策五》）
解析·應用	走一百里的路走了九十里只當是一半。
	常用來比喻做事越接近成功越要認真對待，不可鬆懈。今多作「行百里者半九十」。
寫作例句	1. 在馬拉松比賽中，選手們應當牢記「行百里者半九十」的道理，即使已經跑了 90%的路程，也不能掉以輕心，因為最後的 10%往往是最艱難的，只有堅持到最後，才能真正完成比賽。 2. 在創業過程中，「行百里者半九十」。即使企業已經獲得了初步的成功，也不能放鬆警惕，因為市場競爭激烈，只有繼續保持創新和努力，才能在激烈的市場競爭中立於不敗之地，實現企業的長遠發展。

名句·出處	燕雀安知鴻鵠之志。（《史記·陳涉世家》漢·司馬遷）
解析·應用	燕子、家雀怎麼能知道天鵝的志向。
	常用來比喻平凡的人不會知道英雄人物的志向。

寫作例句	1. 陳勝年少時，雖為雇農，卻心懷壯志。面對一同勞動之人的不解與嘲笑，他只是淡然一笑，心中暗自思忖：「燕雀安知鴻鵠之志。」那些只滿足於每日耕種勞動、目光短淺的同伴，又怎能體會到他想要推翻暴秦統治、改變天下格局的偉大志向呢？這就如同燕雀只知在低空覓食嬉戲，而鴻鵠卻志在高遠的藍天，兩者境界截然不同。 2.「燕雀安知鴻鵠之志。」每個人的心中都有一片屬於自己的天空，有人選擇安逸，有人則嚮往飛翔。我們應尊重每個人的選擇，同時也應堅定自己的信念，勇敢追求那超越平庸、直指天際的鴻鵠之志。

名句．出處	好學深思，心知其意。（《史記．五帝本紀》漢．司馬遷）
解析．應用	愛好學習，並能深入思考，才能領會其中的旨意。
	指學和思是掌握知識的重要方法。
寫作例句	「好學深思，心知其意」和「多聞闕疑，慎言其餘」，都是治學的金石良言。

名句．出處	夙興以求，夜寐以思。（《漢書．武帝紀》漢．班固）
	夙：早。興：起來。
解析．應用	早晨起來就開始求索，夜裡睡下還要思考。
	常用來表示勤謹於事。

寫作例句	1. 古代的仁人志士，為了尋求治國安邦之道，「夙興以求，夜寐以思」。他們清晨便起身探尋，夜晚躺在床上還在思索，不放過任何一個可能的線索，只為能找到讓國家繁榮昌盛、百姓安居樂業的方法。 2. 科學家們為了攻克那道困擾學界多年的難題，「夙興以求，夜寐以思」。他們白天在實驗室裡不斷嘗試各種方法，查閱大量的資料；夜晚在休息時，腦海裡還在反覆思索實驗中的種種細節，這種全心投入的精神最終推動了科學的進步。

名句·出處	丈夫為志，窮當益堅，老當益壯。 （《後漢書·馬援列傳》）
解析·應用	大丈夫立志，窮困的時候愈加堅定，年老了更加雄壯。
	後來唐代王勃在〈滕王閣序〉裡曾加以化用：「老當益壯，寧移白首之心；窮且益堅，不墜青雲之志。」常用來說明年老心猶壯，即使白了頭髮也不改變初衷；窮困志更堅，絕不放棄凌雲的抱負。

寫作例句	1. 馬援一生征戰，雖歷經坎坷，卻始終秉持「丈夫為志，窮當益堅，老當益壯」的信念。早年他家境貧寒，卻不甘於平凡，心懷壯志，在困境中不斷磨礪自己。歲月流轉，當他已至暮年，本可安享晚年，但他壯心不已，主動請纓出征，這種精神猶如璀璨星辰，照亮了歷史的天空。他用自己的一生詮釋了大丈夫無論處於何種境地，都要堅守志向，窮困時堅定不拔，年老時豪邁雄壯。 2. 在追求科技創新的道路上，許多科學研究工作者就像秉持著「丈夫為志，窮當益堅，老當益壯」的精神。科學研究之路布滿荊棘，資金匱乏、實驗失敗等問題常常使他們陷入困境，但他們沒有絲毫退縮，反而更加堅定自己探索未知的信念，這便是「窮當益堅」；而那些在科學研究領域奮鬥了一生的老科學家們，歲月並沒有消磨他們的鬥志，他們依然豪情滿懷地關注著尖端研究，積極為年輕一代提供指導和支持，這就是「老當益壯」。他們以自己的行動說明，真正有志向的人，不會被困難和歲月打敗，而是始終向著目標奮勇前行。

名句·出處	大丈夫當雄飛，安能雌伏？（《後漢書·趙典傳》）
	雌伏：雌鳥伏在那裡不動。
解析·應用	大丈夫應該像雄鳥一樣振翅高飛，怎麼能像雌鳥一樣伏在那裡不動呢？
	常用來比喻應該有遠大的志向。

寫作例句	在現代社會的激烈競爭中，「大丈夫當雄飛，安能雌伏」的精神更顯珍貴。它告誡我們，作為新時代的青年，應當勇於擔當，勇於創新，不斷挑戰自我，追求卓越。我們不能滿足於現狀，更不能在安逸中消磨鬥志。只有像雄鷹一樣，不斷振翅高飛，才能在時代的浪潮中立於不敗之地，實現個人價值與社會貢獻的雙重提升。

名句．出處	有志者事竟成。（《後漢書．耿弇傳》）
解析．應用	有志氣的人要辦的事終會成功。
	常用來強調立志對成功的重要作用。
寫作例句	在當今這個日新月異的時代，「有志者事竟成」的精神被賦予了更廣泛的內涵。它不僅僅局限於個人成就的追求，更成為了推動社會進步、國家發展的強大動力。無論是科技創新的尖端陣地，還是鄉村振興的廣闊天地，都需要有志之士挺身而出，以堅定的信念和不懈的努力，去開創更加美好的未來。

名句．出處	志不求易，事不避難。（《後漢書．虞詡列傳》）
解析．應用	立志不求輕而易舉就成功，做事絕不迴避困難。
	常用來說明在立志、做事方面對待困難的正確態度。

寫作例句	在人生的征途中，我們常銘記「志不求易，事不避難」的古訓。它告誡我們，樹立志向時不應貪圖安逸，而應選擇那條充滿挑戰與磨礪的道路；面對困難與挑戰時，更不應退縮迴避，而應勇往直前，積極尋求解決之道。這種精神，是對自我極限的超越，對未知領域的探索，它讓生命之樹常青，讓夢想之花綻放。

名句·出處	不為窮變節，不為賤易志。（《鹽鐵論·地廣》漢·桓寬）
解析·應用	不因為貧賤就改變自己的氣節和志向。
	常用來說明任何人都要堅守自己的氣節與志向，不能因為貧富和地位的改變而改變。
寫作例句	在當今物欲橫流的社會裡，誘惑無處不在。有些人在面臨經濟困境時，可能會為了金錢而放棄自己的原則，做出違背道德的事情；有些人在社會地位低下時，便自暴自棄，改變了曾經積極向上的志向。然而，真正有操守的人卻能堅守「不為窮變節，不為賤易志」。比如那些堅守在偏遠山區的教師，儘管教學環境艱苦，薪資微薄，地位也不高，但他們依然懷揣著對教育事業的熱愛和對學生的責任，默默奉獻，不被外界的貧窮與低賤觀念所左右，堅定地朝著自己的教育理想前行。

名句·出處	百言百當，不如擇趨而審行也。（《淮南子·人間訓》漢·劉安）
	趨：趨向，方向。審：謹慎，審慎。

解析·應用	說一百句話一百句恰當，也不如選定方向而謹慎地實行。
	常用來說明實踐才是重要的，說得再對，不做也不會成功。
寫作例句	1. 在決策之際，「百言百當，不如擇趨而審行也」。再精準的言辭，也不及一次深思熟慮後的行動來得有力。 2. 追求夢想時，「百言百當，不如擇趨而審行也」。華麗的言辭雖美，但唯有腳踏實地的行動，才能鋪就通往成功的道路。

名句·出處	砥礪思索非金也，而可以利金；詩書壁立，非我也，而可以厲心。（《說苑·建本》漢·劉向）
解析·應用	磨刀石不是金屬，卻可以磨利金屬；汗牛充棟的詩書不是我的，卻可以磨練我心。
	常用來比喻說明讀書能磨練人的內心。
寫作例句	在學習過程中，我們應該牢記「砥礪思索非金也，而可以利金；詩書壁立，非我也，而可以厲心」的道理，透過不斷的學習和磨練，即使面對困難和挑戰，也能不斷提升自己的能力和素養，最終實現個人的全面發展。

名句·出處	少而好學，如日出之陽；壯而好學，如日中之光；老而好學，如炳燭之明。（《說苑·建本》漢·劉向）
解析·應用	小時候愛好學習，就如在初升的太陽下走路；壯年以後愛好學習，就如在正午的太陽下走路；老了以後愛好學習，就如在點燃蠟燭的光明下走路。
	常用來說明終身學習的重要性。

寫作例句	人生對於知識的追求是一場沒有終點的馬拉松，「少而好學，如日出之陽；壯而好學，如日中之光；老而好學，如炳燭之明」。在成長的初期，對知識的渴望如同朝陽初升，朝氣蓬勃，充滿無限的潛力；隨著成長步入盛年，繼續好學奮進就像日到中天，有著強大的力量和影響力；即使到了暮年，依然好學不倦，那也似蠟燭的微光，雖不耀眼但足以溫暖自己的心靈，在知識的世界裡散發著獨特的光芒。

名句·出處	士不以利移，不為患改。（《說苑·談叢》漢·劉向）
解析·應用	士人不會因為遭逢吉利或禍患而改變他的志向。
	常用來讚揚不為個人利害而改變志向的人。
寫作例句	在當今這個物欲橫流的時代，「士不以利移，不為患改」的精神更顯其重要與稀缺。它啟示我們，在面對名利誘惑和人生困境時，應保持清醒的頭腦和堅定的立場，不隨波逐流，不輕易妥協。只有這樣，我們才能在複雜多變的社會中保持真我，實現自我價值，同時也為社會的進步貢獻自己的力量。這種精神，不僅是對個人品格的錘鍊，更是對社會風氣的淨化與提升。

名句·出處	先憂事者後樂，先傲事者後憂。（《說苑·談叢》漢·劉向）
解析·應用	在做一事情之前先憂慮它的艱難的而後必定快樂，先對事情掉以輕心認為不在話下的而後必有憂患。
	常用來說明做事之前要有風險意識。

寫作例句	在專案管理中，專案經理應當牢記「先憂事者後樂，先傲事者後憂」的道理，始終保持對專案風險的警覺和預見性，提前做好應對措施，從而在專案順利完成後享受成功的喜悅，而不是在問題出現後才感到憂慮和後悔。

名句・出處	耳聞之不如目見之，目見之不如足踐之。（《說苑・政理》漢・劉向）
解析・應用	耳朵聽到的不如眼睛看到的，眼睛看到的不如親自到現場。這裡說的是對事物認識的三個層次。
	常用來強調要想獲得真實情況，必須進行實地調查研究。
寫作例句	「耳聞之不如目見之，目見之不如足踐之。」我們應該不僅透過課堂學習和書籍閱讀來獲取知識，還要積極參與實作和專案實踐，透過親身經歷來掌握和提升技能，從而在職業發展中獲得更大的成就。

名句・出處	志當存高遠。（〈誡外甥書〉三國・蜀・諸葛亮）
解析・應用	一個人立志應該立高尚遠大的志向。
	常用來說明人應當懷抱高遠的志向。

寫作例句	1. 諸葛亮年少時便深知「志當存高遠」。他雖躬耕於隆中，卻心懷天下，以興復漢室為己任。他的目光並未局限於眼前的田園生活，而是放眼於整個天下的局勢。他在隆中時就對天下大勢瞭如指掌，精心謀劃，只待明主。正是因為他志當存高遠，才有了後來輔佐劉備建立蜀漢政權，鞠躬盡瘁死而後已的偉大壯舉，成為千古傳頌的賢相。 2. 在科技飛速發展的今天，每一位科學研究工作者都應秉持「志當存高遠」的信念。在探索未知的科學領域時，不能僅僅滿足於小的成果和發現。例如那些致力於航太事業的科學家們，他們的志向不應僅僅停留在發射幾顆衛星或者進行幾次近地軌道飛行，而應該是探索浩瀚宇宙的奧祕，實現星際旅行甚至是尋找外星生命等高遠目標。只有志當存高遠，才能不斷推動科技的進步，在人類探索宇宙的征程上邁出堅實的步伐。

名句．出處	非學無以廣才，非志無以成學。（〈誡子書〉三國．蜀．諸葛亮）
解析．應用	不學習就不能增長才能，不立志就不能成就學業。
	指才能靠好學，學習靠立志。
寫作例句	1. 要成才就必須學習，要學習就必須立志。這三者是相連環的，缺了哪一環也成不得事。諸葛亮有言：「非學無以廣才，非志無以成學。」可以作為我們學人的座右銘。 2. 德不是憑空出現的，它建立在學、才、識、體的基礎之上，又反過來作用於它們。學、才、識、體，學是基礎，「非學無以廣才」。

名句·出處	非淡泊無以明志，非寧靜無以致遠。（《諸葛亮集·誡子書》）
解析·應用	淡泊名利才能顯示出自己高尚的志趣，保持心態平和寧靜才能在思想上達到高遠的境界。
	這是諸葛亮表達自己作為一個讀書人志趣清高的名言，被歷來的讀書人所推崇，用來比喻有識之士須清心寡慾、平心靜氣，才能達到目的。
寫作例句	1. 諸葛亮一生的寫照便是「非淡泊無以明志，非寧靜無以致遠」。他隱居隆中時，遠離塵世的喧囂與功名利祿的誘惑，過著簡樸的生活。在那寧靜的田園之中，他的心不為外界的紛擾所動，得以明確自己興復漢室的偉大志向。正是這種淡泊寧靜的心境，讓他能夠高瞻遠矚，為劉備出謀劃策，最終建立蜀漢政權，在歷史的長河中留下了不朽的傳奇。他用自己的一生詮釋了這句名言的真諦，成為後世敬仰的智者。 2. 在當今這個快節奏、充滿誘惑的時代，許多人在追求成功的道路上迷失了方向。然而，真正想要有所成就的人應懂得「非淡泊無以明志，非寧靜無以致遠」。比如那些潛心學術研究的學者，他們不被名利所誘惑，不被外界的浮躁風氣所干擾。在學術的世界裡，他們以淡泊的心態對待功名利祿，堅守自己對知識探索的初心，在寧靜的研究氛圍中深入鑽研，從而才能在自己的專業領域獲得深遠的成果，為人類知識的寶庫增添珍貴的財富。

名句·出處	學者不患才之不贍，而患志之不立。(《中論·治學》三國·魏·徐幹)
名句·出處	贍：充足，豐富。
解析·應用	治學的人不用擔心自己的才能不夠，而應該擔心意志不夠堅定。
解析·應用	常用來強調意志對才能的重要性。
寫作例句	古人云：「學者不患才之不贍，而患志之不立。」意在告誡我們，求學者無須憂慮自身才華是否充盈，真正須警惕的是志向是否堅定。今觀世間青年，才情橫溢者眾，然能持之以恆，矢志不渝於學問之道者，方為真正的學者風範。

名句·出處	倚立而思遠，不如速行之必至也。(《中論·治學》三國·魏·徐幹)
解析·應用	站在那裡想著到很遠的地方，不如立刻動身前去一定會到達。
解析·應用	常用來說明計畫固然重要，但行動起來才是達到目的的關鍵。
寫作例句	面對遠方的目標，「倚立而思遠，不如速行之必至也」。站在那裡空想，再遠的思緒也無法觸及彼岸；唯有邁開步伐，迅速行動，才能確保最終抵達心中的目的地。

名句·出處	志正則眾邪不生。（《三國志·魏書二十七》晉·陳壽）
解析·應用	志趣高尚就不會產生各種邪念。
	常用來強調志趣對做人的重要性。
寫作例句	古往今來，那些青史留名的清官廉吏，他們心中懷著匡扶社稷、造福百姓的大志，所以在面對金錢的誘惑、權勢的壓迫時，能堅守本心，不為所動。因為他們深知「志正則眾邪不生」，只要自己的志向堅定不移地向著正義與光明，那麼貪婪、腐敗等邪念就不會在心中萌芽。

名句·出處	夫有其志，必成其事，蓋烈士之所徇也。（《三國志·魏書十八》晉·陳壽）
解析·應用	有了做某項事業的志向就一定要做成，這是志士們不惜犧牲所追求的。
	常用來讚揚勇於為志向付出生命的人。
寫作例句	古語有云：「夫有其志，必成其事，蓋烈士之所徇也。」此言道出了志向與成就之間的必然連繫，意指一個人若心懷堅定之志，則必能克服萬難，成就一番事業，這正是無數英勇之士所追求並踐行的真理。在歷史長河中，無數先賢以他們的實際行動詮釋了這一古訓，用不屈不撓的意志書寫了輝煌的篇章。

名句・出處	患名之不立，不患年之不長。（《三國志・魏書・賈逵傳》晉・陳壽）
解析・應用	擔心自己的事業名望沒有樹立，不擔心壽命不長。
	常用來強調事業比生命更重要。
寫作例句	在學問與道德的修練上，「患名之不立，不患年之不長」。真正有識之士憂慮的是自己的名聲與品德未能樹立，而非歲月的流逝與年歲的增長。他們深知，真正的不朽在於心靈的富足與貢獻的價值。

名句・出處	讀書百遍，其義自見。（《三國志・魏志・王肅傳》晉・陳壽）
解析・應用	能把一本書讀一百遍，其中的含義自然就領會了。
	常用來說明書要精讀，才會有收穫。
寫作例句	1. 面對那些晦澀難懂的經典古籍，不必急於求成，「讀書百遍，其義自見」。反覆誦讀，每一次閱讀都會有新的感悟，初讀時如霧裡看花的文意，隨著誦讀次數的增加，逐漸清楚明瞭，彷彿迷霧被層層撥開，最終能深刻領會書中的內涵。 2. 在生活這一本大書中，許多道理不用刻意學習，「讀書百遍，其義自見」。經歷的事情多了，反覆思考、回味，就像對同一本書讀了很多遍一樣，那些原本隱藏在生活表象之下的人生哲理就會慢慢顯現出來，讓我們對生活有更深刻的認識。

名句·出處	學之廣在於不倦，不倦在於固志。（《抱朴子·崇教》晉·葛洪）
解析·應用	學問的淵博在於孜孜不倦地學，孜孜不倦地學在於有堅定的志向。
	常用來說明堅定的志向是學習的泉源。
寫作例句	在浩瀚的知識海洋中遨遊，「學之廣在於不倦，不倦在於固志」。學問的廣博源自於對學習的持續不懈，而這種不懈動力則根植於堅定的志向與對知識的深切渴望。只有志向堅定，方能持之以恆，不斷探索未知，拓寬視野。

名句·出處	堅志者，功名之主也；不惰者，眾善之師也。（《抱朴子·廣譬》晉·葛洪）
解析·應用	意志堅定，是建功立業的主導；不懶惰，是一切善行的老師。
	常用來說明志堅和勤奮，是做事做人的基本原則。
寫作例句	有志之人立長志，無志之人常立志。一個人有無志氣，主要看他是否有堅定的意志，持久的耐力。古人云：「堅志者，功名之主也；不惰者，眾善之師也。」

名句·出處	改過宜勇，遷善宜速。（《處世懸鏡·止之》南朝·梁·傅昭）
解析·應用	改正自己的過錯需要勇氣，學習別人的長處需要盡快。
	常用來說明對待自己過錯和別人長處的態度。

寫作例句	在修身養性的道路上，「改過宜勇，遷善宜速」是不可或缺的座右銘。面對自身的過錯，我們應當有勇於承認並立即改正的勇氣；而當遇到向善的機會時，也應迅速掌握，積極踐行，讓美德之光在心中閃耀。

名句·出處	棄燕雀之小志，慕鴻鵠以高翔。（〈與陳伯之書〉南朝·梁·丘遲）
	燕雀之小志：這裡的燕雀，比喻庸者，言其眼界狹小。鴻鵠：天鵝，比喻胸懷遠大之人。這裡比喻陳伯之背棄齊朝，歸順梁武帝。
解析·應用	摒棄燕雀安於低飛的小志向，仰慕鴻鵠高飛的遠大抱負。
	透過對比眼界狹小和胸懷遠大的人，勸人立志高遠。
寫作例句	許多初出茅廬的創業者不會被小打小鬧的短期利益所迷惑，他們有著更為遠大的抱負。他們不滿足於開一家小店維持生計這種如同燕雀般的小志向，而是渴望建立龐大的商業帝國，像鴻鵠一樣在商業的藍天中高高飛翔。他們以那些商業巨擘為榜樣，積極探索創新的商業模式，勇於開拓國際市場。因為他們懂得「棄燕雀之小志，慕鴻鵠以高翔」，只有擁有遠大的志向並為之努力奮鬥，才有可能在競爭激烈的商業世界中脫穎而出，創造出令人矚目的輝煌成就。

名句·出處	百尺之高，累於九碁之上。（《庾子山集·擬連珠》北周·庾信）
	累：累積，堆積。碁：基礎。
解析·應用	百尺的高樓，是由一層層累積起來的。
	比喻只有循序漸進，才能攀登學問的高峰。
寫作例句	1. 古塔巍峨聳立，令人驚嘆，而其穩固全賴於基礎的堅實，「百尺之高，累於九碁之上」正是對這種從基礎到高聳過程的真實寫照。 2. 在學術研究中，「百尺之高，累於九碁之上」告誡我們，任何突破性的理論都是建立在扎實的基礎知識之上，只有不斷累積，才能實現創新的飛躍。

名句·出處	聞道有先後，術業有專攻。（《師說》唐·韓愈）
	術業：學業。專攻：專門鑽研。
解析·應用	得知某種道理有先後，學業上有專門研究。
	常用來形容人們在知識、技能上的差異，強調每個人都有自己的專長和學習的時間先後順序。
寫作例句	為什麼同學於寒窗之下，造就卻有天壤之別？韓愈講過「聞道有先後，術業有專攻」，是不是專攻關係很大。立志成才，首先遇到的是選擇什麼目標。

名句·出處	道之所存，師之所存。（《師說》唐·韓愈）
	道：學說，道理。

解析·應用	學說、道理所在的地方，老師就會存在。
	常用來表達教師與知識不可分割的關係，強調教師是知識的載體和傳承者。
寫作例句	「道之所存，師之所存。」作為一名現代社會的教師就要不斷地謀「道」。這個「道」應該是教師所具備的品德、知識、能力等素養。從現代教育的角度來看，它不僅包括教師自身思想品德的昇華，教育觀念的更新，學科知識的豐富和教學技能的提高，而且更主要的應是不斷地培養自身的創新精神和發展自身的創新能力。

名句·出處	業精於勤，荒於嬉。（《進學解》唐·韓愈）
	嬉：遊戲，戲耍。
解析·應用	學業的精湛是由於勤奮，學業的荒廢是由於貪玩。
	常用來描寫學業或事業因勤奮而精進，因嬉戲而荒廢的道理。
寫作例句	「業精於勤，荒於嬉。」他深知此理，不敢荒廢時日，仍每日鑽研，又有新的領悟。

名句·出處	焚膏油以繼晷，恆兀兀以窮年。（《進學解》唐·韓愈）
	膏油：燈油。晷：日影。兀兀：勤勉的樣子。窮年：終年，一年到頭。
解析·應用	點燃燈盞夜以繼日地學習，長年累月持之以恆地刻苦鑽研。
	常用來形容人勤奮不懈，夜以繼日地工作或學習，不懈努力，以達到目標。

寫作例句	凡是思想家，都是不斷的勞苦工作者。「焚膏油以繼晷，恆兀兀以窮年。」他的求知的活動，是一刻不停的，所以他才能孕育出偉大成熟的思想。

名句·出處	盜道無師，有翅不飛。（《女仙傳·女幾》唐·高駢）
解析·應用	偷來的道術沒有拜師，有翅膀也飛不起來。
	比喻光靠書本學到的知識，沒有人指導還難以成功。
寫作例句	在學術研究領域，「盜道無師，有翅不飛」，如果沒有導師的引領，即使自身天賦異稟，也難以在學術的天空高飛遠翔。

名句·出處	百事之成也必在敬之，其敗也必在慢之。（《資治通鑑·卷第六》宋·司馬光）
解析·應用	大凡各樣事情的成功，一定是能夠認真嚴肅地對待它；而失敗，一定是輕慢不把它當回事的結果。
	常用來說明做事態度決定最終成敗。
寫作例句	專案經理應當遵循「百事之成也必在敬之，其敗也必在慢之」的原則，始終保持對專案的敬畏和重視，透過仔細的計劃和執行，確保專案的成功，而任何的疏忽和懈怠都可能導致專案的失敗。

名句·出處	泰山崩於前而色不變，麋鹿興於左而目不瞬。（《權書上·心術》宋·蘇洵）
	麋鹿：也叫「四不像」，珍貴獸類。

解析·應用	泰山在面前崩塌而神色不變，麋鹿在身邊奔跑，而眼睛不眨。
	常用來說明遇事鎮定自若，不受外界影響。
寫作例句	她一直保持著這種學習習慣，讀起書來，「泰山崩於前而色不變，麋鹿興於左而目不瞬。」別人做什麼，都休想分散她的注意力。

名句·出處	古之立大事者，不唯有超世之才，亦必有堅忍不拔之志。（〈晁錯論〉宋·蘇軾）
解析·應用	自古以來凡是做大事業的人，不僅有出類拔萃的才能，也一定有堅韌不拔的意志。
	常用來強調成功者不僅需要卓越的才能，更需要堅定不移的意志和毅力。
寫作例句	「古之立大事者，不唯有超世之才，亦必有堅忍不拔之志。」成功的大門從來都是向意志堅強的人敞開的，甚至可以說是只向意志堅強的人敞開。而堅強，永遠是軍人的準則；堅強，在他們堅定的眼神中，在他們剛毅的臉上，在他們古銅色的肌膚裡。我將學會堅強，並將用它譜寫未來的人生篇章。

名句·出處	言之於口，不若行之於身。（〈漁樵問對〉宋·邵雍）
解析·應用	僅僅在口頭上說說，不如親身去實踐。
	常用來強調行動勝過空洞的口號。

寫作例句	1. 在教育過程中，教師應當遵循「言之於口，不若行之於身」的原則，透過自身的實際行動來影響和教育學生，而不是僅僅透過口頭教導，透過言傳身教，才能真正實現教育的目標和效果。 2.「言之於口，不若行之於身。」領導者應該透過自身的實際行動來樹立榜樣，而不是僅僅透過口頭指示，透過以身作則，才能真正激勵和影響團隊成員，實現組織的成功和發展。

名句·出處	可遠觀而不可褻玩。（《愛蓮說》宋·周敦頤）
解析·應用	可以在遠處觀賞，但不能貼近玩弄。
	常用來形容人對品性高潔的事物或人充滿欣賞和敬意的態度，也可用作「只可遠觀，不可褻玩」。
寫作例句	那朵高山之巔的雪蓮，如同「可遠觀而不可褻玩」的仙子，靜靜地綻放於雲霧之間，我們只能遠遠地欣賞它的純潔與高雅，而無法輕易觸碰。

名句·出處	今日行一難事，明日行一難事，久則自然堅固。（《小學·嘉言》宋·朱熹）
	堅固：充實。
解析·應用	今天克服一個難題，明天克服一個難題，時間久了自然就會充實起來。
	常用來強調經驗和知識是逐漸累積起來的。

寫作例句	1. 在磨練意志與培養毅力的過程中，「今日行一難事，明日行一難事，久則自然堅固」。每日面對並克服一個小小的難題，日復一日，年復一年，這份堅持與努力會如同磐石般堅固，讓我們的內心與能力都變得更加堅韌不拔。 2. 在追求夢想與目標的征途上，「今日行一難事，明日行一難事，久則自然堅固」是一盞指引前行的明燈。每一步雖小，卻都是向著夢想邁進的堅實步伐。不畏艱難，不懼挑戰，持之以恆地努力，終將在時間的見證下，讓夢想之花綻放，成就一番不凡的事業。這份堅持與毅力，正是「久則自然堅固」的最佳詮釋。

名句．出處	為學患無疑，疑則有進。小疑則小進，大疑則大進。 （《語錄》宋．陸九淵）
解析．應用	學習怕的是沒有疑問，能提出疑問才會有進步。有小的疑問，就會有小的進步；有大的疑問，則會有大的進步。
	常用來強調在學習過程中，提出疑問是進步的關鍵，疑問的大小決定了進步的程度。
寫作例句	「為學患無疑，疑則有進。小疑則小進，大疑則大進。」教師只有激發學生質疑，使潛在的、靜態的「疑」轉化為顯在的，動態的「疑」，使學生從無疑到有疑，從少疑到多疑，讓問題成為知識的紐帶，學生才會學有長進，才能造就新世紀的創新人才。

名句·出處	學以不欺暗室為始。（《二程粹言》宋·楊時）
解析·應用	做學問以在沒人看到的地方也能潛心為開始。
	常用來說明學習不是做給人看的，只有自己知道學習了，才是進步的開始。
寫作例句	1. 在品德修養的道路上，「學以不欺暗室為始」。真正的學問與修養，是從在無人看見的暗處也能堅守本心，不做自欺欺人的事情開始的。一個人如果在獨處時都能秉持誠實和正直，那他在學問的追求上也必定能秉持正道，不為虛假的表象所迷惑。 2. 在藝術創作的領域裡，「學以不欺暗室為始」。這意味著藝術家從一開始就要堅守內心的真誠，不被外界的虛名浮利所左右，即使在沒有外界監督的情況下，也要堅守藝術的本真，不抄襲、不敷衍、不做違背藝術良心的事情，如此才能在藝術的道路上真正有所建樹。

名句·出處	立志則有本，譬之藝木，由毫末拱把至於合抱而干雲者，有本故也。（《二程粹言》宋·楊時）
解析·應用	志向確立之後就有了根本，就好像種樹，一開始只是小苗，後來長到拱把那樣粗，最後變成直上雲霄的合抱大樹，是由於有了根本的緣故。
	常用來說明是成功的根本所在，對人一生的成長有重要作用。

寫作例句	創業者們必須先立下堅定的志向，這志向就是事業的根本。以某企業家為例，他立志要建立一個能夠改變人們商業交易方式的平臺，這一志向如同種下了一顆充滿希望的種子。創業初期，他面臨著資金短缺、技術難題、市場不信任等諸多困難，就像剛萌芽的小樹面臨風雨。但他憑藉著這個根本的志向，不斷努力，吸引人才，開拓市場。隨著時間的推移，從一個小公司逐漸發展成為全球知名的商業龍頭，就像樹木從毫末拱把成長到合抱而干雲，這正是因為立志這個根本的存在，所以說「立志則有本，譬之藝木，由毫末拱把至於合抱而干雲者，有本故也」。

名句·出處	共君一夜話，勝讀十年書。（《朱子語類·訓門人》宋·黎靖德）
解析·應用	和你談了一夜的話，比讀了十年書還長見識。
	這句話的其他版本是「聽君一席話，勝讀十年書」、「與君一夕談，勝讀十年書」。均表示和對方的談話使自己獲益匪淺。但相對來說，「聽君一席話，勝讀十年書」沒有時間限制，且更顯謙恭，所以使用更廣。

寫作例句	1. 久別重逢的老友學識淵博，與他促膝長談，「共君一夜話，勝讀十年書」，許多疑惑瞬間豁然開朗。 2. 在人生的某個轉捩點，我們或許會遇到一位良師益友，與其深入交流，「共君一夜話，勝讀十年書」，這種精神上的碰撞與共鳴，不僅讓我們在學識上有了大幅成長，更重要的是，它讓我們學會了如何以更加開闊的視野看待世界，以更加包容的心態理解他人，這種心靈的成長，遠遠超越了書本知識的累積，它讓我們變得更加成熟與睿智，學會了如何在複雜多變的社會中，保持一顆平和而堅定的心，繼續前行，在人生的旅途中，書寫屬於自己的精采篇章。

名句．出處	但患無志耳，事固未可知也。（《唐宋傳奇集．流紅記》）
解析．應用	只怕沒有志向，事情究竟如何本來還不知道。
	常用來說明成敗就決定於有沒有志向。
寫作例句	韓信年少時曾受胯下之辱，若那時他只是擔憂自己身分低微，而無遠大志向，又怎會有後來統領千軍萬馬，戰無不勝的輝煌。只要胸懷壯志，即使當下處境艱難，未來之事誰能斷言呢？因為「但患無志耳，事固未可知也」，一個人的志向猶如黑暗中的明燈，能照亮前行的道路，打開無限可能的未來。

名句·出處	能下人者，其志必高，其所至必遠。（《牧民忠告·以禮下人》元·張養浩）
解析·應用	能屈就他人之下的人，他的志向一定很高，他能到達的目標也一定遠大。
	常用來形容胸懷大志、堅忍不拔、甘於屈居人下之人。
寫作例句	在團隊合作與領導藝術中，「能下人者，其志必高，其所至必遠」具有深刻的指導意義。一位優秀的領導者，必然能夠謙遜地傾聽團隊成員的意見，尊重每個人的價值，這樣的領導風格能夠激發團隊的凝聚力和創造力。而這樣的領導者，也往往能夠引領團隊走向更加輝煌的未來，因為他們的高遠志向和寬廣胸懷，為團隊指明了前進的方向，也贏得了團隊成員的衷心擁戴。

名句·出處	馬不打不奔，人不激不發。（《漁樵記·楔子》元雜劇）
解析·應用	馬不抽打就不肯奔跑，人不加激勵就不會發奮。
	常用來比喻說明激勵對人的重要作用。
寫作例句	「馬不打不奔，人不激不發。」領導者應該透過適當的激勵和挑戰，激發團隊成員的工作熱情和創造力，促使他們不斷追求卓越和突破，最終實現團隊目標和組織的成功。

名句·出處	好男不吃婚時飯，好女不穿嫁時衣。（《孟德耀舉案齊眉·第二折》元雜劇）

解析·應用	好男人不會坐吃結婚時準備的存糧，好女人不會只穿出嫁時陪嫁的衣服。
	常用來說明做人要自力更生，靠自己的雙手來成就一番事業。
寫作例句	「好男不吃婚時飯，好女不穿嫁時衣。」夫妻二人立志要靠自己的雙手打拚出一片天地，不依賴任何人的餽贈。

名句·出處	書不記，熟讀可記；義不精，細思可精。唯有志不立，直是無著力處。（《性理精義·卷七》）
解析·應用	書上的東西記不住，多讀就可以記住；意思不能精通，細細地思考就可以精通。唯獨不樹立志向，就是有氣力也無處可用。
	常用來強調立志比學習知識更重要。
寫作例句	治學之道，貴在持之以恆。常聞「書不記，熟讀可記；義不精，細思可精。唯有志不立，直是無著力處」，此言誠然。在浩瀚的知識海洋中，若遇書籍內容難以銘記，反覆誦讀自能加深印象；若對其中義理理解不深，細細思索定能通達精髓。然而，這一切努力的前提，皆在於立志向學，若志向不堅，則如同無根之木，無源之水，終究難以有所成就。

名句·出處	人須在事上磨練做工夫，乃有益。（《王守仁全集·知行錄之八》明·王守仁）
解析·應用	人必須在一些事情上經過磨練，才會有所長進。
	常用來說明磨練出真知的道理。

寫作例句	在個人成長過程中，我們應該遵循「人須在事上磨練做工夫，乃有益」的原則，透過不斷的實踐和磨練，逐步提升自己的能力和素養，最終實現個人的全面發展和進步。

名句·出處	讀萬卷書，行萬里路。（《畫禪室隨筆·畫訣》明·董其昌）
	萬：形容極其多。
解析·應用	多讀書以增長才學，多遊歷以增加見識。
	常用來說明書本知識要與社會實踐結合起來。
寫作例句	「讀萬卷書，行萬里路。」古人把這兩件事放一起說，既有做學問的門道，也有做人的道理，因為這兩條途徑既能增長見識，又能開闊胸懷。

名句·出處	苟有恆，何必三更眠五更起；最無益，莫過一日曝十日寒。（《自題》明·胡居仁）
	更：古代夜間計時單位，一夜分為五更，每更約兩小時。曝：晒。寒：凍。
解析·應用	如果真有恆心，又何必半夜剛睡下，天不亮就起床；最沒有好處的，莫過於晒一天而又凍十天了。又作「貴有恆，何必三更起五更眠；最無益，只怕一日曝十日寒」。
	指做事貴在持久，不能忽冷忽熱。
寫作例句	1.「苟有恆，何必三更眠五更起；最無益，莫過一日曝十日寒。」讀書，做學問，從事科學研究，貴有恆心。 2.「苟有恆，何必三更眠五更起；最無益，莫過一日曝十日寒。」這句話把讀書要持之以恆、循序漸進的道理講得透徹明瞭。

名句·出處	大志非才不就，大才非學不成。（《戒庵老人漫筆》明·李詡）
解析·應用	大的志向沒有才幹就不會實現，而大的才幹沒有勤學苦練是培養不成的。
	常用來說明才幹對志向的重要作用。
寫作例句	在歷史的長河中，無數英傑證明了「大志非才不就，大才非學不成」的真理。宏偉的志向若沒有卓越的才能作為支撐，終將難以實現；而卓越的才能，若未經過勤奮學習與不懈努力的錘鍊，也難以成就非凡的事業。因此，立志高遠的同時，更應注重才學的累積與提升。

名句·出處	學者不患立志不高，患不足以繼之耳。（《薛方山紀述·上篇》明·薛應旂）
解析·應用	做學問的人不怕志向立得不高，就怕不能持之以恆。
	常用來說明持之以恆對立志、成才的重要性。
寫作例句	在現代社會，「學者不患立志不高，患不足以繼之耳」這句古文名句依然具有深刻的現實意義。它不僅僅適用於學術研究，也適用於各行各業。比如在創業領域，許多創業者都有宏偉的藍圖和遠大的目標，但真正能堅持下來並獲得成功的，往往是那些不僅有高遠志向，還能持續努力、不斷學習和適應變化的人。正如一位成功的企業家所言：「創業如同馬拉松，志向是起點，堅持是過程，成功是終點。」

名句·出處	讀前句如無後句，讀此書如無他書，心乃有入。（《薛文清公讀書錄·論學》明·薛瑄）
解析·應用	讀前邊的句子就像沒有後邊的句子一樣（細加品味），讀這本書就像沒有其他書一樣（研究思考），心裡才會有收穫。
	常用來說明讀書貴在專心。
寫作例句	1. 閱讀古典詩詞時，「讀前句如無後句，讀此書如無他書，心乃有入」。逐句品味，沉浸於這一本書的獨特意境，才能領略詩詞的妙處。 2. 在學習某種技藝的理論知識時，「讀前句如無後句，讀此書如無他書，心乃有入」。專注於當前的知識內容，不受其他因素干擾，才能深入理解技藝的原理。

名句·出處	世上無難事，只怕有心人。（《西遊記·第二回》明·吳承恩）
解析·應用	世界上沒有什麼困難的事，（困難）只害怕有信心的人。
	常用來說明只要意志堅定，就沒有克服不了的困難。
寫作例句	「世上無難事，只怕有心人。」創業者應該擁有堅定的信念和決心，面對各種困難和挑戰，透過不斷的努力和創新，最終實現創業目標，獲得事業上的成功。

名句・出處	書痴者文必工，藝痴者技必良。（《聊齋志異・阿寶》清・蒲松齡）
解析・應用	對書痴迷的人文章一定寫得好，對工藝痴迷的人技術一定很精良。
	常用來表示只要對什麼東西達到了痴迷的程度，就一定會達到精通的境界。
寫作例句	1. 在文學與藝術的殿堂裡，我們常常發現這樣一個規律，「書痴者文必工，藝痴者技必良」，那些沉迷於書籍、對文學充滿熱愛的書痴，他們的文章往往精雕細琢，文采飛揚；而那些對藝術有著執著追求的藝痴，他們的技藝也必定爐火純青，作品令人嘆為觀止。 2. 在人生的各個領域中，「書痴者文必工，藝痴者技必良」同樣適用，那些對某項事業或技能抱有無比熱情與痴迷的人，無論他們是科學研究工作者、手工藝人還是企業家，都會因為這份專注與熱愛，而不斷精進自己的技藝與能力，最終在某個領域達到卓越的成就，成為行業的佼佼者，為社會貢獻出獨特的價值與美好。

名句・出處	天下事有難易乎？為之，則難者亦易矣；不為，則易者亦難矣。（〈為學〉清・彭端淑）
解析・應用	天下的事情有困難和容易的區別嗎？只要做，那麼困難的事情也變為容易的事情了；如果不做，那麼容易的事情也就變成困難的事情了。
	常用來說明實踐對成功的重要意義。

寫作例句	「天下事有難易乎？為之，則難者亦易矣；不為，則易者亦難矣。」這句名言深刻表達了行動的重要性。無論面對何種挑戰，只要我們勇敢地邁出第一步，積極地去嘗試和努力，原本看似艱難的任務也會逐漸變得簡單。正如一位智者所說：「行動是克服恐懼的良藥，也是通向成功的橋梁。」

名句·出處	志不立，天下無可成之事。（《訓俗遺規》清·陳宏謀）
解析·應用	不樹立志向，世上就沒有什麼可以做成的事。
	常用來強調立志是一切成功的基礎。
寫作例句	在歷史的長河中，無數先賢以行動詮釋了「志不立，天下無可成之事」的深刻內涵。他們深知，無論是修身齊家，還是治國平天下，首要之務在於立定志向。

名句·出處	知畏懼成人，知羞恥成人，知艱難成人。（《鄉言解頤·人》清·李光庭）
	成人：成為一個正直而品德高尚的人。
解析·應用	知道害怕明白什麼事該做、什麼事不該做的才能成人，知道羞恥有錯能改的才能成人，知道生活艱難努力奮鬥力戒奢侈的才能成人。
	常用來說明怎樣成為一個正直而品德高尚的人。

寫作例句	「知畏懼成人，知羞恥成人，知艱難成人。」這句話深刻道出了成長過程中的三個重要階段。首先，懂得畏懼讓我們學會尊重規則和界限；其次，懂得羞恥讓我們明白是非對錯，樹立道德觀念；最後，懂得艱難讓我們在面對挑戰時不輕言放棄，逐漸變得堅韌不拔。

名句·出處	善學者其如海乎，旱九年而不枯，受八州水而不滿，無他，善為之下而已矣。（〈贈俞子嚴溪喻〉清·方正學）
解析·應用	善於學習的人如同大海，大旱九年不乾枯，接受四面八方的水流也不溢出來，沒什麼特別的，就是因為大海善於處在低下的位置。
	比喻為人要謙虛，才能學到廣博的知識。
寫作例句	1. 做學問當如大海，「善學者其如海乎，旱九年而不枯，受八州水而不滿，無他，善為之下而已矣」。以謙遜的姿態不斷吸納知識，方能成就淵博學識。 2. 胸懷寬廣之人「善學者其如海乎，旱九年而不枯，受八州水而不滿，無他，善為之下而已矣」。他們在生活中能忍受挫折磨難，包容永珍而不驕矜，只因懂得謙卑處下。

名句·出處	有志不在年高，無志空活百歲。（《三俠五義·第八一回》清·石玉崑）
解析·應用	有志氣不在年齡的大小，沒志氣就是活百歲也是白活。
	常用來誇讚有志少年。

寫作例句	「有志不在年高，無志空活百歲。」年齡並不是衡量一個人成就的唯一標準，真正重要的是內心的志向和追求。年輕人應該珍惜時光，樹立遠大理想，勇於探索未知，不斷挑戰自我，用實際行動詮釋青春的意義。而年長者也應保持一顆年輕的心，不斷學習新知識，接受新觀念，為社會的進步貢獻自己的力量。無論年齡大小，只要心中有夢，腳下有路，就能活出精采的人生。

名句．出處	弈棋與勝己者對，則日進;與不如己者對，則日退。(《荊園進語》清．申涵光)
解析．應用	下棋與棋藝高過自己的人對局，棋藝就會逐漸長進；與棋藝不如自己的人對局，棋藝就會逐漸退步。
	比喻交朋友應該交那些身上有優點值得自己學習的人。
寫作例句	1. 在學習與成長的道路上，我們當銘記「弈棋與勝己者對，則日進；與不如己者對，則日退」，唯有勇於與比自己強大的人對弈，方能不斷突破自我，實現日新月異的進步；而若總是滿足於與弱者較量，便容易懈怠，才智日漸衰退。 2. 在人生的競技場上，「弈棋與勝己者對，則日進；與不如己者對，則日退」，意味著我們應當勇於挑戰自我，尋找並學習那些比我們更優秀、更有成就的人，以此激發自己的潛能，不斷攀登新的高峰；反之，若總是沉浸在自我滿足之中，與平庸之輩為伍，我們的視野將變得狹窄，人生也將失去前進的動力，最終只能在原地踏步，甚至倒退。

<table>
<tr><td>名句．出處</td><td>寫竹者必有成竹在胸，謂意在筆先，然後著墨也。（《說詩晬語》清．沈德潛）</td></tr>
<tr><td rowspan="2">解析．應用</td><td>畫竹子的人必須先在心裡有竹子的形象，在下筆之前先構思好，然後再著墨開始畫。</td></tr>
<tr><td>常用來說明寫文章、作畫必須有現實的生活作基礎，以及構思的重要性。</td></tr>
<tr><td>寫作例句</td><td>1. 在繪畫的世界裡，尤其是描繪竹子，「寫竹者必有成竹在胸，謂意在筆先，然後著墨也」，這意味著畫家在動筆之前，心中已有一幅完整的竹子形象，他構思好了每一枝一葉的布局與姿態，胸有成竹，方能筆走龍蛇，將竹子的神韻淋漓盡致地展現在宣紙之上。
2. 在人生規畫中，「寫竹者必有成竹在胸，謂意在筆先，然後著墨也」同樣具有深刻的啟示意義。無論是制定職業目標、規劃人生路徑，還是處理日常事務，我們都應先有清楚明確的構想與計畫，如同畫家胸中的竹子，心中有譜，行動才有方向，才能有條不紊地推進，最終將心中的願景變為現實，繪就一幅精采紛呈的人生畫卷。</td></tr>
</table>

<table>
<tr><td>名句．出處</td><td>善琴弈者不視譜，善相馬者不按圖。（《默觚．學篇》清．魏源）</td></tr>
<tr><td rowspan="2">解析．應用</td><td>善於彈琴、下棋的人，不會死盯著琴譜、棋譜；會相馬的人，也不會按圖上畫的馬去尋好馬。</td></tr>
<tr><td>常用來強調實踐出真知，不能拘泥於書本、教條。</td></tr>
</table>

寫作例句	「善琴弈者不視譜，善相馬者不按圖。」真正的智者，行事不拘一格，處理問題往往能超越常規框架，憑藉深厚的洞察力和豐富的經驗，直接掌握事物的本質與核心，無須事事依賴教條或先例。他們如同那些技藝高超的琴師與相馬者，能夠在紛繁複雜的世界中，遊刃有餘地駕馭自己的命運與方向。

名句·出處	疏八珍之譜以為知味，不如庖丁之一啜。（《默觚·學篇》清·魏源）
解析·應用	能夠解說各種珍品的食譜，以為知道美味了，還不如廚師嘗一口。
	常用來比喻實踐出真知。
寫作例句	1. 美食評論家們認為「疏八珍之譜以為知味，不如庖丁之一啜」，那些只會紙上談兵般談論各種珍饈佳餚的烹製方法和食材搭配，就自認為懂得食物真味的人，遠不及庖丁親自品嘗一口來得真切。 2. 許多學者能在理論上對各種複雜的管理模式和營運策略「疏八珍之譜以為知味，不如庖丁之一啜」。真正到企業中去實踐一下，就像庖丁親自操刀解牛，品嘗那實作中的酸甜苦辣，才能真正明白管理營運的真諦，而不是僅僅在書本和理論層面誇誇其談。

第三章　愛國憂民

名句·出處	臨患不忘國，忠也。（《左傳·昭西元年》）
解析·應用	面對災難不忘記國家，這就是忠誠。
	常用來表達古人「忠君愛國」的思想。
寫作例句	在國家面臨危難之際，他毅然挺身而出，即使身處險境，亦不忘國家安危，用實際行動詮釋了「臨患不忘國，忠也」的高尚情操，成為了後世傳頌的忠誠典範。

名句·出處	苟利社稷，死生以之。（《左傳·昭公四年》）
解析·應用	如果有利於國家，可以犧牲生命去換取。
	常用來描寫勇於為國犧牲的精神。後世林則徐據此寫出了「苟利國家生死以，豈因禍福避趨之」的名句。
寫作例句	在歷史的長河中，無數英雄豪傑以「苟利社稷，死生以之」的壯志豪情，誓死捍衛國家的安寧與繁榮。他們為了國家的利益，將個人的生死置之度外，這份深沉的愛國情懷，至今仍激勵著後人勇往直前。

名句·出處	樂以天下，憂以天下。（《孟子·梁惠王下》）
解析·應用	與天下人同樂，與天下人同憂。
	這是孟子見齊宣王時說的。他認為國君應該以人民的快樂為快樂，以人民的憂愁為憂愁，這是實現王道的根本，表現了孟子的民本主義思想。這句話後來常用來形容憂國憂民之人的思想，北宋范仲淹把它發展成為「先天下之憂而憂，後天下之樂而樂」，並以此作為對待仕途進退的原則，產生了深遠影響。
寫作例句	優秀的企業領導者，應具備「樂以天下，憂以天下」的境界。在公司面臨危機時，他殫精竭慮，四處奔波尋求解決方案；當公司獲得成功時，他又與全體員工一同分享喜悅。他將自己的情感與整個公司的命運緊密相連，樂員工之樂，憂員工之憂，如此方能凝聚人心，使企業不斷發展壯大。

名句·出處	天下之本在國，國之本在家，家之本在身。（《孟子·離婁上》）
解析·應用	天下的根本在於國家，國家的根本在於家，家的根本在於人自身。
	所謂國家，國和家緊密相連，不能分割。孟子用嚴密的邏輯說理層層深入，說明了天下與國、家、人三者的關係，並揭示了問題的根本。常用來說明「以人為本」的可貴思想。

寫作例句	「天下之本在國，國之本在家，家之本在身。」企業之於國家經濟，猶如國之於天下；部門之於企業，則如家之於國；而每位員工，則是構成這個「家」不可或缺的一分子。企業的長遠發展，根植於各部門的協同合作與高效運轉；而部門的活力與效率，則源自於每位員工的敬業奉獻與自我超越。因此，每位員工都應視自己為企業的基石，不斷精進，以個人的成長推動部門乃至整個企業的蓬勃發展，共同書寫企業與社會和諧共進的篇章。

名句·出處	三過家門而不入。（《孟子·滕文公上》）
解析·應用	夏禹治水時，三次經過家門都沒有進去。
	常用來比喻勤奮努力，公而忘私。
寫作例句	1. 大禹治水，心繫蒼生，為解萬民於倒懸，不辭辛勞，日夜兼程，即使「三過家門而不入」，其無私奉獻與堅定決心，成為了千古傳頌的佳話，彰顯了古代先賢以天下為己任的高尚情操。 2. 在科學研究探索的征途上，他如同現代版的「大禹」，面對未知與挑戰，勇往直前，無數次錯過與家人團聚的機會，即使是「三過家門而不入」，也未曾有過絲毫的猶豫與後悔。他的心中，裝著對科學的無限熱愛與追求，用實際行動詮釋了科學研究工作者對真理的執著與堅守。

名句‧出處	貴以身為天下，若可寄天下；愛以身為天下，若可託天下。（《老子》）
解析‧應用	重視國家的根本像重視自己身體的病患那樣的人，可以把天下託付給他；愛惜國家的根本像愛惜自己的身體那樣的人，可以把天下委託給他。
	這是老子提出的選擇國君的標準，即視治理天下為己任，很有哲理性。
寫作例句	1. 老子曾言「貴以身為天下，若可寄天下；愛以身為天下，若可託天下」，真正的賢君聖主，必是珍視自身如同珍視天下，愛護自身如同愛護天下之人，舜帝在位時，敬天法地，珍視自身品德修養，關愛百姓如同關愛自己，於是天下大治，百姓安樂，此乃可寄可託天下之人。 2. 在企業管理中，優秀的領導者應懂得「貴以身為天下，若可寄天下；愛以身為天下，若可託天下」的道理。那些把企業的興衰榮辱視為自己的生命般重要，關愛企業中的每一位員工如同關愛自己的人，才能夠被賦予企業發展的重任，帶領企業在激烈的市場競爭中不斷前行，創造輝煌。

名句‧出處	民不畏死，奈何以死懼之？（《老子》）
解析‧應用	人民不怕死，又怎麼能用死來威脅他們呢？
	原意是對統治者的勸誡。現在常用來表示本來對什麼東西不畏懼，還怕你拿什麼東西來威脅嗎？

寫作例句	古語有云：「民不畏死，奈何以死懼之。」此言道出了統治者若以嚴刑峻法、死亡威脅來壓制民眾，終將徒勞無功的真理。在亂世之中，百姓若已陷入絕境，對生死無所畏懼，那麼任何以死亡為手段的恐嚇都顯得蒼白無力，無法真正馴服民心。

名句·出處	受命而不辭家，破敵而後言返。（《吳子·論將》）
解析·應用	（將軍）接受命令後來不及和家人告別，消滅敵人以後才談返回家鄉。
	常用來形容矢志報國、奮力殺敵的決心。
寫作例句	在那戰火紛飛的年代，無數熱血男兒「受命而不辭家，破敵而後言返」，他們懷著對國家和民族的忠誠，義無反顧地奔赴戰場，直到將侵略者徹底擊敗才踏上歸鄉之路。

名句·出處	匈奴未滅，何以家為？（《史記·衛將軍驃騎列傳》漢·司馬遷）
解析·應用	匈奴還沒有消滅，治家業做什麼？這八個字並非霍去病的原話，是後人對霍去病對漢武帝所說的話的概括和改造。
	在班固的《漢書》中這句話作「匈奴不滅，無以家為也」，今多作「匈奴未滅，何以家為」，在語氣上短促有力，更顯豪氣，從而更為突出地表現了霍去病將國家安危和建功立業放在一切之前的無私精神，因而更震撼人心。

寫作例句	霍去病在抗擊匈奴的征程中，始終秉持著「匈奴未滅，何以家為」的信念，將個人的家事拋諸腦後，一心只為驅除匈奴，保家衛國，他的這種愛國情懷和大無畏精神，激勵著後世無數的仁人志士。

名句．出處	先國家之急而後私仇。（《史記．廉頗藺相如列傳》漢．司馬遷）
解析．應用	先考慮國家的危急而把私人的恩怨置之於後。
	常用來形容公而忘私的愛國精神。
寫作例句	1. 藺相如面對廉頗的多次挑釁，始終以大局為重，「先國家之急而後私仇」。他深知趙國的安穩需要將相齊心，所以不計較廉頗對自己的無禮，其高風亮節令人欽佩。 2. 在企業面臨國外強大競爭對手的衝擊時，兩位曾經有過衝突的部門經理「先國家之急而後私仇」，攜手合作，共同研究應對策略，因為他們明白企業的興衰關乎國家經濟的發展，在國家利益面前，個人的小恩怨微不足道。

名句．出處	將受命之日則忘其家。（《史記．司馬穰苴列傳》漢．司馬遷）
解析．應用	將軍在接受命令的那天就應該忘掉自己的小家。
	常用來形容軍人「捨小家，顧大家」的忘我精神。

寫作例句	1. 古之良將，「將受命之日則忘其家」，他們為了保國安民，在接受作戰指令的那一刻，便將家庭的牽掛深埋心底，義無反顧地奔赴沙場，這種為國忘家的情懷，令人敬仰。 2. 在航太事業蓬勃發展的過程中，許多科學研究人員「將受命之日則忘其家」。他們接到關鍵專案任務時，便一心投入在科學研究工作上，不顧家中的瑣事，只為了讓太空梭能成功遨遊太空，向著星辰大海不斷出發。

名句·出處	治國有常，利民為本。（《淮南子·氾論訓》漢·劉安）
	常：常法。
解析·應用	治理國家有常法，有利於人民是根本。
	指一切事情都要以利民為準則。
寫作例句	「治國有常，利民為本。」治理國家有規律可循，其中有利於人民是根本。進行政治活動有綱要，政令能夠施行最重要。

名句·出處	憂國忘家，捐軀濟難，忠臣之志也。（〈求自試表〉三國·魏·曹植）
解析·應用	為國憂慮而忘記自己的家，犧牲自己來濟困扶危，這是忠臣的志向。曹植此番話意在得到朝廷的任用，實現為國效力、建功立業的宿願。
	這是曹植向明帝所上奏疏中的一句話。曹植在文中多方排比事典，包括霍去病「匈奴未滅，何以家為」的故事，以此盛讚古代忠臣烈士的志向節行。今天，這句話常用來形容大公無私、不怕犧牲的忠貞愛國人士。

寫作例句	在新冠疫情肆虐之際，許多醫護人員主動請纓奔赴抗疫一線。他們「憂國忘家，捐軀濟難，忠臣之志也」。他們離開自己的家人，不顧被感染的風險，全力救助患者，用自己的行動詮釋著忠誠與擔當。

名句·出處	以國家之務為己任。（〈送許郢州序〉唐·韓愈）
解析·應用	把國家的事務當作自己的責任。
	常用來形容公而忘私的愛國精神。
寫作例句	1. 古之仁人志士，皆以「以國家之務為己任」，他們心懷天下，在其位謀其政，無論是治理水患，還是抵禦外敵，都積極投身其中，鞠躬盡瘁，死而後已，只為國家繁榮昌盛、百姓安居樂業。 2.「以國家之務為己任」不僅僅是對政府官員和公眾人物的要求，更是每一個普通人應有的擔當。無論是投身科學研究創新，推動科技進步；還是參與社會治理，維護公平正義；亦或是傳承文化精髓，弘揚民族精神，都是將國家的發展與進步視為己任的表現。我們每個人的努力，都是國家前進道路上的重要力量，共同匯聚成推動社會進步的磅礴力量。

名句·出處	聖人一視而同仁，篤近而舉遠。（〈原人〉唐·韓愈）

解析·應用	聖人對百姓一樣看待同施仁愛，對關係近的厚道，對關係遠的推舉。
	「一視同仁」和「篤近舉遠」現為成語。「一視同仁」的意思已多用來表示對人同樣看待，不分厚薄。「篤近舉遠」的意思是對關係近的厚道，對關係遠的舉薦，指同等待人。
寫作例句	1. 在治國理政之道上，聖人總能秉持「聖人一視而同仁，篤近而舉遠」之理念，無論親疏貴賤，皆以平等之心待之，既深切關懷近臣百姓之疾苦，亦不遺忘遠方子民之福祉，真正實現了四海之內皆兄弟的大同願景。 2. 在企業管理中，優秀的管理者要做到「聖人一視而同仁，篤近而舉遠」。對待所有員工都公平公正，給予相同的發展機會，對自己身邊的老員工給予應有的關懷和尊重，同時也要善於發掘新員工中的潛力股並大力提拔，這樣企業才能不斷發展壯大。

名句·出處	樂人之樂，人亦樂其樂，憂人之憂，人亦憂其憂。（《策林》唐·白居易）
解析·應用	把百姓的快樂當作自己快樂的君王，百姓也會以他的快樂為快樂；把百姓的憂愁當作自己憂愁的君王，百姓也會以他的憂愁為憂愁。
	白居易認為聖王治理國家在於「修己」、「安人」，然後再與百姓同憂樂，國家自然就會興盛。

寫作例句	在本公司領導者的胸懷中，深藏著「樂人之樂，人亦樂其樂，憂人之憂，人亦憂其憂」的廣闊天地。他們不僅關心團隊的成功與喜悅，樂於見證每個成員的成就並與之同慶，更在團隊成員遭遇困境時，能夠設身處地地為其擔憂，並伸出援手共度難關。這樣的領導風範，讓團隊凝聚成堅不可摧的力量，共同面對挑戰，共享勝利的果實。

名句‧出處	國以民為根，民以穀為命。（《群書治要‧政論》）
解析‧應用	國家以人民作為根本，人民把糧食視為生命。
	原意是勸誡統治者應首先重視糧食問題，現常用來形容農業對國民經濟的重要性。
寫作例句	1.「國以民為根，民以穀為命」，古代的賢明君主深知此理，他們重視農業發展，輕徭薄賦，以確保百姓能安居樂業，倉廩充實。因為只有百姓溫飽無憂，國家才能根基穩固，繁榮昌盛。 2.「國以民為根，民以穀為命。」企業以員工為根，員工以專業技能和知識為命。企業只有重視員工的權益、發展和幸福，員工才能憑藉自身的能力為企業創造價值，企業也才能在激烈的市場競爭中穩固根基，蓬勃發展。

名句‧出處	先天下之憂而憂，後天下之樂而樂。（〈岳陽樓記〉宋‧范仲淹）

解析．應用	在天下人憂愁之前先憂愁，在天下人享樂之後才享樂。
	這句話反映了范仲淹與國家、人民同甘共苦的決心和高貴品格。它是對傳統知識分子那種憂國憂民情懷和以天下為己任抱負的概括，展現了高尚的道德品格，閃耀著理想的光輝，激勵了一代又一代的仁人志士。
寫作例句	1. 在歷史的長河中，總有那麼一些仁人志士，他們以「先天下之憂而憂，後天下之樂而樂」為人生信條，挺身而出，擔當起時代的重任。在國家危難之際，他們率先垂範，憂慮國家的前途命運，不惜個人安危，奮力抗爭；而當國家安定、百姓安居樂業之時，他們卻甘願退居幕後，默默奉獻，享受著由眾人共同努力換來的和平與歡樂。 2. 在當今社會，這種「先天下之憂而憂，後天下之樂而樂」的精神依然熠熠生輝，被賦予了更為廣泛的內涵。它不僅僅局限於國家興亡、民族振興的宏大敘事，更滲透於日常生活的點點滴滴之中。無論是科學家潛心研究，為科技進步和人類福祉貢獻力量；還是教師默默耕耘，培育下一代茁壯成長；亦或是志工無私奉獻，幫助需要幫助的人……他們都是在以自己的方式，踐行著這一崇高理念，先考慮他人的需求與困境，後享受自己的成就與喜悅，共同推動著社會向著更加美好的方向前行。

名句．出處	善國者，莫先育才；育才之方，莫先勸學。（〈上時相議制舉書〉宋．范仲淹）
解析．應用	要把國家治理好，沒有比先培養人才更重要的了；培養人才的方法，沒有鼓勵大家學習更重要的了。
	常用來強調人才和學習的重要性。

寫作例句	在歷史的長河中，那些興盛的朝代都懂得「善國者，莫先育才；育才之方，莫先勸學」的道理。例如唐代，統治者大力推崇儒學，鼓勵學子們鑽研經典，透過科舉制度選拔人才。正是因為重視育才且積極勸學，才使得唐朝在文化、政治、經濟等各個方面都獲得了輝煌的成就，成為當時世界上最強大的國家之一。

名句·出處	薦賢為國，非為私也。（《資治通鑑·唐紀》宋·司馬光）
解析·應用	舉薦賢良是為了國家，不是為自己收買人心。
	常用來讚揚為國家舉薦賢才的人。
寫作例句	在古代賢臣的忠貞之心中，「薦賢為國，非為私也」的信念猶如明燈，照亮了他們前行的道路。他們深知，向君主舉薦賢能之士，是出於對國家的忠誠與熱愛，而非為了個人的私利或恩怨。因此，他們不避親疏，不徇私情，只以才能與品德為衡量標準，力求為國家選拔出最優秀的人才，共同為國家的繁榮昌盛貢獻力量。

名句·出處	專利國家而不為身謀。（〈諫院題名記〉宋·司馬光）
解析·應用	一心為了國家的利益而不為自身打算。
	成語「不為身謀」就出自這句話，指的是做事情不為自己打算，就是指在處理國家與個人的關係時，不要把個人利益放在國家的前面。

寫作例句	1. 古之忠臣良將，皆以「專利國家而不為身謀」為準則。岳飛精忠報國，一心只為收復大宋山河，他南征北戰，浴血沙場，從不計較個人的榮辱得失，在面對金兵的侵略時，他心中所想的唯有國家的尊嚴與百姓的安寧，這種高尚的情懷，令人敬仰不已。 2. 在當今社會，「專利國家而不為身謀」的精神依然熠熠生輝，成為許多人追求的價值取向。在科學研究領域，無數科學家默默耕耘，只為攻克技術難關，推動科技進步，為國家的發展貢獻自己的力量。他們不圖名利，不計得失，只願看到自己的研究成果能夠轉化為實際應用，造福人民。

名句·出處	賢者不悲其身之死，而憂其國之衰。 （〈管仲論〉宋·蘇洵）
解析·應用	賢良之才不為自身的死亡而悲哀，而是為國家的衰弱而憂慮。
	常用來讚揚捨身愛國的人。

寫作例句	1. 在歷史的長河中，許多仁人志士以「賢者不悲其身之死，而憂其國之衰」為信念。文天祥兵敗被俘，面對死亡的威脅，他毫無懼色，心中所念的是大宋的山河破碎，社稷傾頹，他以死明志，那一句「人生自古誰無死？留取丹心照汗青」便是他這種情懷的最好寫照。 2.「賢者不悲其身之死，而憂其國之衰。」作為社會的一員，應當有超越個人得失的視野和擔當。在面對社會問題時，我們應當勇於發聲，積極行動，即使個人的力量微不足道，也要為社會的進步貢獻自己的力量。我們不應僅僅關心個人的利益得失，更應憂慮整個社會的和諧與繁榮，因為每個人的命運都與國家的興衰緊密相連。這種精神，是推動社會不斷向前發展的不竭動力。

名句·出處	為天地立心，為生民立命，為往聖繼絕學，為萬世開太平。（《張子全書》宋·張載）

解析·應用	為人類社會建構良好的精神價值觀；為民眾選擇正確的命運方向，確立生命的意義；繼承發揚先賢即將消失的學問，為後世太平開創基業。
	此句被當代哲學家馮友蘭概括為「橫渠四句」，「為天地立心」，人的心也就是使生之為人能夠秉具博愛濟眾的仁者之心，和廓然大公的聖人之心；「為生民立命」，源自於孟子的「立命」的思想，透過修身致教，達到至高境界；「為往聖繼絕學」，將儒學拓展提升到一個全新的階段；「為萬世開太平」，表達的是先儒也是宋儒的永恆政治理想，民胞物與，全體歸仁。常用來描寫士人或學者的宏大抱負與責任，即確立天地間的正道，為民眾確立生活的意義，繼承並發展古代聖賢的絕學，為萬世開創太平基業。
寫作例句	1.「為天地立心，為生民立命，為往聖繼絕學，為萬世開太平。」這四句話就是歷史上著名的「橫渠四句」。強烈的進取意識。於是就成為了自宋代以來，中國哲學界最擲地有聲的金石良言。 2. 明代王夫之、近代馮友蘭等皆認為：「橫渠四句」言簡意賅，氣象雄偉，最能展現中國儒家的器識格局。

名句·出處	祖宗疆土，當以死守，不可以尺寸與人。 （《宋史·李綱傳》）
解析·應用	祖宗傳下來的國土，應當用生命來捍衛，一尺一寸也不能讓敵人占領。
	常用來形容誓死保衛領土的堅定決心，表達了「寸土寸金」的重要性。

寫作例句	邊關將士們懷著「祖宗疆土，當以死守，不可以尺寸與人」的堅定信念，戍守邊疆。他們不懼嚴寒酷暑，不畏強敵入侵，哪怕戰至最後一人，也要捍衛國家的每一寸土地，那長城上的每一塊磚石，都見證著他們守護祖宗疆土的決心。

名句．出處	同心為國，豈容以私而害公？（《宋史．杜范傳》）
解析．應用	同心為了國家，不能容忍個人恩怨而損害國家。
	常用來批判因私廢公、只顧個人利益而不顧國家利益的人。
寫作例句	古之賢相，皆以「同心為國，豈容以私而害公」為為官之德。如諸葛亮，他一生鞠躬盡瘁，輔佐蜀漢政權。在處理政務時，他總是從國家利益出發，從不因個人的恩怨、私欲而做出有損國家的決策。他團結朝中大臣，一心只為興復漢室，這種公而忘私的精神，成為後世為官者的楷模。

名句．出處	文臣不愛錢，武臣不惜死，天下太平矣。（《宋史．岳飛傳》）
解析．應用	文官能夠清廉不貪財，武官能夠勇敢不怕死，天下就會太平了。
	岳飛的這句名言，常被後世作為判斷文臣武將節操的標準，也用於論述忠臣和國家興亡的關係，雖然未必全面，但也非常有哲理性。

寫作例句	南宋時期，若多一些秉持「文臣不愛錢，武臣不惜死，天下太平矣」信念的官員，或許就不會有山河破碎之悲。岳飛作為武臣，精忠報國，視死如歸；若朝堂上文臣也能清正廉潔，不被金錢利益所誘惑，上下齊心，又怎會讓金兵屢屢進犯，或許南宋的天下就能太平昌盛，百姓也能安居樂業。

名句·出處	士有公天下之心，然後能舉天下之賢。（《風憲忠告》元·張養浩）
解析·應用	一個人有以天下為公的思想，這樣就能舉薦天下的賢才。
	常用來說明出於公心選人用人，就能心平而正，客觀識人，正確量人，公正取人。
寫作例句	1. 在歷史的長河中，那些胸懷天下的士人，「士有公天下之心，然後能舉天下之賢」，他們不僅心繫蒼生，更以公正無私之心，廣開才路，不拘一格地舉薦賢能之士。他們深知，國家的興衰在於人才，唯有讓天下英才得以施展才華，方能推動社會進步，實現國家的長治久安。因此，他們不遺餘力地搜尋並推薦那些有德有才之人，共同為國家的繁榮富強貢獻力量。 2. 在現代企業管理中，領導者應秉持「士有公天下之心，然後能舉天下之賢」的理念。一個部門的負責人如果只考慮自己的權力和地位，就可能會埋沒那些真正有能力的員工。而當他有公心，從整個企業的利益出發時，就能夠發現那些默默奉獻、才華橫溢的員工，並將他們推舉到合適的職位上，讓企業的人力資源得到最理想的配置，從而推動企業不斷向前發展。

第四章　品行修養

名句·出處	天行健，君子以自強不息。（《易經·乾》）
	行：運行。健：強健。
解析·應用	宇宙的運行強健不衰，君子以此為法則，應該努力向上，永不懈怠。
	指做人應具有自強不息的精神。
寫作例句	先哲透過觀察宇宙萬物的變動不居，提出了「天行健，君子以自強不息」的思想，成為激勵人們變革創新、努力奮鬥的精神力量。

名句·出處	君子上交不諂，下交不瀆。（《易經·繫辭下》）
	諂：諂媚。瀆：褻瀆。
解析·應用	君子與地位高的人來往，不諂媚；與地位低的人來往，不輕慢。
	指與人來往不能勢利。
寫作例句	「君子上交不諂，下交不瀆。」能與地位高、下的人都平等相處，這樣的人心境寬厚平和，因而能洞察事物的微小變化。變化也是機會，需要及時掌握。因此，高明的管理者既能平和待人，又能掌握機遇。

名句·出處	滿招損，謙受益。（《尚書·虞書·大禹謨》）

解析·應用	自滿招致損害，謙虛得到益處。又作「謙受益，滿招損」。
	指做人應謙虛謹慎，戒除驕傲。
寫作例句	1. 凡是真理都有個特點，就是它非常樸素。如「滿招損，謙受益」，這話已說了兩千年了，但它仍然是真理，一旦忘記，或稍有疏忽大意，就得吃苦頭。 2. 清流晝夜不捨地奔湧，似有著永恆的打算，天天如此，從不見溢滿為患，正如古人「謙受益，滿招損」的遺訓，讓人們認真地思考和理解。

名句·出處	不矜細行，終累大德。（《尚書·旅獒》）
	矜：謹慎。
解析·應用	如果在一些小節上不謹慎，就會連累高尚品德的養成。
	常用來說明不注意細節將會耽誤大事，也就是當前流行的說法「細節決定成敗」。
寫作例句	1. 古訓有云：「不矜細行，終累大德。」此言告誡世人，勿以惡小而為之，細微之處的放縱，終將損害崇高的品德與聲譽。歷史上多少英雄豪傑，因忽視小節，而落得晚節不保，令人扼腕嘆息。 2. 在當今社會，我們更應銘記「不矜細行，終累大德」的哲理。無論是個人修養還是社會治理，都應注重細節，精益求精。因為每一個細微之處的疏忽，都可能成為影響大局、損害大局的隱患。唯有在每一件小事上都力求完美，方能累積成德，成就一番大事業。

<table>
<tr><td>名句·
出處</td><td>玩人喪德，玩物喪志。（《尚書·旅獒》）</td></tr>
<tr><td rowspan="2">解析·
應用</td><td>戲弄他人就會失去做人的品德，耽玩器物就會失去做事的志向。</td></tr>
<tr><td>這就是成語「玩物喪志」的出處，常用來指醉心於玩賞某些事物或迷戀於一些有害的事情，就會喪失積極進取的志氣。</td></tr>
<tr><td>寫作
例句</td><td>1. 古語有云：「玩人喪德，玩物喪志。」此言深刻揭示了沉溺於戲弄他人或過分沉溺於物欲之中，終將導致道德的淪喪與志向的消磨。歷史上不乏因玩弄權術而失德的權臣，亦有因沉迷於聲色犬馬而荒廢政事的君王，他們的故事無一不是對「玩人喪德，玩物喪志」這一警世恆言的生動注解。
2.「玩人喪德，玩物喪志。」有些員工總是喜歡在工作中耍小聰明，捉弄同事，這種行為不僅破壞了團隊和諧，還會讓自己的職業道德受損；還有些員工整天沉迷於辦公室的八卦閒聊，這看似是一種放鬆方式，但過度沉溺其中就會讓自己失去提升業務能力、追求職業發展的志向，最終在職業道路上停滯不前。</td></tr>
</table>

<table>
<tr><td>名句·
出處</td><td>與人不求備，檢身若不及。（《尚書·伊訓》）</td></tr>
<tr><td rowspan="2">解析·
應用</td><td>對待別人不要求全責備，而檢討自身就像來不及似的。</td></tr>
<tr><td>常用來說明「嚴於律己，寬於律人」的道理。</td></tr>
</table>

寫作例句	1. 古人常言：「與人不求備，檢身若不及。」此語意在教誨我們，對待他人應寬容大度，不苛求完美；而反觀自身時，則應嚴於律己，如同總覺自己有所不足。在人際互動中，秉持這種態度，能夠增進和諧，減少摩擦，使彼此之間的關係更加融洽。 2. 在團隊合作中，「與人不求備，檢身若不及」的理念有助於團隊的發展。團隊成員各有長短，領導者如果能秉持這一理念，對成員的一些小缺點不吹毛求疵，而是著眼於他們的長處加以利用，成員們就會感受到尊重與信任；同時，成員們也應自我反省，審視自己的工作表現，總覺得自己還有進步的空間，如此一來，團隊就能形成積極向上、團結合作的良好氛圍。

名句·出處	君子之言，信而有徵。（《左傳·昭公八年》）
	徵：證明，證驗。
解析·應用	君子的話，總是確實可靠，有理有據。
	常用來形容人說話誠實可靠，有事實依據。
寫作例句	他說話並不多，然而「君子之言，信而有徵」，他的每一句話都有實實在在的內容，讓我們這些聽講的人細細思索，回味無窮。

名句·出處	過而能改，善莫大焉。（《左傳·宣公二年》）
解析·應用	有了過錯能改正，就是最大的好事。
	指好品德就是在不斷改正錯誤中培養起來的。

寫作例句	知恥能使人們知過改過，對行為發揮積極的淨化作用，而每一回錯誤的改正，便意味著在完善自我的臺階上又上前一步。所以古人說：「過而能改，善莫大焉。」

名句·出處	我無爾詐，爾無我虞。（《左傳·宣公十五年》）
	爾：你。詐：欺騙。虞：防備。
解析·應用	我不欺騙你，你也用不著防備我。
	常用來表示互不欺騙，互不防備。成語「爾虞我詐」由此而來，表示彼此互相欺騙。
寫作例句	1. 在人與人之間的相處之道上，「我無爾詐，爾無我虞」是一劑良藥，它提醒我們在日常往來中，應秉持真誠與信任，不以謊言與詭計去試探或傷害他人，同時也應給予他人同樣的信任空間，相信人性中的善良與美好，這樣，我們才能共同建構一個和諧、互信的社會環境，讓「我無爾詐，爾無我虞」成為人際互動中最溫暖的底色。 2. 在和平共處的國際關係準則中，我們始終堅守「我無爾詐，爾無我虞」的原則，意味著我們不會以詐欺手段對待他國，同樣也希望他國不對我們採取欺騙行為，雙方都能在誠信與透明的基礎上展開交流與合作，共同維護國際秩序的穩定與繁榮。

名句·出處	儉，德之共也；侈，惡之大也。（《左傳·莊公二十四年》）
解析·應用	儉樸，是德行之首；奢侈，是惡行之最。
	常用來強調節儉是美德的表現，而奢侈則是惡行的顯著象徵。

寫作例句	古人曰：「儉，德之共也，侈，惡之大也。」意思是說，節儉是善行中的大德；奢侈，是邪惡中的大惡。我們都知道，艱苦奮鬥是一種傳統美德。歷史證明，凡道德高尚而正直的必會節儉，而相反就會向腐敗接近。

名句·出處	太上有立德，其次有立功，其次有立言。（《左傳·襄公二十四年》）
	太上：最高，最上的。
解析·應用	做人第一要培養高尚的品德，第二要建功立業，第三要著書立說。
	常用來描寫人生追求的三個層次：最高是樹立道德，其次是建立功業，最後是著書立說。簡練概括為「人生三不朽」：立德、立功、立言。
寫作例句	西元前547年，叔孫豹指出：「太上有立德，其次有立功，其次有立言。」所謂「立德、立功、立言」，都是人們擺脫個人肉體的限囿，實現精神上永恆的途徑與方法。

名句·出處	從善如登，從惡如崩。（《國語·周語下》）
	從：順隨。
解析·應用	順隨善良像登山一樣，順隨惡行像山崩一樣。
	比喻學好很難，學壞極容易。

寫作例句	1.「從善如登，從惡如崩」，在個人品德修養的道路上，這一古訓時刻提醒著我們。培養良好的品德，就像攀登高峰，需要一步一個腳印，克服重重困難，每一個善念的堅守，每一次善行的踐行，都要付出極大的努力；而一旦放縱自己，哪怕只是一個微小的惡念，就可能像山體崩塌一樣，迅速地陷入罪惡的深淵，之前所有的努力都可能付諸東流。 2. 在企業發展的過程中，「從善如登，從惡如崩」。企業想要建立良好的品牌形象，遵循誠信經營、保護環境、關愛員工等善的準則，這是一個漫長而艱辛的過程，需要不斷投入資源，克服各種利益誘惑。然而，如果企業選擇走捷徑，例如偷工減料、詐欺消費者等惡的行為，就如同山崩一般，企業的聲譽會在短時間內崩塌，之前累積的成果也將毀於一旦。

名句·出處	外舉不避仇，內舉不避子。（《呂氏春秋·去私》）
解析·應用	舉薦外人不迴避仇人，舉薦家裡人不迴避兒子。
	常用來說明只要出於公心，就會以賢能作為舉薦標準，不問親疏。
寫作例句	昔日祁黃羊「外舉不避仇，內舉不避子」，公忠體國，誠為百官之楷模。他深知國家興亡，匹夫有責，故而舉賢不避親仇，唯才是舉，令後世敬仰不已。

名句·出處	君子見人之厄則矜之，小人見人之厄則幸之。（《公羊傳·宣公十五年》）
	矜：憐憫，同情。
解析·應用	君子見人遭遇困境就會同情並伸出援手，小人見人遭遇困境則幸災樂禍。
	常用來對比君子和小人在看到別人遭受困難時的態度。
寫作例句	在生活中，「君子見人之厄則矜之，小人見人之厄則幸之」，這兩種截然不同的態度在面對他人失業困境時表現得淋漓盡致。善良的人看到他人失去工作，生活陷入窘迫，心中滿是同情，積極為其出謀劃策，提供可能的就業資訊；而那些心胸狹隘之人，看到他人的不幸，卻暗自竊喜，彷彿別人的倒楣能讓自己增添幾分快樂，這實在是人性的兩極。

名句·出處	吾日三省吾身。（《論語·學而》）
	三：泛指多次。省：反省。
解析·應用	我每天都要多次地檢查自己。
	指堅持天天反省，就能避免過失。
寫作例句	官員要堅持自省，養成「吾日三省吾身」的習慣，經常反思自己的行為，檢點自己的作風，堅持真理、修正錯誤。

名句·出處	過則勿憚改。（《論語·學而》）
解析·應用	如果犯了錯誤就不要怕改正。
	常用來鼓勵人們知錯就改。

寫作例句	「過則勿憚改」是為人處世的基本準則。古往今來，凡成大事者，無不秉持這一理念。就像廉頗，他了解到自己的錯誤後，能夠放下將軍的架子，向藺相如負荊請罪。他深知自己之前的狹隘與嫉妒是過錯，卻毫不忌憚改正，這種勇氣最終成就了「將相和」的美談，也為趙國的穩定與繁榮奠定了基礎。

名句·出處	與朋友交，言而有信。（《論語·學而》）
解析·應用	與朋友來往，說話一定要講信用。
	常用來描寫與朋友來往時，說話要守信用，有誠信的品格。
寫作例句	講求信義，是交友之道的一個祕訣。孔子說道：「與朋友交，言而有信。」、「言必信，行必果。」、「人而無信，不知其可也。」只有講求信義，才能使人覺得你可靠，值得依賴。

名句·出處	君子居之，何陋之有？（《論語·子罕》）
解析·應用	有君子去居住，又怎麼會閉塞落後呢？
	對於君子而言，他堅定的信念或智慧是不會被環境所左右的，相反地，他會以自身的修為及能力去改變所處的環境，甚至帶動環境往良性的、美善的方向去發展。這句話可作為身居陋室者的解嘲語。

寫作例句	1. 那處陋室雖簡陋無華，但因有德高望重的君子居之，故而「君子居之，何陋之有」，反添了幾分清雅與不凡。 2. 在追求內涵的現代社會中，「君子居之，何陋之有」啟示我們，無論外在條件如何，內在的品德和修養才是提升生活品質的關鍵所在。

名句·出處	不遷怒，不貳過。（《論語·雍也》）
解析·應用	不把自己不良的情緒發洩到他人身上，不重犯同一種錯誤。
	這句話可以說是一個人難以企及的修養。「不遷怒」就是自己有什麼不順心的事，有什麼煩惱和憤怒不發洩到別人身上去，就是你自己心情不好，不要拿不相干的人當出氣筒。「不貳過」就是知錯就改，不犯兩次同樣的錯誤，這更是難上加難。
寫作例句	1.「不遷怒，不貳過」意味著真正的君子在面對挫折與不滿時，不會將怒火隨意發洩於他人，更不會在同一問題上重複犯錯。他們懂得自我反省，以平和之心化解負面情緒，以嚴謹之態避免重蹈覆轍，這樣的品格令人欽佩。 2. 在家庭生活中，「不遷怒，不貳過」是建構和諧家庭關係的重要準則。當一個人在工作中遭遇不順，受到上司的批評後，回到家如果能夠秉持「不遷怒，不貳過」的態度，就不會將工作中的負面情緒發洩到家人身上，並且在家庭事務處理中，若犯了一次錯誤，比如因為粗心忘記家人的生日，就會深刻反省，不會再次出現這樣的失誤，從而讓家庭充滿溫馨與和睦。

名句·出處	君子坦蕩蕩，小人常戚戚。（《論語·述而》）
	坦蕩蕩：坦，平坦；蕩蕩，寬廣的樣子。戚戚：憂愁的樣子。
解析·應用	君子胸襟開闊、心地純潔，因而坦坦蕩蕩；小人營營苟苟、患得患失，因而悲悲戚戚。
	常用來說明具有高尚品德的人總是心胸坦蕩，不會為了一些雞毛蒜皮的瑣事而整日愁眉不展。
寫作例句	行走於世間，人格高下立現，「君子坦蕩蕩，小人常戚戚」尤為分明。君子胸懷寬廣，行事光明磊落，心中自有一片坦途，無懼風雨，無畏人言；而小人則常常心懷鬼胎，患得患失，憂慮重重，難以自拔於狹隘與算計之中。

名句·出處	德不孤，必有鄰。（《論語·里仁》）
	孤：孤獨。必：一定。
解析·應用	道德高尚的人不會孤獨，一定會有許多志同道合的人與他相伴。
	常用來表達有德行的人或組織不會孤單，必然會有志同道合者相伴。
寫作例句	「德不孤，必有鄰」，人們在苦難的奮鬥中，已經感受到了「四海之內皆朋友」的溫暖。

名句·出處	見賢思齊焉，見不賢而內自省也。（《論語·里仁》）
解析·應用	見到賢德的人就想著趕上他，見到德行不好的人就自我反省是否和他有一樣的毛病。
	這是孔子說的話，也是後世儒家修身養德的座右銘。「見賢思齊」是說好的榜樣對自己的震撼，驅使自己努力趕上；「見不賢而內自省」是說壞的榜樣對自己的「教益」，要學會吸取教訓，不能跟別人墮落下去。孟子的母親因為怕孟子受到壞鄰居的影響，連搬了三次家，杜甫寫詩自我誇耀「李邕求識面，王翰願為鄰」，都說明了這種榜樣的作用。
寫作例句	在求學與修身的道路上，我始終銘記「見賢思齊焉，見不賢而內自省也」的古訓。每當遇見品德高尚、學識淵博的賢者，我便心生嚮往，力求在言行舉止上向其看齊，不斷提升自我；而面對那些行為不端、品德有瑕之人，我則反躬自省，審視自身是否有類似之失，以此作為自我警醒與改進的契機。

名句·出處	士志於道，而恥惡衣惡食者，未足與議也。（《論語·里仁》）
解析·應用	讀書人立志學道，卻又以穿得不好吃得不好為恥辱的人，是不值得與他討論道的。
	常用來說明一個糾結於吃穿等生活瑣事的人，是不會有遠大志向的。

寫作例句	1.「士志於道，而恥惡衣惡食者，未足與議也。」那些總是抱怨學校環境簡陋、飲食粗糙，卻又標榜自己有志於學術的人，實則難以真正深入學問的殿堂，因為他們的心思被外在的物質享受所牽絆。 2.「士志於道，而恥惡衣惡食者，未足與議也。」在創業初期，資金吃緊、辦公環境簡陋、工作強度大是常見的情況，如果有人一方面聲稱自己胸懷偉大的創業夢想，另一方面卻對艱苦的創業條件嗤之以鼻，那他恐怕難以成為可靠的創業夥伴，也不值得與之深入探討創業的藍圖。

名句·出處	言忠信，行篤敬。（《論語·衛靈公》）
	篤敬：篤厚嚴肅。
解析·應用	說話忠誠守信，行為厚道嚴肅。
	常用來強調言語要忠誠可信，行為要誠懇恭敬。
寫作例句	朱熹在白鹿洞書院學規中明確提出「為學」的目的首先是「修身」，而「修身」之要義是「言忠信、行篤敬」。

名句·出處	君子不以言舉人，不以人廢言。（《論語·衛靈公》）
解析·應用	君子不因一個人的言論正確就舉薦他，不因一個人不好就廢棄他正確的言論。
	常用來說明在選拔人才時要考察他的品德和實際才能，不能僅憑聽他的言談就提拔他；在聽取意見時，不管他的人品、地位如何，只要是正確的意見都要採納。

寫作例句	1. 在選拔人才時，管理者應當銘記「君子不以言舉人，不以人廢言」的古訓。這意味著，真正的君子不會僅憑一人的言辭就輕易舉薦他，也不會因為某個人的身分或過往而輕視其言論的價值。我們須全面考察，綜合評估，方能做出公正的判斷，確保人才得到應有的重視與任用。 2. 在企業選拔人才和決策過程中，「君子不以言舉人，不以人廢言」是一種明智的準則。在面試過程中，有些應徵者可能能說會道，描繪出一幅美好的藍圖，但企業管理者不能僅據此就決定錄用他；而在日常工作交流中，對於那些與自己有過衝突或者自己不太喜歡的員工提出的合理化建議，管理者也不能因為對其個人的偏見就廢棄他的言論。只有這樣，企業才能廣納賢才，做出科學合理的決策。

名句·出處	人而無信，不知其可。（《論語·為政》）
解析·應用	作為一個人卻不講信用，不知還可以做些什麼。
	這句話不僅強調了誠信在個人品德修養中的重要性，也揭示了誠信在社會交際和合作中的基礎性作用，常用來批評人不講信用，就難以立足於社會。
寫作例句	哲人有言：「人而無信，不知其可。」說話算數，一言既出，駟馬難追，不正是人格造就的信譽嗎？

名句·出處	見利思義，見危授命。（《論語·憲問》）
	授命：獻出生命。

解析·應用	見到利益，首先考慮是不是該得；遇到危難，應當不惜獻出自己的生命。
	指在利益和危難面前，最能考驗一個人的品格。
寫作例句	不管什麼時代，傳統的人格標準，絕對是高的，絕對是對的。我們現代的人格教育，能夠使每一個人做到像孔子所講的「見利思義，見危授命」，就很了不起。

名句·出處	己所不欲，勿施於人。（《論語·顏淵》）
	施：施加。
解析·應用	自己不想要的，不要施加給別人。
	指凡事都應該設身處地地多為別人著想。
寫作例句	愈是進步的國家，愈是講求禮貌，因為那代表著尊重、體諒與包容，而沒有這三者，社會不可能和諧，人際不容易和睦，民族將難以團結。由「己所不欲，勿施於人」，到「己所欲，施與人」，就是禮貌的真正精神！

名句·出處	益者三友：友直、友諒、友多聞，益矣。 （《論語·季氏》）
	直：正直。諒：誠信。多聞：見聞廣博。
解析·應用	有益的朋友有三種：與正直的人結交，與誠信的人結交，與見聞廣博的人結交，這樣才有益。
	常用來提倡結交正直、誠信、博學的朋友，認為這樣的朋友有益。

寫作例句	關於交友問題，古人早有「益者三友」之說，即「友直、友諒、友多聞，益矣」，意思是說，一個人要與正直、誠實、守信義、學問淵博者交友，乃大有益處。

名句·出處	見善如不及，見不善如探湯。（《論語·季氏》）
	不及：趕不上。探湯：把手伸進滾燙的水裡。
解析·應用	見到好的行為，就急急追求，生怕趕不上；見到壞的行為，就趕緊避開，生怕身受其害。
	常用來描寫人們對待善惡的鮮明態度和急切心情，即看到好的行為就唯恐自己趕不上，看到不好的行為就像手伸到開水裡一樣立刻避開。它概括了人們追求善行、遠離惡行的迫切性和自覺性。
寫作例句	有些人「見善如不及」，看到別人好的地方，自己趕緊想學習，怕來不及去學；「見不善如探湯」，看到壞的事情，就像手伸到滾開的水裡一樣，馬上縮手。就是說，有些人看見壞的事情絕對不做。

名句·出處	士不可以不弘毅，任重而道遠。（《論語·泰伯》）
	士：讀書人。弘毅：剛強而有毅力。
解析·應用	讀書人必須剛強而有毅力，因為他擔子沉重而路途遙遠。
	常用來描寫士人（或讀書人、知識分子）應當具備的寬廣胸懷、堅定意志，以及他們肩負的重大責任和漫長道路。
寫作例句	以往的知識分子，是有他的傳統的，那就是他對社會、對民族、對歷史的責任感。古人說：「士不可以不弘毅，任重而道遠」，「先天下之憂而憂，後天下之樂而樂」。

名句·出處	言必信，行必果。（《論語·子路》）
解析·應用	說話一定守信，做事一定有結果。
	常用來形容人說話守信，做事善始善終。
寫作例句	1. 在人際互動中，「言必信，行必果」是為人處世的基本準則。一個人如果承諾了他人某事，就一定要守信，做事一定要有始有終、堅決果斷。只有這樣，才能在朋友間建立起信任，在社會中樹立良好的個人形象，否則就會被視為不可靠之人，難以獲得他人的尊重與合作。 2. 在商業競爭的舞臺上，企業更應秉持「言必信，行必果」的理念。對消費者做出的產品品質承諾、服務承諾等必須如實兌現，在執行商業決策和策略規畫時也要堅決果斷。那些能夠始終堅守這一原則的企業，往往能贏得消費者的信賴和市場的認可，而違背這一原則的企業，終將在激烈的市場競爭中被淘汰出局。

名句·出處	不能正其身，如正人何？（《論語·子路》）
解析·應用	自己的品德不端正，怎麼能使人端正呢？
	常用來強調「正人先正己」的重要性。
寫作例句	為人師者，「不能正其身，如正人何」。教師是學生成長道路上的引路人，如果教師自己都不能做到遵守時間，總是上課遲到，那又如何去要求學生按時到校、珍惜光陰呢？如果教師自身言語粗俗，舉止不端，又怎能期望學生養成文明禮貌、行為得體的好習慣呢？所以，教師必須先端正自身，才能有效地教育和引導學生。

名句·出處	其身正，不令而行；其身不正，雖令不從。（《論語·子路》）
解析·應用	自身行得正，即使不發命令，群眾也自覺地去做；自身行得不正，縱然三令五申，百姓也不願服從。
	指領導者以身作則才能樹立威信。
寫作例句	「其身正，不令而行；其身不正，雖令不從。」德治傳統的要旨，是「治者」作為道德表率和示範來教育和感化「被治者」。其中，社會公德的培育，尤其強調主管的表率和示範作用。

名句·出處	君子尊賢而容眾，嘉善而矜不能。（《論語·子張》）
解析·應用	君子尊重賢人，也容納普通的人；讚美有能力的人，也同情能力差的人。
	常用來說明在人際互動中應該持大度寬容的心態，從心裡尊重任何一個人，不傲慢、不妒忌、不輕視。

寫作例句	1. 在古代的學堂裡，老師常常教導弟子們「君子尊賢而容眾，嘉善而矜不能」。真正的君子，對待賢德之人充滿敬重，同時也能包容普通大眾；對於有善行的人加以褒揚，而對於那些能力不足的人也懷有同情和憐憫之心。這是一種高尚的品德修養，也是建構和諧人際關係、營造良好社會氛圍的基石。 2. 在現代的團隊合作中，優秀的領導者應秉持「君子尊賢而容眾，嘉善而矜不能」的理念。尊重那些能力出眾、經驗豐富的成員，給予他們足夠的發揮空間；也要包容眾多普通成員的差異，善於發現每個成員的發光點並加以鼓勵。對於那些暫時能力有所欠缺的成員，不應歧視，而是要給予協助和支持，這樣才能打造一個積極向上、富有凝聚力的團隊。

名句·出處	故舊無大故，則不棄也。（《論語·微子》）
解析·應用	老朋友如無惡逆等重大罪過，不要遺棄他。
	常用來說明交友之道要講寬容，除非對方有重大罪過，不然不要輕言絕交。

寫作例句	1. 在人生的長河中，友情如同陳年老酒，歷久彌香，正如「故舊無大故，則不棄也」，對於老朋友，除非有重大的原因，否則我們不會輕易放棄這段情誼，因為那些共同走過的日子，那些歡笑與淚水交織的記憶，早已將我們的心緊緊相連，無論歲月如何變遷，這份情誼都將是我們心中最溫暖的港灣。 2. 在現代的企業團隊建設中，「故舊無大故，則不棄也」也有著積極的借鑑意義。對於那些跟隨企業一起成長起來的老員工，只要他們沒有嚴重違反企業的規章制度或者出現重大的工作失誤，企業就不應輕易捨棄他們。這些老員工熟悉企業的文化、流程和業務，他們的經驗和忠誠度是企業寶貴的財富。企業應在不斷發展的過程中，包容老員工可能存在的一些小小不足，給予他們提升和適應的機會，這樣有助於營造積極穩定的企業文化氛圍。

名句·出處	富潤屋，德潤身。（《禮記·大學》）
解析·應用	擁有財富可以裝飾自己的屋子，擁有美德卻可以修養自身的品行。
	常用來強調道德的重要性勝過金錢。

寫作例句	在現代社會，我們依然要懂得「富潤屋，德潤身」。一方面，人們透過努力工作獲取財富，用財富來購買舒適的住宅、精美的家具等，改善居住環境；另一方面，我們不能忽視品德的培養，善良、誠信、寬容等品德如同涓涓細流滋潤著我們的內心，使我們在物欲橫流的世界裡保持內心的純淨和安寧，物質與精神的雙重滋養才是完整的人生追求。

名句·出處	君子慎其獨也。（《禮記·中庸》）
解析·應用	君子對獨處時的言語和行為會非常謹慎。
	「慎獨」是儒家的重要思想，也是儒家自我修養的重要方法。「慎獨」就是強調在沒有外在監督的情況下始終不渝地、更加小心地堅持自己的道德信念，自覺按道德要求行事，不會由於無人監督而肆意妄行。
寫作例句	1. 古人常言「君子慎其獨也」，意思是君子即使在獨處時也要謹慎自律，保持道德操守，因為真正的品德在於無人監督時的自我約束。 2. 在資訊化時代，網路言行應當謹慎，「君子慎其獨也」提醒我們，即使在虛擬世界裡獨自瀏覽和發言，也要保持道德底線，不被匿名性所誘惑。

名句·出處	正己而不求於人則無怨。（《禮記·中庸》）
解析·應用	端正自己的行為而不苛求於別人，別人就不會怨恨你。
	常用來強調領導者道德素養的重要性。

寫作例句	1. 在人生的修行路上，我們當銘記「正己而不求於人則無怨」。這意味著，若我們能時刻端正自己的言行，嚴於律己，不苛求他人完美無缺，那麼心中自然少了許多無謂的怨懟與不滿。這樣的生活態度，讓我們的內心更加平和，與人相處也更加和諧融洽。 2. 在工作和學習中，若能遵循「正己而不求於人則無怨」的原則，將會使自己不斷進步。例如在團隊工作中，有些人總是抱怨隊友不夠強，卻忽略了自己的不足。而那些懂得正己而不求於人則無怨的人，他們專注於提升自己的能力，嚴格要求自己，不把希望過度寄託在他人身上，因此他們的心態更加平和，也更能在工作和學習中獲得成績，不會因為外界因素而怨天尤人。

名句·出處	好學近乎知，力行近乎仁，知恥近乎勇。（《禮記·中庸》）
	知：同「智」。
解析·應用	愛好學習就接近智慧了，努力行善就接近仁愛了，知道廉恥就接近勇敢了。
	這是儒家對智、仁、勇「三德」的一種闡發，對現代人為人處世有重要的借鑑。

寫作例句	1. 在古代的學府之中，先生常常教導弟子們要牢記「好學近乎知，力行近乎仁，知恥近乎勇」。那些勤奮好學的學子，日夜誦讀經典，他們深知好學近乎知，在求知的道路上不斷探索；而積極踐行道德規範，努力幫助他人的學子，以力行近乎仁為準則，用行動詮釋著仁德；當有了過錯能了解到羞恥並努力改正的學子，也正踐行著知恥近乎勇，他們在這種理念的指引下不斷完善自己的品德修養。 2. 在現代社會，每一個積極向上的人都應秉持「好學近乎知，力行近乎仁，知恥近乎勇」的理念。在知識不斷更新的時代，那些熱愛學習新知識、新技能的人，好學近乎知，他們能夠跟上時代的步伐，為自己的未來奠定基礎；在社會生活中，積極參與公益活動，努力為社會做貢獻的人，力行近乎仁，他們用自己的愛心傳遞著正能量；而當自己犯錯或者在某方面落後於人時，能夠正視自己的不足並且感到羞恥從而奮發圖強的人，知恥近乎勇，他們往往能夠突破自我，實現人生的蛻變。

名句·出處	下之事上也，不從其所令，從其所行。（《禮記·緇衣》）
解析·應用	下面的人對待上級，不是聽從他的命令，而是跟隨他的行動。
	常用來說明以身作則比強迫命令更有效。

寫作例句	在上下級關係中，「下之事上也，不從其所令，從其所行」深刻揭示了下屬對上級的真正追隨之道。這意味著，下屬不僅僅遵從上級的指令行事，更重要的是觀察並學習上級的言行舉止，尤其是他們如何身體力行地踐行自己的理念與價值觀。這種從心而發的認同與追隨，使得團隊的凝聚力與執行力得到顯著提升。

名句·出處	年長以倍，則父事之；十年以長，則兄事之。（《禮記·曲禮上》）
	長：大。事：侍奉。
解析·應用	對於年齡比自己大一倍的人，要像對父親一樣地侍奉；對於年齡比自己大十歲的人，要像對兄長一樣地侍奉。
	常用來描寫基於年齡差異而規定的家庭成員間或社會中人與人之間的尊重與相處之道，呈現了古代社會中重視年齡、輩分和禮儀的傳統觀念，也強調了在不同年齡層次間應有的尊重和和諧相處的原則。這種觀念在古代儒家文化中尤為重要，被視為處理人際關係、維護社會穩定的重要準則之一。
寫作例句	在傳統家庭美德中，不但對老人尊敬，而且在「長」和「幼」之間，也有先後的次序。《禮記·曲禮上》中說：「年長以倍，則父事之；十年以長，則兄事之。」

名句·出處	不知其人視其友。（《孔子家語·六本》）

解析・應用	不了解這個人，可以看看他結交的朋友。
	常用來說明物以類聚，人以群分，看他結交的朋友是什麼樣的人，也就大概知道他是什麼樣的人了。
寫作例句	1. 在初次接觸陌生人時，我們往往難以直接了解其性格與品格，這時，「不知其人視其友」便成為了一種有效的判斷方式，透過觀察其朋友的言行舉止與為人處世，我們便能大致推斷出此人的品性與價值觀，因為朋友間的相互影響往往深刻而微妙，他們之間的相似之處，往往能反映出個人的真實面貌。 2. 在職場的選拔與任用中，「不知其人視其友」同樣具有指導意義，當我們對某位候選人的能力與品德存在疑慮時，不妨考察其社交圈子與往來的朋友，一個積極向上、品德高尚的人，其朋友往往也具備相似的特質，反之，若其朋友多為消極怠工、品行不端之人，那麼此人的能力與品德也值得重新審視，畢竟，人以群分，朋友的選擇往往能反映出個人的價值觀與追求。

名句・出處	君子修道立德，不謂窮困而改節。（《孔子家語・在厄》）
解析・應用	君子修養建立自己的道義德性，不會因為窮困就改變自己的節操。
	常用來激勵人們無論身處何種境地，都不要輕易改變志向。

寫作例句	古往今來，諸多仁人志士秉持著「君子修道立德，不謂窮困而改節」的信念。陶淵明在生活窮困潦倒之時，依然不為五斗米折腰，堅守自己的高潔志趣，這種在困境中堅守道德操守的精神，正是這句名言的生動寫照。

名句·出處	惻隱之心，人皆有之。（《孟子·告子上》）
	惻隱：同情，憐憫。皆：都。
解析·應用	人人都有同情、憐憫遭受苦難或不幸者的心情。
	指同情心是人類普遍具有的本性。
寫作例句	人稱「亞聖」的孟子說過：「惻隱之心，人皆有之」，「無惻隱之心，非人也」。俄國作家杜斯妥也夫斯基（Fyodor Dostoevsky）也說：「惻隱之心是整個人類存在最主要的法則，可能也是唯一的法則。」惻隱之心，從一般的意義上講，就是同情弱者和不幸者，理解和體諒他人的難處，是一個心理正常、人格健全的人應該具備的一種基本情感。

名句·出處	老吾老，以及人之老；幼吾幼，以及人之幼。（《孟子·梁惠王上》）
解析·應用	孝敬自己的長輩，從而也孝敬別人的長輩；愛護自己的子女，從而也愛護別人的子女。
	常用來描寫一種推己及人、博愛社會的倫理觀念，即尊敬自己的長輩，同時也尊敬別人的長輩；愛護自己的晚輩，同時也愛護別人的晚輩。

寫作例句	1. 在人際關係中「推己及人」，懂得「己所不欲，勿施於人」，自覺地「老吾老，以及人之老；幼吾幼，以及人之幼」，由此出發，才能在群體生活裡建立起一種互相尊重、互相容忍、互相有利的合作關係，實現共同發展。 2. 從理論上說，敬老是孝敬的橫向推擴，即孟子所謂「老吾老以及人之老」；而從現實生活考察，對曾經服務於社會的老人尊敬奉養，既是社會和諧、國家安定的重要因素，更展現了對德藝知識的尊重。

名句·出處	人必自侮，然後人侮之。（《孟子·離婁上》）
解析·應用	人一定是先有了自取侮辱的行為，別人才會侮辱他。
	常用來說明人如果想得到別人的尊重，自己首先要自尊自愛。
寫作例句	1. 在生活中，我們應時刻保持自尊自愛，要知道「人必自侮，然後人侮之」。那些自甘墮落、行為不檢點的人，往往會成為他人輕視和侮辱的對象，因為他們自己先放棄了對自身尊嚴的維護。 2. 一個國家在國際舞臺上，若內部紛爭不斷、自亂陣腳，「人必自侮，然後人侮之」，就可能會遭到其他國家的挑釁和欺壓。只有內部團結一心，積極向上，展現出強大的凝聚力和自信，才能贏得他國的尊重。

名句·出處	愛人者，人恆愛之；敬人者，人恆敬之。 （《孟子·離婁下》）
解析·應用	愛別人的人，別人也經常愛他；尊敬別人的人，別人也經常尊敬他。
	常用來說明你怎樣對待別人，別人也會用同樣的方法對待你。
寫作例句	1. 在人際互動中，我們應秉持「愛人者，人恆愛之；敬人者，人恆敬之」的態度。當我們真誠地關愛他人、尊重他人的想法和感受時，就像播下了善的種子，他人也會以同樣的愛與尊重回饋我們，這種良性互動能讓人際關係更加和諧美滿。 2. 在國際事務中，各個國家之間也應遵循「愛人者，人恆愛之；敬人者，人恆敬之」的原則。一個國家如果積極援助他國、尊重他國主權和文化，那麼在國際社會中也會贏得其他國家的愛戴與敬重，從而在外交、貿易等多方面收穫積極的成果，共同建構和諧穩定的國際關係。

名句·出處	富貴不能淫，貧賤不能移，威武不能屈，此之謂大丈夫。 （《孟子·滕文公下》）
	淫：亂。
解析·應用	富貴不能迷亂他的思想，貧賤不能改變他的操守，威武不能壓服他的意志，這才叫做大丈夫。
	這是孟子為我們設定的大丈夫的標竿，後來這三句話成為立志、律身的名言，成為許多英雄豪傑、志士仁人的座右銘。

寫作例句	1. 在歷史的長河中，無數英雄豪傑以實際行動詮釋了「富貴不能淫，貧賤不能移，威武不能屈，此之謂大丈夫」的內涵。文天祥兵敗被俘，元軍許以高官厚祿，他卻不為所動，在貧賤的牢獄生活中堅守民族大義，面對敵人的威逼利誘毫不屈服，他是當之無愧的大丈夫。 2. 在當今社會，企業家們面臨著諸多誘惑，如不正當競爭帶來的鉅額利益，艱難的創業環境帶來的貧困壓力，以及來自行業龍頭的打壓威脅。然而，那些秉持正道，在富貴面前不迷失，貧賤之中不放棄，威武之下不屈服的企業家，「富貴不能淫，貧賤不能移，威武不能屈，此之謂大丈夫」，他們是行業的脊梁，是值得尊敬的存在。

名句・出處	枉己者未有能直人者。（《孟子・滕文公下》）
	枉：彎曲，彎屈，引申為行為不合正道或違法曲斷。
解析・應用	扭曲自己的人是不可能使別人正直的。
	常用來強調「正人先正己」。
寫作例句	1. 為人師者，應以身作則，「枉己者未有能直人者」。如果教師自身行為不端，品德有缺，又怎能期望他去教育出正直善良的學生呢？教師只有自身行為端正，才能成為學生成長道路上的正確引導者。 2. 在團隊管理中，領導者必須具備良好的品德和行為規範，「枉己者未有能直人者」。如果領導者自身貪汙腐敗、拉幫結派，他就無法有效地糾正團隊成員的不良行為，也難以帶領團隊走向積極健康的發展道路，因為他自身就缺乏讓人信服的正直品格。

名句·出處	窮則獨善其身，達則兼善天下。（《孟子·盡心上》）
解析·應用	不得志時，可以潔身自好修養個人品德；得志時，就使天下都能這樣。
	現多作「窮則獨善其身，達則兼濟天下」，成為封建社會讀書人立身處世的座右銘。「兼善天下」往往成為他們終身追求的一個夢想，但多數讀書人是發達不了的，於是也就只好退而用「獨善其身」的清高來撫慰那顆失落的心了。
寫作例句	在現代社會，每一個人都可以在自己的人生軌跡中踐行「窮則獨善其身，達則兼濟天下」。初入職場，或許我們會面臨諸多挑戰與困難，此時更應專注於個人能力的提升與職業素養的磨礪，做到「獨善其身」，為日後的成功打下堅實的基礎。而當我們在行業中站穩腳跟，獲得一定成就時，則應不忘回饋與分享，用自己的專業知識與經驗去幫助更多的人，共同推動行業的進步與發展，實現「兼濟天下」的更高追求。

名句·出處	非其有而取之，非義也。（《孟子·盡心上》）
解析·應用	不是自己的東西卻據為己有，這是不義的行為。
	常用來告誡人們：對不屬於自己的東西不要痴心妄想。

寫作例句	1. 在道德的天平上，我們始終秉持著「非其有而取之，非義也」的原則。這意味著，對於不屬於自己的東西，我們不應有非分之想，更不應以不正當的手段去獲取，因為這樣的行為違背了正義與公平。只有堅守這份對「義」的執著，我們才能在社會中立足，贏得他人的尊重與信任。 2. 在職場中，大家都應遵循基本的職業道德，「非其有而取之，非義也」。對於同事的工作成果，如果沒有參與其中卻妄圖竊取功勞，這種行為不僅違背職場倫理，也會破壞團隊和諧，最終損害的是自己的聲譽和職業發展。

名句·出處	人病捨其田，而芸人之田，所求於人者重，而所以自任者輕。（《孟子·盡心下》）
解析·應用	人們常易犯的毛病是不管自己田裡的草卻去別人的田裡鋤草，對別人要求很重，自己負擔得卻很輕。
	常用來比喻不修自身而苛求於人。
寫作例句	1. 在社會交際中，我們常常會看到這樣的現象，有些人「人病捨其田，而芸人之田，所求於人者重，而所以自任者輕」。自己在品德修養、學業進步或事業發展上缺乏自律和努力，卻總是對別人的生活方式、行為舉止等提出嚴苛的要求，這其實是一種本末倒置的行為，最終只會讓自己陷入孤立無援的境地。 2. 在團隊合作中，有些人總是「人病捨其田，而芸人之田，所求於人者重，而所以自任者輕」。自己的任務還未完成，卻總是對他人的工作指手畫腳，要求別人盡善盡美，而對於自己應承擔的部分卻敷衍了事，這樣的行為不利於團隊的和諧與發展。

名句·出處	我善養吾浩然之氣。（《孟子·公孫丑上》）
解析·應用	我善於培養我自己的浩然之氣。
	所謂浩然之氣，就是剛正之氣，就是大義大德造就的一身正氣。培養浩然之氣，就是拋卻私欲讓心中充滿正義和道德力量的一種精神追求。
寫作例句	1. 古之仁人志士，常以道德修養為要，「我善養吾浩然之氣」。孟子一生周遊列國，宣揚仁政，雖歷經坎坷，卻不為外界的權勢和利益所誘惑，不為艱難險阻所嚇倒，憑藉著自己所養的浩然之氣，堅守心中的理想與信念，成為千古傳頌的聖賢。 2. 在當今社會，我們也應秉持「我善養吾浩然之氣」的理念。在面對紛繁複雜的社會現象，如職場中的不正當競爭、社會上的歪風邪氣時，我們要透過不斷學習優秀文化、堅守道德底線、積極參與正義之事來滋養自己的浩然之氣，以正直的態度和強大的內心去抵制不良誘惑，做一個有原則、有擔當的人。

名句·出處	君子莫大乎與人為善。（《孟子·公孫丑上》）
解析·應用	君子最高的德行就是與別人一道行善。
	「與人為善」的語意在今天有所拓展，多指以善意的態度對待他人，為人著想，樂於助人。

寫作例句	1. 在社區生活中，我們常常看到那些熱心的居民，他們總是積極參與各種公益活動，幫助鄰里解決困難，真正做到了「君子莫大乎與人為善」。他們用自己的行動詮釋著善良的真諦，帶動身邊的人一起營造和諧友愛的社區氛圍。 2. 在競爭激烈的職場環境中，有格局的領導者應懂得「君子莫大乎與人為善」。他們不會嫉妒下屬的才能，而是積極發掘員工的潛力，給予指導和支持，與員工共同成長，在團隊中營造積極向上、互幫互助的良好氛圍，這種與人為善的態度也讓他們贏得了員工的尊重和信任，更有利於企業的長遠發展。

名句．出處	以力服人者，非心服也，力不贍也；以德服人者，中心悅而誠服。（《孟子．公孫丑上》）
解析．應用	採用強力去壓服別人的人，不是別人信服你，他們只是力量不夠而已；用仁德使別人自願歸順的，他們就會心悅誠服地追隨你。
	這就是成語「以德服人」、「心悅誠服」的出處。「以德服人」指以良好的德行服務於人、使人佩服；「心悅誠服」指愉快地接受某種觀點、事實等，誠心誠意地信服或服從。

寫作例句	1. 歷史長河中，無數先賢以行動詮釋了「以力服人者，非心服也，力不瞻也；以德服人者，中心悅而誠服」的真諦。昔日強秦雖以武力一統六國，然其暴政之下，民心不服，終致二世而亡。反觀漢高祖劉邦，以仁德廣結天下英豪，民心所向，方能開創大漢四百年基業。由此可見，真正的征服，不在於外在力量的強大，而在於內心道德的感召，讓人心悅誠服。 2. 在現代社會的管理與領導中，「以力服人者，非心服也，力不瞻也；以德服人者，中心悅而誠服」同樣具有深遠的啟示意義。一位優秀的領導者，不應僅僅依靠權力和地位來強制下屬服從，這樣的服從往往是表面的、暫時的。而應以高尚的品德、卓越的才能和無私的奉獻來贏得下屬的尊敬與愛戴，激發他們的內在動力，使他們從心底裡認同並追隨領導者的理念與目標，形成強大的凝聚力和向心力，共同推動事業的發展。

名句·出處	行欲先人，言欲後人。（《曾子·立事》）
解析·應用	做事要做在別人前面，說話要說在別人後面。
	常用來說明在做事上要以身作則，在說話上要先聽別人怎麼說。

寫作例句	1. 真正的行動者懂得「行欲先人，言欲後人」。在面對困難的任務時，他們不會誇誇其談，而是默默付諸行動，行欲先人，言欲後人。他們深知行動的力量大於言語，總是率先行動起來，用實際成果說話，而不是在事情還未做之前就高談闊論。 2. 在競爭激烈的職場環境中，那些成功的人士往往遵循「行欲先人，言欲後人」的原則。在專案推進過程中，他們總是積極主動地承擔工作，行欲先人，用高效的執行力展現自己的能力。而在團隊討論時，他們不會急於表達自己的觀點，而是先傾聽他人的想法，深思熟慮後再發言，言欲後人，這種行事風格使他們贏得了同事的尊重和主管的賞識。

名句·出處	愛親者，不敢惡於人;敬親者，不敢慢於人。(《曾子全書·仲尼閒居》)
	惡：憎惡。慢：怠慢。
解析·應用	愛父母尊長的人，不敢憎惡別人；敬重父母尊長的人，不敢怠慢別人。
	指能夠孝敬自己父母，才會對別人廣施愛心。
寫作例句	傳統道德認為：「愛親者，不敢惡於人；敬親者，不敢慢於人。」如果一個人對自己的父母都無情無義，對別人就更談不上什麼愛心了。即使偶發一點善心，也不會持久。

名句·出處	釣名之人，無賢士焉。（《管子》）

解析·應用	沽名釣譽之徒裡，沒有賢良之士。
	常用來說明人一旦沽名其言行難免就不會真誠，一切不過為了獲得虛譽罷了。
寫作例句	1. 在歷史的長河中，「釣名之人，無賢士焉」這一古訓屢屢應驗。那些一味追求虛名、譁眾取寵之輩，往往難以在真正的賢能之士中找到一席之地。他們或許能暫時博得世人的眼球，但在時間的考驗下，其淺薄與虛偽終將暴露無遺，無法與那些默默耕耘、以德才兼備著稱的賢士相提並論。 2. 在社會公益領域，「釣名之人，無賢士焉」。有些人為了在大眾面前塑造自己善良無私的形象，偶爾參與公益活動就大肆宣揚，甚至弄虛作假，他們的目的不是真心幫助他人，而是為了獲取名聲。而那些真正的慈善者，默默奉獻，不圖名利，他們才是值得尊敬的人。那些釣名之人，終究會被識破，他們也不可能成為品德高尚且有能力為社會做出實質貢獻的賢士。

名句·出處	輕諾必寡信。（《老子》）
	輕：輕率。寡：缺少。
解析·應用	輕率地做出許諾的人，必定缺少信用。
	常用來警示輕易許諾的人往往難以守信。
寫作例句	古人早就有言在先：「輕諾必寡信。」因為許空願不僅會誤人之事，也往往會因激起人家的欲望而又不能給予滿足，導致人家更大的失望，使人形成被欺騙愚弄之感。

名句．出處	士雖有學，而行為本。（《墨子．修身》）
解析．應用	讀書人雖然有學問，但也要以落實到行動上為根本。
	指行比學更重要。
寫作例句	墨子認為：「士雖有學，而行為本。」歌德則有一句名言：「理論是灰色的，生活之樹常青。」當代年輕的大學生們，應當勇敢地投身到火熱的實際生活中去，不做溫室裡的花朵，而做搏擊長空的蒼鷹！

名句．出處	不蔽人之美，不言人之惡。（《韓非子．內儲說上》）
解析．應用	不掩蓋別人的優點，不議論別人的缺點。
	常用來告誡人們怎樣正確對待別人的優缺點。
寫作例句	1. 真正有修養的人，懂得「不蔽人之美，不言人之惡」。在團隊合作中，當同事獲得成績時，他們會大方地給予讚揚，而不會嫉妒地隱藏其功績；對於他人的不足之處，他們也不會私下議論、傳播惡言，這種行為展現出了極高的品德素養，也有助於營造和諧積極的團隊氛圍。 2. 在當今的社群媒體時代，我們更應遵循「不蔽人之美，不言人之惡」的原則。在網路這個公共空間裡，看到他人的優秀作品或者善舉時，要積極按讚、分享，而不是故意忽視；對於那些與自己有分歧或者不喜歡的人，也不應編造不實的負面訊息去詆毀他們，只有這樣，我們才能建構一個健康、積極、充滿正能量的網路環境。

<table>
<tr><td>名句．出處</td><td>行賢而去自賢之心，焉往而不美。（《韓非子．說林上》）</td></tr>
<tr><td rowspan="2">解析．應用</td><td>做賢德之事而不認為自己賢德，到哪裡不被稱為美德呢？</td></tr>
<tr><td>常用來讚揚那些甘願默默無聞的賢者。</td></tr>
<tr><td>寫作例句</td><td>1. 在修身立德的道路上，我們應當銘記「行賢而去自賢之心，焉往而不美」的古訓。這意味著，在踐行高尚品德、做出善行義舉之時，我們應當摒棄自我炫耀、自以為賢的念頭，保持謙遜與低調。如此，無論身處何方，我們的行為都將如春風化雨，自然而然地散發出美的光芒，贏得他人的尊敬與讚譽。
2. 在職場中，員工若能秉持「行賢而去自賢之心，焉往而不美」的理念，認真完成工作任務，積極為團隊出謀劃策，卻不沾沾自喜於自己的功勞，那麼在任何專案或者工作環境中都會備受歡迎，自身的職業發展也會更加順遂。</td></tr>
</table>

<table>
<tr><td>名句．出處</td><td>志忍私，然後能公。（《荀子．儒效篇》）</td></tr>
<tr><td rowspan="2">解析．應用</td><td>在思想上能抑制私欲，然後才能出於公心做事。</td></tr>
<tr><td>常用來說明儒家「抑私崇公」的傳統思想觀點。</td></tr>
</table>

寫作例句	1. 古之良臣，皆深知「志忍私，然後能公」的道理。大禹治水，三過家門而不入，他在治水過程中，志忍私，然後能公，將個人的家庭私欲置於腦後，一心投入在治理洪水、拯救百姓的公事之上，故而能成就千秋偉業，被後世敬仰。 2. 在現代社會的公共事務管理中，公職人員必須時刻牢記「志忍私，然後能公」。當面臨利益誘惑時，只有克制住自己的私欲，不被金錢、權力等所迷惑，才能公正地履行職責，做出符合大眾利益的決策，從而贏得民眾的信任和尊重。

名句·出處	苟能無以利害義，則恥辱亦無由至。（《荀子·法行》）
	苟：如果。
解析·應用	如果能夠不因為財利而損害道義，那麼恥辱就沒有理由降臨。
	常用來勸誡人們不要做見利忘義的事，否則會自取其辱。
寫作例句	1. 在人際互動中，真誠的人遵循「苟能無以利害義，則恥辱亦無由至」。他們不會為了一己私利而欺騙朋友、背叛友情，始終堅守正義與真誠。在面對各種複雜的人際關係和利益衝突時，他們堅守本心，所以不會有因損害情義而帶來的恥辱感，他們的人格也備受尊重。 2. 在商業競爭中，秉持誠信經營的商人深知「苟能無以利害義，則恥辱亦無由至」。他們拒絕使用不正當手段獲取利益，哪怕面對極大的經濟誘惑，也堅守商業道德底線，因為他們明白只要不以利害義，就不會遭受因違背道德而帶來的恥辱，企業也能長久穩定地發展。

名句·出處	無身不善而怨人，無刑已至而呼天。（《荀子·法行》）
	無：勿。
解析·應用	不要自身修養不好而怨怪他人，不要刑罰降臨了才呼天搶地。
	常用來勸誡人們提高自身修養以遠離禍端。
寫作例句	1.「無身不善而怨人，無刑已至而呼天。」有些人自己不努力學習，考試失利後卻抱怨老師教得不好；自己違反了規則受到處罰，才開始喊冤叫屈，這都是不明智的。我們應該先從自身找原因，規範自己的行為，而不是一味地怨天尤人。 2. 在團隊合作中，成員們要牢記「無身不善而怨人，無刑已至而呼天」。當專案出現問題時，如果自己在工作中有疏忽或者沒有盡到應盡的責任，就不該把責任推給其他成員。如果平時不注重自身能力的提升和團隊合作的維護，等到專案失敗才來嘆息，這是毫無意義的。我們要時刻反思自己的行為，積極承擔責任，才能在團隊中不斷成長。

名句·出處	君子養心莫善於誠。（《荀子·修身》）
解析·應用	君子修養自己的品德沒有比真誠更重要的了。
	常用來強調「心誠則靈」的道理。

寫作例句	在紛擾複雜的社會大舞臺上，「君子養心莫善於誠」的智慧更顯得尤為珍貴。它啟示我們，在追求個人價值與夢想的同時，應始終堅守誠信的底線，不為一時之利而背棄原則，不因外界誘惑而迷失自我。只有以誠待人，以信立業，方能在激烈的競爭中脫穎而出，贏得更廣闊的天空和更深遠的前程。同時，這份誠信也是建構和諧社會的基石，讓人與人之間的相處更加純粹與美好。

名句·出處	與人善言，暖於布帛；傷人之言，深於矛戟。（《荀子·榮辱》）
解析·應用	善美的語言，比絲帛加身還溫暖；惡毒的語言，比兵器刺傷還厲害。
	常用來描寫言語對人的情感影響，強調了言辭的重要性，提醒人們要注意自己的言語，避免使用傷人的話語，而用溫暖和善意的話語去關心和幫助他人。
寫作例句	這些祝詞賀語與詩詞曲賦等文學作品一樣具有很高的文學性和美學價值，而其應用性，又是其他文學形式無法比擬和企及的。荀子有言：「與人善言，暖於布帛；傷人之言，深於矛戟。」

名句·出處	惡言不出口，苟語不留耳。（《鄧析子·轉辭篇》）
	苟語：不好聽的話。不留耳：這裡是不入耳的意思。
解析·應用	自己不惡語傷人，耳朵裡就不會聽到不中聽的話。
	這兩句通常用於警戒人不可惡語傷人，也可用於說明某些人之所以被人惡語相汙，正是自己惡語傷人的必然結果。

寫作例句	1. 在人際互動中，有教養的人始終秉持「惡言不出口，苟語不留耳」的原則。他們深知言語的力量，不會因為一時的憤怒或衝動而惡言相向，同時，對於那些沒有根據、不負責任的苟語，他們也會自動掩蔽，從而營造出積極健康的人際關係氛圍。 2. 在資訊紛繁複雜的現代社會，我們應遵循「惡言不出口，苟語不留耳」。在網路世界裡，謠言和惡意攻擊隨處可見，我們不應參與惡言的傳播，要做一個文明的網民。同時，面對那些毫無意義的苟語，我們要有自己的判斷，不讓這些閒言碎語干擾自己的生活和判斷，堅守內心的寧靜與理性。

名句·出處	所貴於天下之士者，為人排患釋難，解紛亂而無所取。(《戰國策·趙策》)
解析·應用	對於天下之士來說，寶貴的是為人排除憂患，解除困難，消解紛亂，而不取任何報酬。
	常用來讚揚行俠仗義的義士。

寫作例句	1. 世間所敬重之士人，其可貴之處，正在於能為人排憂解難，化解紛擾而無所求取。正如古之俠者，路見不平，拔刀相助，「事了拂衣去，深藏身與名」。他們以行動詮釋著「所貴於天下之士者，為人排患釋難，解紛亂而無所取」的高尚情操，贏得了世人的敬仰與傳頌。 2. 在當今社會，這份精神依然熠熠生輝。「所貴於天下之士者，為人排患釋難，解紛亂而無所取」不僅是對個人品德的讚譽，更是對社會責任感的呼喚。那些在公益事業中默默奉獻的志工，在危機時刻挺身而出的救援人員，他們用自己的行動為社會排憂解難，化解矛盾與衝突，卻不求任何回報。他們以實際行動踐行了這句話的深刻內涵，成為了這個時代最可愛的人。

名句·出處	無其實而喜其名者削，無德而望其福者約，無功而受其祿者辱。（《戰國策·齊策》）
解析·應用	沒有那樣的實質卻喜歡那樣的名聲反而會使名聲受損，沒有那樣的德行而希望得到那樣的福氣反而會使自己受困，沒有那樣的功勞而想享受那樣的俸祿一定會受辱。
	常用來強調名不副實的名利對人的危害性。

寫作例句	1. 在古代官場中，有些官員「無其實而喜其名者削，無德而望其福者約，無功而受其祿者辱」。他們不務實政，只追求虛名，自身德行有虧卻妄圖福運降臨，沒有建立任何功勞卻心安理得地領取俸祿，最終往往落得個身敗名裂的下場，被歷史所唾棄。 2. 在現代企業裡，員工如果秉持「無其實而喜其名者削，無德而望其福者約，無功而受其祿者辱」的理念，就會明白只有腳踏實地工作，具備真才實學，注重自身品德修養，靠自己的努力和貢獻獲取應得的報酬和榮譽，才是正途。那些投機取巧、妄圖不勞而獲的人，終究會在競爭中被淘汰，陷入難堪的境地。

名句·出處	愛親者不敢惡於人，敬親者不敢慢於人。（《孝經·天子章第二》）
解析·應用	要親愛自己的父母，就不敢對他人的父母有一點厭惡；要恭敬自己的父母，就不敢對他人的父母有一毫的簡慢。
	常用來說明關懷愛護自己親人的人，對其他人的態度也不會差；尊敬親人的人，對其他人也不會怠慢。

寫作例句	1.「愛親者不敢惡於人，敬親者不敢慢於人。」那些深愛家人的人，因內心的柔情與溫暖，自然不會輕易對他人流露出厭惡之情；而那些尊敬長輩、珍視親情的人，也會將這種敬意延伸到生活中的每一個相遇，不敢以怠慢之心對待他人。他們以親情的溫暖為鏡，映照出世間應有的善良與尊重。 2. 在團隊合作中，那些熱愛自己團隊的成員都遵循「愛親者不敢惡於人，敬親者不敢慢於人」的理念。他們把團隊視為自己的親人一般去熱愛和敬重，所以在面對其他團隊時，不會輕易產生厭惡或怠慢的情緒，而是以尊重和包容的態度去對待，這有助於營造一個積極健康、和諧共生的工作環境。

名句·出處	不作威，不作福，靡有後羞。（《史記·三王世家》漢·司馬遷）
	靡：沒有。
解析·應用	不依仗地位濫用權力，就不會在以後遭到羞辱。
	常用來強調統治者作威作福的危害性。

寫作例句	1. 為官者當銘記「不作威，不作福，靡有後羞」，以清正廉潔自律，以謙遜平和待人。若能如此，在執政過程中就不會因濫用職權而驕縱跋扈，也不會因貪圖私利而肆意妄為，在回首往事時，方能坦然自若，不會因曾經的不當行為而遭受良心的譴責和歷史的唾棄。 2. 在團隊合作中，每個人都應秉持「不作威，不作福，靡有後羞」的態度。不要因為自己稍有能力或者地位就對他人頤指氣使，也不要試圖透過不正當手段獲取額外的利益。只有平等對待他人，公正對待工作，才能贏得他人的尊重，並且在未來的日子裡，不會因為自己曾經的不良行為而感到羞愧，內心才能始終保持平靜與坦然。

名句·出處	得黃金百斤，不如得季布一諾。（《史記·季布欒布列傳》漢·司馬遷）
解析·應用	得到一百斤黃金，也不如得到季布的一句承諾。
	常用來形容人的誠信比黃金還要貴重。

寫作例句	1. 在人際互動的珍貴品質中，誠信的價值無可估量，正如「得黃金百斤，不如得季布一諾」，即使擁有再多的財富，也比不上一個值得信賴的承諾，因為真正的信任與尊重，是建立在彼此守信、言行一致的基礎之上，季布的一諾千金，成為了後世傳頌的佳話，提醒我們誠信比黃金更寶貴。 2.「得黃金百斤，不如得季布一諾。」一個團隊的成功，不僅僅依賴於物質資源的豐富，更在於團隊成員間彼此信任、相互支持的默契，一個值得信賴的夥伴，一個能夠堅守承諾的隊友，其價值遠遠超過了任何物質獎勵，因為他們的存在，為團隊注入了無窮的凝聚力與戰鬥力，讓團隊在風雨中更加堅韌不拔，共同創造屬於團隊的輝煌篇章。

名句・出處	良賈深藏若虛，君子盛德容貌若愚。（《史記・老子韓非列傳》漢・司馬遷）
	賈：商人。盛德：高尚的品德。
解析・應用	善於經商的商人，總是把財貨深深藏起，看著好像沒有一樣；君子具有高尚的品德，而外表看著卻好像愚蠢笨拙。
	指越是高尚的人越謙虛。簡作「大賈深藏若虛」。
寫作例句	1. 老子說:「大智若愚，大巧若拙。」他還教訓孔子道:「良賈深藏若虛，君子盛德容貌若愚。」看來他做人很低調。 2. 從前講「大賈深藏若虛」，做生意的人本錢大他就藏起來，好像沒有一樣。我們也是這樣，我們要保持謙虛。

名句．出處	義動君子，利動貪人。（〈論御匈奴〉漢．董仲舒）	
解析．應用	正義能夠感動有道德的君子，利益能夠動搖貪財的小人。	
	常用來對比君子和小人不同的義利觀。	
寫作例句	在這紛繁複雜的世間，「義動君子，利動貪人」的現象屢見不鮮。當面對鉅額財富的誘惑時，那些心懷貪念之人便會不擇手段地去攫取，而真正的君子則會堅守正義的底線，不為利益所動，他們秉持著內心的操守，在義與利的抉擇面前，堅定地站在義的一方。	

名句．出處	以仁安人，以義正我。 （《春秋繁露．仁義法》漢．董仲舒）
解析．應用	用仁愛來安撫別人，用正義來規範自己。
	常用來說明古人的和諧德治思想。
寫作例句	1. 古之賢君深知「以仁安人，以義正我」的道理，他們以仁德之心對待臣民，使百姓安居樂業，同時又以義理來嚴格要求自己，做到克己奉公，成為臣民敬仰的楷模，如此方能使國家繁榮昌盛，社會和諧穩定。 2. 在人際互動中，若能遵循「以仁安人，以義正我」的準則，用一顆仁愛的心去理解他人、包容他人的不足，給予他人溫暖與安全感，並且時刻以義理來審視自己的行為，規範自己的言行舉止，那麼人與人之間的關係將會更加融洽，整個社會也將充滿溫情與和諧。

名句·出處	雖矯情而獲百利兮，復不如正心而歸一善。（〈士不遇賦〉漢·董仲舒）
解析·應用	雖然違背常情而可以獲得多種利益，也不如光明正大保持一顆善良正直之心。
	常用來說明由矯情帶來的名利的危害性。
寫作例句	1. 在商業競爭的漩渦中，有些人妄圖透過「雖矯情而獲百利兮，復不如正心而歸一善」的方式，以虛偽的姿態、欺騙性的手段去追逐利益，然而這種做法終究是短視的。真正的成功之道應當是秉持誠實和善良，堅守本心，因為一時的巧取豪奪或許能帶來財富的短暫累積，但內心的安寧和長久的聲譽只能透過正心向善才能獲得。 2. 在追求個人目標的道路上，不少人面臨著誘惑，想走捷徑，他們以為「雖矯情而獲百利兮，復不如正心而歸一善」是迂腐之談。於是他們戴著面具，虛情假意地迎合，看似收穫頗豐。但隨著時間的推移，他們會發現內心的空洞和迷茫。而那些始終堅守內心的真誠，從點滴善舉做起的人，雖然步伐看似緩慢，卻在正心向善的過程中收穫了真正的成長和滿足，他們的道路越走越寬，內心也越發充實堅定。

名句·出處	顧行而忘利，守節而仗義。（〈治安策〉漢·賈誼）
解析·應用	顧惜操行而忘記利益，堅守氣節而秉持正義。
	常用來說明操行和氣節對樹立正確義利觀的重要作用。

寫作例句	在那個動盪的年代，許多仁人志士秉持「顧行而忘利，守節而仗義」的信念，他們在面臨抉擇時，從不計較個人得失，一心只考量自己的行為是否符合大義。他們堅守著心中的節操，在黑暗的世道裡仗義執言，為正義奔走呼號，成為了點亮人們希望的燈塔。

名句·出處	謹身事一言，愈於終身之誦。（《韓詩外傳》漢·韓嬰）
解析·應用	謹慎地按照一句好話去實行，也強過一輩子只是停留在口頭上誦讀它。
	常用來強調謹言慎行對實踐的重要指導意義。
寫作例句	讀書學習時，我們常常會遇到許多充滿智慧的話語，然而「謹身事一言，愈於終身之誦」。若只是將那些名言警句反覆誦讀，而不付諸行動，那不過是紙上談兵。只有謹慎地選取其中一句，並將其切實地運用到自己的生活實踐中，才能真正體會到它的價值，讓知識從書本走向生活。

名句·出處	食其食者，不毀其器；蔭其樹者，不折其枝。（《韓詩外傳》漢·韓嬰）
解析·應用	吃了人家的食物，不可毀壞人家的器具；在樹下乘涼，不可折斷樹的枝條。
	常用來說明人應有敬重、感恩之心。

寫作例句	在人際互動中，我們應當銘記「食其食者，不毀其器；蔭其樹者，不折其枝」的道理，對於那些幫助過我們、給予我們支持與鼓勵的人，我們應心懷感恩，不做出傷害他們的事情，以真誠與善良回饋每一份善意，讓這份溫暖與美好在人與人之間傳遞，共同營造一個和諧友愛的社會。

名句·出處	君子不以私害公。（《新序·義勇》漢·劉向）
解析·應用	君子不因私情而傷害正義之心。
	常用來勸誡人們不要以私心損害公益。
寫作例句	無論是職場競爭還是日常往來，「君子不以私害公」的精神都應當成為我們行為的準則。它提醒我們，在追求個人目標的同時，也要兼顧團體與他人的利益，不為一時的得失而犧牲長遠的大局。只有這樣，我們才能贏得他人的尊重與信任，共同營造一個和諧、公正的社會環境。

名句·出處	受人者畏人，予人者傲人。（《說苑·立節》漢·劉向）
	畏：敬畏。予：給予。
解析·應用	受了別人恩惠，難免產生敬畏心情；給予別人恩惠，難免產生驕傲情緒。
	常用來描寫接受他人恩惠與給予他人恩惠時人們的心態變化，反映了人際關係中權力與依賴的動態，以及這種動態如何影響人的心態。

寫作例句	「受人者畏人，予人者傲人。」接受別人的恩賜，就等於欠了人情債，心理負擔很重；而有能力接濟別人的人，難免潛意識中存在自我得意的心態，時不時有所流露。

名句·出處	治官事則不營私家，在公門則不言貨利，當公法則不阿親戚，奉公舉賢則不避仇讎。（《說苑·至公》漢·劉向）
解析·應用	治理政事就不能想著經營自己的小家，在衙門裡行走就不能談物質利益，執行國家法律就不能偏袒親友，為國家舉薦賢良就不能避開與自己有私怨的人。
	常用來說明統治者在理政、執法、識才方面的原則。
寫作例句	在現代社會的管理體系中，每一位公職人員都應當以「治官事則不營私家，在公門則不言貨利，當公法則不阿親戚，奉公舉賢則不避仇讎」為行為準則。在履行政府職能時，要將公共利益置於首位，不能為個人的小算盤而損害公眾利益；在工作職位上，要廉潔奉公，抵制各種物質誘惑；在執行法律法規時，要一視同仁，拒絕裙帶關係；在選拔人才時，要秉持公正，不論與自己是否有仇怨，只要德才兼備就應給予機會，這樣才能建構一個公平、公正、廉潔、高效的社會治理環境。

名句·出處	不偏不黨，王道蕩蕩。（《說苑·至公》漢·劉向）
解析·應用	不偏私，不結黨，道路就廣遠。
	常用來勸誡人們不要結黨營私。

寫作例句	1. 在古代，賢明的君主深知「不偏不黨，王道蕩蕩」的道理，他們治理國家時，對待朝中大臣一視同仁，無論是出身名門還是寒門子弟，皆以才能和品德為考量標準。在處理政務時，不會因為個人喜好而偏向某一方勢力，也不會結黨營私，讓各方勢力相互制衡，從而使得國家的治理大道平坦開闊，百姓安居樂業，國家繁榮昌盛。 2. 在團隊合作中，我們應該遵循「不偏不黨，王道蕩蕩」的原則。無論是在專案分配、成果評估還是利益分配時，都不應偏袒自己親近的同事，也不應拉幫結派搞小團體主義。只有秉持公平公正的態度，才能營造一個和諧、積極向上的工作氛圍，團隊成員們也才能在這條光明大道上攜手共進，實現團隊和個人的共同目標。

名句·出處	欲人勿知，莫若勿為。（〈上書諫吳王〉漢·枚乘）
解析·應用	要想讓人不知道，就莫如不做。
	這句話後來演變為「若要人不知，除非己莫為」、「要想人不知，除非己莫為」。
寫作例句	他本想在帳目上做些手腳以中飽私囊，卻不知「欲人勿知，莫若勿為」。這世間沒有不透風的牆，任何見不得人的勾當，哪怕偽裝得再巧妙，終究會有暴露的一天。那些心懷不軌之人，與其絞盡腦汁地隱藏自己的惡行，不如一開始就堅守正道，不去做違背良心與道德的事情。

名句·出處	不乘人於利，不迫人於險。 （《淮南子·道應訓》漢·劉安）
解析·應用	君子做事不會藉助別人有利的地位趁機撈取好處，不會在別人處於窘境時落井下石。
	常用來勸誡人們不要趁人之危、落井下石。
寫作例句	1. 君子之交淡如水，他們深知「不乘人於利，不迫人於險」的道理。在利益面前，他們不會趁機占人便宜，損害他人利益；在困境之中，也不會落井下石，逼迫他人於絕境。這樣的行為準則，彰顯了君子的高尚品德與寬廣胸懷。 2. 在競爭激烈的社會環境中，「不乘人於利，不迫人於險」的精神更顯珍貴。它提醒我們，在追求個人成功與利益的同時，也要保持對他人的尊重與關懷。不應利用他人的弱點或困境來謀取私利，更不應在他人遭遇困難時雪上加霜。相反，我們應該以善良的心態去幫助他人，共同營造一個和諧、互助的社會氛圍。這樣的行為，不僅能夠贏得他人的感激與尊重，更能夠讓我們在人生的道路上走得更遠、更穩。

名句·出處	積羽沉舟，群輕折軸，故君子禁於微。（《淮南子·繆稱訓》漢·劉安）
解析·應用	羽毛裝多了也會把船壓沉，重量輕的東西裝多了也會壓斷車軸，所以君子從事情微小時就注意防止。
	常用來說明防微杜漸對個人素養的重要性。

<table>
<tr><td>寫作例句</td><td>「積羽沉舟，群輕折軸，故君子禁於微。」不良的習慣、消極的情緒或是小小的懈怠，如果放任不管，日積月累之下，都可能成為阻礙我們前進的沉重負擔。因此，我們應當時刻保持警醒，從細微之處著手，不斷自我反省與提升，確保自己的言行舉止始終符合正道，以免在不知不覺中偏離了人生的航向。</td></tr>
</table>

<table>
<tr><td rowspan="2">名句．出處</td><td>君子不辭負薪之言，以廣其名。故多見者博，多聞者智，距諫者塞，專己者孤。（《鹽鐵論．刺義》漢．桓寬）</td></tr>
<tr><td>負薪之言：地位低微的人說的話。負薪：背柴草，舊指地位低微的人。</td></tr>
<tr><td rowspan="2">解析．應用</td><td>君子不辭卻打柴人的意見，以此擴大他的名聲。所以看到事物多的人就見識廣博，聽到良言多的人就頭腦聰明，拒絕規勸的人就閉塞愚昧，獨斷專行的人就孤立無援。</td></tr>
<tr><td>常用來說明君子不拒絕聽取普通人的意見，就能聲名遠播。所以見得多的人知識廣博，聽得多的人有智慧，拒絕別人勸說的人耳目閉塞，只相信自己的人必然孤立。</td></tr>
</table>

寫作例句	1. 在古代，賢明的君主深知「君子不辭負薪之言，以廣其名。故多見者博，多聞者智，距諫者塞，專己者孤」。他們不會輕視普通百姓的建議，即使是砍柴之人的話也會認真對待，從而使自己美名遠颺。因為他們明白見得多才能學識淵博，聽得多才會充滿智慧，拒絕勸諫就會閉目塞聽，獨斷專行只會使自己孤立無援。 2. 一個優秀的領導者應該明白「君子不辭負薪之言，以廣其名。故多見者博，多聞者智，距諫者塞，專己者孤」。在現代企業管理或者團隊領導中，不能忽視基層員工的想法，要積極接納各種意見來提升自己的聲譽。廣泛涉獵不同的觀點就能知識豐富，傾聽各方聲音就會充滿智慧，拒絕他人的諫言必然導致資訊不通，獨斷專行只會讓自己陷入孤立的境地。

名句．出處	君子不為小人之匈匈而易其行。（《漢書．東方朔傳》漢．班固）
	匈匈：同「恟恟」，擾攘不安。
解析．應用	君子不會因為小人的喧擾就改變自己的節行。
	常用來讚揚堅定不移踐行自己志向的君子。

寫作例句	1. 在朝堂之上，正直的大臣秉持著「君子不為小人之匈匈而易其行」的信念。那些奸佞小人常常為了一己私利而喧鬧起鬨，試圖干擾朝政，影響正義的決策。然而，真正的君子卻能堅守自己的原則，他們不會因為小人的鼓譟、誣陷而改變自己為國為民的行為，依舊按照正道行事，不被小人的陰謀詭計所左右。 2. 在紛繁複雜的社會中，「君子不為小人之匈匈而易其行」的精神是我們每個人的寶貴財富。它告誡我們，在面對外界的質疑、嘲笑甚至打壓時，應保持內心的堅韌與自信，不輕易改變自己的原則與追求。只有這樣，我們才能在逆境中不斷成長，在挑戰中越發強大，最終成為那個不被世俗所擾、堅守自己信念的「君子」。

名句·出處	德不優者不能懷遠，才不大者不能博見。（《論衡·別通篇》漢·王充）
解析·應用	品德不高尚的人，不會有遠大的理想；才能不大的人，不能有廣博的見識。
	常用來說明道德、理想對成才的重要作用。
寫作例句	古人有云：「德不優者不能懷遠，才不大者不能博見。」此言深刻地揭示了個人修養與視野之間的關係。一個品德不夠高尚的人，往往難以懷抱遠大的志向，因為他們缺乏支撐長遠目標所必需的道德力量；而才學不夠廣博的人，則難以見到世界的全貌，他們的認知受限於自身的知識與經驗。

名句・出處	勿以身貴而賤人，勿以獨見而違眾。（《將苑・出師》三國・蜀・諸葛亮）
解析・應用	不要因自己出身高貴而鄙視他人，不要以個人的意見違背眾人的意願。
	常用來告誡人們不要傲視他人，獨斷專行。
寫作例句	領導者應銘記「勿以身貴而賤人，勿以獨見而違眾」，無論職位多高，都不應自視甚高，忽視團隊成員的價值與貢獻；在決策之時，即使有獨到見解，也應廣泛聽取各方意見，避免獨斷專行。唯有如此，才能凝聚團隊力量，共創輝煌，同時也展現了領導者的卓越智慧與高尚品德。

名句・出處	將不可驕，驕則失禮，失禮則人離，人離則眾叛。（《將苑・將驕吝》三國・蜀・諸葛亮）
解析・應用	將帥不可以驕橫，驕橫就會做出無禮的舉動，無禮就會導致人心背離，人心背離眾人就會背叛。
	常用來說明管理者驕橫無禮的嚴重危害性。
寫作例句	在企業管理中，領導者必須明白「將不可驕，驕則失禮，失禮則人離，人離則眾叛」。一個企業的管理者如果驕傲自滿，就可能會在決策過程中獨斷專行，不顧及員工的感受和建議，這便是一種失禮的表現。長此以往，員工會對其產生不滿情緒，人心逐漸離散，團隊的凝聚力被破壞。一旦企業面臨危機，員工們可能不會齊心協力共度難關，甚至會有員工離職另謀出路，最終導致企業走向衰敗，遭到市場和員工的雙重背棄。

名句·出處	高山景行，私所仰慕。（〈與鍾大理書〉三國·魏·曹丕）
	高山景行：出自《詩經·車舝》：「高山仰止，景行行止。」高山比喻道德崇高，景行的意思是大道，比喻行為正大光明。私：這裡指我。
解析·應用	崇高的品德，光明正大的行為，是我所仰慕的。
	常用來表達對高尚品德、行為的追求。
寫作例句	那位老藝術家一生都奉獻給了藝術事業，他對藝術的執著追求、精湛的技藝以及謙遜的品德，實在是「高山景行，私所仰慕」。他在藝術領域不斷探索創新，留下了許多經典的作品，卻從不自滿。他對待晚輩和藹可親，毫無保留地傳授經驗。他的這些優秀特質就像一座燈塔，在我追求藝術夢想的道路上閃閃發光，讓我對他充滿了欽佩與嚮往。

名句·出處	人而好善，福雖未至，禍其遠矣。（《中論·修本篇》三國·魏·徐幹）
解析·應用	人如果好行善事，即使福沒有到來，但卻會遠離災禍。
	常用來說明行善積德的益處。

寫作例句	在職場中，我們要明白「人而好善，福雖未至，禍其遠矣」。那些總是與人為善、積極幫助同事的人，即使暫時沒有得到升職加薪之類的福運，可他們卻遠離了許多職場中的禍事。他們不會捲入辦公室的勾心鬥角，不會因為惡意競爭而樹敵。例如，當同事在工作中遇到困難時，他們主動伸出援手，這種善意的行為或許不會立刻帶來物質上的獎勵，但卻能讓他們避免被同事排擠或者陷入不必要的工作紛爭之中，從而營造一個和諧穩定的工作環境。

名句·出處	不面譽以求親，不偷悅以苟合。（《體論》三國·魏·杜恕）
解析·應用	不當面吹捧以求得對自己的親近，不暗中取悅以求結為一體。
	原意是指人臣對君主所應遵循的原則，也完全可以用作人際互動的原則。
寫作例句	1. 真正的君子「不面譽以求親，不偷悅以苟合」，他們在社交中始終堅守真誠，不屑於用虛假的誇讚來換取他人的親近。 2. 企業在市場競爭中應「不面譽以求親，不偷悅以苟合」，依靠產品的品質和服務的品質立足，而不是靠虛假宣傳和不正當的迎合手段來獲取利益。

<table>
<tr><td rowspan="2">名句·出處</td><td>道塗不爭險易之利，見難而無苟免之心。（《體論》三國·魏·杜恕）</td></tr>
<tr><td>塗：同「途」。險易：偏義複詞，單指平坦。</td></tr>
<tr><td rowspan="2">解析·應用</td><td>道路之上不爭平坦的便利，見到危難沒有僥倖獲免的心思。</td></tr>
<tr><td>常用來強調一種既不強求、也不寄希望於僥倖的心理。</td></tr>
<tr><td>寫作例句</td><td>行走於人生之路，「道塗不爭險易之利，見難而無苟免之心」，此言可謂至理。它告誡我們，在前進的道路上不應過分計較路途的艱險或平坦所帶來的利弊，而應勇往直前；面對困難和挑戰時，更不可心存僥倖，試圖逃避責任或尋求捷徑。唯有如此，方能彰顯真正的勇士精神，贏得人生的尊嚴與榮耀。</td></tr>
</table>

<table>
<tr><td>名句·出處</td><td>勿以惡小而為之，勿以善小而不為。（《三國志》晉·陳壽）</td></tr>
<tr><td rowspan="2">解析·應用</td><td>不要以為壞事小就去做，不要以為好事小就不去做。</td></tr>
<tr><td>這是劉備臨終前給其子劉禪遺詔中的話，勸勉他要進德修業，有所作為。</td></tr>
<tr><td>寫作例句</td><td>在日常生活中，我們常須銘記：「勿以惡小而為之，勿以善小而不為。」無論行為多麼微小，都不應因其惡小而放縱自己去做，因為積小惡終成大惡；同樣，也不應因其善小而忽視不做，因為積小善終成大德。只有時刻警醒自己，於細微處見真章，方能保持心靈的純淨與高尚。</td></tr>
</table>

名句·出處	志道者不以否滯而改圖，守正者不以莫賞而苟合。（《抱朴子·廣譬》晉·葛洪）
解析·應用	立志實現自己理想的人，不會因為一時的不順利而改變自己的想法；堅持正確言行的人，不會因為得不到別人的稱讚而和人同流合汙。
	常用來讚揚那些為自己理想矢志不移奮鬥的人。
寫作例句	1. 古之仁人志士，皆秉持「志道者不以否滯而改圖，守正者不以莫賞而苟合」的高尚品德。屈原一生追求美政理想，雖遭奸佞陷害，仕途否滯，被流放於荒蠻之地，但他從未改變自己的志向，依舊心繫楚國的興盛；他堅守正道，不肯與那些誤國的小人苟合，即使無人賞識他的忠誠與才華，他也決然不肯同流合汙，最終以死明志，其高潔的人格如同璀璨星辰照亮了歷史的天空。 2. 在現代社會中，創業者們應牢記「志道者不以否滯而改圖，守正者不以莫賞而苟合」。那些胸懷偉大創業夢想的人，在創業途中必然會遭遇資金短缺、市場競爭激烈等否滯的情況，但真正的創業者不會因此就改變自己的創業藍圖；他們堅守商業道德的正道，在面對各種利益誘惑時，即使沒有即時的回報，也不會為了獲取利益而苟合那些不正當的商業手段，只有這樣，他們才能在複雜的商業環境中樹立良好的口碑，最終走向成功。

名句·出處	百鍊而南金不虧其真，危困而烈士不失其正。（《抱朴子·博喻》晉·葛洪）
	南金：華山的金石。虧：損失。

解析·應用	真金百鍊仍然是真金，剛烈之士在危困時也能保持正氣。
	常用來比喻壯烈之士禁得住困境的考驗。
寫作例句	古之豪傑，皆有「百鍊而南金不虧其真，危困而烈士不失其正」的堅毅品質。岳飛精忠報國，在戰場上歷經無數次戰鬥的錘鍊，如同南金一般，其愛國的赤誠之心從未有絲毫虧損。即使後來遭受秦檜等奸佞的陷害，處於危困之境，他依然堅守自己的正義與忠誠，不肯屈服於奸邪勢力，其高風亮節令人敬仰，成為千古傳頌的英雄典範。

名句·出處	人之有過，輒面折之，而退無後言。（《晉書·崔洪傳》）
解析·應用	人有過錯，就當面批評他，退朝後不再議論。
	現在常用來告誡人們對別人的過錯可以當面指正，但不可背後議論。
寫作例句	1. 真正的諍友，當如「人之有過，輒面折之，而退無後言」者，見到朋友行為有失當之處，當即指出，當面糾正，既不藏著掖著，也不在背後嚼舌根，這樣的朋友才是可交之人。 2. 在團隊合作中，我們應該秉持「人之有過，輒面折之，而退無後言」的態度。當發現同事工作中的失誤，要及時當面溝通解決，不要當面不說，背後卻議論紛紛，這樣才能營造良好的團隊氛圍，提高工作效率。

名句．出處	大丈夫行事，當磊磊落落，如日月皎然。（《晉書．石勒載記》）
解析．應用	大丈夫做事，應當光明磊落，像日月一樣潔淨明亮。
	常用來說明做人應該光明磊落。
寫作例句	1. 古之英雄豪傑，皆以「大丈夫行事，當磊磊落落，如日月皎然」為座右銘。岳飛將軍一生征戰沙場，忠肝義膽，行事光明磊落，無絲毫陰暗之處，正如日月高懸，其皎潔之光照亮後世，令人敬仰不已。 2. 在商業競爭中，真正有操守的企業家當「大丈夫行事，當磊磊落落，如日月皎然」，他們不會使用不正當手段，而是以誠信和公平競爭的態度去開拓市場，他們的行為光明正大，禁得起任何考驗。

名句．出處	折則折矣，終不曲撓。 （《齊民要術．卷五》北魏．賈思勰）
解析．應用	白楊木受到外力作用，只會斷折，不會彎曲變形。
	常用來比喻堅貞之士寧可犧牲自己，也不會向惡勢力委曲求全。這就是成語「寧折不彎」的出處。
寫作例句	1. 那根翠竹在狂風中堅守著自己的氣節，「折則折矣，終不曲撓」，哪怕面臨強大的外力壓迫，也絕不彎腰屈服，展現出一種剛直不屈的姿態。 2. 許多抗日志士在面對敵人的威逼利誘時，堅守自己的信仰，「折則折矣，終不曲撓」。他們哪怕犧牲生命，也絕不向惡勢力低頭，用自己的鮮血和生命詮釋了堅貞不屈的偉大精神。

名句．出處	獨立不慚影，獨寢不愧衾。 （《新論．慎獨》南朝．齊．劉晝）
解析．應用	獨自站立無慚於自己的影子， 獨自睡眠無愧於自己的被子。
	常用來形容內心光明磊落，就會無慚無愧。
寫作例句	在這個物欲橫流的社會，我們更應做到「獨立不慚影，獨寢不愧衾」。在工作中，即使沒有主管和同事的監督，也要認真負責，不弄虛作假；在生活裡，即使無人知曉，也不做損人利己之事，始終堅守自己的良知和操守。

名句．出處	君子不責人所不及，不強人所不能。 （《中說．魏相篇》隋．王通）
解析．應用	君子對別人的不足之處不求全責備，不勉強別人去做難以做到的事情。
	常用來勸誡人們對別人不要求全責備、強人所難。
寫作例句	1. 在人際互動中，他始終秉持「君子不責人所不及，不強人所不能」的原則。對於他人的不足之處，他從不苛責，深知每個人都有自己的局限；對於難以達成的任務，他也不會強加於人，明白強求只會徒增煩惱與隔閡。這份寬容與理解，讓他贏得了眾人的尊敬與信賴。 2. 真正有修養的人，懂得「君子不責人所不及，不強人所不能」。在團隊合作中，面對成員的不足，他不會一味地指責那些成員力所不及之處，也不會強行要求成員去做他們根本無法完成的任務，而是以包容和引導的態度去促進團隊的和諧發展。

名句·出處	見利爭讓，見義爭為，有不善爭改。 （《中說·魏相篇》隋·王通）
解析·應用	有好處就爭著讓給別人，聽到正義的事就爭著去做，有了缺點就爭著改正。
	常用來說明君子應該爭著去做的事情。
寫作例句	1. 在人生旅途中，智者常懷「見利爭讓，見義爭為，有不善爭改」之心。面對名利誘惑，他們懂得適時退讓，保持內心的寧靜與淡泊，不讓物欲矇蔽了雙眼；面對社會道義，他們則勇於擔當，積極作為，用實際行動詮釋著正義與善良；同時，他們也時刻自省，對於自身的缺點與錯誤，勇於承認並努力改正，不斷完善自我，追求更高的人生境界。 2. 在一個品德高尚的群體中，大家都秉持著「見利爭讓，見義爭為，有不善爭改」的態度。在分配利益時，彼此謙遜，都希望他人多得；面對正義之舉，人人奮勇向前，毫不退縮；一旦發覺自身存在不足，都積極主動地去修正，形成了一種積極向上、充滿正能量的氛圍。

名句·出處	天行不信則不能成歲，地行不信則草木不大。（《臣軌·誠信章》唐·武則天）
解析·應用	天如果不誠信，就不能成為一年四季，地如果不誠信，草木就不能長大。
	常用來說明人也應該像天地一樣講誠信，才會有所成就。

寫作例句	1. 自然界的規律若失去了信守與恆定，「天行不信則不能成歲，地行不信則草木不大」，正如四季更迭需遵循時序，大地滋養萬物亦需穩定的氣候條件，方能確保年歲的豐收與草木的繁茂。 2. 在人生的旅途中，誠信與堅持如同「天行不信則不能成歲，地行不信則草木不大」，唯有持之以恆地信守承諾，堅守原則，才能在時間的見證下，成就一番事業，讓個人的品格與能力如同茁壯成長的草木，贏得他人的尊重與信賴。

名句·出處	何言者天，成蹊者李。（〈口箴〉唐·姚崇）
解析·應用	天並沒有自吹自擂，卻顯得那麼高；李樹不向人打招呼，而它的樹下卻有條小路。
	常用來說明人應該少說話多做事，做出了成績自然就會贏得人們的尊敬。
寫作例句	1. 在這世間，總有一些現象令人深思，「何言者天，成蹊者李」。真正偉大的事物，就如同蒼天，無須言語自顯其崇高；就像那李子樹，果實鮮美，即使不事宣揚，樹下也會被人踩出小路，默默散發著自身的魅力與影響力。 2. 真正的大師往往「何言者天，成蹊者李」。他們不需要自我吹噓，自身的才華與品德如同天空般廣闊無垠、高深莫測，他們的成就像掛滿果實的李樹，吸引著人們自然地趨近，在各自的領域裡憑藉自身的實力和魅力，在無聲中形成強大的影響力，贏得人們的敬重與追隨。

名句·出處	士窮乃見節義。（〈柳子厚墓誌銘〉唐·韓愈）
	士：讀書人。窮：困窘。見：看出。節義：節操，氣節。
解析·應用	讀書人在困境中才能看出節操來。
	常用來形容一個人在困境面前才可以突顯節操義行。
寫作例句	在生活的重重考驗面前，「士窮乃見節義」。那些在逆境中堅守誠信、不放棄理想、樂於助人的人，儘管身處困境，卻用自己的行動彰顯出高尚的品德和操守，他們就像黑暗中的明燈，為周圍的人帶來希望和力量。

名句·出處	若俯首貼耳，搖尾而乞憐者，非我之志也。（〈應科目時與人書〉唐·韓愈）
解析·應用	如果俯首帖耳，搖尾乞憐，不是我的志向。
	常用來表達對卑躬屈膝者的鄙視。
寫作例句	在競爭激烈的職場中，儘管有諸多的壓力和挑戰，但他始終秉持著「若俯首貼耳，搖尾而乞憐者，非我之志也」的信念。他不會為了升職加薪而對上司阿諛奉承、諂媚討好，而是憑藉自己的努力和才華去爭取機會，這種獨立自強的態度讓他在工作中贏得了他人真正的尊重。

名句·出處	不以眾人待其身，而以聖人望於人，吾未見其尊己。（〈原毀〉唐·韓愈）
解析·應用	不拿要求一般人的標準來要求自己，卻拿聖人的標準要求別人，我看不出這種人是在尊重自己。
	常用來說明「嚴於律己，寬於律人」的道理。

寫作例句	「不以眾人待其身，而以聖人望於人，吾未見其尊己。」有些人自己在工作中時常偷懶懈怠，卻要求同事們個個都像工作狂一樣高效；自己在品德上偶有瑕疵，卻要求他人如同道德楷模般毫無瑕疵。這樣的人其實是沒有正確認識自己，也沒有做到真正的尊重自己。

名句・出處	非莫非於飾非，過莫過於文過。（〈續姚梁公座右銘〉唐・貫休）
解析・應用	沒有比掩飾錯誤更大的錯誤，沒有比文飾過失更大的過失。
	常用來強調不能文過飾非的道理。
寫作例句	1. 在對待自己的錯誤時，我們應秉持誠實的態度，「非莫非於飾非，過莫過於文過」。若為了一時的顏面而拒絕承認錯誤，甚至千方百計地去掩蓋，那只會讓錯誤越來越嚴重，最終可能導致無法挽回的後果。 2. 在團隊合作中遇到問題時，「非莫非於飾非，過莫過於文過」。大家應該勇於面對問題，積極分析失誤的原因，而不是互相推諉、美化自己的過錯，只有這樣才能不斷提升團隊的合作能力和整體效率。

名句・出處	居必擇地，行必依賢。（〈足箴〉唐・皮日休）
解析・應用	停留一定選擇適宜之地，行走一定依照賢人的標準。
	現用來說明居住選擇合宜之地，行動一定依照賢人的標準。

寫作例句	1. 古人云「居必擇地，行必依賢」，強調在選擇居所時要注重環境的優劣，在行動時要依靠賢明之人的指導，以求生活的安定與智慧的提升。 2. 在職業規畫中，「居必擇地，行必依賢」提醒我們不僅要選擇適合自己發展的環境，還要向有經驗的前輩學習，以便更好地實現個人價值與目標。

名句．出處	人不見，自心知。（〈大溈虛佑師銘〉唐．鄭愚）
解析．應用	別人沒看見，自己心裡知道。
	常用來提醒人們要慎獨、自律，不要以為沒人看見就胡作非為，要對自己有一種敬畏心。
寫作例句	1. 在無人監考的考場上，我們也應堅守誠信，要知道「人不見，自心知」。即使周圍沒有監考老師的目光，我們的每一個小動作、每一次作弊的念頭，雖然別人看不到，但自己內心是清楚的，這是對自己道德底線的考驗。 2. 在生活中，我們會面臨很多選擇，有時候可能會有一些損人利己的念頭一閃而過。但我們要時刻牢記「人不見，自心知」，即使這種不良想法不會被他人知曉，但違背了自己的良知，內心也會不安，只有堅守正道，才能做到問心無愧。

名句·出處	君子揚人之善，小人訐人之惡。（《貞觀政要·公平》）
	訐：攻擊別人的短處，揭發別人的隱私。
解析·應用	君子喜歡讚揚別人的長處，而小人則喜歡攻訐人的短處。
	常用來告誡領導者聽到有人在身邊說其他人的壞話，一定要保持清醒的頭腦。
寫作例句	1. 在人際互動中，我們應秉持「君子揚人之善，小人訐人之惡」的態度。一個充滿正能量的社交圈子裡，大家都像君子一樣，善於發現他人的閃光點並加以讚揚，而不是像小人那般，總是盯著別人的缺點惡處去揭發，這樣的社交環境才會和諧美好。 2. 在資訊傳播飛速的現代社會，我們更要遵循「君子揚人之善，小人訐人之惡」的準則。當我們在網路平臺上分享資訊時，應該像君子一樣，去弘揚那些積極向上、充滿正能量的人物事蹟，而不是像小人一樣，為了博眼球、賺流量就去惡意揭發他人的隱私或者短處，這樣才能營造健康的網路環境。

名句·出處	目不淫於炫耀之色，耳不亂於阿諛之詞。（《群書治要·新語》）
解析·應用	眼睛不被絢爛之色所迷惑，耳朵不被奉承之辭所迷亂。
	常用來說明君子應該堅守自己的節操，不被周圍好看動聽的東西所誘惑而迷失自己。

寫作例句	1. 真正的智者，「目不淫於炫耀之色，耳不亂於阿諛之詞」。他們身處繁華世界，面對各種誘惑與奉承，能堅守本心，不為外界的虛榮表象所動，也不會因他人的諂媚話語而迷失自我，始終保持清醒的頭腦和獨立的思考。 2. 在這個充滿誘惑和浮躁的社會裡，我們若想成就一番事業，就必須做到「目不淫於炫耀之色，耳不亂於阿諛之詞」。無論是在追求夢想的道路上，還是在日常的工作和生活中，都不應被那些看似誘人的虛名浮利所迷惑，也不能被周圍的捧殺言語沖昏頭腦，只有這樣，我們才能腳踏實地地向著目標前行。

名句．出處	不敬他人，是自不敬也。（《舊唐書．文苑傳》）
解析．應用	不尊敬他人，就是自己不尊敬自己。
	常用來說明不尊敬別人就是不尊敬自己的道理。
寫作例句	在多元文化相互交融的時代，我們更要懂得「不敬他人，是自不敬也」。當我們面對不同種族、不同文化背景的人群時，若表現出歧視或者不尊重的態度，那就是在降低自己的人格高度。因為一個真正有涵養的人，無論面對何人何事，都會秉持尊重的態度，這種尊重展現的是自身的素養與胸懷。

名句．出處	竭誠則胡越為一體，傲物則骨肉為行路。（《舊唐書．魏徵傳》）
	竭誠：竭盡忠誠，全心全意。傲物：驕傲自大，瞧不起人。行路：路人。

解析·應用	竭盡忠誠待人，胡越都能融為一體；驕橫傲慢待人，親生骨肉也會像路人一樣疏遠。
	指真誠使人親近，傲慢使人疏遠。
寫作例句	有句古話「竭誠則胡越為一體，傲物則骨肉為行路」，只要大家竭誠相待，多遠的地區，素不相識的人都可以成為好朋友；如果只想自己的事，根本不考慮全局，不考慮大家，親生骨肉也形同路人。我希望我們這個團隊是個真正團結的，能做實事的，有創意的團隊。

名句·出處	居廟堂之高則憂其民，處江湖之遠則憂其君。（〈岳陽樓記〉宋·范仲淹）
	廟堂：指朝廷，後把「居廟堂」代指做官。江湖：這裡指民間，與朝廷相對。
解析·應用	在朝廷做官，就為他的百姓憂慮；不在朝廷做官，就為他的君主憂慮。
	這句話表現了古代知識分子憂國憂民的思想情懷。
寫作例句	1. 古代的仁人志士，皆秉持「居廟堂之高則憂其民，處江湖之遠則憂其君」的信念。范仲淹便是如此，他在朝為官時，積極推行利民政策，關心百姓疾苦；被貶謫到偏遠之地時，依然心繫朝廷，為君主分憂，這種情懷令人敬仰。 2. 在現代社會中，每一個有擔當的人都應有著「居廟堂之高則憂其民，處江湖之遠則憂其君」的責任感。那些身居高位的領導者，要時刻關注民生福祉，為民眾謀幸福；而普通民眾即使在平凡的職位上，也要關心國家的發展，積極為國家的繁榮貢獻自己的力量。

名句·出處	知無不言，言無不盡。（《衡論上·遠慮》宋·蘇洵）
	盡：完。
解析·應用	凡知道的就沒有不說的，凡說了就沒有不說完的。
	常用來描寫一個人坦誠直率、毫無保留的溝通態度，表現了誠實、坦率和尊重他人的特質，鼓勵人們在交流中真誠相待，不隱瞞、不保留，勇於表達自己的想法和觀點，促進思想的交流和碰撞。
寫作例句	「知無不言，言無不盡。」、「言者無罪，聞者足戒。」、「有則改之，無則加勉。」這些格言是抵抗各種政治灰塵和微生物侵蝕的有效方法。

名句·出處	苟非吾之所有，雖一毫而莫取。（〈前赤壁賦〉宋·蘇軾）
	雖：即使。
解析·應用	如果不是自己應該享有的，即使是一絲一毫，也不拿取。
	指不義之財，一點都不能沾。
寫作例句	魚之被釣，無非貪食，因小失大；人而被釣，又何嘗不是如此？「苟非吾之所有，雖一毫而莫取」，誠如斯，釣者豈奈我何？

名句·出處	朝而為盜蹠，暮而為伯夷，聖人不棄也。（〈《左傳》三道·問君子能補過〉宋·蘇軾）
解析·應用	早上是盜蹠一樣的壞人，只要能改正錯誤，晚上就能變成伯夷一樣的賢人，連聖人也是歡迎接納的。
	常用來說明「浪子回頭」的重要影響。

寫作例句	在人生的旅途中，「朝而為盜蹠，暮而為伯夷，聖人不棄也」這句話激勵著我們正視自己的過錯與不足，並勇於改過自新。它告訴我們，無論過去犯下了多少錯誤，只要我們有決心、有勇氣去改正，就總有重新開始的機會。

名句．出處	勤有功，嬉無益。（《三字經》宋．王應麟）
解析．應用	指凡事只要勤奮，就會收到功效；如果一味貪玩，沒有一點好處。
	常用來描寫勤奮與懶惰的不同結果，鼓勵人們珍惜時間，勤奮學習或工作，避免虛度光陰。
寫作例句	有些年輕人一味地講究休閒，貪圖安逸享受。他們不明白勤有功，嬉無益，許多大好時光都在嬉鬧玩耍中度過了，四肢是發達了，但頭腦卻簡單了。

名句．出處	才者，德之資也；德者，才之帥也。（《資治通鑑．周紀威烈王二十三年論》）
	資：資質。
解析．應用	才能是品德的資質，品德是才能的統帥。又作「德者，才之帥也；才者，德之資也」。
	指德和才相輔相成，缺一不可。

寫作例句	1. 德是思想基礎，才是服務的本領，二者缺一不可。有才無德，你的才就會用偏了方向；有德無才，也無法作為。北宋時期的司馬光說過：「才者，德之資也；德者，才之帥也。」這個話講得比較全面。 2. 做一個人，首先必須把道德修養放在首位，人的價值要由道德的高低來決定。因此做人的第一要義就是「立德」。在人的活動中，德是「體」，是「帥」，是目的，其他都是為德服務的。「德者，才之帥也；才者，德之資也。」

名句·出處	德勝才謂之君子，才勝德謂之小人。（《資治通鑑·周紀》宋·司馬光）
解析·應用	品德勝過才能的就是君子，才能勝過品德的就是小人。
	司馬光認為，如果才能勝過品德的話，這樣的人作起惡來會無所不至，因為他的智力水準足以使他的奸謀得逞。這個理論在今天也很有借鑑意義。

寫作例句	1. 在古人的智慧中，「德勝才謂之君子，才勝德謂之小人」深刻揭示了品德與才能之間的微妙關係。它告訴我們，一個真正的君子，其品德修養應當超越其才華能力，以高尚的德行引領自己的行為；反之，若才華出眾卻品德不端，則只能被視為小人。這種評判標準，強調了品德在人格塑造中的重要性，提醒我們在追求才能的同時，更不可忽視品德的修養。 2. 在衡量一個人的綜合素養時，要深知「德勝才謂之君子，才勝德謂之小人」。在社會中，有些高智商、高技能的人卻做出違背道德倫理之事，如利用網路技術進行詐騙，這類才勝德的人雖有才能卻被眾人唾棄；而那些雖能力普通但品德高尚，如默默堅守在基層職位，為他人無私奉獻的人，就像德勝才的君子，贏得人們的尊重。

名句‧出處	得財失行，吾所不取。（《資治通鑑‧陳紀》宋‧司馬光）
解析‧應用	得到財物卻喪失了行為準則，我不能做這樣的事。
	常用來提醒人們不要見利忘義。
寫作例句	「得財失行，吾所不取。」在追求事業成功、學術成就或是個人榮譽時，我們都應銘記：任何以犧牲原則、違背良心為代價的所得，都是不值得追求的。這句話激勵我們在人生的道路上，要始終保持清醒的頭腦和高尚的品德，不為短期利益所動搖，堅守內心的信念與底線，追求真正有意義、有價值的人生。

名句·出處	舉大事者不忌小怨。（《資治通鑑·漢紀》宋·司馬光）
解析·應用	做大事的人不會計較一些小的恩怨。
	常用來說明想做大事的人必須心胸開闊。
寫作例句	1. 古人云「舉大事者不忌小怨」，此言道出了成就大業者應有的胸襟與氣度。在追求宏偉目標的過程中，難免會遇到各種阻礙與誤解，甚至可能因此結下一些小的恩怨。然而，真正的領袖與智者，他們心中裝著更大的藍圖與使命，因此不會過分計較這些個人的小怨小恨，而是選擇以大局為重，繼續堅定不移地前行。 2. 在企業發展的過程中，優秀的領導者懂得「舉大事者不忌小怨」。例如，當公司進行大規模改革時，面對一些員工之前因小摩擦而產生的牴觸情緒，領導者不會耿耿於懷，而是著眼於整體策略目標，以包容的態度化解矛盾，團結全體員工朝著企業發展的大事奮勇前行。

名句·出處	由儉入奢易，由奢入儉難。（〈訓儉示康〉宋·司馬光）
解析·應用	從節儉變得奢侈容易，從奢侈轉到節儉則很困難。
	常用來強調要自覺保持儉樸，防止奢侈，含有自勉、警世之意。

寫作例句	1. 許多富家子弟，在家庭富裕時過著奢華的生活，然而一旦家道中落，才深刻體會到「由儉入奢易，由奢入儉難」。他們習慣了大手大腳地花錢，享受各種奢華的物質生活，當經濟狀況不允許時，卻很難一下子適應節儉的生活方式，總是對過去的奢華生活念念不忘。 2. 在現代社會，人們往往容易被消費主義所影響。一些人剛開始還秉持著簡單質樸的生活理念，可隨著周圍環境的誘惑和自身欲望的膨脹，很容易就陷入對物質的過度追求中。然而，當他們想要重新回歸簡單的生活時，卻發現「由儉入奢易，由奢入儉難」。之前養成的高消費習慣、對物質的依賴心理都成為了回歸簡樸的阻礙，這也警示我們要時刻保持清醒，不被奢靡之風所侵蝕。

名句・出處	施人勿念，受施勿忘。（《袁氏世範》宋・袁採）
解析・應用	施恩於人後不要念念不忘，而受人恩施後應該銘記在心。
	常用來勸誡人們要學會感恩。
寫作例句	1. 秉持古訓「施人勿念，受施勿忘」，我們在行善之時，應懷著一顆無私的心，給予他人幫助而不求回報，不讓施恩成為心靈的負擔；同時，在接受他人恩惠之時，則應銘記於心，時刻不忘感恩之情，將這份善意傳遞下去。 2. 在人際互動中，我們應遵循「施人勿念，受施勿忘」的準則。當我們在工作中給予同事一些業務上的指導或者在生活中給予朋友一些力所能及的幫助時，不應總是把這些當作人情債來討要回報；相反，若是他人在我們困難之際伸出援手，無論是精神上的鼓勵還是物質上的支持，我們都要牢記心間，在合適的時候予以回報，這樣的人際關係才會更加和諧、穩固。

名句．出處	保初節易，保晚節難。（《名臣言行錄韓琦》宋．朱熹）
解析．應用	一個人最初的操守容易保持，難的是晚年仍能保持操守。
	常用來提醒人們要保持晚節。
寫作例句	1. 古往今來，多少人在年輕時意氣風發，堅守正道，然而隨著歲月的流逝，面臨各種誘惑時，卻難以堅守底線。「保初節易，保晚節難」，像嚴嵩，早年也曾有清正之名，可到了晚年，卻深陷權力與財富的泥沼，晚節不保，成為歷史的反面教材。 2. 在創業之路上，許多創業者在起步階段滿懷熱情與誠信，積極進取。但隨著事業的發展，市場競爭的加劇，面臨的利益誘惑增多，「保初節易，保晚節難」的現象便突顯出來。有些創業者在獲得初步成功後，就開始急功近利，拋棄了最初的創業理念和道德準則，最終導致企業走向衰敗。

名句．出處	有則改之，無則加勉。（《論語集注》宋．朱熹）
解析．應用	有這樣的錯誤（不忠、不信、不習），就改正，如果沒有，就用來勉勵自己加以注意。
	朱熹說曾子每天拿「為人謀而不忠乎」等三個問題自問，後世這句話用來表示對別人指出自己的缺點錯誤，有的就改正，沒有的就用來勉勵自己加以警惕。

寫作例句	1. 在團隊的檢討會議上，大家秉持著「有則改之，無則加勉」的態度。對於他人指出的工作中的失誤，如果存在就積極改正，如果不存在也把這些提醒當作一種激勵，時刻提醒自己避免犯錯，從而提升整個團隊的工作效率和合作能力。 2. 在社會道德建設方面，我們對待他人的批評和建議應「有則改之，無則加勉」。當社會輿論指出某些行為不符合公序良俗時，若是自身存在類似行為就要加以改正，若沒有也要以這些批評為鑑，不斷提高自身的道德修養，共同營造一個和諧、文明的社會環境。

名句·出處	冰心與貪流爭激，霜情與晚節彌茂。（《宋書·陸徽傳·薦朱萬嗣表》）
解析·應用	潔淨的心地與不知足的貪婪爭相撞激，而寒霜般潔白堅貞的情懷與可嘉的晚節相映而更加美盛。
	常用來讚揚一個人心地潔淨，晚節可嘉。
寫作例句	古之賢士，「冰心與貪流爭激，霜情與晚節彌茂」，他們身處汙濁之世，卻能以冰清玉潔之心抵禦世俗的貪婪誘惑，堅守高潔的操守，且隨著歲月的沉澱，其晚節愈加堅貞，如霜後的松柏，愈加蒼勁茂盛。

名句·出處	立不更名，坐不改姓。（《謝金吾詐拆清風府·第三折》元雜劇）
解析·應用	站著不更改名字，坐著不更改姓氏。
	常用來表示敢做敢當，無所畏懼。也作「坐不更名，立不改姓」或「坐不改名，立不改姓」等。

寫作例句	他為人剛正不阿，行事光明磊落，面對威逼利誘，依舊堅定地說：「立不更名，坐不改姓，我就是這般頂天立地的漢子，不會因任何威脅而隱藏自己的身分。」

名句·出處	鐵肩擔道義，辣手著文章。（〈大明湖鐵公祠聯〉明·楊繼盛）
解析·應用	用寬厚的肩膀承擔正義，擔當重大責任；用幹練的手寫出精采美妙的文章，以喚起民眾的覺悟。
	常用來描寫一種勇於擔當、勇於直言、以筆為劍、捍衛正義的精神風貌，鼓勵人們要勇於擔當、勇於直言、以筆為劍、捍衛正義，為社會的進步和發展貢獻自己的力量。
寫作例句	知識分子在內憂外患交迫、民族生死存亡的時代條件下，繼承並發揚士大夫憂國憂民、以天下興亡為己任的傳統，「鐵肩擔道義，辣手著文章」，自覺擔當起反封建的先鋒。

名句·出處	公生明，廉生威。（〈官箴〉明·年富）
解析·應用	公正就會生出英明，廉潔就會生出威望。
	常用來說明只有公正、公平才能使人明辨是非，只有清政、廉潔才能使人不為權勢左右，平生威嚴。

寫作例句	1. 為官者當深知「公生明，廉生威」的道理。只有秉持公正之心處理政務，不偏不倚，才能讓政令清明，百姓信服；只有廉潔自律，兩袖清風，才能在百姓心中樹立起崇高的威望，真正做到為官一任，造福一方。 2. 在任何一個團隊或者組織中，領導者都應該遵循「公生明，廉生威」的原則。在分配任務、評定績效等事務中做到公平公正，不徇私情，這樣才能讓團隊成員清楚地看到發展的方向，保持積極的工作態度；而領導者自身廉潔奉公，不貪圖私利，就會在團隊中產生一種無形的威嚴，讓成員們由衷地敬重並願意追隨。

名句·出處	自古奇人偉士，不屈折於憂患，則不足以成其學。（〈答許廷慎書〉明·方孝儒）
解析·應用	自古以來那些卓越偉大的人物，不經過憂患挫折，就不能成就他們的才學。
	常用來說明「逆境出人才」的道理。
寫作例句	「自古奇人偉士，不屈折於憂患，則不足以成其學。」司馬遷遭受宮刑這一極大的憂患，卻能忍辱負重，發憤著書，最終完成了被譽為「史家之絕唱，無韻之《離騷》」的《史記》。他在磨難中砥礪自己，使自己的史學才華得以充分展現，學問得以大成。

名句·出處	為惠而望報，不如勿為。（《鈍吟雜錄家戒》明·馮班）
解析·應用	為別人做了好事希望得到報答，就不如不做。
	常用來說明做好事不求回報的道理。

寫作例句	1. 真正的善舉應是純粹的，「為惠而望報，不如勿為」。當我們在街頭向那些身處困境的流浪者提供幫助時，不應懷著期待他們日後報答自己的心思，否則這種帶著目的性的幫助就失去了善的本質，淪為一種交易。 2. 在人際互動中，有些人總是在給予朋友一點小恩小惠後就暗自期待對方能給予等量甚至更多的回報，這種心態是不健康的。要知道「為惠而望報，不如勿為」，真正的友誼是建立在無私奉獻和真誠相待的基礎之上的，而不是利益的交換。

名句·出處	待人要豐，自奉要約;責己要厚，責人要薄。(《五種遺規·養正遺規》清·陳弘謀)
解析·應用	對待別人要寬厚，對待自己要簡約；要求自己要嚴，要求別人要寬。
	常用來說明「嚴於律己，寬於律人」的道理。
寫作例句	1. 在人際關係的廣闊舞臺上，我們應當銘記古訓：「待人要豐，自奉要約；責己要厚，責人要薄。」這意味著對待他人應慷慨大方，給予溫暖與幫助；而自我要求則須簡約樸素，不奢侈浪費。同時，反省自身時應當嚴苛，力求完美；在評價他人時則須寬容，多一份理解與體諒。如此，方能建構和諧的人際關係，讓社會充滿溫情與和諧。 2. 一個和諧的社會必然遵循「待人要豐，自奉要約；責己要厚，責人要薄」的原則，企業對待員工的工作成果要給予豐厚的回報，而員工自身應懂得節制欲望，同時，每個人都要以高標準要求自己的職業道德，對於他人在競爭中的小失誤要予以包容，這樣才能建構良好的社會關係。

名句·出處	見未真，勿輕言；知未的，勿輕傳。（《弟子規》清·賈存仁）
	的：準確。
解析·應用	看見的事情不真切，不要輕易說出；知道的事情不準確，不要輕易傳播。
	指說話必須認真負責。
寫作例句	有許多事情，沒有親眼見到，是不真實的。即使親眼見了，如果沒有全面深入地調查、了解，也容易產生表面性和片面性。因此，古人告誡道：「見未真，勿輕言；知未的，勿輕傳。」

名句·出處	當著矮人，別說短話。（《紅樓夢·第四十六回》清·曹雪芹）
解析·應用	當著個子低的人，不要說「短」一類的話。你要說「短」，容易讓人家聯想到人家的個子低。
	常用來說明說話應該懂得避諱，人家有什麼短處，說話時就盡量迴避類似的話題，以免讓人難堪。
寫作例句	為人處世要謹記「當著矮人，別說短話」，當面對在學業上暫時落後的同學時，不要提及成績不好之類的話語去刺激他，而應給予鼓勵和幫助，這才是有修養的表現。

第五章　思想智慧

名句．出處	見機而作，不俟終日。（《易經．繫辭下》）
	俟：等待。
解析．應用	發覺有利的動向就馬上行動，等不得一天過完。
	指看到時機就立即行動，不可遲延。
寫作例句	有許多事情，成敗就取決於一瞬間。誰贏得了時間，誰就贏得了勝利。因此，「見機而作，不俟終日」，應該成為我們的座右銘。

名句．出處	君子藏器於身，待時而動。（《易經．繫辭下》）
	器：利器，喻才幹。
解析．應用	君子有卓越的才能超群的技藝，不到處炫耀。而是在必要的時刻把才能或技藝施展出來。
	常用來說明在默默無聞的時候要加強自身修養，等到機會來時就要充分展露自己的才華。
寫作例句	1.「君子藏器於身，待時而動」，古之賢人皆以此自勉，猶如潛龍在淵，靜待那風起雲湧之時，方顯英雄本色。 2. 在競爭激烈的職場中，真正有智慧的人懂得「君子藏器於身，待時而動」，他們默默累積知識與技能，宛如寶劍在鞘，不輕易展露鋒芒，只待那合適的機遇來臨，便如蛟龍入水，一展宏圖。

名句·出處	不矜細行，終累大德。（《尚書·周書·旅獒》）
	矜：慎重。細行：細小的行為。累：連累，牽累。
解析·應用	在小節上不慎重，終究會牽累到自己的品德。
	指不注意小節，就會影響大節。
寫作例句	古人說：「不矜細行，終累大德」，「道自微而生，禍自微而成」。一個人的思想素養和道德品格如何，並不一定等到這個人犯了大錯誤才顯示出來，其實從這個人對很多細小問題的處理上就有所反映。

名句·出處	勞則思，思則善心生。（《國語·魯語下》）
解析·應用	付出辛勞就會想到儉樸，想到儉樸就會產生善心。
	指好的思想來自勞動。
寫作例句	人必須要接受勞苦的磨練：「勞則思，思則善心生；逸則淫，淫則忘善，忘善則噁心生。」一個人環境好，什麼都安逸，就非常容易墮落。民族、國家也是這樣，所謂「憂患興邦」，艱難困苦中的民族，往往是站得起來的。

名句·出處	民生在勤，勤則不匱。（《左傳·宣公十二年》）
	民生：百姓的生計。匱：匱乏。
解析·應用	百姓的生計在於勤勞，勤勞就不會衣食匱乏。
	強調勤勞的重要性。

<table>
<tr><td>寫作例句</td><td>儒家經典《左傳》也十分推崇勤儉，強調「民生在勤，勤則不匱」，「儉，德之共也；侈，惡之大也」。孔子也很注意養成勤儉的品德，主張「君子食無求飽，居無求安，敏於事而慎於言」。</td></tr>
</table>

<table>
<tr><td>名句·出處</td><td>畏首畏尾，身其餘幾？（《左傳·文公十七年》）</td></tr>
<tr><td rowspan="2">解析·應用</td><td>既怕頭，又怕尾，身上還有哪些部位是安全的呢？</td></tr>
<tr><td>指顧慮太多，就做不成事情。</td></tr>
<tr><td>寫作例句</td><td>「畏首畏尾，身其餘幾？」缺乏決心和信心的人，往往優柔寡斷，常常錯失良機，這正如俗話所說「太剛則折，太軟則廢」，「當斷不斷，反受其亂」。</td></tr>
</table>

<table>
<tr><td rowspan="2">名句·出處</td><td>非宅是卜，唯鄰是卜。（《左傳·昭公三年》）</td></tr>
<tr><td>卜：選擇。</td></tr>
<tr><td rowspan="2">解析·應用</td><td>不要選擇住宅，而要選擇鄰居。</td></tr>
<tr><td>常用來說明鄰居的重要性。古人非常重視鄰居的選擇，因為鄰居是幾乎每天都要面對的人，是家庭之外的又一個小環境。「昔孟母，擇鄰處」，就是說的孟子母親為了提供給孟子一個好的成長環境，因鄰居不稱心而三次搬家的故事。俗語有「遠親不如近鄰」的說法，則是說需要幫忙的時候，親戚如果不在附近，就還不如有個好鄰居方便能幫得上。</td></tr>
</table>

寫作例句	1. 在古代，人們對於居住環境十分講究，「非宅是卜，唯鄰是卜」的觀念深入人心。當人們選擇住所時，並不單純看重住宅本身的風水占卜，而是更加關心鄰里的情況。一個和睦友善、品德高尚的鄰里環境，遠比一座豪華卻周邊鄰里關係複雜的住宅更讓人嚮往。因為好的鄰居能在日常生活中給予幫助、分享歡樂，共同營造一個溫馨和諧的居住氛圍。 2. 在現代職場中，「非宅是卜，唯鄰是卜」也有著重要的啟示意義。對於職場人士來說，選擇工作時，不應僅僅關心公司的規模、薪資待遇等表面因素，更要考量同事和團隊氛圍。一個積極向上、團結互助的團隊，就如同友善的鄰居，即使公司面臨挑戰，員工也能在良好的團隊氛圍中相互學習、共同成長；反之，若團隊內部勾心鬥角、氛圍惡劣，即使公司有優厚的待遇，也難以讓人長期愉快地工作。

名句·出處	當仁不讓於師。（《論語·衛靈公》）
解析·應用	一個人承擔了「仁」（正義）的事，就是在老師面前也不必謙讓。
	成語「當仁不讓」由此而來，表示遇到應該做的事就積極主動去做。
寫作例句	在追求學問與智慧的道路上，我們應當懷揣「當仁不讓於師」的精神，不畏艱難，勇於質疑，即使面對權威專家，也要堅持自己的見解，不斷探索，以求真知灼見。

名句·出處	小不忍則亂大謀。（《論語·衛靈公》）
解析·應用	小事不忍耐就會壞了自己謀求的大事。
	常用來勸勉人忍辱負重。
寫作例句	在商業談判桌上，雙方利益交錯，局勢微妙，此時「小不忍則亂大謀」便是至理名言。面對對方偶爾的言語挑釁或者一些小的利益分歧，切不可衝動行事，若是因為一時之氣而破壞了整個談判氛圍，放棄了原本可以達成的重大合作協議，那便是得不償失，畢竟小的忍耐是為了成就最終的宏偉商業藍圖。

名句·出處	人無遠慮，必有近憂。（《論語·衛靈公》）
解析·應用	人沒有長遠的考慮，一定會出現眼前的憂患。
	常用來提醒人們凡事應從長遠考慮，有周密的計畫，不然的話很快就會出現問題。

寫作例句	1. 在規劃職業生涯時，「人無遠慮，必有近憂」這句古訓不可忽視。如果僅僅著眼於當下的安逸和利益，而不考慮行業的發展趨勢、自身技能的提升和未來的轉型方向，那麼很快就會陷入困境。例如，那些只滿足於當前穩定工作而不學習新知識的人，一旦行業變革來臨，就會面臨失業等近憂，因為他們缺乏對職業發展的遠慮。 2. 在城市建設方面，「人無遠慮，必有近憂」是一個重要的警示。城市的管理者如果只注重眼前的經濟效益，大規模開發房地產而不考慮長遠的基礎設施建設、環境保護和人口承載能力，必然會導致諸如交通堵塞、環境汙染等近憂。只有從長遠的角度出發，進行科學合理的規畫，才能避免這些問題的發生，實現城市的可持續發展。

名句·出處	工欲善其事，必先利其器。（《論語·衛靈公》）
	工：工匠。欲：要想。善：做好。利：鋒利。器：工具。
解析·應用	工匠要想做好工作，必須先把工具整治得鋒利了。
	比喻做任何事情，都必須提前做好準備工作。
寫作例句	誰掌握科學，誰就擁有未來。有道是「工欲善其事，必先利其器」，領導者堅持學科學，日積月累，必將受益無窮。

名句·出處	君子喻於義，小人喻於利。（《論語·里仁》）
	喻：明白，知道。
解析·應用	君子明白大義而捨棄小利，小人只知道小利而不顧大義。
	指人應重道義而輕私利。

寫作例句	「君子喻於義，小人喻於利。」孔子在此把義與利的認識和解決賦予了鮮明的道德意義，捨利者為義，取利者為不義。

名句·出處	無求備於一人。（《論語·微子》）
解析·應用	不要對一個人求全責備。
	常用來說明人的才能有限，用人辦事取其專長，不能要求人事事皆能。
寫作例句	在評價他人時，我們應當秉持「無求備於一人」的寬容態度，理解每個人都有自己的長處與短處，不應苛求一個人完美無缺，這樣才能更好地發掘他人的發光點，促進團隊和諧。

名句·出處	聽其言而觀其行。（《論語·公冶長》）
解析·應用	聽了他的話，還要觀察他的行事。
	常用來說明如果只聽一個人的話就往往會被矇蔽，關鍵還是看他是如何做的。
寫作例句	1. 在判斷一個人的特質與能力時，我們應當「聽其言而觀其行」，不僅要聽取他的言辭，更要觀察他的實際行動，因為言行一致才能真正展現一個人的內在素養。 2. 在職場合作中，選擇合作夥伴須遵循「聽其言而觀其行」的原則，不能僅憑對方的口頭承諾就輕易決定，而應透過實際的專案合作，觀察其工作態度、執行力及責任感，這樣才能找到真正值得信賴的夥伴，共同創造更大的價值。

名句·出處	不患人之不己知，患其不能也。（《論語·憲問》）
解析·應用	不要憂慮別人不了解自己，應該憂慮自己沒有才能。
	常用來強調君子應該提高自身的本領和素養，而不要怕別人不了解自己。
寫作例句	1. 真正有才華之士，往往秉持「不患人之不己知，患其不能也」的信念，他們從不憂慮世人是否了解自己，只擔心自己才學不足，難以擔當大任。 2. 在職場生涯中，我們應當深諳「不患人之不己知，患其不能也」的道理，不必過分在意他人的評價與認可，而應專注於自我能力的提升，待到關鍵時刻，自然能以實力贏得尊重與機遇。

名句·出處	欲速則不達，見小利則大事不成。（《論語·子路》）
解析·應用	急於求成反而達不到目的，只看到眼前的小利益就辦不成大事。
	成語「欲速則不達」由此而來，意思是想要求速度就達不到目的。
寫作例句	在企業發展策略的制定上，「欲速則不達，見小利則大事不成」應成為企業家們的座右銘。如果企業為了迅速獲取利潤，盲目擴大生產規模，而不考慮市場的消化能力、產品的品質提升和品牌的長期建設，就會陷入困境。同時，如果企業只著眼於眼前的小利，如節省研發成本、降低原材料品質以獲取微薄的利潤差價，那麼想要在行業中成為領軍企業這樣的大事就永遠無法達成。

<table>
<tr><td>名句‧出處</td><td>不患寡而患不均，不患貧而患不安。（《論語‧季氏》）</td></tr>
<tr><td rowspan="2">解析‧應用</td><td>不擔心分得少，而是擔心分配得不平均；不擔心物資匱乏，而擔心生活不安定。</td></tr>
<tr><td>孔子表達的是國家內部只有團結、安定、平等最重要，這種觀點對今天也有一定的借鑑意義。</td></tr>
<tr><td>寫作例句</td><td>在企業管理中，領導者須深刻理解「不患寡而患不均，不患貧而患不安」的道理，不僅要關注企業的經濟效益，更要注重員工的公平感與歸屬感，透過合理的薪酬體系與激勵機制，確保每位員工都能感受到自己的貢獻被認可，從而激發團隊的凝聚力與創造力，共同推動企業穩健發展。</td></tr>
</table>

<table>
<tr><td rowspan="2">名句‧出處</td><td>一張一弛，文武之道。（《禮記‧雜記下》）</td></tr>
<tr><td>張：把弓弦拉緊。弛：把弓弦鬆開。文武：文王和武王，周朝的兩位賢明君主。</td></tr>
<tr><td rowspan="2">解析‧應用</td><td>寬嚴相濟，這是周文王和周武王治理國家的方法。</td></tr>
<tr><td>常用來描寫治理國家、管理事務或進行活動時，需要寬嚴相濟、勞逸結合，既要緊張有序地工作，也要適時放鬆調整，以保持長久的活力和效率。簡而言之，它概括了治理與生活的平衡之道。</td></tr>
</table>

寫作例句	1. 你們的缺點主要是把弓弦拉得太緊了。拉得太緊，弓弦就會斷。古人說：「一張一弛，文武之道。」現在「弛」一下，大家會清醒起來。 2. 在運用這兩種思考方式時一定要掌握住相應的「度」，切不可只顧一頭，而應做到有張有弛，有收有放，正所謂「文武之道，一張一弛」。

名句・出處	凡事豫則立，不豫則廢。（《禮記・中庸》）
	預：預先準備。立：成功。廢：失敗。
解析・應用	一切事情，凡是預先做好準備的，就能成功；沒有預先做好準備的，就會失敗。
	指做事事先做好準備非常重要。
寫作例句	世界各國各民族，都在積極為爭取自己的 21 世紀位置努力準備著。誰做好準備，誰準備充分，誰將是勝者。「凡事豫則立，不豫則廢」，古訓在這個時刻，字字尤其扣人心扉。

名句・出處	教也者，長善而救其失者也。（《禮記・學記》）
	長：增長，發揚。
解析・應用	教育就是發揚學生的長處，補救學生的不足之處。
	指揚長補短是培育人才的重要方法。
寫作例句	「教也者，長善而救其失者也。」長善，就是發揚優點；救失，就是補救缺點。「長善而救其失」，原來正是老師們的教育責任。

<table>
<tr><td rowspan="2">名句·出處</td><td>愛而知其惡，憎而知其善。（《禮記·曲禮》）</td></tr>
<tr><td>惡：指缺點。善：指優點。</td></tr>
<tr><td rowspan="2">解析·應用</td><td>愛它，要看到其缺點；恨它，要看到其優點。簡作「愛而知其弊」。</td></tr>
<tr><td>指看人或物要全面、客觀，不應帶感情色彩。</td></tr>
<tr><td>寫作例句</td><td>1.「愛而知其惡，憎而知其善」，就是說，愛它而曉得它有缺點，憎它而曉得它有所長，寫出真實的、有血有肉的人來。
2. 魯迅談到人們對作品的要求、看法不同，將自己的作品與錢玄同的文章，簡練與暢達作了比較，著重說明簡練與含蓄的短處，可以說是「愛而知其弊」，沒有片面強調某一種風格、手法，更沒有加以絕對化、標準化。</td></tr>
</table>

<table>
<tr><td>名句·出處</td><td>禮尚往來。往而不來，非禮也；來而不往，亦非禮也。（《禮記·曲禮》）</td></tr>
<tr><td rowspan="2">解析·應用</td><td>禮是崇尚有來有往的。有往無來是不合禮的要求的，有來無往也不合禮的要求。</td></tr>
<tr><td>由這句話產生了兩個成語「禮尚往來」和「來而不往非禮也」。後者常用來表示對別人施加於自己的行為將做出反應，可以是善意的，也包括惡意的。</td></tr>
</table>

寫作例句	1. 在傳統節日期間，親友之間相互餽贈禮品，正表現了「禮尚往來。往而不來，非禮也；來而不往，亦非禮也」的古老智慧，大家在這種往來互動中增進感情。 2. 在學術交流領域，不同的學派之間應該秉持「禮尚往來。往而不來，非禮也；來而不往，亦非禮也」的態度，一方分享新的研究成果和理論觀點時，另一方也應積極回應並交流自己的見解，這樣才能推動學術不斷發展進步。

名句・出處	君子引而不發，躍如也。（《孟子・盡心上》）
	引：拉弓；發：射箭。引而不發：拉開弓卻不把箭射出去。
解析・應用	善於教射箭的君子，只做躍躍欲射的姿態，以便學的人觀摩領會。
	這句話的君子（教導別人正如射手），張滿了弓，卻不發箭，做出躍躍欲試的樣子。也就是說教導別人應該是啟發式的，而不是直接代替他做。「引而不發」已成為一個成語，用以比喻善於發揮和控制，或比喻做好準備暫不行動。
寫作例句	1. 在古代的射藝傳承中，師父經常「君子引而不發，躍如也」，透過自身示範動作，讓弟子們得以揣摩射箭的精妙之處。 2. 優秀的教師在課堂上常常「君子引而不發，躍如也」，巧妙引導學生思考問題，激發他們主動探索知識的熱情，而非直接灌輸答案。

名句・出處	知者無不知也，當務之為急。（《孟子・盡心上》）
	前一「知」同「智」。當：當前；務：應該做的事。
解析・應用	智者儘管無所不知，但必須處理當前應該做的事情中最急需辦的事。
	成語「當務之急」由此而來，指當前急切應辦的要事。
寫作例句	在解決複雜問題時，智者往往採取「知者無不知也，當務之為急」的策略，他們雖然具備廣博的知識背景，但能夠迅速辨識問題的核心所在，集中精力攻克難關，不被無關緊要的資訊所干擾，從而高效而精準地找到問題的解決方案。

名句・出處	人有不為也，而後可以有為。（《孟子・離婁下》）
解析・應用	人只有對某些事捨棄不做，然後才可以有所作為做成一些事。
	常用來說明如果我們能勇敢地捨棄一些東西，去做自己想做的事，那一定會有所作為的。由這句話衍生出了另一句話，即「君子有所為有所不為」，不過意思已有細微差別。後者強調的是在做一些事的時候，應該捨棄一些事，而且有了「選擇」的意味。而前者強調的是主動放棄一些事，才能做成一些事。
寫作例句	「人有不為也，而後可以有為。」我們應該學會拒絕那些消耗精力和時間卻無助於個人成長的活動，專注於提升自己的核心能力和素養，透過有選擇地放棄和集中精力，最終實現個人的全面發展和成功。

名句·出處	大人者，不失其赤子之心者也。（《孟子·離婁下》）
	赤子：指不滿週歲的初生嬰兒。
解析·應用	有德行的人便是能保持那種嬰兒般天真純樸之心的人。
	常用來強調應該保持一顆純真質樸之心的重要性。
寫作例句	1.「大人者，不失其赤子之心者也。」偉人們即使歷經滄桑，也能保持一顆純真無邪的心，對世界充滿好奇與熱愛，如同孩童般純真無欺，這是人生最寶貴的財富。 2. 在藝術創作與文學創作中，大師級的人物往往都是「大人者，不失其赤子之心者也」，他們能夠以孩童般的視角觀察世界，捕捉生活中的細微之美，用真摯的情感與獨特的視角，創作出觸動人心的作品，讓人們在欣賞中找回內心的純真與感動。

名句·出處	千里之行，始於足下。（《老子》）
解析·應用	走一千里的路程，也是從邁第一步開始的。
	比喻事情的成功必須依靠鍥而不捨地逐漸累積。
寫作例句	1. 無論是攀登高山還是跨越海洋，每一步的邁出都是對遠方的探索，「千里之行，始於足下」，正是這不起眼的第一步，匯聚成了通往夢想彼岸的壯闊旅程。 2. 在人生的征途中，無論目標多麼遙遠，夢想多麼宏大，「千里之行，始於足下」，都須從眼前的小事做起，從每一個簡單的決定和行動開始累積，用不懈的努力和堅持，將心中的願景一步步變為現實，讓夢想的種子在時間的土壤裡生根發芽，綻放出最絢爛的花朵。

名句·出處	慎終如始，則無敗事。（《老子》）
解析·應用	做事情如果到結束時仍如一開始時那麼慎重，就不會有失敗的事了。
	常用來描寫做事應始終保持謹慎認真的態度，從開始到結束都如同最初那樣慎重，這樣就不會把事情辦壞或導致失敗。它強調的是持之以恆的謹慎和專注，是成功的重要保障。
寫作例句	老子曾經說：「慎終如始，則無敗事。」也就是說，在做事業時，如果能夠做到有始有終，矢勤矢勇，強心強志，不屈不撓，對於既定目標鍥而不捨，毫不放鬆，就一定能夠獲得成功。

名句·出處	將欲取之，必固與之。（《老子》）
	欲：要。固：暫且，先。與：給。
解析·應用	從他那裡要想獲得東西，必須暫時先給他東西。又作「將欲取之，必先與之」。
	常用來描述透過先給予來達到最終獲取的目的。
寫作例句	1. 老子還提倡「將欲取之，必固與之」的道德原則，這一原則同樣適用於對自然的關係上，它提醒人類在開發利用自然資源時，不要只顧眼前利益，過度索取，以致破壞生態環境，危及人類自身的生存。 2. 關於喪失土地的問題，常有這樣的情形，就是只有喪失才能不喪失，這是「將欲取之，必先與之」的原則。

名句·出處	勝人者有力，自勝者強。（《老子》）
解析·應用	能戰勝別人，只是有力量；能戰勝自己，才算得上剛強。
	指能夠戰勝自身的種種弱點，才是真正的強者。
寫作例句	勇於真正回答「我是誰」的問題，不僅需要真誠，而且需要勇氣。做到這一點，不僅要戰勝自己的偽飾，而且要戰勝自己的怯懦和自私。難怪思想先哲老子說：「勝人者有力，自勝者強。」

名句·出處	不自見，故明；不自是，故彰。（《老子》）
	見：表現，顯露。彰：昭彰，顯著。
解析·應用	不自我表現，所以顯達聰明；不自以為是，所以名聲昭彰。
	常用來描寫一個人透過保持謙虛、不自負的態度，從而在認知、決策和人際關係等方面獲得積極成果。它強調了謙虛的重要性，以及這種特質對於個人成長和社會交流的積極影響。
寫作例句	聖人有言：「不自見，故明；不自是，故彰。」任何時候都不值得自我炫耀、自我張揚，任何時候都不要自以為是、洋洋得意。只有這樣，才能保持清醒的頭腦。

名句·出處	人皆知有用之用，而莫知無用之用。（《莊子·人間世》）
解析·應用	人們都知道有用東西的用處，卻不知道無用東西的用處。
	在莊子看來，無用恰恰可以用來保身，這就是無用之用。

寫作例句	1. 世間萬物，常被人以「有用」或「無用」劃分，然智者深知「人皆知有用之用，而莫知無用之用」，那些看似無直接功用的存在，往往蘊含著深遠的意義與價值，如自然之美、閒暇之趣，皆能滋養心靈，豐富人生。 2. 在創新與創造的征途中，許多偉大的發明與思想起初都被視為「無用」，但真正具有遠見的人懂得「人皆知有用之用，而莫知無用之用」的道理，他們勇於探索未知，擁抱那些看似無用的想法與嘗試，最終這些「無用」往往成為了推動社會進步與文明發展的強大動力。

名句．出處	知賢之謂明，輔賢之謂能。（《荀子．解蔽》）
解析．應用	能辨識賢人叫做英明，能輔助賢人叫做賢能。
	常用來說明識才、用才的重要性。
寫作例句	1. 在選拔與任用人才的過程中，領導者若能「知賢之謂明，輔賢之謂能」，即能慧眼識人，辨識出真正有才能與品德的賢才，並且善於輔佐他們，使其才能得以充分發揮，這樣的領導者無疑是明智且能幹的。 2. 在團隊合作與群體發展中，「知賢之謂明，輔賢之謂能」，每個成員都應具備辨識並尊重團隊中其他成員優點的能力，同時積極協助那些展現出卓越才能的夥伴，共同推動團隊向前發展，這樣的團隊才能凝聚強大的合力，創造出非凡的成就。

名句·出處	欲立功名，則莫若尚賢使能矣。（《荀子·王制》）
解析·應用	要想建功立業，就沒有比崇尚賢才任用能人更重要的了。
	常用來強調人才對事業的重要性。
寫作例句	1. 在古代的諸侯爭霸時期，各個諸侯國若想在亂世中崛起，「欲立功名，則莫若尚賢使能矣」。燕國本是地處偏遠、實力較弱的國家，燕昭王深知這一道理，他廣納賢才，築黃金臺以招賢士。樂毅等賢能之人紛紛來投，燕昭王尊崇他們的才華，委以重任，使他們能夠施展抱負。正是因為燕昭王秉持「欲立功名，則莫若尚賢使能矣」的理念，燕國得以富強，幾乎將齊國覆滅，建立了赫赫威名。 2. 在當今競爭激烈的商業世界中，企業若想在市場上站穩腳跟並獲得成功，「欲立功名，則莫若尚賢使能矣」。一家新興的科技企業，在創業初期面臨著資金有限、技術瓶頸等諸多困難。但公司的領導者深知人才的重要性，他們四處尋覓行業內的頂尖人才，尊重這些人才的創意和想法，給予他們充分的權力和資源去研發新產品、開拓新市場。這些賢能之士則憑藉自己的專業知識和創新能力，為企業帶來了一系列具有競爭力的產品，使企業逐漸在市場上嶄露頭角，建立起良好的聲譽。

名句·出處	流丸止於甌臾，流言止於智者。（《荀子·大略》）
	流丸：滾動的丸。甌臾：喻指地面低窪不平的地方。流言：沒有根據的話。
解析·應用	滾動的丸掉到低凹處就停止了，流言蜚語傳到智者耳裡就停止了。
	指聰明人絕不輕信和傳播流言。
寫作例句	1. 抵制流言蜚語的最好辦法，就是不聽信、不擴散，誠如古人所言：「流丸止於甌臾，流言止於智者。」同時，還應當勸說別人也不要聽信和擴散。大家都這麼做了，流言蜚語自然就沒有市場了。 2.「流言止於智者」，奉勸諸君不要輕信小道消息，更不要替人傳播。

名句·出處	先患慮患謂之豫，豫則禍不生。（《荀子·大略》）
解析·應用	禍患發生之前就考慮到禍患可能發生，這就叫「有準備」，有準備了禍患就不會發生。
	常用來強調有備無患的道理。

寫作例句	1. 在日常生活與工作中，智者常懷「先患慮患謂之豫，豫則禍不生」之心，他們習慣於提前預見潛在的風險與挑戰，做好充分的準備與規劃，如此一來，即使面對突如其來的變故，也能從容應對，確保平安無事。 2. 在城市的防洪規畫中，「先患慮患謂之豫，豫則禍不生」是必須遵循的理念。都市計畫者深知洪水可能帶來的強大破壞，所以他們未雨綢繆，提前考察城市的地形、水系等情況，規劃建設足夠的排水系統、防洪堤壩等設施。因為他們明白先患慮患謂之豫，豫則禍不生，如果缺乏這種提前的預防措施，一旦洪水來襲，城市將陷入汪洋，百姓的生命財產安全將遭受嚴重威脅。

名句·出處	道雖邇，不行不至；事雖小，不為不成。（《荀子·修身》）
	邇：近。為：做。
解析·應用	道路雖然很近，不走也不會到達；事情雖然很小，不做也不會成功。
	指事情無論大小，都要認真踏實地去做，才能做成。
寫作例句	古人云：「道雖邇，不行不至；事雖小，不為不成。」你們一定要發揚從自己做起、從現在做起的精神，既富於崇高理想，又始終腳踏實地，誠誠懇懇地為國家和人民做好每一件事情。

名句·出處	法不阿貴，繩不撓曲。（《韓非子·有度》）
	阿：迎合，偏袒。繩：墨線，木工打直線的工具。撓：屈從，遷就。曲：彎曲。

解析·應用	法律不偏袒權貴，墨繩不遷就曲木。
	指法律是公正的，在法律面前人人平等。
寫作例句	1. 韓非的法律觀，徹底否定了所謂「刑不上大夫」的宗法等級制傳統，而是從維護封建地主階級的整體利益出發，明確提出「法不阿貴，繩不撓曲」，把法作為衡量、裁決所有功過曲直的準繩，無論智者、勇者、大臣、匹夫，凡犯法者皆受懲罰，凡有功者皆予獎賞。 2. 公司管理應遵循「法不阿貴，繩不撓曲」，考核績效、評定晉升時，不能因關係或資歷而改變標準，否則會影響發展。

名句·出處	奉法者強則國強，奉法者弱則國弱。（《韓非子·有度》）
解析·應用	執法的人能夠強而有力地保證法律的有效執行，國家就會強盛；執法的人執法不力，國家就會混亂衰弱。
	常用來強調法治是強國的基礎。
寫作例句	1. 一個國家的強盛與否，與其法治的健全與執行力度息息相關，「奉法者強則國強，奉法者弱則國弱」，只有當法律得到嚴格遵守，執法者公正無私，國家的根基才能穩固，社會才能和諧有序，國家方能日益強大。 2. 在企業管理與團隊建設中，「奉法者強則國強，奉法者弱則國弱」同樣適用，這裡的「法」可以理解為企業的規章制度與核心價值觀，只有當每個成員都嚴格遵守規則，管理者公正執行，團隊才能形成強大的凝聚力與執行力，企業才能在激烈的市場競爭中立於不敗之地，實現持續的發展與壯大。

名句·出處	不知而言，不智；知而不言，不忠。 （《韓非子·初見秦》）
解析·應用	不知道而信口開河，不是明智的表現；知道了卻閉口不講，這是沒有盡心竭力。
	現在常用來說明和領導者說話的藝術。
寫作例句	「不知而言，不智；知而不言，不忠。」面對複雜多變的任務與挑戰，團隊成員應當坦誠交流，對於自己不擅長的領域，不應勉強發表意見，以免誤導團隊決策，顯示出不智；而對於自己擅長的領域，則應積極貢獻智慧，若因個人私利而隱瞞關鍵資訊，則是對團隊信任的背叛，失去了作為團隊成員應有的忠誠與責任感。

名句·出處	不懷愛而聽，不留說而計。（《韓非子·八經》）
解析·應用	不懷著偏愛去聽取意見，不抱著成見去計謀事情。
	常用來說明不要對事物抱有成見，偏聽偏信。

寫作例句	1. 作為一名公正的領導者，「不懷愛而聽，不留說而計」是應當秉持的重要原則。在團隊決策過程中，不能因為對某個成員的偏愛，就只聽取他的意見而忽視其他人的想法；也不能因為對某種說法的主觀喜好，就按照這種未經全面考量的說法去制定計畫。例如，在公司討論新產品研發方向時，領導者應廣泛聽取不同部門員工的建議，無論是資深員工還是新入職的員工，都要平等對待，不被個人情感左右，這樣才能做出最有利於公司發展的決策。 2. 在現代社會的資訊洪流中，對於公眾事務的評判者而言，「不懷愛而聽，不留說而計」是保持理性公正的關鍵。當面對各種社會熱門事件時，評判者不能因為對某一方的先入為主的好感而只聽信他們的陳述，也不能因為對某一種輿論的偏愛就按照這種輿論導向去判定是非。比如在一些網路輿論事件中，媒體和大眾不應被那些帶有情緒煽動性的片面言論所左右，而要全面收集資訊，客觀分析各方觀點，這樣才能得出公正合理的結論，避免造成不必要的社會影響。

名句・出處	天生萬物，唯人為貴。（《列子・天瑞》）
	唯：只有。
解析・應用	在自然萬物之中，人是最可貴的。
	指人是世上萬物中最珍貴的，做一切事情都應該以人為本。

寫作例句	儒家思想的核心是「仁」，強調「仁者愛人」。孔子說過：「天生萬物，唯人為貴」；孟子明確指出：「民為貴，社稷次之，君為輕。」他們這種重視人、尊重人、克己愛人的主張，展現了人本主義、民本主義的思想。

名句．出處	安靜則治，暴疾則亂。（《尉繚子．兵令上》）
解析．應用	（將帥）冷靜沉著，軍隊就治理得好；急躁易怒，就容易造成混亂。
	現在常用來強調領導者情商的重要性。
寫作例句	1. 在現代企業管理中，「安靜則治，暴疾則亂」的理念有著重要的借鑑意義。優秀的管理者在面對複雜的市場變化和內部管理問題時，能夠保持冷靜，不被一時的困難或利益所迷惑，有條不紊地制定策略、安排工作。例如，當企業面臨競爭對手的突然挑戰時，他們不會暴疾地做出回應，而是安靜地分析局勢，找出應對之策，從而帶領企業穩定發展。相反，有些管理者缺乏沉穩，遇到問題就急躁地做出決策，打亂團隊的工作節奏，導致員工無所適從，企業營運陷入混亂。 2. 在個人修養與情緒管理中，「安靜則治，暴疾則亂」。面對生活的壓力與挑戰，我們應當學會保持內心的平靜與冷靜，以理智的態度分析問題，尋找解決方案，避免因情緒的衝動而做出錯誤的決定，這樣才能在複雜多變的環境中保持自我，實現個人的成長與進步。

名句·出處	歸真反璞，則終身不辱。（《戰國策·齊策》）
解析·應用	拋棄名利回歸本真，就終身不會遭到羞辱。
	成語「返璞歸真」由此而來，意思是去掉外飾，還其本質，比喻恢復原來的自然狀態。
寫作例句	在紛擾塵世間，唯有堅守內心之純淨，做到「歸真反璞，則終身不辱」，方能如同清泉般洗滌心靈，保持人格之高潔，不被世俗浮華所玷汙，一生清白無瑕。

名句·出處	士為知己者死，女為悅己者容。（《戰國策·趙策一》）
	悅己：喜歡自己。容：打扮。
解析·應用	士願意為了解自己的人去死，女人願意為喜歡自己的人打扮。又作「士為知己者死，人為知己者用」。
	常用來描寫人們為了理解、賞識自己的人而竭盡全力。
寫作例句	1.「士為知己者死，女為悅己者容。」他沉靜地答道，「陛下以國士待我，我豈能以守財奴報您？」 2. 不管是誰，只有得到上司的信賴與期待，自己的能力才能得以發揮出來，這就是「士為知己者死，人為知己者用」的道理。

名句·出處	悖者之患，固以不悖者為悖。（《戰國策·魏策》）
	悖：惑亂；糊塗。
解析·應用	糊塗人的最大毛病，就是把不糊塗的人當作糊塗人。
	常用來強調「以己之心，度人之腹」的危害。

寫作例句	在學術領域，我們應秉持客觀公正的態度去評判觀點的對錯。然而，有些固執己見的人，他們聽不進合理的見解，「悖者之患，固以不悖者為悖」。就像那些堅持地心說而排斥日心說的人，明明科學的理論已經擺在眼前，他們卻因為自己的偏執，將正確的觀點視為荒謬，這正是悖者的弊病所在，這種行為只會阻礙學術的進步與發展。

名句·出處	謀洩者事無功，計不決者名不成。（《戰國策·齊策》）
解析·應用	計謀洩漏所謀之事就難以成功，定下策略卻猶豫不決就難以成名。
	常用來強調保密、果斷對謀略的成敗有重要作用。

寫作例句	1. 在古代的軍事爭鬥中，「謀洩者事無功，計不決者名不成」是將領們必須謹記的箴言。楚漢相爭之時，項羽設下鴻門宴欲除劉邦，這本是一個絕妙的計謀。然而，項伯卻將此謀洩漏給張良，導致劉邦有所防備，最終劉邦逃脫，項羽失去了絕佳的機會。而項羽自己在許多策略決策上又常常計不決，比如在定都之事上猶豫不決，在對待劉邦的態度上也搖擺不定，最終導致自己兵敗烏江，難以成就統一天下的功名。 2. 在商業競爭的舞臺上，「謀洩者事無功，計不決者名不成」時刻都在被驗證著。一家新興的科技公司，計劃推出一款具有創新性的產品，如果在產品研發過程中，內部機密被洩漏，競爭對手就可能提前布局，搶占市場，那麼這家公司的努力就很可能事無功。同時，如果公司的管理層在制定市場推廣策略、產品定價等關鍵決策時計不決，反覆拖延、變更，就會失去先機，在消費者心中難以樹立起可靠、高效的企業形象，從而名不成。

名句·出處	不知而不疑，異於己而不非者，公於求善也。（《戰國策·趙策》）
解析·應用	不熟悉的事情不隨便懷疑，跟自己意見不同的不輕易反對，這才是大公無私追求真理的態度。
	常用來強調領導者要信任下屬，尊重下屬的不同意見。

寫作例句	1. 在學術研究的領域裡，「不知而不疑，異於己而不非者，公於求善也」是一種難能可貴的特質。當面對一些新興的理論或者尚未被廣泛認知的研究成果時，學者們不應憑藉自己的無知而盲目懷疑。例如在量子物理剛剛興起的時候，很多傳統物理學家雖然對其中一些概念感到陌生，但他們並沒有輕易否定，而是秉持著探索的態度去研究。同時，對於那些與自己研究方向或者學術觀點不同的同行，他們也不進行無端的非議。這種態度展現了學者們公於求善的精神，也正是這種精神推動著學術不斷向前發展。 2. 在多元文化交融的現代社會，「不知而不疑，異於己而不非者，公於求善也」應當成為人們的行為準則。在一個國際化的社群裡，不同國家、不同民族的人們有著各自的風俗習慣、文化傳統和生活方式。當我們遇到自己不熟悉的異國文化元素時，比如某些獨特的宗教儀式或者傳統節日習俗，我們不應在不了解的情況下就產生懷疑或者偏見。而且，對於那些與我們自身價值觀有所差異的行為和觀念，我們也不應輕易地去否定。只有這樣，我們才能建構一個和諧包容的社會環境。

名句・出處	以書為御者，不盡於馬之情；以古制今者，不達事之變。（《戰國策・趙策》）
解析・應用	靠書本來駕馭車馬的人，不能完全了解馬的性情；靠古代的方法治理當今的人，不曉得世事一直在變化。
	常用來比喻說明實踐、創新的重要意義。

寫作例句	在制定行銷策略時，我們必須明白「以書為御者，不盡於馬之情；以古制今者，不達事之變」。如果僅僅照搬過去的行銷方案，而不考慮當下市場的新趨勢、消費者需求的新變化以及競爭對手的新策略，就如同照著書本駕車卻不了解馬的脾性一樣，必然無法讓公司的行銷活動獲得良好的效果。

名句·出處	飲食有節，起居有常，不妄作勞，故能形與神俱，而盡終其天年，度百歲乃去。 （《黃帝內經·素問·上古天真論》）
	節：節制。起居：日常生活。常：規律。妄：過度。作勞：操作、勞動。
解析·應用	飲食有節制，起居有規律，不過分勞動，所以形體和精神能夠協調統一，享盡自然的壽命，度過百歲才離開世間。
	常用來強調健康生活的原則，說明飲食適度、作息規律、不過度勞累，才能身心健康，長壽安享晚年。
寫作例句	「飲食有節，起居有常，不妄作勞，故能形與神俱，而盡終其天年，度百歲乃去。」說得通俗一些，就是生理上的活動，當處於矛盾統一和保持平衡時（就是吸收與消耗達到平衡，運動與休息能相搭配時），便能保持健康和正常的狀態。

名句·出處	心合意同，謀無不成。（〈非有先生論〉漢·東方朔）

解析．應用	（伊尹和商湯、姜太公和文王）因為心意相合，所以作為臣子的謀畫、計策沒有不聽從的，也沒有不成功的。
	現在常用來說明只要心意相同，謀劃就沒有不成功的。
寫作例句	在團隊合作中，我們應深知「心合意同，謀無不成」的真諦，當團隊成員心往一處想，勁往一處使，彼此間的默契與共識如同堅不可摧的基石，任何艱難險阻都無法阻擋我們共同目標的實現，因為我們凝聚的力量足以移山填海，創造奇蹟。

名句．出處	達人大觀兮，物無不可。（〈鵩鳥賦〉漢．賈誼）
	達人：通達的人。
解析．應用	通達的人目光遠大，萬物沒有不合自己心意的。
	常用來說明豁達的人大度能容萬物。

寫作例句	1. 在旅行的途中，真正的旅行者擁有「達人大觀兮，物無不可」的胸懷。無論是遇到崎嶇泥濘的山路，還是簡陋破敗的旅店；無論是品嘗到奇特怪異的當地食物，還是遭遇突如其來的天氣變化，他們都能以豁達樂觀的態度去接受和面對。因為他們深知，世間萬物皆有其存在的意義和價值，只要懷著一顆包容的心，就能在各種境遇中發現美好，享受旅行的樂趣。 2. 在人際互動中，我們應該秉持「達人大觀兮，物無不可」的態度。每個人都有自己獨特的性格、觀念和行為方式，無論是開朗外向還是內向靦腆，無論是激進還是保守，我們都不應輕易排斥他人。一個胸懷寬廣的人，能接納不同類型的朋友，理解他們的差異，尊重他們的選擇，就像大海能容納百川一樣。在多元的社會環境裡，這種包容的態度能讓我們建立起更廣泛、更和諧的人際關係，從不同的人身上汲取正能量，共同成長進步。

名句．出處	明者遠見於未萌，而知者避危於無形。（〈上書諫獵〉漢．司馬相如）
	知：通「智」。
解析．應用	有先見的人在事端尚未萌生時就能預見到，有智慧的人在危險還未成形時就能避開它。
	現在常用來說明對事物準確的預見性對人生的重要意義。

寫作例句	在現代商業競爭的舞臺上，成功的企業家無不遵循「明者遠見於未萌，而知者避危於無形」的理念。市場環境瞬息萬變，充滿了各種不確定性和風險。那些有遠見卓識的企業家不會等到危機爆發才手忙腳亂地應對，而是在危機的萌芽狀態尚未被大眾察覺時，就憑藉敏銳的市場洞察力，捕捉到可能影響企業發展的各種因素。比如，當察覺到某項新技術可能對現有業務造成衝擊時，他們會提前布局，加大研發投入，探索新的業務領域，或者與相關企業建立策略聯盟，從而巧妙地規避風險，使企業在激烈的市場競爭中始終保持穩健發展。

名句·出處	不鳴則已，一鳴驚人。（《史記·滑稽列傳》漢·司馬遷）
解析·應用	（此鳥）不叫就罷了，一叫就使人震驚。
	常用來比喻平時不引人注意，但一下子有了驚人表現的人。
寫作例句	1. 楚莊王繼位之初，三年不理朝政，看似昏庸無為，然而一旦他開始整頓朝綱、勵精圖治，便展現出非凡的政治才能，「不鳴則已，一鳴驚人」。他對內選拔賢能，對外開疆拓土，楚國在他的治理下迅速崛起，成為春秋一霸。 2. 這位年輕的作家，在文壇默默耕耘多年，一直鮮為人知。但他從未停止累積和沉澱，終於在去年推出了一部震撼文壇的長篇小說，「不鳴則已，一鳴驚人」。這部作品以其深刻的思想內涵、精妙的敘事結構和獨特的文學風格，贏得了眾多讀者和評論家的讚譽，使他一舉成名。

名句·出處	雖不能至，然心鄉往之。（《史記·孔子世家》漢·司馬遷）	
	鄉：通「嚮」。	
解析·應用	雖然達不到（那樣的高度或目標），但是心裡一直在追求、仰慕。	
	通常用來表示對某偉大人物或崇高理想的仰慕和嚮往。	
寫作例句	在人生的旅途中，面對那些遙不可及的夢想與目標，我們亦應秉持「雖不能至，然心鄉往之」的精神，不因現實的束縛而輕言放棄，即使最終未能如願以償，那份對美好事物的嚮往與追求，也將成為我們生命中最寶貴的財富，照亮我們前行的道路，讓我們的靈魂在每一次努力與嘗試中變得更加堅韌與豐盈。	

名句·出處	明者遠見於未萌，智者避危於無形。（《史記·司馬相如列傳》漢·司馬遷）
	明者：聰明的人。未萌：尚未萌發。
解析·應用	聰明的人在事情尚未萌發時，就能預見到長遠；有智慧的人在危難沒有形成時，就能及時加以防範。
	指做事應防患於未然。
寫作例句	古人說：「明者遠見於未萌，智者避危於無形。」這是告誡人們：在問題尚未萌發之前，就要及早預防，以免問題成堆，積重難返，貽害無窮。

名句·出處	以言取人，失之宰予；以貌取人，失之子羽。（《史記·仲尼弟子列傳》漢·司馬遷）
解析·應用	憑說話來判斷一個人，在宰予身上失誤了；憑相貌來判斷一個人，在子羽身上失誤了。
	常用來說明「以言取人」、「以貌取人」的危害性。
寫作例句	在選拔人才的過程中，我們必須謹慎對待評判標準，「以言取人，失之宰予；以貌取人，失之子羽」。不能僅僅因為一個人能說會道就認定他才華橫溢，就像宰予，雖然口才出眾，但孔子後來發現他在品德和行為上存在不足；也不能由於一個人的外貌不佳就否定他的能力，正如子羽，其貌不揚卻有著非凡的學識和德行。只有全面考察一個人的品德、才能、素養等多方面因素，才能真正選拔出優秀的人才。

名句·出處	藝由己立，名自人成。（〈與弟超書〉漢·班固）
解析·應用	藝術的風格要靠自己創立，藝術的成名要靠世人的頌揚。
	這句話是班固在評價徐幹的書法時，得出的具有哲理性的結論，常用來說明藝術創作與成名成家的基本規律。
寫作例句	1.「藝由己立，名自人成」，他透過不懈的努力，終於在書法界嶄露頭角，贏得了廣泛的認可。 2. 在人生的舞臺上，我們唯有「藝由己立」，方能贏得他人的尊重；而「名自人成」，則是我們努力後的最好證明。

名句·出處	先發制人，後發制於人。（《漢書·陳勝項籍傳》漢·班固）

解析·應用	先行動就能把對手制服，後行動就會被對手制服。
	由這句話衍生出兩個成語「先發制人」和「後發制人」。「先發制人」泛指先下手採取主動；「後發制人」的意思是等對方先動手，然後抓住有利時機反擊，制服對方。
寫作例句	1.「先發制人，後發制於人。」兩位將領對峙於戰場，明智的一方往往會抓住戰機，率先出擊。他們趁著敵軍尚未完全做好防禦準備，以迅雷不及掩耳之勢發動攻擊，從而掌握戰爭的主動權；而猶豫不決、未能先出手的一方，就會陷入被動，被對方的攻擊節奏所牽制，只能倉促應對，在戰鬥中處於劣勢。 2. 在現代商業競爭的領域裡，「先發制人，後發制於人」。當一個新興的市場機會出現時，富有遠見的企業家會迅速行動，率先推出創新的產品或服務，制定行業標準，搶占市占率，從而主導市場的發展方向；而那些反應遲緩的企業，總是在觀望等待，等看到別人已經獲得成功才開始跟進，就只能跟在別人後面亦步亦趨，被先行者所制約，難以在競爭激烈的市場中脫穎而出。

名句·出處	聰者聽於無聲，明者見於無形。（《漢書·伍被傳》漢·班固）
	聰：聽覺靈敏。明：目光敏銳。
解析·應用	聽覺靈敏的人，在別人未說之前已經有所耳聞了；目光銳利的人，在事物未有徵兆之前，就已經覺察到了。
	常用來說明聰明人能發現隱微的未成形的事物，有先見之明。

寫作例句	1. 在諜報戰場上，優秀的諜報人員猶如智者，「聰者聽於無聲，明者見於無形」。他們能夠從看似平常的蛛絲馬跡中察覺異樣，在沒有明顯聲響的環境裡捕捉到敵方的隱祕動向，在尚未有明顯形跡的情況下預判敵方的策略意圖。 2. 在現代的金融投資領域，成功的投資者恰似能洞察先機之人，「聰者聽於無聲，明者見於無形」。他們不會僅僅依賴於已經公開的、眾人皆知的財經新聞和資料來做決策。而是善於從社會的整體趨勢、政策的微妙調整、行業的潛在變化等這些看似無聲無形的因素中發現投資機會。

名句．出處	良工不示人以樸。（《後漢書．馬援傳》漢．班固）
	樸：沒有細加工的木材。
解析．應用	技藝高超的人不會把尚未加工好的東西隨便展示給別人。又作「良工不示人以璞」。
	比喻有賢德的人一定要把人培養成才或所做的事一定要完美。
寫作例句	1. 前不久，他在報上發表過題為〈示樸瑣記〉的散文，敘述他早年從事版畫的歷史片段。文末有編者注闡釋「示樸」出處，說是漢代名將馬援的兄長以「良工不示人以樸」勉勵馬援，他以「示樸」二字命題是謙遜之意。 2. 在學術研究方面，他是非常勤奮的，絕不帶有任何功利主義和譁眾取寵的目的。他常講的一句話是：「良工不示人以樸。」對自己的作品，他總是覺得不滿意，要再三修改補充，力求完美。

名句·出處	乘眾人之智，則無不任也；用眾人之力，則無不勝也。（《淮南子·主術訓》漢·劉安）
	乘：利用。任：勝任。
解析·應用	利用眾人的智慧，就沒有不能勝任的；運用眾人的力量，就沒有不能戰勝的。
	指依靠群眾的智慧和力量，就能無往而不勝。
寫作例句	烏獲是秦武王時候的一個大力士，他力氣再大，也不可能獨自舉起千鈞重的物體。千百人聯合起來，齊心協力去做一件事，那就輕而易舉了，正所謂「乘眾人之智，則無不任也；用眾人之力，則無不勝也」。

名句·出處	積力之所舉，則無不勝也；眾智之所為，則無不成也。（《淮南子·主術訓》漢·劉安）
解析·應用	凝聚集體力量做事情，就沒有不勝利的；匯集大家的智慧所採取的行動，就沒有不成功的。
	常用來強調集思廣益的重要性。
寫作例句	在共同奮鬥的征途中，我們深刻體會到「積力之所舉，則無不勝也；眾智之所為，則無不成也」的力量，當眾人齊心協力，匯聚起無窮的力量，再艱鉅的任務也能迎刃而解；當群體的智慧匯聚一堂，再複雜的難題也能迎刃而解，因為我們相信，團結就是力量，智慧鑄就輝煌。

名句·出處	不慎其前，而悔其後，雖悔無及矣。（《說苑·建本》漢·劉向）
解析·應用	事前不謹慎而事後懊悔，即使懊悔哪裡還來得及呢。
	常用來說明事前不慎，事後懊悔也無濟於事。
寫作例句	1. 下棋之時，每一步都須謹慎落子，若「不慎其前，而悔其後，雖悔無及矣」。在布局階段，棋手應深思熟慮，考慮棋子的位置對後續棋局的影響。若前期隨意落子，不考慮棋局走勢和對手可能的應對，等到中盤被對手占據優勢，局勢不利時才開始後悔之前的草率，此時局面已定，即使懊悔也無法改變棋局的走向了。 2. 在職業規畫這件事上，人們應當早做打算，「不慎其前，而悔其後，雖悔無及矣」。年輕的時候，如果沒有謹慎地思考自己的興趣、優勢以及未來的發展方向，隨意選擇一份工作或者盲目跟風就讀熱門科系，等到工作多年後發現自己並不適合或者在職業發展上遇到重重阻礙時才後悔當初的選擇，可這時人生已經走過了很長的路程，想要重新開始就非常困難了，再怎麼後悔也難以彌補之前的過失。

名句·出處	不先正本而成憂於末也。（《說苑·建本》漢·劉向）
解析·應用	如果沒有樹立好根本，那麼在事情快成功的時候就會有憂患。
	常用來說明「本」和「末」之間的關係。

寫作例句	在治國理政的大道上，古人有云「不先正本而成憂於末也」，這意味著若不能從根本上解決問題，而只是治標不治本，那麼國家的安寧與繁榮終將如鏡花水月，難以持久。這句話時刻提醒著我們，面對複雜的社會矛盾和民生問題，唯有正本清源，從制度設計、法律完善、教育普及等根本性措施入手，方能避免末節問題的累積與爆發，確保國家的長治久安與人民的幸福安康。

名句・出處	賀者在門，弔者在閭。（〈誡子歆書〉漢・劉向）
	閭：里巷。
解析・應用	祝賀的人尚在家裡，而慰問的人已經在里巷了。
	常用來說明人受福切忌驕奢，驕奢就離禍事不遠了。「弔者在門，賀者在閭」與「賀者在門，弔者在閭」，跟「禍兮福所倚，福兮禍所伏」的意思相近。
寫作例句	1. 在古代的官場之中，命運變幻無常，「賀者在門，弔者在閭」。今日某人因得聖上恩寵加官進爵，門前滿是前來道賀之人，賀喜之聲不絕於耳；然而官場風雲莫測，一旦失勢獲罪，轉眼間閭里便會出現前來憑弔之人，世態炎涼盡顯於此。 2. 商場如戰場，企業的興衰常常瞬息萬變，「賀者在門，弔者在閭」。當一家公司推出一款暢銷產品，市占率大幅成長時，合作夥伴、媒體記者等賀者盈門，各種讚譽紛至沓來；可若企業決策失誤，遭遇重大危機，比如資金鏈斷裂或者出現嚴重的產品品質問題時，不用多久，就會看到閭巷之中可能已有為其衰落而嘆息之人，這也反映出商業世界的殘酷性。

名句·出處	偷安者後危，慮近者憂邇。（《鹽鐵論·結和》漢·桓寬）
	邇：近。
解析·應用	苟且偷安的人，以後一定有危機；只考慮眼前的人，憂患也很快就會臨近。
	常用來強調「人無遠慮，必有近憂」的重要性。
寫作例句	1. 古時那些偏安一隅、不思進取的小諸侯國，往往「偷安者後危，慮近者憂邇」。他們只圖眼前的安逸，不整軍備戰，不發展國力，對周邊虎視眈眈的大國威脅視而不見。當大國兵臨城下時，才驚覺危險來臨，可此時已無力回天，曾經的偷安換來的是滅頂之災，短淺的思慮帶來的是近在咫尺的憂患。 2. 在個人的職業發展道路上，「偷安者後危，慮近者憂邇」。有些人滿足於當前輕鬆卻毫無發展空間的工作，每天混日子，只想著當下的舒適。然而隨著行業競爭的加劇，技術不斷升級，幾年之後，他們就會面臨被淘汰的危險。由於之前沒有長遠的規畫，只顧慮眼前的輕鬆，所以很快就陷入了近在眼前的職業危機之中。

名句·出處	有備則制人，無備則制於人。（《鹽鐵論·險固》漢·桓寬）
解析·應用	有防備就會制服敵人，沒防備就會被敵人所制服。
	常用來說明「有備無患」的道理。

寫作例句	1. 在人生的競技場上，同樣需要深刻理解「有備則制人，無備則制於人」的道理。一個人，如果在面對生活、工作或是情感等各方面的挑戰時，能夠提前做好準備，無論是知識的累積、技能的提升，還是心態的調整、人際關係的維護，都能做到未雨綢繆，那麼他就能在面對困難時從容不迫，甚至能夠化危機為轉機，掌握生活的主動權。反之，如果缺乏必要的準備，或是抱著僥倖心理，那麼一旦遭遇困境，就只能手忙腳亂，任人擺布，最終可能失去自我，陷入被動的境地。因此，我們應該時刻提醒自己，無論身處何種環境，都要做到有備無患，方能在人生的道路上走得更遠、更穩。 2. 在現代商業競爭的舞臺上，「有備則制人，無備則制於人」。成功的企業在推出新產品之前，會深入市場調查研究，了解消費者需求，提前布局生產線，做好宣傳推廣計畫。這樣在市場競爭中就能先發制人，引領市場潮流；而那些缺乏準備的企業，沒有對市場趨勢進行預判，沒有對自身產品進行精心設計，倉促進入市場後，就會被競爭對手搶占先機，只能被動地應對各種挑戰，在市場競爭中處於劣勢地位。

名句・出處	順風而呼者易為氣，因時而行者易為力。（《鹽鐵論・論功》漢・桓寬）
解析・應用	順著風向呼喊的人容易把聲音傳得很遠，順應時勢而行動的人容易施展才智。
	常用來強調藉助外力對成功的重要意義。

寫作例句	在現代社會的創業浪潮中，「順風而呼者易為氣，因時而行者易為力」。創業者若能敏銳地捕捉到時代的潮流，如當下網際網路高速發展、人們對便捷生活需求日益成長的趨勢，順著這股潮流去宣傳自己的創新理念和產品，就很容易激發團隊的鬥志，吸引投資者和消費者的關注；並且能夠依據當下的政策支持、市場需求變化等時機及時調整經營策略，付諸行動，那麼在創業的道路上就更容易獲得成功，這便是藉助時代大勢和有利時機的力量。

名句·出處	同明相見，同音相聞，同志相從，非賢者莫能用賢。 (《韓詩外傳》漢·韓嬰)
解析·應用	一樣的光明相互才能看見，一樣的聲音相互才能聽見，一樣的志向相互才能跟從，不是賢良之士就不能任用賢良之士。
	常用來論述「志同道合」對選才的重要意義。

寫作例句	1. 在古代的朝堂之上，「同明相見，同音相聞，同志相從，非賢者莫能用賢」。賢明的君主猶如明亮的燈火，能與同樣賢明的臣子相互映照，他們心意相通，猶如同音相和。有著共同志向的臣子們追隨君主，為國家的興盛而努力。而只有君主自身賢德，才能夠辨識和任用其他賢能之士，從而使朝堂之上人才濟濟，國家繁榮昌盛。 2. 在現代的企業管理中，「同明相見，同音相聞，同志相從，非賢者莫能用賢」。優秀的企業領導者如同明亮的燈塔，他們與同樣優秀的員工相互理解、相互欣賞，彼此之間能夠有效地溝通交流，就像同音相聞。有著共同目標和價值觀的員工願意追隨這樣的領導者，大家齊心協力為企業的發展打拚。然而，只有領導者自身具備卓越的才能和品德，才能夠發現、吸引並重用其他賢能的人才，進而打造出一個富有競爭力的企業團隊。

名句·出處	患至而後呼天，不亦晚乎？（《韓詩外傳》漢·韓嬰）
解析·應用	災難已經來臨才呼喊老天幫忙，不是太晚了嗎？
	成語「患至呼天」由此而出，意思是形容事前不做準備，災禍臨頭，求天救助。

寫作例句	1. 面對突如其來的疾病，有人才恍然醒悟健康的重要性，不禁哀嘆：「患至而後呼天，不亦晚乎！」此時，即使是再虔誠的祈禱，也無法挽回已逝的健康，只能徒增悔恨與無奈。 2. 在人生的旅途中，我們常常因忽視身邊的美好與機遇，待到失去時才追悔莫及，正如古語所云：「患至而後呼天，不亦晚乎！」無論是錯過的愛情，還是失去的朋友，亦或是未曾實現的夢想，都在提醒我們，珍惜當下，把握現在，莫待失去空悲切。

名句．出處	見其誠心而金石為之開。（《韓詩外傳》漢．韓嬰）
解析．應用	人真心誠意，連金石那樣硬的東西也會被打開。
	形容人的誠心能打動一切。《後漢書．廣陵思王荊傳》「精誠所加，金石為開」，明代凌濛初《初刻拍案驚奇》第九卷「精誠所至，金石為開；貞心不寐，死後重諧」都是對這句話的化用。現在一般常用「精誠所至，金石為開」。

寫作例句	1. 在人際關係的微妙世界裡，真誠是最寶貴的鑰匙，正如「見其誠心而金石為之開」，當一個人展現出無比真誠的心意時，即使是最堅硬的心房也會為之打開，隔閡與誤解在真誠面前都將煙消雲散，因為真誠能夠穿透一切障礙，直抵人心最柔軟的地方。 2. 在追求夢想與目標的征途中，面對重重困難與挑戰，「見其誠心而金石為之開」同樣是一股不可小覷的力量，當我們以無比堅定的信念與真誠的努力去追逐夢想時，那些看似不可踰越的障礙，也會在我們的堅持與真誠面前逐漸瓦解，因為真誠與努力能夠激發我們內在的潛能，讓我們在逆境中不斷成長，最終迎來屬於自己的輝煌時刻。

名句·出處	放情者危，節欲者安。（《世要論·節欲》三國·魏·桓範）
解析·應用	放縱自己性情的人是危險的，節制自己欲望的人是平安的。
	常用來說明自律對人生的重要意義。
寫作例句	在人生的旅途中，我們時常面臨各種誘惑與挑戰，唯有銘記「放情者危，節欲者安」的古訓，方能行穩致遠。那些放縱情感、不加節制的人，往往容易陷入困境，甚至危及自身；而那些懂得節制欲望、保持理性的人，則能在紛繁複雜的世界中，保持內心的平靜與安寧，穩健前行。

<table>
<tr><td>名句·出處</td><td>識時務者，在乎俊傑。（《三國志·諸葛亮傳》晉·陳壽）</td></tr>
<tr><td rowspan="2">解析·應用</td><td>只有英雄豪傑才可認清時代潮流和當下之務。</td></tr>
<tr><td>這句話現多作「識時務者為俊傑」，與原句意義稍有不同，意思是能夠認清時代潮流和當下之務的才可稱得上俊傑。</td></tr>
<tr><td>寫作例句</td><td>1. 在歷史的洪流中，那些能夠敏銳洞察時代變遷，順應時代潮流的人堪稱「識時務者為俊傑」。他們不僅具備超凡的智慧和敏銳的洞察力，更能在關鍵時刻做出正確的抉擇，與時代同頻共振，成就一番偉業。
2. 在當今快速發展的科技時代，許多傳統企業面臨著極大的挑戰。一些企業故步自封，堅守著陳舊的生產模式和經營理念，最終被市場淘汰。而有些企業「識時務者為俊傑」，能夠敏銳地察覺到科技發展的趨勢，如網際網路、人工智慧的興起，積極轉型，將新技術融入到產品研發、銷售管道和企業管理中，從而在激烈的市場競爭中脫穎而出，實現可持續發展。</td></tr>
</table>

<table>
<tr><td>名句·出處</td><td>事急而不斷，禍至無日矣。（《三國志·諸葛亮傳》晉·陳壽）</td></tr>
<tr><td rowspan="2">解析·應用</td><td>事情緊急而不能當機立斷，災禍不久就會到來。</td></tr>
<tr><td>常用來強調優柔寡斷的危害性。</td></tr>
</table>

寫作例句	在面對緊急情況時，若猶豫不決、拖延不決，便如同古語所云：「事急而不斷，禍至無日矣」。這種拖延與不決，不僅無法解決問題，反而會讓事態進一步惡化，最終導致無法挽回的後果。因此，面對緊急情況，我們必須迅速而果斷地做出決策，以免貽誤時機，招致災禍。

名句·出處	如不知足，則失所欲。（《三國志·王昶傳》晉·陳壽）
解析·應用	如果不知道滿足，就會失去想得到的。
	常用來說明貪得無厭的危害性。
寫作例句	1. 在追求物質與精神財富的過程中，若一味貪得無厭，不知滿足，往往會陷入「如不知足，則失所欲」的困境。那些總是渴望更多，卻不懂得珍惜眼前所擁有的人，最終可能會因為過度的欲望而失去原本可以穩穩掌握的幸福與滿足。 2. 有部分員工總是對自己的工作成果和所得報酬不知足，他們在已經獲得了合理的薪資提升、良好的工作環境和足夠的晉升機會之後，還想要更多，甚至不惜採用不正當的手段去獲取。然而，他們忽略了一個道理，「如不知足，則失所欲」。這種過度的貪心可能會破壞職場的人際關係，違反公司規定，最終失去自己原本擁有的工作、同事的信任以及主管的賞識。

名句·出處	動則三思，慮而後行。（《三國志·楊阜傳》晉·陳壽）
解析·應用	做任何事情，都要經過周密的思考，要三思而後行。
	常用來說明在做事之前先要詳細地思考清楚，之後才能付諸行動。
寫作例句	1. 在處理事務、做出決策時，我們應遵循「動則三思，慮而後行」的古訓。這意味著在行動之前，我們需要深思熟慮，反覆權衡利弊，確保決策的合理性與可行性。如此，方能避免因衝動或輕率而導致的錯誤與遺憾。那些能夠在行動前做到三思而後行的人，往往能夠穩健前行，獲得更加長遠的成功。 2. 在現代的投資理財領域，投資者面臨著各式各樣的選擇和風險。每一筆投資都可能影響到個人的財富狀況，所以必須要「動則三思，慮而後行」。比如在決定是否投資某一新興的高風險股票時，投資者要考慮該公司的經營狀況、行業前景、市場趨勢等多方面因素。經過深思熟慮之後再做出投資決策，這樣才能在複雜多變的金融市場中，盡可能地降低風險，實現資產的保值增值。

名句·出處	濟大事必以人為本。（《三國志·先主傳》晉·陳壽）
解析·應用	要成就大的事業必須以百姓和人才作為根本。
	常用來說明「以人為本」的理念。

寫作例句	在籌劃與執行重大事務時，我們始終堅信「濟大事必以人為本」的原則。這意味著無論專案規模多麼宏大，目標多麼遠大，我們都必須將人的因素放在首位，關心人的需求與福祉。唯有如此，才能凝聚人心，激發團隊潛力，共同克服難關，實現宏偉藍圖。

名句・出處	和羹之美，在於合異；上下之益，在能相濟。（《三國志・夏侯玄傳》晉・陳壽）
解析・應用	整盆湯具有鮮美的味道，是因為把不同的調味品調配在了一起；良好的上下級關係，在於彼此之間能夠互相學習，取長補短。
	常用來比喻形容上下級之間水乳交融的重要性。
寫作例句	在現代的多元文化社會中，「和羹之美，在於合異；上下之益，在能相濟」。不同種族、不同信仰、不同文化背景的人們匯聚在一起。每個群體都有其獨特的價值觀、風俗習慣和思考方式。當我們尊重並接納這些差異，將不同文化的元素融合在社會的大熔爐中時，就像製作羹湯一樣，能夠創造出一個和諧、包容且富有活力的社會環境。在企業內部也是如此，管理層與基層員工有著不同的視角和職能，只有雙方相互理解、相互支持，發揮各自的優勢，才能使企業不斷發展進步。

名句·出處	聽言不如觀事，觀事不如觀行。（《傅子·通志篇》晉·傅玄）
解析·應用	聽一個人說話不如考察他的事蹟，考察他的事蹟不如考察他的行為。
	常用來說明「耳聽為虛，眼見為實」的正確識人方法。
寫作例句	在評價一個人時，我們常言「聽言不如觀事，觀事不如觀行」。這意味著僅僅聽取對方的言辭是不夠的，因為言辭可能帶有主觀色彩或掩飾；而觀察對方所做的事情雖然更為直接，但仍可能受到情境與表面現象的影響。唯有透過長期觀察一個人的行為舉止，才能真正了解其性格、特質與價值觀。這種深入骨髓的了解，遠比表面的言語與短暫的行為更能反映一個人的真實面貌。

名句·出處	貪於近者則遺遠，溺於利者則傷名。（《晉書·宣帝紀》）
解析·應用	貪圖眼前的利益就容易失掉長遠的利益，沉溺於一己私利就會損傷名譽。
	常用來勸誡人們不要貪圖眼前利益和一己私利。

寫作例句	1. 在追求目標的過程中，我們須警惕「貪於近者則遺遠，溺於利者則傷名」的教訓。這意味著如果只貪圖眼前的利益，往往會忽略了長遠的規畫與發展；而過分沉溺於物質利益，則可能會損害個人的名譽與聲望。那些能夠平衡眼前與長遠，兼顧利益與名聲的人，才能在複雜多變的環境中穩健前行，實現真正的成功與輝煌。 2. 在現代的商業世界裡，部分企業經營者一心只想獲取短期的經濟利益。他們為了降低成本，不惜使用劣質原材料生產商品，或者為了提高銷量而進行虛假宣傳。這些企業「貪於近者則遺遠，溺於利者則傷名」。只著眼於當下的利潤，卻忽視了企業的長遠發展，如失去消費者的信任、破壞市場生態等嚴重後果。同時，這種沉溺於利益的做法一旦被曝光，企業的聲譽就會受到極大的損害，品牌形象崩塌，在市場競爭中逐漸失去立足之地。

名句·出處	人心所歸，唯道與義。（《晉書·熊遠傳》）
解析·應用	人心所歸屬嚮往的，只有道義。
	常用來說明道義是眾望所歸的。

寫作例句	1. 在歷史的長河中，我們不難發現，「人心所歸，唯道與義」是永恆不變的真理。這意味著無論時代如何變遷，人們內心深處最嚮往與尊崇的，始終是那些符合道義、秉持正義的行為與理念。那些能夠堅守道德底線，秉持正義原則的人，往往能夠贏得他人的尊重與信任，成為引領時代潮流的楷模。 2. 在現代社會的企業競爭中，眾多企業都在爭奪市占率和消費者資源。有些企業採用不正當的手段，如惡意詆毀競爭對手、虛假宣傳自己的產品等。但這些企業往往難以長久發展，因為「人心所歸，唯道與義」。真正成功的企業，會遵循商業道德，誠信經營，以優質的產品和服務回饋社會。在企業發展的過程中，堅持正義，積極履行社會責任，這樣才能贏得消費者的信任和社會的認可，在激烈的市場競爭中脫穎而出並持續發展壯大。

名句·出處	千載一時，不可失也。（《晉書·載記》）
解析·應用	千年難得一遇的時機，不可失去。
	常用來形容時機難得，應抓住這個機會。

寫作例句	1. 這次彗星劃過夜空的天文奇觀，是百年難遇的景象，「千載一時，不可失也」。眾多天文愛好者紛紛帶上設備，前往最佳觀測地點，他們深知這樣的機會極其難得，一旦錯過，可能此生都無法再目睹如此壯觀的景象。 2. 在商業競爭中，這個新興市場剛剛興起，政策支持、市場需求和技術條件都處於最佳的契合點，這是「千載一時，不可失也」的發展機遇。有遠見的企業家們都迅速調整策略，投入資源，搶占市場先機，因為他們明白這樣的黃金機會一旦錯過，就很難再有。

名句·出處	父子之嚴，不可以狎;骨肉之愛，不可以簡。(《顏氏家訓·教子》北齊·顏之推)
	狎：親近但態度不莊重。簡：簡慢，怠慢。
解析·應用	父子之間要嚴肅，不可狎暱；骨肉之親要仁愛，不可簡慢。
	指狎暱和簡慢都不利於教育子女。
寫作例句	對子女過於嚴厲固然不好，但也不能沒大沒小，沒一點規矩。古訓說：「父子之嚴，不可以狎；骨肉之愛，不可以簡。」沒有家教的孩子，很容易滋生任性、傲慢、自私、怠惰等惡習。

名句·出處	土相扶為牆，人相扶為王。(《北齊書·尉景傳》)
解析·應用	土相互扶持累積才能築成牆，人相互扶持才可以成為王。
	比喻人只有相互幫助才能做成事。

寫作例句	在競爭激烈的商業世界裡，「土相扶為牆，人相扶為王」是眾多企業成功的祕訣。那些新興的創業公司，單一力量薄弱，如同散沙。然而，當他們秉持著這個理念，相互合作時，就如同涓涓細流匯聚成江河。不同企業之間資源共享、優勢互補，在技術研發、市場開拓等方面相互扶持。就像建構高樓大廈需要一土一石的累積，企業的發展壯大也需要企業間彼此幫扶，這樣才能在商業的浪潮中站穩腳跟，從籍籍無名走向行業的王者地位。

名句·出處	多言不可與遠謀，多動不可與久處。（《文中子·魏相》隋·王通）
解析·應用	不可與喜歡多說話的人商談遠大的謀略，不可與輕舉妄動的人長久相處。
	常用來提醒人們在謀事、交友方面需要注意的地方。
寫作例句	1. 在這團隊之中，我們尋求的是沉穩內斂、踏實可靠之人，畢竟「多言不可與遠謀，多動不可與久處」，那些誇誇其談且行事浮躁之人，難以與我們共同成就大業，也無法成為長久相伴的夥伴。 2. 創業之路漫漫，當擇志同道合者同行，「多言不可與遠謀，多動不可與久處」，那些總是輕易承諾卻無實際行動規畫，做事朝三暮四之人，必然不是可長期合作的對象，我們應遠離他們，與真正有遠見卓識、沉穩堅毅之人共創未來。

名句．出處	取法於上，僅得為中；取法於中，故為其下。（《帝苑．崇文》唐．李世民）
	取法：效法。
解析．應用	效法上等的，實際只能達到中等；效法中等的，實際只能達到下等。又作「取法乎上，僅得其中；取法乎中，僅得其下」。
	指為人做事必須高標準、嚴要求。
寫作例句	1. 要確立高標準的工作目標，「取法於上，僅得為中；取法於中，故為其下」。低標準要求，只能做出一般化的工作，唯有堅持高標準，才能創造一流的成績，獲得真正意義上的落實。 2. 古人云:「取法乎上，僅得其中;取法乎中，僅得其下。」學問、事業最需立志高遠，只有做第一流的學問，成第一流的人才，才能做第一流的事業，說第一流的話語，懷第一流的見識。

名句．出處	居安思危，戒奢以儉。（〈諫太宗十思疏〉唐．魏徵）
解析．應用	處在安定的環境，而考慮到可能出現的危險，戒除奢侈，崇尚勤儉。
	常用來描寫在安逸的環境中應保持警惕，預防潛在的危險，並告誡人們要克制奢侈，崇尚節儉，以避免由奢入儉難的困境，展現了一種防患未然、勤儉創業的智慧與態度。

寫作例句	這個民族歷來以勤勞勇敢、不畏艱苦著稱於世。古人早就講過，「艱難困苦，玉汝於成」，「居安思危，戒奢以儉」，「憂勞興國，逸豫亡身」，「生於憂患，死於安樂」等等。這些警世名言，今天對我們依然有著重要的啟示作用。

名句·出處	不以求備取人，不以己長格物。（《貞觀政要·任賢》）
	格物：窮究事物的道理。
解析·應用	選擇人才不求全責備，不以自己一人的智慧去研究事物的道理。
	常用來強調集思廣益的重要性。
寫作例句	在人際互動和事物認知中，「不以求備取人，不以己長格物」是一種難能可貴的特質。在與人相處時，若總是以完美的標準去要求他人，就難以收穫真誠的友誼；在看待不同的觀念和事物時，若僅以自己的固有認知和專長去衡量，就如同坐井觀天，無法領略事物的全貌，只有秉持這種包容、客觀的態度，才能擁有和諧的人際關係並正確地認識世界。

名句·出處	愛而不知其惡，憎而遂忘其善。（《貞觀政要·封建》）
解析·應用	愛一個人，往往不知道他的缺點；憎惡一個人，經常忽略掉他的長處。
	常用來提醒人們要正確看待別人的優缺點。

寫作例句	1. 在人際互動中，我們應避免「愛而不知其惡，憎而遂忘其善」的片面性。對自己喜愛的朋友，不能因為感情深厚就對他的缺點視而不見；而對自己討厭的人，也不該因厭惡之感就完全忽略他身上可能存在的優點，這樣才能客觀公正地對待他人。 2. 在對待文化現象時，我們要警惕「愛而不知其惡，憎而遂忘其善」的態度。例如對於流行文化，我們喜愛它的活力與創新性，但不能忽視其中可能存在的低俗、膚淺的一面；對於傳統文化，即使有時會覺得它有些古板，也不應忘記其中蘊含的深厚智慧和民族精神，唯有如此，才能正確地傳承和發展各類文化。

名句．出處	舉善而任之，擇善而從之。（《貞觀政要．公平》）
解析．應用	舉薦賢良之人加以任用，選擇好的方策加以施行。
	常用來提醒管理者要重視人才和好的工作方法。
寫作例句	在團隊管理中，明智的領導者懂得「舉善而任之，擇善而從之」。他們不僅善於發現並提拔那些品德高尚、能力出眾的人才，讓他們在自己的職位上發光發熱；同時，他們也懂得傾聽團隊成員的意見和建議，從中選擇那些有益且可行的方案，帶領團隊不斷進步。這樣的領導風格，既促進了團隊內部的和諧與合作，也確保了團隊能夠朝著正確的方向穩步前行。

名句·出處	師者，所以傳道受業解惑也。（〈師說〉唐·韓愈）
解析·應用	老師，是擔負傳播思想、教授學業、解答疑難重任的人。
	常用來對老師這個職業進行概括性闡釋。
寫作例句	1. 在教育的殿堂裡，老師扮演著至關重要的角色，「師者，所以傳道受業解惑也」，他們不僅傳授知識的火種，照亮我們前行的道路，還引領我們領悟人生的真諦，解答我們在學習過程中的種種疑惑，成為我們成長道路上的燈塔。 2. 在人生的旅途中，我們每個人都會遇到自己的「師者」，「師者，所以傳道受業解惑也」，他們可能是父母，教會我們生活的智慧；可能是朋友，分享他們的經驗與教訓；也可能是書籍，引領我們探索未知的領域。這些「師者」以不同的方式，啟發我們的思考，拓寬我們的視野，讓我們在困惑與迷茫中找到方向，勇敢地追求自己的夢想。

名句·出處	無望其速成，無誘於勢利。（〈答李翊書〉唐·韓愈）
解析·應用	不要指望事情能迅速成功，不要被權勢利益所誘惑。
	常用來描寫在追求目標或進行學問修養時應有的正確態度，強調了不應期望迅速成功，也不應被名利權勢所誘惑，而是要腳踏實地、持之以恆地努力，注重過程的累積和修養的提升。它表現了古人對於成功與名利的淡泊態度，以及對於真正成就的追求和堅守。

寫作例句	韓愈教導弟子「行之乎仁義道德，遊之乎《詩》《書》之源」，不要迷路，不要斷源；告誡學生「無望其速成，無誘於勢利」，培養根本，新增油脂，然後期望結果放光。

名句·出處	動便是，莫狐疑。（〈大溈虛佑師銘〉唐·鄭愚）
解析·應用	行動就是，不要疑慮重重。
	常用來勸告人們要當機立斷。
寫作例句	1. 面對這難得的機遇，我們應秉持「動便是，莫狐疑」的態度，勇往直前，若總是瞻前顧後、猶豫不決，只會白白錯失良機，唯有果敢行動，才可能打開新的局面。 2. 在這個瞬息萬變的時代，創新的想法稍縱即逝。當我們心中有了一個好的創意時，就該「動便是，莫狐疑」，過度的猜忌和自我懷疑只會讓創意夭折於搖籃之中，而迅速的行動則可能將其轉化為偉大的成果。

名句·出處	近賢則聰，近愚則聵。（《六箴·耳箴》唐·皮日休）
解析·應用	多接近賢人，聽聽他們的言論，心裡就透亮；如果接近愚人，盡聽他們的言論，心裡就糊塗。
	常用來說明一個人所交朋友的好壞，對自己的思想、品德、情操、學識都會有很大影響。

寫作例句	1. 在人生的旅途中，我們須時刻警醒自己，選擇來往的對象至關重要，因為「近賢則聰，近愚則聵」，與智者相伴，我們的智慧將如泉湧般成長；而與愚者為伍，我們的見識則會日漸狹隘，甚至變得愚昧無知。 2. 在職場的競爭中，我們不僅要注重個人的能力提升，更要學會選擇團隊和合作夥伴，因為「近賢則聰，近愚則聵」，與那些才華橫溢、勤奮努力的同事並肩作戰，我們的職業生涯將充滿無限可能；而若與那些消極怠工、不思進取的人為伍，我們的發展之路將布滿荊棘，難以前行。

名句·出處	先謀後事者昌，先事後謀者亡。（《意林·太公金匱》唐·馬總）
解析·應用	事前謀劃好再行動就會勝利，行動後再謀劃就會敗亡。
	常用來說明謀略對做事成敗的重要性。
寫作例句	1. 在軍事策略上，「先謀後事者昌，先事後謀者亡」是不變的真理。一場戰役之前，優秀的將領必定會精心謀劃，考慮各種因素，如地形、兵力、糧草等，而後才出兵作戰，如此方能獲得勝利；反之，若冒然出兵，之後才開始思考應對之策，那必然會陷入絕境，導致失敗。 2. 無論是創業還是推展一個專案，「先謀後事者昌，先事後謀者亡」的道理都不可忽視。在著手之前，詳細規劃商業模式、資金來源、市場定位等各個環節，成功的可能性就會大大增加；若急於開始，等遇到問題才去謀劃解決之道，就像沒有航向的船隻在大海中漂泊，最終只會走向失敗的深淵。

名句．出處	按賢察名，選才考能，名實俱得之。（《意林．太公六韜》唐．馬總）
解析．應用	依照才能去考察他的聲名，選擇有才能的人並且考核他的本領，這樣做就會名實俱得。
	常用來強調選才時名副其實的重要性。
寫作例句	1. 在選拔人才的過程中，我們應當秉持公正無私的態度，做到「按賢察名，選才考能，名實俱得之」。這意味著我們要根據一個人的品德和聲譽來考察其名聲，透過實際能力和業績來選拔人才，確保所選之人既名聲在外，又實至名歸，真正達到人盡其才、才盡其用的目的。 2. 在人生的道路上，我們追求的不僅是外在的成功和名聲，更應是內在的品格和能力。正如古人所言，「按賢察名，選才考能，名實俱得之」，我們在自我提升的過程中，也應注重內外兼修，既要修練自己的品德和聲譽，也要不斷提升自己的能力和業績，做到名聲與實際相符，成為一個真正有價值的人。

名句．出處	安舒沉重者，患在後時。（《意林．昌言》唐．馬總）
解析．應用	沉溺於安逸舒適生活的人，憂患在他後來的日子。
	常用來提醒人們要居安思危。

寫作例句	1. 在這瞬息萬變的商場之中，「安舒沉重者，患在後時」。那些行事總是不慌不忙、過於求穩的商人，雖有著沉穩的性格，可往往在商機出現時，因不能迅速做出反應，而被他人搶占先機，最終只能看著機會溜走，徒留遺憾。 2. 在這個科技飛速發展的時代，創新與速度是成功的關鍵要素。「安舒沉重者，患在後時」，那些滿足於既有成果、按部就班工作的人，在面對新興技術的浪潮時，缺乏快速適應和變革的能力，很可能被時代的列車遠遠拋下，錯失發展的大好機遇。

名句・出處	不以物喜，不以己悲。（〈岳陽樓記〉宋・范仲淹）
解析・應用	不因外物（好壞）和自己（得失）而或喜或悲。此句為互文。
	常用來表現一種豁達淡然的心靈境界。

寫作例句	1. 古之仁人志士，皆能秉持「不以物喜，不以己悲」的心境。他們面對榮華富貴不會沾沾自喜，遭遇坎坷磨難也不會自怨自艾，就像范仲淹，身處廟堂之高則憂其民，處江湖之遠則憂其君，始終保持著一種豁達超脫的情懷，不為外界的功名利祿所左右，亦不為自身的境遇起伏而動搖內心的堅守。 2. 在這個快節奏且充滿變數的現代社會，我們應努力做到「不以物喜，不以己悲」。當我們在事業上獲得成功，獲得外界的讚譽時，不應被虛榮沖昏頭腦；當遭遇挫折，如失業或者失戀時，也不應陷入絕望的深淵。無論外界如何變幻，我們都要保持內心的平靜與堅定，以一種從容不迫的態度去面對生活中的種種。

名句·出處	大勇若怯，大智如愚。（〈賀歐陽少師致仕啟〉宋·蘇軾）
解析·應用	至大的勇敢看起來像是怯懦，至大的智慧看起來像是愚鈍。
	蘇軾這句話顯然是從《老子》中的「大直若屈，大巧若拙，大辯若訥」等句式中脫胎而來。「大智如愚」現多作「大智若愚」。蘇軾得知歐陽脩退休後，便用駢文寫下了這封書信，對歐陽脩的行為表示了讚賞之情。文中旁徵博引、推許有加，表達了一個真正讀書人不以官場為意，用行捨藏知所進退的志趣。

寫作例句	1. 在真正的勇士和智者身上，我們常常能看到一種「大勇若怯，大智如愚」的氣質。他們雖然內心充滿勇氣和智慧，但外在表現卻往往顯得謙遜和低調。他們不會因一時的衝動而魯莽行事，也不會因自己的才智而驕傲自大。這種內斂和沉穩，正是他們能夠在複雜多變的環境中保持冷靜和清醒，做出正確決策的關鍵所在。 2. 在人生的道路上，我們也應學會「大勇若怯，大智如愚」的智慧。這意味著在面對困難和挑戰時，我們要有勇氣和決心去克服，但也要懂得保持謹慎和謙遜，不盲目衝動；在擁有才華和智慧時，我們要善於運用它們去創造和貢獻，但也要懂得收斂鋒芒，不驕傲自滿。只有這樣，我們才能在人生的旅途中不斷前行，不斷成長，最終成為真正的強者和智者。

名句．出處	天下有大勇者，卒然臨之而不驚，無故加之而不怒。 （〈留侯論〉宋．蘇軾）
	卒：通「猝」。
解析．應用	世上真正有大勇氣概的人，面臨突然出現的情況也不驚慌，無緣無故受到侮辱也不憤怒。
	常用來讚揚臨危不亂、寵辱不驚的人。

寫作例句	1. 古往今來，成大事者多是「天下有大勇者，卒然臨之而不驚，無故加之而不怒」之人。韓信受胯下之辱時，並未因這無端的羞辱而憤怒衝動，而是隱忍不發，他在面臨突然的挑釁時不驚不懼，這份氣度與隱忍，正是他日後成為一代名將的重要特質，也向世人展示了什麼是真正的大勇。 2. 在複雜多變的現代社會，我們應努力成為「天下有大勇者，卒然臨之而不驚，無故加之而不怒」的人。在工作中，當突然面臨專案失敗的危機時，不應驚慌失措，要冷靜分析原因；當被同事無端指責或誤解時，也不要憤怒地去爭辯，而是以平和的心態去解釋和化解矛盾，如此才能在人生的道路上走得更加穩健，展現出非凡的人格魅力。

名句·出處	見黃雀而忘深阱，智者所不為。（《資治通鑑·梁紀》宋·司馬光）
解析·應用	為了捕一隻黃雀就忘記前面還有陷阱這樣的事，有智慧的人是不會做的。
	常用來比喻聰明人不會因小失大做蠢事。

寫作例句	1. 在利益的誘惑面前，我們應保持清醒的頭腦，「見黃雀而忘深阱，智者所不為」。那些被非法集資的高股息報酬所吸引，一心只想著獲取高額利益，卻全然不顧背後隱藏的龐大風險，最終血本無歸的人，正是沒有明白這個道理。而智者在面對類似的利益誘惑時，會謹慎權衡利弊，不會因眼前的小利而忽視潛在的危險。 2. 在商業競爭中，企業決策時要牢記「見黃雀而忘深阱，智者所不為」。有些企業看到新興市場的短期利益，便盲目跟風進入，只想著搶占市占率獲取利潤，卻忽視了自身技術儲備不足、市場需求不穩定等諸多風險因素。而那些成功的企業，在面對各種機遇時，會進行全面深入的市場調查研究和風險評估，不會因一時的利益衝動而陷入可能的危機之中。

名句·出處	天下之人，材德各殊，不可一節取也。（《資治通鑑·漢紀》宋·司馬光）
解析·應用	世上的人，才能德性各有差別，不能按照同一個標準要求他們。
	常用來說明評價人才要採取多元化的標準。

寫作例句	1. 一個國家若想廣納賢才，就必須明白「天下之人，材德各殊，不可一節取也」。有的人品德高尚卻不善言辭，有的人才華橫溢但性格乖張，若僅以單一的標準，如只看重口才或者只要求溫順的性格去選拔人才，那麼許多真正有才能和德行的人將會被埋沒，只有不拘一格，綜合考量，才能讓各類賢才為國家的建設貢獻力量。 2. 在人際互動和團隊合作中，「天下之人，材德各殊，不可一節取也」是一條重要的準則。每個人都有自己獨特的價值，有的成員思考敏捷但缺乏耐心，有的成員踏實穩重但創新不足。我們不能僅依據某一種特質就否定一個人，而應該看到每個人的發光點，充分發揮他們的長處，這樣才能建構一個和諧、高效的人際關係網路或者團隊。

名句·出處	口說不如身逢，耳聞不如目睹。（《資治通鑑·唐紀》宋·司馬光）
解析·應用	聽人傳說的不如親身經歷的， 耳朵聽到的不如親眼看到的。
	成語「耳聞目睹」由此而來，形容親身見證，千真萬確。
寫作例句	1. 古往今來，世人皆曉「口說不如身逢，耳聞不如目睹」之理，是以讀書萬卷，終需行萬里路，方知書中乾坤大，世事如棋局局新。 2. 在當今社會，資訊紛繁複雜，真偽難辨，唯有親歷親為，方得真諦，「口說不如身逢，耳聞不如目睹」，故而，實踐是檢驗真理的唯一標準，一切虛妄之言，在事實面前終將無所遁形。

<table>
<tr><td>名句·出處</td><td>君子用人如器，各取所長。（《資治通鑑·卷第一百九十二》宋·司馬光）</td></tr>
<tr><td rowspan="2">解析·應用</td><td>君子使用人才就像使用器物一樣，要用他們各自的長處。</td></tr>
<tr><td>常用來比喻說明要用人所長的道理。</td></tr>
<tr><td>寫作例句</td><td>在團隊管理中，優秀的領導者深知「君子用人如器，各取所長」，他不會要求擅長文案創作的員工去做複雜的資料分析工作，而是依據成員們各自的優勢安排任務，從而讓整個團隊高效運轉。</td></tr>
</table>

<table>
<tr><td>名句·出處</td><td>妄得之福，災亦隨焉；妄得之得，失亦繼焉。（《二程粹言·論學篇》宋·楊時）</td></tr>
<tr><td rowspan="2">解析·應用</td><td>不是透過正當管道得來的「幸福」，災禍也會跟隨而來；不是透過正當管道獲得財物，也會緊接著失去。</td></tr>
<tr><td>常用來勸誡人們對幸福、金錢不要有非分之想。</td></tr>
<tr><td>寫作例句</td><td>1. 他本不應得到那份遺產，卻透過詐欺手段謀取，豈不知「妄得之福，災亦隨焉；妄得之得，失亦繼焉」，不久後他就陷入了一連串的法律糾紛，不僅失去了那份遺產，還面臨牢獄之災。
2. 有些官員透過貪汙腐敗獲取不義之財和虛高的職位，他們以為能夠逍遙法外，卻不懂「妄得之福，災亦隨焉；妄得之得，失亦繼焉」，一旦東窗事發，他們不僅會被剝奪官職、沒收財產，還將名譽掃地，遭受社會的唾棄。</td></tr>
</table>

名句·出處	天不生仲尼，萬古如長夜。（《唐子西文錄》宋·唐庚）
解析·應用	老天如果不生下孔子，千年萬代就像漫漫長夜一樣。
	常用來形容孔子對文明所做出的貢獻。
寫作例句	1. 自古言「天不生仲尼，萬古如長夜」，孔子之誕生，猶如明燈照徹華夏文明的漫漫長路，使得後世子孫得以沐浴智慧之光。 2. 在科技領域，常有英雄輩出，正如「天不生仲尼，萬古如長夜」，若無這些先驅者的創新與突破，人類進步的車輪或許仍會陷於黑暗與停滯之中。

名句·出處	事未至而預圖，則處之常有餘；事既至而後計，則應之常不足。（《美芹十論》宋·辛棄疾）
解析·應用	事情未發生就預先考慮周到，處理之策常常會自如有餘；事到臨頭才動腦子，應對之策常常會顯得考慮不周。
	常用來對比說明「未雨綢繆」勝過「臨時抱佛腳」和「亡羊補牢」。

寫作例句	1. 行軍打仗時，優秀的將領深知「事未至而預圖，則處之常有餘；事既至而後計，則應之常不足」。他們在戰前會詳細勘察地形、研究敵軍情況、制定多種作戰策略，如此，在戰場上面對各種突發狀況時就能遊刃有餘；反之，那些毫無準備倉促應戰的軍隊，往往一遇變故就陷入混亂，難以有效應對。 2. 在專案管理中，明智的專案經理秉持「事未至而預圖，則處之常有餘；事既至而後計，則應之常不足」的理念。在專案啟動之前，他們就會對專案的目標、任務、資源分配、可能遇到的風險等進行全面仔細的規劃，所以在專案推進過程中即使遇到問題也能有條不紊地解決；而那些缺乏前期規劃的專案，一旦出現狀況，就會手忙腳亂，難以保證專案的順利進行。

名句·出處	節食則無疾，擇言則無禍。（《西疇老人常言》宋·何坦）
解析·應用	飲食能節制，就不會得病；說話有選擇，就不會招來禍患。
	常用來說明「病從口入，禍從口出」的道理。
寫作例句	在這個紛繁複雜的社會裡，人們應懂得「節食則無疾，擇言則無禍」的道理。於自身，如同節制口腹之欲一樣，要控制自己的各種欲望，保持健康的生活方式；於社交，如同謹慎選擇言辭一樣，要約束自己的行為，不做冒失衝動之事，如此才能在生活的道路上順遂前行，避免不必要的麻煩。

<table>
<tr><td>名句・出處</td><td>防人疑眾，不如自慎。（《官箴》宋・呂本中）</td></tr>
<tr><td rowspan="2">解析・應用</td><td>處處疑懼提防別人，不如自己謹慎待人處事。</td></tr>
<tr><td>常用來強調謹言慎行的重要性。</td></tr>
<tr><td>寫作例句</td><td>1. 在複雜的職場環境中，有些人總是處處防備同事，對周圍的人充滿猜疑。然而，「防人疑眾，不如自慎」，與其花費大量精力去猜忌他人，不如自己謹言慎行，做好本職工作，這樣更能避免不必要的麻煩。
2. 在網路資訊紛繁複雜的時代，許多人擔心個人資訊洩漏而對各種網路平臺充滿防範心理，對其他網路使用者也持有懷疑態度。其實，「防人疑眾，不如自慎」，我們應首先從自身做起，提高自己的網路安全意識，規範自己的網路行為，謹慎對待個人資訊的分享，這樣遠比單純地防範他人更為有效。</td></tr>
</table>

<table>
<tr><td>名句・出處</td><td>懦者能奮，與勇者同力也；愚者能慮，與智者同識也；拙者能勉，與巧者同功也。（《芻言》宋・崔敦禮）</td></tr>
<tr><td rowspan="2">解析・應用</td><td>懦弱的人能夠奮起，就能和勇敢的人一樣有力量；愚笨的人能夠用心思考，就能夠和有智慧的人一樣有見識；笨拙的人能夠勤勉，就能與靈巧的人一樣做成同樣的事情。</td></tr>
<tr><td>常用來勸勉弱者、落後者的勵志之語。</td></tr>
</table>

寫作例句	1. 在團隊合作中，我們不應輕視任何成員，要知道「懦者能奮，與勇者同力也；愚者能慮，與智者同識也；拙者能勉，與巧者同功也」。那個平時膽小的同事，若能鼓起勇氣承擔任務，也能像勇敢者一樣發揮力量；看似愚笨的夥伴，若用心思考，同樣能貢獻出如同智者般的見解；手腳不靈活的成員，只要勤勉努力，也可收穫和靈巧者一樣的成果。 2. 在學習和成長的道路上，每個人都有自己的起點和局限，但「懦者能奮，與勇者同力也；愚者能慮，與智者同識也；拙者能勉，與巧者同功也」。基礎薄弱的學生如果能奮起直追，就能像基礎好的同學一樣獲得優異成績；反應較慢的人若能積極思考，也可擁有和思考敏捷者一樣的智慧；缺乏天賦的人只要努力奮進，同樣能夠和有天賦的人一樣獲得成功。

名句·出處	養不教，父之過。（《三字經》宋·王應麟）
	過：過錯。
解析·應用	生養了卻不教育，是家長的過錯。
	常用來強調父母對子女教育的重要性。
寫作例句	古人云：「養不教，父之過；教不嚴，師之惰。」現代社會情況雖然發生了很大變化，但從近年來一些青少年犯罪的惡性案件看，其中一個很大的原因在於家庭和學校教育，在於父母不切實際的「望子成龍」想法、「逼子成龍」的做法，在於我們過去注重的是應試教育，而不是素養教育。

名句·出處	我自不能為仲尼，而能教人作仲尼。（《華陽陶隱居內傳》宋·賈嵩）
解析·應用	我自己不能成為孔子那樣的人，但能教育別人成為孔子那樣的人。
	常用來說明掌握理論知識和實踐理論知識是不同的。
寫作例句	1. 在教育的殿堂裡，常有智者言，「我自不能為仲尼，而能教人作仲尼」，意即雖自身未能達到孔子那般聖賢之境，卻能引領他人步入聖賢之道，傳遞智慧火種，讓更多人有機會成為像孔子一樣博學多才、品德高尚之人。 2. 在人生的旅途中，我們或許無法成為每個領域的巔峰人物，但正如「我自不能為仲尼，而能教人作仲尼」，我們可以透過自己的經驗和知識，激勵並幫助他人達到他們的潛能極限，成為他們所在領域的「仲尼」，共同編織多彩的人生畫卷，讓這個世界因我們的存在而更加精采。

名句·出處	天下未嘗無才也，作而成之，才不可勝用矣。（《宋元學案》）
解析·應用	世上不是沒有人才，如果能起用並愛護他們，人才是用不完的。
	常用來說明人才是廣泛存在的。

寫作例句	1. 在教育領域，我們應堅信「天下未嘗無才也，作而成之，才不可勝用矣」。每個孩子都有無限的潛力，只要教育者們用心去發掘、去培養，給予他們合適的引導和教育資源，就能讓眾多孩子成長為社會的有用之才，從而滿足社會發展對各類人才的需求。 2. 在科技研發方面，「天下未嘗無才也，作而成之，才不可勝用矣」這一理念同樣適用。地球上的各種物質資源和人類的智慧都是潛在的「才」，科學研究人員只要不斷探索、創新，將這些潛在的資源進行開發和轉化，就能創造出無數的科技成果，為人類的進步提供不可勝數的助力。

名句·出處	不信好人言，必有棲惶事。（《救風塵二》元·關漢卿）
	棲惶：匆忙不能安定的樣子。
解析·應用	不聽信好人的言語，一定會有不好的事情。
	多用來表示因為不聽人勸告，果然導致不良結果發生。
寫作例句	1. 他的朋友曾多次提醒他不要涉足那項風險極高的投資工具，可他就是不聽，「不信好人言，必有棲惶事」，果不其然，他投入的資金血本無歸，現在每天都在為債務而憂心忡忡，生活變得十分狼狽。 2. 在該公司的發展策略討論會上，一些有經驗的老員工提出了許多基於市場現狀的合理建議，然而管理層卻置若罔聞。「不信好人言，必有棲惶事」，不久後該公司就因為策略方向錯誤而在市場競爭中節節敗退，面臨著龐大的經營危機。

<table>
<tr><td>名句·出處</td><td>用人必考其終，授任必求其當。
（〈陳六事疏〉明·張居正）</td></tr>
<tr><td rowspan="2">解析·應用</td><td>用人必須先根據其才德，考慮他最終是否能把事情做好；在授予職務時，一定要看其是否適合擔任這個職務。</td></tr>
<tr><td>常用來說明領導者如何考核下屬的才能，並對下屬安排適當的職務。</td></tr>
<tr><td>寫作例句</td><td>在企業的人才管理中，「用人必考其終，授任必求其當」是一項重要的原則。對於每一位員工，管理者不能只看其初始的表現，而要全面考察其在一個專案或者一個工作週期結束時的成果，依據其能力、經驗和業績來授予恰當的職位，只有這樣，企業的人力資源才能得到合理的配置，企業也才能穩步發展。</td></tr>
</table>

<table>
<tr><td>名句·出處</td><td>士當其可用，則為龍為蛇，為鋒為穎。（〈顧升伯太史別敘〉明·袁宏道）</td></tr>
<tr><td rowspan="2">解析·應用</td><td>才俊之士如果自己的才能正好可以發揮作用的話，就可以像龍蛇一樣活躍，像鋒和穎一樣銳利。</td></tr>
<tr><td>常用來說明人盡其才的重要意義。</td></tr>
</table>

寫作例句	1.「士當其可用，則為龍為蛇，為鋒為穎。」姜子牙垂釣等待時機，遇文王而大展宏圖，似龍騰空，如鋒出鞘，盡顯其軍事才華；又如張良，在秦末亂世中，得遇劉邦，便積極出謀劃策，其智慧謀略如同蛇之靈動、穎之尖銳，在楚漢相爭的舞臺上發揮了不可忽視的作用。 2.「士當其可用，則為龍為蛇，為鋒為穎。」科學家們在科學研究計畫中，當面臨機遇時，如龍蛇般靈活應對各種難題，像鋒穎般突破一個又一個技術瓶頸，推動科技不斷向前發展；創業者們在合適的商業環境下，也能像龍蛇般適應市場變化，以敏銳的商業洞察力成為行業的先鋒，帶動經濟的發展與創新。

名句·出處	達命者不怨天，達生者不尤人。（《叔苴子·內篇》明·莊元臣）
	達：達觀。尤：怨恨。
解析·應用	以達觀的態度看待命運的人，不會埋怨上天；以達觀的態度看待生死的人，不會怨恨別人。
	指豁達開朗的人，不會動輒怨天尤人。
寫作例句	古人在觀察了龜鶴、蜉蝣、朝菌、松柏等不同的生命現象之後，得出結論：「達命者不怨天，達生者不尤人。」各種生物都有自己的自然發展規律，對命運和生死持通達樂觀態度的人，不會怨天尤人，而是順應自然，順勢利導。

名句·出處	凡事當留餘地，得意不宜再往。（《治家格言》明·朱柏廬）

解析·應用	無論做什麼事，都應當留有餘地；得意以後就要知足，不應該再進一步。
	指做事要適可而止，掌握好分寸。
寫作例句	「凡事當留餘地，得意不宜再往。」所謂好把戲不能久玩。得無盡，失有餘。得到再多也是不能夠滿足，得隴望蜀，慾壑難填。而失去，盡可以失去，要捨得。不能捨，焉能得？欲望不能節制，貪得無厭，以致「身後有餘忘縮手，眼前無路想回頭」，則悔之晚矣。

名句·出處	不可以一時之得意，而自誇其能；亦不可以一時之失意，而自墜其志。（《警世通言·鈍秀才一朝交泰》明·馮夢龍）
	以：因為。墜：喪失。
解析·應用	不能因為一時的得意，就自己誇耀才能；也不能因為一時的失意，就自己喪失鬥志。
	指獲得勝利不能驕傲，遇到挫折不可氣餒。
寫作例句	古人云：「不可以一時之得意，而自誇其能；亦不可以一時之失意，而自墜其志。」但是，在日常，小勝即喜、自誇其功者大有人在。他們稍具小能則目空一切，稍有小績則傲然待人。

名句·出處	人非聖賢，孰能無過？（《湯子遺書》清·湯斌）
	孰：誰。
解析·應用	人不是聖賢，誰能保證沒有一點過錯呢？
	指是人都難免有錯，貴在能改。

寫作例句	古人云：「人非聖賢，孰能無過？」有過而不接受批評，只能在錯誤的道路上越走越遠，最後，便不是批評所能根治得了的。因此，無論何人從事何種工作，在適當的時候接受一定的批評和建議，不僅是必然的，而且是必要的。

名句·出處	不經一事，不長一智。（《紅樓夢·第六十回》清·曹雪芹）
解析·應用	不經歷一件事情，就不能增長對那件事情的見識。
	常用來說明經歷過一件事情，無論成功還是失敗，都會有所收穫。成功的可以累積經驗，失敗的可以總結教訓。
寫作例句	1. 在人生的旅途中，每一次的經歷都是寶貴的財富，「不經一事，不長一智」，只有親身經歷過挫折與失敗，我們才能在反思中汲取教訓，在磨礪中增長智慧，學會如何在未來的道路上更加穩健地前行，避免重蹈覆轍，讓每一次跌倒都成為通往成功的墊腳石。 2. 在團隊管理與企業發展中，「不經一事，不長一智」具有深遠的指導意義。面對市場的波動與挑戰，企業不應畏懼失敗，而應將其視為成長的契機。每一次的危機處理，每一次的市場調整，都是對企業應變能力與策略眼光的考驗。只有經歷過風雨，才能在競爭中更加敏銳地捕捉機遇，更加穩健地駕馭市場，讓「不經一事」的教訓，轉化為「長一智」的智慧，推動企業不斷攀上新的高峰，實現可持續發展。

名句·出處	使人畏威，不若使人畏義。（《明儒學案》清·黃宗羲）
解析·應用	使人害怕你的威勢，不如使人懾服於義理。
	常用來說明「以理服人」勝過「以力服人」。
寫作例句	1. 在治理地方時，官員應明白「使人畏威，不若使人畏義」。僅靠嚴刑峻法來威懾百姓，百姓可能只是表面服從，內心卻充滿牴觸；而透過弘揚正義，讓百姓從內心深處敬重和畏懼道義，他們就會自覺遵守社會公德和法律法規，社會秩序也將更加和諧穩定。 2. 在團隊管理中，領導者要深知「使人畏威，不若使人畏義」。如果領導者總是憑藉職位權力來壓制員工，員工可能會產生反抗心理；但如果領導者秉持公平、正義，行事遵循道德和職業操守，員工會從內心敬畏這種「義」，從而積極主動地配合工作，團隊的凝聚力和創造力也會得到極大提升。

名句·出處	覆舟之警，常在順風。（《雙節堂庸訓》清·汪輝祖）
解析·應用	船在遇到順風的時候，常常有傾覆的危險。
	常用來提醒人們越是在得意的時候，越要提高警惕。
寫作例句	在事業發展的道路上，創業者們要懂得「覆舟之警，常在順風」。當企業發展順利，業務不斷拓展，利潤節節攀升的時候，這看似繁榮的景象下可能潛藏著諸多危機，如過度擴張帶來的資金鏈斷裂風險、對市場變化的忽視等。如果在順風之時不能保持清醒的頭腦，未雨綢繆，就很可能遭遇重大挫折，使企業陷入困境。

名句·出處	寧走十步遠，不走一步險。（《三俠五義·第一百一十回》清·石玉崑）
解析·應用	寧可走平坦之路繞些遠路，也不可圖近走險路。
	常用來勸誡人們不要輕易冒險，多採取一些保險的措施。
寫作例句	1. 登山的時候，嚮導總是提醒我們「寧走十步遠，不走一步險」。那陡峭的懸崖雖然看起來是一條捷徑，但暗藏著極大的危險，一失足就可能萬劫不復。而旁邊雖然繞遠但相對安全的山路，雖然需要多花費些體力和時間，卻是穩妥到達山頂的保障。 2. 在投資領域，許多新手往往急於求成，想快速獲取高額報酬，但經驗豐富的投資者深知「寧走十步遠，不走一步險」。那些看似誘人的高風險投資工具，就像一步險棋，可能瞬間讓你血本無歸。而選擇穩健的、長期的投資策略，雖然收益成長相對緩慢，但卻能在保障本金安全的基礎上逐步累積財富。

第六章　人生境遇

名句・出處	臣之壯也，猶不如人；今老矣，無能為也已。（《左傳・僖公三十年》）
解析・應用	我年輕的時候，尚且不如別人；現在老了，已經不能有所作為了。
	後世常用「吾老矣，無能為也已」，來表示對自己能力的一種自謙之辭，或是前輩對後輩的勉勵之語。同時這句話還頗有一種時不我待、悔不當初的滄桑感。
寫作例句	1. 那位老將看著年輕的戰士們在戰場上奮勇殺敵，心中滿是感慨：「臣之壯也，猶不如人；今老矣，無能為也已。」想當年自己年輕力壯的時候，在武藝和謀略上就比不過他人，如今歲月流逝，身體衰老，更是沒有能力再去建立功勳了，只能在一旁默默為後生們祝福。 2. 回首往昔，他自嘲道：「臣之壯也，猶不如人；今老矣，無能為也已。」年輕時，他自感才能平平，不及同輩；如今年華老去，更是自覺力不從心，難有作為。這不僅是對個人境遇的坦誠，也是對歲月無情、人生易老的深刻感慨。

名句・出處	用之則行，舍之則藏。（《論語・述而》）

解析·應用	被任用就施展抱負，不被任用就藏身自好。
	這是儒家處世的又一基本態度。儒家從根本上來說是希望用世施展抱負的，但社會政治生態往往讓他們的願望落空，這時他們就為自己準備了另一條路，即「獨善其身」。這也就是為什麼許多士大夫在宦海沉浮以後，嚮往田園生活的思想基礎。在這方面，儒家和道家有了思想上的交集點。
寫作例句	1. 古代的賢士大多秉持著「用之則行，舍之則藏」的處世態度，若得君主賞識重用，便積極入世施展自己的才華抱負；若不被任用，就安然退隱，修身養性。這種進退自如的智慧，歷經歲月依然值得我們品味。 2. 在現代職場中，真正有能力的人往往有著「用之則行，舍之則藏」的豁達。當公司給予機會和平臺時，他們會全力以赴地發揮自己的能力，在工作職位上發光發熱；一旦面臨被捨棄或者沒有施展空間的情況，他們也能泰然處之，默默沉澱自己，等待下一次的機遇。

名句·出處	不義而富且貴，於我如浮雲。（《論語·述而》）
解析·應用	用不正當方法得到的富足和尊貴，在我看來猶如天上飄浮的雲彩一般。
	孔子認為「不義而富」是一種恥辱，不值得羨慕與嚮往，寧願一無所有，表現了崇高的氣節。

寫作例句	1. 在那亂世之中，許多奸商透過囤積居奇、哄抬物價獲取暴利，達官貴人也有不少靠搜刮民脂民膏而富甲一方。然而，仁人志士心中秉持正道，深知「不義而富且貴，於我如浮雲」，他們堅守道德底線，不為這些來路不正的財富和權勢所動。 2. 在競爭激烈的現代社會，有些人不擇手段地追求功名利祿，透過抄襲他人成果、走後門等不正當方式獲取晉升機會或財富。而那些內心正直的人，始終堅守自己的原則，他們明白「不義而富且貴，於我如浮雲」，更願意憑藉自己的努力和才華，腳踏實地地去追求屬於自己的成功。

名句·出處	甚矣吾衰也，久矣吾不復夢見周公。（《論語·述而》）
	周公：名旦，周文王之子，武王之弟。是西周初年的政治家、思想家，以其終生輔國安邦。
解析·應用	唉，我衰老得多麼厲害呀！我好長時間沒再夢見周公了。
	孔子一生所追求的正是做周公那樣的人，能輔佐一代明主治國安邦。這是孔子一句嘆老的話，表達一生的理想再也沒有實現的機會了，連做夢想見周公都非常困難。所以人生應該珍惜青春時光，勤奮努力，否則人到暮年就什麼都來不及了。辛棄疾在〈賀新郎·甚矣吾衰矣〉一詞的開頭就化用了孔子的這句話：「甚矣吾衰矣，悵平生、交遊零落，只今餘幾？」也是藉以慨嘆政治理想無法實現之苦悶。

寫作例句	1. 孔子晚年，喟然長嘆：「甚矣吾衰也，久矣吾不復夢見周公。」曾經，他心懷壯志，以周公為楷模，夢想恢復周禮，建構理想的社會秩序。然而歲月無情，如今他身體衰老，精力不濟，已經很久沒有再在夢中見到周公，這是他對自身衰老以及理想漸行漸遠的深深嘆息。 2. 老畫家坐在他那堆滿畫作的畫室裡，望著窗外的繁華世界，悵然若失：「甚矣吾衰也，久矣吾不復夢見周公。」年輕時，他充滿熱情與創造力，有著無數關於藝術創新和突破的夢想，就像孔子以周公為理想的寄託一樣，他以那些偉大的藝術先驅為目標。但如今垂垂老矣，身體和思考都不再敏捷，那些曾經熾熱的夢想也很久沒有再縈繞心頭，這是對青春不再、夢想漸遠的悲嘆。

名句·出處	發憤忘食，樂以忘憂，不知老之將至。（《論語·述而》）
解析·應用	發憤時會忘記吃飯，高興時會忘記憂愁，連自己快要衰老了都不知道。
	常用來形容專心致志到了忘我的程度。

寫作例句	1. 那位老學者沉浸於古籍的研究之中，每日從早到晚，真可謂「發憤忘食，樂以忘憂，不知老之將至」。他全心投入到對歷史文化的探尋裡，彷彿歲月的流逝與他無關，只一心在學術的天地裡耕耘，這種專注與熱愛令人欽佩。 2. 在追求夢想的道路上，許多創業者就像勇士一般，他們「發憤忘食，樂以忘憂，不知老之將至」。他們為了實現自己心中的目標，日夜打拚，在忙碌與奮鬥中忘卻了疲憊和煩惱，也未曾察覺到時光在不知不覺中悄然溜走，只一心向著夢想前行，他們的精神如同璀璨的星光，照亮了前行的道路。

名句·出處	後生可畏，焉知來者之不如今也？（《論語·子罕》）
解析·應用	年輕人是可敬畏的，怎麼知道將來他們不如今天我們這些人呢？
	成語「後生可畏」由此而來，指年輕人勢必超過前輩，令人敬畏。
寫作例句	在社會不斷發展進步的今天，新興的行業如雨後春筍般湧現，許多年輕人投身其中大展拳腳。面對這些充滿活力與創造力的年輕人，我們應該明白「後生可畏，焉知來者之不如今也」。他們憑藉著對新事物的敏銳感知和無畏的探索精神，很可能創造出比我們這一代人更加美好的未來。

名句·出處	吾十有五而志於學，三十而立，四十而不惑，五十而知天命，六十而耳順，七十而從心所欲不踰矩。（《論語·為政》）
解析·應用	我十五歲立志於學習，三十歲能夠自立，四十歲能不被外界事物所迷惑，五十歲懂得了天命，六十歲能正確對待各種言論而不覺得不順，七十歲能隨心所欲而不越出規矩。
	這是孔子對自己一生不斷進步的總結，這段話也因此成為人在不同年齡層所應達到境界的標竿。「而立之年」、「不惑之年」、「耳順之年」也分別成了三十歲、四十歲、六十歲的代稱。
寫作例句	1. 孔夫子自述「吾十有五而志於學，三十而立，四十而不惑，五十而知天命，六十而耳順，七十而從心所欲不踰矩」，這是他一生不斷成長、修養身心的歷程寫照。古往今來，無數仁人志士以夫子為榜樣，在不同的年齡階段追求相應的境界提升，從年少立志向學，到中年有所建樹、不為外物所惑，再到老年洞悉天命、豁達順遂，最終達到心靈自由且不越規矩的境界。 2. 人生是一場漫長的修行，就如同「吾十有五而志於學，三十而立，四十而不惑，五十而知天命，六十而耳順，七十而從心所欲不踰矩」所描述的一般。在現代社會，人們在十五歲左右開始明確自己的學習目標，三十歲時希望在社會上站穩腳跟，建立自己的事業和家庭；四十歲時，經過歲月的磨礪，對很多事情有了明確的判斷而不再迷惑；五十歲時，對人生的起伏和命運的安排有了更深的感悟；六十歲時，能以平和的心態對待各種言論；到了七十歲，便能在遵循道德和法律的前提下隨心所欲地生活，這是一種理想的人生軌跡，激勵著人們不斷在歲月中成長、沉澱。

名句·出處	素富貴行乎富貴，素貧賤行乎貧賤。（《禮記·中庸》）
解析·應用	平時富貴就按富貴的狀況做事，平時貧窮就按貧窮的狀況做事。
	常用來說明做事均應量力而行，狀況好的也不必裝寒酸，狀況不好的也不要打腫臉充胖子。
寫作例句	1. 在古代社會的階層分明的秩序之下，人們遵循著「素富貴行乎富貴，素貧賤行乎貧賤」的準則。那些生來就處於富貴之家的子弟，便以富貴者應有的儀態和行為規範要求自己，樂善好施、知書達禮；而那些出身貧賤的百姓，則安於貧賤的生活，辛勤工作、質樸憨厚，在各自的境遇裡履行著與之相搭配的行為準則。 2. 在現代社會中，無論處於何種環境，我們都應秉持「素富貴行乎富貴，素貧賤行乎貧賤」的態度。例如，當一個人在事業上獲得成功，擁有豐富的資源和較高的社會地位時（這就如同「素富貴」），就應該承擔起相應的社會責任，積極參與公益事業，用自己的財富和影響力為社會做出更大的貢獻；而當一個人面臨困境，處於相對「貧賤」的狀態時，也不應自暴自棄，而是要在自己的能力範圍內努力奮鬥，保持積極樂觀的生活態度，做好自己該做的事情。

名句·出處	獨貴獨富，君子恥之。（《大戴禮記·衛將軍文子》）
解析·應用	君子以自己一家的高貴富有為恥辱。
	常用來說明君子是心懷天下的，希望和大家一起享受富貴。
寫作例句	1. 有人憑藉家族庇蔭獨占了大量的田產與財富，生活極盡奢華，卻對鄰里的困苦視而不見。「獨貴獨富，君子恥之」，因為真正的君子應與眾人共享福澤，而非一人獨攬富貴。 2. 在現代的企業競爭環境裡，有些企業為了追求自身利益的最大化，不擇手段地壟斷資源、擠壓同行，獨自享受高額的利潤，而不顧行業的整體發展和社會的公共利益。這種行為實在是「獨貴獨富，君子恥之」，一個有社會責任感的企業應該懂得合作雙贏，在追求自身發展的同時，也要關心行業的健康發展和社會的和諧穩定。

名句·出處	終身為善，一言則敗之。（《孔子家語·六本》）
解析·應用	一輩子做好事，因一句不該說的話就會前功盡棄。
	常用來強調禍從口出、謹言慎行的道理。

寫作例句	1. 古之君子，修身立德，終身為善，一言則敗之。他們平日裡謹言慎行，以善念為基，以善行為本，處處彰顯德行。然而，卻有不少人因一時疏忽，口出惡言，使得之前所有的善舉在他人眼中大打折扣，正如那「終身為善，一言則敗之」所警示的一般，可見言語之慎的重要性。 2. 在人際關係中，有些人一直努力經營自己的良好形象，對他人友善，在團隊裡積極奉獻，可謂終身為善。但有時，僅僅因為一個不當的決策或者一句不合適的話，就可能毀掉自己辛苦建立起來的聲譽，這便是「終身為善，一言則敗之」。這提醒著我們，在任何時候都要保持警覺，無論是行為還是言語，都不能有絲毫的懈怠。

名句·出處	君子博學深謀而不遇時者，眾矣，何獨丘哉？（《孔子家語·在厄》）
解析·應用	君子有廣博之學且具很深謀略但沒有遇到時機的人，多了，何止我一個人呢？
	這句話表現了孔子對人生境遇的無奈和豁達。

寫作例句	1. 在歷史的長河中，諸多賢能之士空有滿腹經綸、深謀遠慮，卻難以遇到施展才華的時機。「君子博學深謀而不遇時者，眾矣，何獨丘哉？」就像屈原，他才華橫溢、心懷天下，對楚國的政治有著深刻的見解和謀略，然而生不逢時，最終只能懷石投江，這樣的例子數不勝數。 2. 當今社會，很多人在自己的領域裡刻苦鑽研、博學多才且富有遠見卓識，但由於種種外部因素，如市場環境的變化、行業的不景氣等，難以遇到合適的機遇嶄露頭角。「君子博學深謀而不遇時者，眾矣，何獨丘哉？」這就告訴我們，當面臨這種境遇時，不應過度沮喪，而應繼續充實自己，等待時機的到來。

名句·出處	老吾老，以及人之老；幼吾幼，以及人之幼。（《孟子·梁惠王》）
解析·應用	尊敬自家的長輩，由此也應該尊敬別人家的長輩；愛護撫養自家的兒女，由此也應該愛護撫養別人家的兒女。第一個「老」字是動詞「贍養」、「孝敬」的意思，第一個「幼」字是動詞「撫養」、「教育」的意思。
	這句話反映了一貫的傳統博愛思想。

寫作例句	1. 在這個社區裡，大家都秉持著「老吾老，以及人之老；幼吾幼，以及人之幼」的理念。看到鄰家老人需要幫助，就像照顧自己的長輩一樣伸出援手；看到別家孩子遇到困難，也如同對待自己的孩子那般給予關愛，整個社區充滿了濃濃的溫情。 2. 在社會這個大家庭中，我們應發揚「老吾老，以及人之老；幼吾幼，以及人之幼」的精神。對待社會上的弱勢族群，無論是孤寡老人還是隔代教養兒童，都要像對待自己的親人一樣去關懷。這種精神的推廣，能讓整個社會變得更加溫暖、美好，充滿人性的光輝。

名句·出處	脅肩諂笑，病於夏畦。（《孟子·滕文公下》）
	脅肩：聳起雙肩做出恭謹的樣子。諂笑：裝出奉承的笑容。畦：田園中分成的小方塊。古代稱田五十畝為一畦，這裡泛指田園。
解析·應用	為了奉承人縮起肩膀裝出笑臉，比夏天在田地裡勞動還累。
	常用來說明對阿諛奉承的鄙視。
寫作例句	「脅肩諂笑，病於夏畦。」有些人總是拍上司馬屁，不顧自己的人格尊嚴，只為獲取升遷加薪的機會，這種行為實在為人所不齒，我們應憑藉自己的真才實學和努力工作來贏得認可。

名句‧出處	飢者易為食，渴者易為飲。（《孟子‧公孫丑上》）
解析‧應用	飢餓的人什麼食物都可以吃，口渴的人什麼飲料都可以喝。
	常用來比喻有急迫需求的人容易滿足。
寫作例句	1. 在長途跋涉之後，他早已飢腸轆轆，口乾舌燥，此時即使是粗茶淡飯，也讓他覺得美味無比，正所謂「飢者易為食，渴者易為飲」，在極度需求之下，最簡單的滿足也能帶來極大的幸福感。 2. 在人生的谷底期，面對種種困難與挑戰，他學會了珍惜與感恩，即使是微小的幫助與支持，也讓他倍感溫暖，正如「飢者易為食，渴者易為飲」，在心靈渴望慰藉之時，哪怕是一句鼓勵的話語，也能成為他重新站起來的力量泉源，激勵他繼續前行，迎接更加美好的未來。

名句‧出處	飲食之人，則人賤之矣，為其養小以失大。（《孟子‧告子上》）
解析‧應用	只講吃吃喝喝（不講善心培養）的人，人們會瞧不起他，因為他保養的是小的方面而丟掉了大的方面。
	常用來說明人不僅要重視物質生活，更要重視精神生活。

寫作例句	1. 他整日沉迷於口腹之欲，追求奢華的餐飲享受，卻忽視了精神的滋養與成長，漸漸地，周圍的朋友開始疏遠他，正如古語所云，「飲食之人，則人賤之矣，為其養小以失大」，他因過分追求物質享受，而失去了更為珍貴的人格魅力與精神財富。 2. 在追求事業成功的過程中，他一度被短期的利益所迷惑，忽略了長遠規畫與自我提升，結果錯失了許多重要的成長機會，這時他才恍然大悟，「飲食之人，則人賤之矣，為其養小以失大」，原來，只看重眼前的小利，往往會讓人失去更大的發展空間與人生機遇，唯有放眼未來，不斷學習進步，方能成就真正的輝煌。

名句·出處	天道無親，常與善人。（《老子·第七十九章》）
解析·應用	自然運行的規律沒有親疏之別，但是那些善良的人由於自己的修為，而常常會得到命運的照顧。
	常用來說明善有善報的道理。
寫作例句	1. 世間萬物，遵循天道運行，無偏無私，唯有那些心懷善意、行事正直之人，方能得到天道的眷顧與護佑，正如古語所云，「天道無親，常與善人」，他以一顆純善之心待人接物，終得眾人之敬愛，事業亦隨之蒸蒸日上。 2. 在創業的征途中，他深知「天道無親，常與善人」的道理，不僅誠信經營，還積極回饋社會，參與公益活動，他的善行不僅贏得了社會的廣泛讚譽，更為企業贏得了良好的品牌形象，使企業在激烈的市場競爭中脫穎而出，實現了經濟效益與社會效益的雙贏。

名句．出處	身在江海之上，心居乎魏闕之下。（《莊子．讓王》）	
	魏闕：宮門上巍然高出的觀樓，其下常懸掛法令，後用作朝廷的代稱。	
解析．應用	人雖然在江海的邊上，心卻牽掛著朝廷。	
	常用來表示貶臣或百姓雖然不在朝廷裡，但仍關心國事，後也用來諷刺某些隱士沽名釣譽，雖然人在江湖，但心裡仍時時念想著名利場。也用作「身居江湖，心繫魏闕」、「人在江湖，心繫魏闕」、「人在江湖之上，心繫魏闕之下」等等。	
寫作例句	1. 他雖已歸隱山林，身處於浩瀚無垠的江海之畔，但心中仍牽掛著朝堂之事，那份憂國憂民的情懷，使他「身在江海之上，心居乎魏闕之下」，即使遠離塵囂，也難以割捨對國家的深深掛念。 2. 在追求藝術創作的道路上，她雖身處寧靜的鄉村，遠離城市的喧囂與繁華，但心中卻裝滿了對世間百態的深刻洞察與感悟，這種「身在江海之上，心居乎魏闕之下」的精神狀態，讓她的作品充滿了對生活的熱愛與對人性的深刻剖析，贏得了廣泛的讚譽與認可。	

名句·出處	平則慮險，安則慮危。（《荀子·仲尼》）
解析·應用	在平坦的道路上就要想到前面可能有險途，在安全的時候就要考慮可能出現的危機。
	常用來說明居安思危的道理。
寫作例句	1. 古之賢君深知「平則慮險，安則慮危」。在國家太平盛世之時，他們不會被眼前的繁榮景象所迷惑，而是居安思危，積極儲備糧草、整軍經武，以防備可能到來的天災人禍或外敵入侵，如此才能保國家長治久安。 2. 在個人的成長道路上，我們也應秉持「平則慮險，安則慮危」的理念。當我們處於順境，生活一帆風順的時候，不能貪圖安逸，而要未雨綢繆。例如在工作穩定、收入頗豐的時候，就要考慮到可能面臨的失業風險，從而不斷提升自己的技能和競爭力，這樣才能在危機來臨之時從容應對。

名句·出處	晚食以當肉，安步以當車。（《戰國策·齊策四》）
解析·應用	飢餓以後才吃飯只當是吃肉，安閒地散步只當是在坐車。
	借指人能安於貧賤，自行其樂。

寫作例句	1. 這位隱士遠離塵世的喧囂，過著簡樸的生活，秉持著「晚食以當肉，安步以當車」的態度。他不追求山珍海味，即使飯菜簡單，因晚些進食，飢餓感使粗茶淡飯也如同肉味般美味；他也不乘坐華麗的車馬，悠然漫步，那平穩的腳步就如同乘坐舒適的車子一般自在。 2. 在現代快節奏的生活中，我們也可以學習「晚食以當肉，安步以當車」的生活哲學。不必過度追求物質的奢華，在忙碌的工作之餘，即使是簡單的食物，當我們懷著一顆知足的心慢慢享用時，也能體會到如同享受美食盛宴般的滿足；外出時，不總是依賴便捷卻昂貴的交通工具，偶爾漫步在街頭巷尾，感受城市的氣息，就如同坐在舒適的轎車裡一樣愜意，這是一種回歸本真、享受簡單生活的境界。

名句·出處	富貴之於我，如秋風之過耳。 （《吳越春秋·吳王壽夢傳》）
解析·應用	富貴對於我來說，就像秋風從耳邊吹過一樣。
	常用來表示富貴與己無關，毫不在意。

寫作例句	1. 面對世俗眼中權勢與財富的誘惑，他淡然一笑，那份超脫與灑脫，正如古語所云，「富貴之於我，如秋風之過耳」，在他看來，名利不過是過眼雲煙，轉瞬即逝，唯有內心的寧靜與精神的富足，才是永恆的追求。 2. 在藝術創作的道路上，他從未被外界的讚譽與獎項所迷惑，始終保持著一顆純淨的心，「富貴之於我，如秋風之過耳」，他深知，真正的藝術價值不在於外界的認可與物質的獎勵，而在於作品能否觸動人心，傳遞真善美的力量，這份對藝術的純粹與執著，讓他的創作始終保持著鮮活的生命力與感染力。

名句·出處	不取於人謂之富，不辱於人謂之貴。（《孔叢子》）
解析·應用	不需要從別人那裡獲得東西來養活自己，這就是富有；不向人低聲下氣委屈自己，這就是高貴。
	從這兩句話就可以看出知識分子清高的人格是如何養成的了。

寫作例句	1. 在那古老的道德觀念盛行的時代，有許多高潔之士堅守著「不取於人謂之富，不辱於人謂之貴」的信條。他們不依賴他人的施捨而生活，憑藉自己的雙手辛勤勞動，自給自足，這種不向他人索取的品格被視為真正的富有；同時，他們堅守自己的尊嚴，不被他人侮辱，在任何情況下都能挺直腰桿，這種不被人辱的境界就是他們所追求的高貴。 2. 在現代社會這個複雜的大環境中，我們也應秉持「不取於人謂之富，不辱於人謂之貴」的理念。在人際互動中，不貪圖他人的財物和利益，依靠自己的努力去創造財富，這才是真正意義上的富有；而在面對各種誘惑、壓力和挑戰時，堅守自己的原則底線，不被他人的言語或行為所侮辱，保持自己的人格尊嚴，這樣才能被稱為精神上的高貴。例如那些拒絕不正當利益誘惑、堅守職業道德的職場人士，他們以自己的實際行動詮釋著這種富有和高貴。

名句·出處	不食嗟來之食。（《禮記·檀弓下》）
	嗟：不禮貌的招呼聲，相當於現在的「喂」。
解析·應用	不接受帶有侮辱性的或不懷好意的施捨。
	原意是說為了表示做人的骨氣，絕不低三下四地接受別人的施捨，哪怕是讓自己餓死。現在多用來表示尊嚴重於生命的道理。

寫作例句	1. 古之廉者，堅守「不食嗟來之食」的信念。齊國饑荒之時，黔敖於路邊施粥，雖飢餓難耐，然面對黔敖「嗟，來食」的傲慢施捨，饑民卻毅然轉身離去，因為他們心中秉持著「不食嗟來之食」的骨氣，寧可挨餓，也不願接受這種帶有侮辱性的施捨。 2. 在現代社會的職場中，許多有骨氣的人也遵循「不食嗟來之食」的原則。有些公司對待求職者態度傲慢，提出不合理的要求或者給予不尊重的待遇，那些有尊嚴的求職者便會果斷拒絕，他們深知「不食嗟來之食」，寧可繼續尋找合適的機會，也不願為了一份工作而失去自己的人格與尊嚴。

名句·出處	同聲相應，同氣相求。（《周易略例·明爻通變》三國·魏·王弼）
	應：應和，共鳴。求：尋找。
解析·應用	相同的聲音相互應和，相同的氣味彼此融和。
	常用來比喻志趣相同的人，自然地就會結交為友。
寫作例句	1. 在音樂的殿堂裡，悠揚的旋律總能引起共鳴，「同聲相應，同氣相求」，那些熱愛音樂的心靈，在相同的音符間找到了彼此，共同沉浸在和諧美妙的旋律之中，享受著音樂帶來的無盡愉悅。 2. 在人生的道路上，志同道合的人們總能「同聲相應，同氣相求」，他們或許來自不同的背景，擁有不同的經歷，但共同的信念與追求讓他們緊密相連，相互激勵，共同面對生活的挑戰，攜手創造屬於他們的輝煌未來。

名句・出處	人為刀俎，我為魚肉。（《史記・項羽本記》漢・司馬遷）
	刀俎：刀和刀砧板，宰割的工具。
解析・應用	人家好比是菜刀和砧板，我們則好比是魚肉。
	比喻生殺大權掌握在別人手裡，自己處在被宰割的地位。
寫作例句	1. 在強權面前，他感覺自己如同砧板上的魚肉，毫無反抗之力，「人為刀俎，我為魚肉」，這種無力感讓他心痛，但他並未屈服，而是選擇默默積蓄力量，等待反擊的時機。 2. 在職場的競爭中，她發現自己常常處於被動地位，彷彿被他人操控於股掌之間，「人為刀俎，我為魚肉」，這種局面讓她深感不安，但她並未沉淪，而是開始主動學習，提升自我，努力讓自己變得更強，最終實現了從「魚肉」到「刀俎」的轉變，成為了職場中的佼佼者。

名句・出處	同明相照，同類相求。（《史記・伯夷列傳》漢・司馬遷）
解析・應用	同樣有光亮的就會相互映照，類別相同的就會彼此應求。
	常用來比喻志趣相同的人就會彼此結交。
寫作例句	在人生的旅途上，心靈的契合與共鳴如同「同明相照，同類相求」，那些擁有共同價值觀與理想的人，即使身處世界的各個角落，也會因內心的吸引而相遇，相互扶持，攜手前行，共同書寫屬於他們的精采篇章。

名句．出處	鍾子期死，伯牙終身不復鼓琴。 （〈報任安書〉漢．司馬遷）
解析．應用	鍾子期死後，俞伯牙在有生之年再也沒有彈過琴。
	比喻自己的心曲只透露給理解自己的人。
寫作例句	1. 在那高山流水的知音故事裡，「鍾子期死，伯牙終身不復鼓琴」。伯牙與鍾子期互為知音，能從琴音中讀懂彼此的心意，子期一死，伯牙覺得世間再無懂他之人，於是摔琴絕弦，那絃斷之處，是對知音逝去的無盡悲慟。 2. 在人生的旅途中，「鍾子期死，伯牙終身不復鼓琴」的故事，時常提醒我們珍惜眼前人。每一個與我們心靈相通的人，都是生命中的瑰寶。一旦失去，那份默契與理解，便如同斷絃的琴，再難奏出和諧的旋律。因此，我們應當更加珍視與身邊人的每一次相遇與相知，不讓「子期已逝，琴音難覓」的遺憾，成為我們心中永遠的痛。

名句．出處	痿人不忘起，盲者不忘視。（《史記．韓信盧綰列傳》漢．司馬遷）
	痿人：癱瘓的人。
解析．應用	癱瘓的人仍想起來走走，盲人仍想看到光明。
	表示身處絕望之地，仍然抱有幻想和希望。

寫作例句	1. 他雖因意外受傷而行動不便，但內心卻從未放棄站起來的希望，「痿人不忘起，盲者不忘視」，他堅信，只要心中有光，就能照亮前行的路，即使身體受限，也要用堅韌不拔的意志，去追尋那份屬於自己的自由與尊嚴。 2. 在人生的谷底中，她雖遭遇了前所未有的挑戰，眼前一片迷茫，但心中那份對未來的憧憬與渴望卻從未熄滅，「痿人不忘起，盲者不忘視」，她深知，每一次的跌倒都是為了更好地站起，每一份的挫折都是成長的磨礪，她將以不屈不撓的精神，去探索未知的可能，去追尋心中的夢想，最終綻放出屬於自己的光芒。

名句・出處	敗軍之將不可以言勇，亡國之大夫不可以圖存。（《史記・淮陰侯列傳》漢・司馬遷）
解析・應用	打了敗仗的將領，沒資格談論勇敢，亡了國的大夫沒有資格謀劃國家的生存。
	勝敗乃兵家常事，造成吃敗仗的原因很多，所以說不能以成敗論英雄，打了敗仗的將領一樣有資格談論勇敢。就像廣武君當年是自謙一樣，後來這句話也多被人用來作為失敗或有閃失後逢人討教時的自謙之語。

寫作例句	1. 在歷史的戰場上，那些曾經兵敗如山倒的將領，即使曾有過輝煌的戰績，此刻也難以再言勇猛，「敗軍之將不可以言勇，亡國之大夫不可以圖存」，他們深知，過去的榮耀無法掩蓋眼前的失敗，唯有深刻反思，汲取教訓，方能有望在未來的戰鬥中重振旗鼓。 2. 在商海的沉浮中，那些因決策失誤而導致企業破產的管理者，即使曾是企業界的佼佼者，此刻也難以再談成功之道，「敗軍之將不可以言勇，亡國之大夫不可以圖存」，他們明白，過去的輝煌已成為歷史，面對現實的困境，唯有放下身段，虛心學習，勇於變革，才有可能帶領新的團隊東山再起，創造新的輝煌。

名句·出處	卑賤貧窮，非士之恥。（《說苑·立節》漢·劉向）
解析·應用	既無地位又無金錢，並不是士人的恥辱。
	常用來說明正義得不到伸張，名節得不到彰顯才是士人的恥辱。

寫作例句	1. 在古代，許多賢士雖身處困境，如顏回，「一簞食，一瓢飲，在陋巷」，卻依然潛心向學，安貧樂道。因為他們深知「卑賤貧窮，非士之恥」，真正的士人不會因物質的匱乏和地位的低下而自慚形穢，他們所追求的是精神的富足與道德的高尚。 2. 在現代社會，有很多年輕人剛剛步入社會時，可能從事著基層的工作，拿著微薄的薪水，居住在簡陋的租屋裡，但他們不氣餒。「卑賤貧窮，非士之恥」，一個有志向的人不會將暫時的困窘當作恥辱，而是會把這當作磨礪自己的機會，不斷提升自己的能力，向著自己的理想奮勇前行。

名句·出處	寵位不足以尊我，而卑賤不足以卑己。（《潛夫論·論榮》漢·王符）
解析·應用	地位高貴自己不以為尊榮，而地位低下也不自以為卑賤。
	常用來說明寵辱不驚的道理。

寫作例句	1. 古之仁人志士，心中自有一番天地，他們秉持「寵位不足以尊我，而卑賤不足以卑己」的信念。像陶潛，雖曾入仕途，得一寵位，然他不為所動，深知那寵位不足以真正使自己尊貴；後歸田園，身處卑賤之境，卻也不因此而看低自己，依然悠然自得，守著內心的高潔。 2. 在現代社會，真正有獨立人格的人，遵循「寵位不足以尊我，而卑賤不足以卑己」的原則。例如那些在學術領域默默耕耘的研究者，他們不會因為獲得了某個獎項或者榮譽稱號（寵位）就覺得自己高人一等，因為他們明白這些外在的東西並不能真正提升自己的內在價值；同時，當他們在研究過程中遭遇失敗，處於谷底（卑賤）時，也不會自暴自棄，而是堅信自己的價值不會因暫時的困境而貶低，依然堅定地朝著自己的研究目標前行。

名句·出處	敗不可悔，時不可失。（《後漢書·馮衍列傳》）
解析·應用	既然失敗了，後悔也沒用，重要的是抓住時間和機會再做一次。
	常用來說明正確面對失敗的態度。

寫作例句	1. 這位將軍雖因一時策略失誤而吃了敗仗，但他深知「敗不可悔，時不可失」。懊悔於過去的失敗毫無意義，敵軍的下一輪進攻即將來臨，此時應當迅速整頓殘軍，掌握戰機，重新部署防禦，方有機會扭轉戰局。 2. 在創業的道路上，許多創業者都會遭遇失敗。小李在初次創業時，由於市場研究不足導致專案失敗，但他明白「敗不可悔，時不可失」。他沒有沉浸在失敗的痛苦和悔恨之中，而是迅速分析失敗原因，抓住新興的市場需求，再次起航。在這個競爭激烈的時代，機會稍縱即逝，一旦錯過就難以挽回，所以在面對失敗時應果斷前行，抓住新的機遇。

名句・出處	煢煢孑立，形影相弔。（〈陳情表〉晉・李密）
	煢煢：孤獨的樣子。孑：孤單。弔：慰問。
解析・應用	孤身一人，只有和自己的身影相互慰問。
	形容無依無靠，非常孤單。
寫作例句	1. 他獨自一人生活在那座偏僻的小屋裡，周圍沒有親人，也沒有朋友。每到夜晚，只有昏暗的燈光陪伴著他，「煢煢孑立，形影相弔」，那孤獨的身影在牆壁上搖曳，顯得格外淒涼。 2. 這位老藝術家，一生執著於追求純粹的藝術，不隨波逐流，在如今這個商業化的藝術環境裡，他的理念不被大多數人理解。他就像一個孤獨的行者，「煢煢孑立，形影相弔」，但他依然堅守著自己內心的藝術殿堂，不為外界的喧囂所動。

名句．出處	天下將亂，非命世之才不能濟也。能安之者，其在君乎？（《魏書．武帝紀》）
解析．應用	天下將發生動亂，不是傑出的人才來挽救是無濟於事的。能安定天下的人，恐怕就是您了吧？
	常用來誇耀一個人能力非常大，有濟世之才。
寫作例句	面對國家即將陷入動盪的危機時刻，他深知「天下將亂，非命世之才不能濟也。能安之者，其在君乎」，這份沉甸甸的責任讓他無法置身事外。他明白，唯有那些具備超凡智慧與領導力的命世之才，方能引領國家走出困境，恢復穩定。而他，願以自身所學，全力輔佐君王，共度難關，力求成為那個能夠安定天下的關鍵人物。

名句．出處	尚儉者開福之源，好奢者起貧之兆。（《魏書．李彪傳》）
解析．應用	崇尚節儉的人等於開闢了幸福之源，喜好奢侈的人等於打開了貧困徵兆。
	亦作「儉開福源，奢起貧兆」，常用來勸誡人們要崇儉戒奢。
寫作例句	1. 古語云「尚儉者開福之源，好奢者起貧之兆」，告誡世人勤儉是累積福氣的根本，而奢侈則是招致貧窮的先兆，應當時刻銘記於心。 2. 在當今社會，「尚儉者開福之源，好奢者起貧之兆」不僅是對個人品德的訓誡，更是企業興衰的鏡子，那些注重節約、精簡高效的企業往往能夠穩健發展，開創輝煌；相反，奢侈無度、管理粗放的企業則容易陷入困境，面臨衰敗的預兆。

名句·出處	馮唐易老，李廣難封。（〈滕王閣序〉唐·王勃）
解析·應用	馮唐是漢文帝時的一位大臣，他為人正直無私，勇於進諫，不徇私情，卻處處遭到排擠，直到頭髮花白，也沒有得到升遷，還只是個郎官。漢武帝時的飛將軍李廣，戰功赫赫，但他到死也沒有封侯。
	這句話今天已成為一句成語，常用來形容人才受到壓制，得不到公正待遇的處境。
寫作例句	1. 他才華橫溢，卻一直仕途不順，恰似「馮唐易老，李廣難封」，空有報國之志，卻只能在歲月中徒自嘆息。 2. 這位科學家在其研究領域成果豐碩，然而諸多榮譽總是與他擦肩而過，真是「馮唐易老，李廣難封」，令人惋惜不已。

名句·出處	與其濁富，寧此清貧。（〈冰壺誡〉唐·姚崇）
解析·應用	與其靠不正當手段致富，寧可保持節操清廉貧窮。
	常用來表達對不義之財的鄙視。

寫作例句	1. 在這物欲橫流的社會中，有些人不擇手段地追逐財富，而真正有操守的人則秉持「與其濁富，寧此清貧」的信念，堅守道德底線，不被世俗的汙濁財富所誘惑，安貧樂道，在清貧中保持內心的純淨與高潔。 2. 在學術研究領域，面對抄襲拼湊就能獲得的虛名和扎實研究卻默默無聞的境遇，真正的學者堅守「與其濁富，寧此清貧」的原則，堅決抵制學術不端行為，寧願在清冷的學術之路上默默耕耘，也不願用不正當手段獲取那虛假的繁榮。

名句·出處	小人得志，暫快一時；要其得失，後世方知。（〈祭丁學士文〉宋·歐陽脩）
解析·應用	小人的志意得到滿足，只是一時的痛快；要真正了解一個人的得失，須經過歷史的沉澱到後世才能知道。
	常用來勸誡人們樹立正確的得失觀。
寫作例句	1. 看那宵小之輩，憑藉些微權謀手段便竊居高位，可謂「小人得志，暫快一時；要其得失，後世方知」，他們當下的張狂不過是過眼雲煙，歷史的長河終會洗盡鉛華，還世人以真相，讓後人看清他們一時得意背後的真正得失。 2. 有些企業在市場競爭中，不透過提升產品品質和服務水準，而是靠惡意打壓對手、虛假宣傳等手段獲取暫時的市場優勢，這便是「小人得志，暫快一時；要其得失，後世方知」，這種做法雖然可能在短期內看似獲利，然而從長遠的品牌建設和市場口碑來看，最終必然會被市場所淘汰，而其真正的得失，也會在行業發展的過程中逐漸被人們認清。

名句·出處	早知如此掛人心，悔不當初莫相識。（《孟德耀舉案齊眉·第二折》元雜劇）
解析·應用	早知道如此牽腸掛肚，當初和你不相識就好了。
	常用來說明愛之切，那樣才會有此傷痛語。
寫作例句	1. 她望著他離去的背影，心中滿是痛苦與悔恨，「早知如此掛人心，悔不當初莫相識」。若是早知道今日這般牽腸掛肚的難受，當初真不該與他相識，徒留這無盡的相思與哀怨。 2. 他看著那曾經充滿希望的專案如今虧得一塌糊塗，心中懊悔不已，「早知如此掛人心，悔不當初莫相識」。早知道這個專案會帶來這麼多煩惱與揪心的事情，當初就不該涉足其中啊。

名句·出處	若是真豪傑，決無有不識豪傑之人。（〈與焦弱侯〉明·李贄）
解析·應用	如果真是豪傑，就絕沒有不了解豪傑之人的。
	常用來表達英雄識英雄之意。也用於說明只要是真豪傑，就不愁沒有賞識豪傑的人。

寫作例句	1. 世間英雄輩出，若為真豪傑，其胸懷壯志、品行高潔，自能吸引同樣識人的知音，「若是真豪傑，決無有不識豪傑之人」，他們如同璀璨星辰，即使是在茫茫人海中，也能被那些慧眼識珠的智者所發現並敬仰。 2. 在人生的舞臺上，每個人都渴望被理解、被認同，「若是真豪傑，決無有不識豪傑之人」這句話，不僅是對英雄豪傑的讚美，也是對每個人自我價值實現的期許，它告訴我們，只要我們堅持不懈地追求卓越，保持真誠與善良，總有一天會遇到那些能夠欣賞我們、支持我們的人，因為真正的價值，從不會被永遠埋沒。

名句．出處	萬事俱備，只欠東風。（《三國演義．第四十九回》明．羅貫中）
解析．應用	赤壁之戰，諸葛亮用火攻之計破曹，但條件必須是東南風起。
	常用來表示一切準備就緒，只差一個條件具備了，就可成功。
寫作例句	1. 赤壁之戰前夕，東吳軍隊在長江邊擺開陣勢，戰船列陣，士兵們訓練有素，火攻的物資也已準備齊全，「萬事俱備，只欠東風」。周瑜為此心急如焚，幸得諸葛亮神機妙算，借來東風，才成就了這一場以少勝多的著名戰役。 2. 創業團隊經過數月的努力，辦公場地租賃好了，設備購置齊全了，人員也招募到位，商業計畫書也完善得差不多了，「萬事俱備，只欠東風」。這個東風就是一筆能夠讓專案順利啟動的資金，只要資金到位，他們就可以大張旗鼓地推展業務了。

名句·出處	寧教我負天下人，休教天下人負我。（《三國演義·第四回》明·羅貫中）
解析·應用	寧可我對不起天下的人，也不能讓天下的人對不起我。
	這句話非常著名，是《三國演義》表現曹操奸雄形象時的典型言語，現常用來展現以自我為中心的殘忍和霸氣。
寫作例句	1. 他的行事準則完全是「寧教我負天下人，休教天下人負我」，為了自己的利益可以不擇手段地損害他人，這種極端自我中心的態度實在令人不齒。 2. 在這個競爭激烈的社會，有些人在處理事情時彷彿秉持著「寧教我負天下人，休教天下人負我」的態度，稍微有點風吹草動就先把自己保護起來，哪怕可能會對他人造成一些不必要的影響。但這種做法終究不是一種積極健康的處世態度。

名句·出處	一失足成千古恨，再回頭是百年身。（《隋唐演義·第六十五回》清·褚人穫）
	百年身：百年之身，表示可能已去世，不再有機會。
解析·應用	一不謹慎犯下的錯誤造成永久的悔恨，再想回頭可能已是下輩子的事了。
	常用來勸誡人們不要犯遺恨終生的錯誤。

寫作例句	1. 人生之路，步步須謹慎，一旦踏錯，「一失足成千古恨，再回頭是百年身」，那些因一時衝動或疏忽所犯下的錯誤，往往令人抱憾終身，即使日後想要彌補，也已物是人非，時光不再，留下的只有無盡的悔恨與遺憾。 2. 在追求夢想的征途中，我們或許會遇到無數的誘惑與挑戰，但切記「一失足成千古恨，再回頭是百年身」，每一次的選擇都至關重要，它決定了我們未來的方向與歸宿，因此，我們應當深思熟慮，謹慎前行，確保每一步都踏在正確的道路上，以免因一時的迷失，而錯失了一生的精采與可能。

名句·出處	入其家，見其父慈子孝，兄友弟恭，夫和婦順，方是家齊景象，而家之貧富不與焉。（《明儒學案》清·黃宗羲）
解析·應用	到人的家裡，看到父親慈愛子女孝順，兄弟之間友愛恭敬，夫婦之間和睦美順，這就是「家齊」的景象，至於家裡貧窮還是富裕則和「家齊」沒有關係。
	常用來描寫家庭和睦、其樂融融的景象。
寫作例句	在當今社會，人們往往過分追求物質上的富足，卻忽視了家庭關係的和諧與情感的滋養，殊不知，「入其家，見其父慈子孝，兄友弟恭，夫和婦順，方是家齊景象，而家之貧富不與焉」，一個家庭的幸福與美滿，關鍵在於成員之間的理解、尊重與愛，這些精神財富遠比任何物質財富都來得珍貴與持久，它們才是構成幸福家庭的基石。

名句．出處	凡為士大夫者，寧可在官場有山林氣，不可在山林有官場氣。（《隨園詩話．補遺》清．袁枚）
解析．應用	大凡作為一個文人或官吏，寧可在官場上有點傲骨表現出一種超逸的情懷，也不可不做官成了閒雲野鶴以後還擺架子打官腔。
	「官場有山林氣」表現的是個性，是不為功名所累的飄逸風致，讓人生敬；「山林有官場氣」表現的是功名掛心，是雖在山野仍慕榮華的世俗氣，讓人生厭。
寫作例句	在人生的旅途中，每個人都在追求著屬於自己的那份寧靜與自由，「凡為士大夫者，寧可在官場有山林氣，不可在山林有官場氣」，這句話不僅是對古代士大夫的勸誡，也是對現代人的啟示，它告訴我們，無論身處何種環境，都應保持一顆純淨的心，不被外界的誘惑與壓力所左右，即使是在喧囂的塵世中，也要學會尋找內心的那份寧靜與自在，而在追求精神自由的同時，更要警惕不要被世俗的功利心態所束縛，失去了原本的純真與美好。

名句．出處	友者儉歲之粱肉，寒年之纖纊也。（《今世說．言語》清．王晫）
	纖纊：細絲綿。
解析．應用	真正的朋友就像饑荒年頭的糧食和肉，寒冷時節的棉衣。
	常用來說明朋友不可或缺，可以在飢寒交迫時幫你度過難關。

寫作例句	在心靈孤寂時，「友者儉歲之粱肉，寒年之纖纊也」。朋友的話語與陪伴，如同精神的食糧與溫暖的慰藉，讓我們在困境中重燃希望之火。

名句‧出處	好漢不怕出身低。（《兒女英雄傳‧第十一回》清‧文康）
解析‧應用	真好漢不重門第，即使出身低賤一樣可以出人頭地。
	常用來形容平民出身的英雄的時候經常用到這句話。
寫作例句	1. 在歷史的長河中，許多英雄豪傑都證明了「好漢不怕出身低」這一真理，就像劉邦出身亭長，朱元璋出身貧寒農家，但他們憑藉非凡的領導才能和無畏的勇氣，在亂世中崛起，建立了偉大的王朝，書寫了屬於自己的輝煌篇章。 2. 在當今競爭激烈的社會，很多創業者在初始階段面臨資金短缺、資源匱乏等困境，但「好漢不怕出身低」，他們憑藉創新的思考、堅韌不拔的毅力，從底層一步步打拚，最終在商業領域開闢出一片屬於自己的天地。

名句‧出處	大丈夫能屈能伸。（《文明小史》清‧李伯元）
解析‧應用	一個真正的男子漢逆境時能受得委屈， 得志時能施展抱負。
	常用來指人在失意時能忍耐，在得志時能做一番大事。

寫作例句	1. 楚漢相爭之時，韓信受胯下之辱，然其深知「大丈夫能屈能伸」，暫忍一時之恥，日後憑藉卓越的軍事才能輔佐劉邦成就帝業，他的故事成為千古佳話，讓後人明白真正的英雄不會因一時的困境而放棄長遠的目標。 2. 在商場競爭中，有時會遭遇強大對手的打壓，此時不必一味地強硬對抗，應明白「大丈夫能屈能伸」，暫時收縮戰線，保存實力，尋找對方的弱點，待時機成熟再全面出擊，如此才能在變幻莫測的商海中站穩腳跟，實現長遠發展。

第七章　賞罰征戰

名句·出處	為政者，不賞私勞，不罰私怨。（《左傳·昭公五年》）
解析·應用	執政的人，不因人對自己的私事賣力就獎賞他，不因人對自己有私怨就懲罰他。
	常用來強調不能濫用手中的公權力。
寫作例句	1.「為政者，不賞私勞，不罰私怨」，這一古訓深刻地揭示了執政的公正之道。在現代社會的治理中，官員若能秉持這一原則，在評定功績、實施獎懲時，只看公共事務中的實際貢獻與過錯，不以私人關係和個人情感為轉移，那必能營造公正、清明的政治環境。 2. 在企業管理中，領導者猶如為政者，應遵循「為政者，不賞私勞，不罰私怨」的準則。若管理者能做到這一點，在員工的晉升、獎勵以及批評懲處等事務上，依據員工在工作中的真實表現，而不是基於私人交情或者個人恩怨，那麼企業內部必然會形成積極向上、公平競爭的良好氛圍。

名句·出處	知己知彼，百戰不殆。 （《孫子兵法·謀攻篇》春秋·孫武）

解析．應用	在軍事紛爭中，既了解自己，又了解敵人，發生多次戰鬥也不會失敗。
	常用來說明在競爭中只有深刻了解自己，了解對方，以己之長，克敵之短，才能戰勝對手，獲得勝利。
寫作例句	1. 在商海浮沉中，唯有做到「知己知彼，百戰不殆」，企業方能洞悉市場風雲，精準布局，屢創佳績。 2. 在人生競技場上，我們當深諳「知己知彼，百戰不殆」之道，不僅了解自我長短，亦洞察他人心性，方能遊刃有餘，笑對人生風雨。

名句．出處	上兵伐謀，其次伐交，其次伐兵。攻城之法，為不得已。(《孫子兵法．謀攻篇》春秋．孫武)
	上兵：指用兵之上策。伐謀：用智謀戰勝敵人。
解析．應用	用兵的上策是用謀略戰勝敵人，其次是擊敗敵人的外交，再次是透過交戰征服敵人。至於攻城，則是不得已而為之的下策。簡作「上兵伐謀，最次攻城」。
	常用來描寫戰爭策略的高下之分，強調以智取勝為上策，即最高明的用兵是瓦解對方的策略意圖 (伐謀)，次一等是破壞或削弱對方的同盟關係 (伐交)，再次是動用武力 (伐兵)。而攻城則被視為迫不得已的下策，因為攻城成本高、傷亡大、效果未必佳。多用來強調智謀和外交的重要性。

寫作例句	1. 幸運的是，兩千多年前的孫子已在《孫子兵法》中為現代企業進行市場競爭平臺的創新開拓了思路。「上兵伐謀，其次伐交，其次伐兵，其下攻城，攻城之法，為不得已。」這就告訴現代企業，競爭獲勝的方法並非只有「硬拚硬殺」。 2. 兵法上說：「上兵伐謀，最次攻城。」「最次」的戰術，就是眼下的競相「降價」。由於管理不科學，服務不到位，餐飲的「純利」已經越來越薄，有些飯店已經難以為繼，再輪番以「特價菜」相互殘殺，對於整個行業來說，絕不是上策。

名句．出處	百戰百勝，非善之善者也；不戰而屈人之兵，善之善者也。（《孫子兵法．謀攻篇》春秋．孫武）
解析．應用	百戰百勝固然好，但不是好中之好；不經過戰爭而使敵人屈服，才稱得上好中之好。
	在孫子看來，百戰百勝不是最高明的策略，最高明的策略是不透過暴力流血手段就達到自己的政治目的，這才是最最高明的策略。即使用今天的眼光看，這幾句話也是非常高明的論斷。

寫作例句	1. 古代兵法云：「百戰百勝，非善之善者也；不戰而屈人之兵，善之善者也。」真正偉大的軍事家，不應僅僅追求戰場上的節節勝利，而應謀求透過智慧、謀略和強大的威懾力，使敵軍不戰而降，這才是軍事策略的至高境界。如諸葛亮面對孟獲，七擒七縱，最終孟獲心悅誠服，不再反叛，此乃不戰而屈人之兵的典範。 2. 在現代商業競爭的舞臺上，「百戰百勝，非善之善者也；不戰而屈人之兵，善之善者也。」那些有遠見的企業家不會只想著透過價格戰等激烈手段擊垮對手，而是透過創新的商業模式、卓越的品牌影響力等，讓競爭對手主動合作或者退出競爭領域，這才是商業競爭中最上乘的策略。在外交談判中也是如此，高明的外交家不是透過武力威脅或者無休止的爭論來達成目的，而是憑藉強大的綜合國力、文化魅力等因素，使對方自願接受己方的條件，達到不戰而屈人之兵的效果。

名句・出處	避其銳氣，擊其惰歸。 （《孫子兵法・軍爭篇》春秋・孫武）
	惰：鬆懈。
解析・應用	避開敵人初來時的氣勢，等敵人疲憊後再實施打擊。
	常用來說明正確運用士氣的原則。

寫作例句	1. 古之名將，皆深諳「避其銳氣，擊其惰歸」之道，不於敵勢如虹時貿然交鋒，而待其士氣衰竭，歸心似箭之際，猛然一擊，克敵致勝。 2. 在當今商戰之中，菁英企業家亦應領悟「避其銳氣，擊其惰歸」之精髓，不盲目跟風於競爭對手的鼎盛時期，而應冷靜觀察，待其創新光芒稍減，市場反應略顯平淡之時，果斷出擊，方能在激烈的市場競爭中穩操勝券。

名句·出處	攻其無備，出其不意。（《孫子兵法·計篇》春秋·孫武）
解析·應用	在敵人沒有防備的時候（地方）發動攻擊，行動要出乎敵人的意料之外。
	常用來表達趁對手還沒有防備或沒有意料時就採取行動。
寫作例句	1. 在古代戰爭中，優秀的將領常常「攻其無備，出其不意」。他們不會選擇在敵軍嚴陣以待、壁壘森嚴的正面戰場強行攻堅，而是透過巧妙的策略迂迴，選擇敵軍防守最為薄弱、毫無防備之處，在敵軍意想不到的時間和地點發動突然襲擊，從而獲得戰爭的勝利。 2. 在市場競爭中，那家新興企業「攻其無備，出其不意」。當其他同行都在傳統的銷售管道和行銷模式上激烈競爭時，它卻悄悄布局線上新通路，採用全新的行銷理念，針對年輕消費族群推出個性化的產品和服務，在競爭對手毫無防備的情況下，迅速占領了市場的一席之地。

名句・出處	兵無常勢，水無常形，能因敵變化而取勝者，謂之神。（《孫子兵法・虛實篇》春秋・孫武）
解析・應用	軍隊沒有永恆不變的態勢，正像流水沒有永恆不變的形狀，能隨著敵情的變化而採取適宜的戰法獲得勝利的，就可以說是用兵如神。
	孫子明確地強調用兵沒有固定不變的模式，高明的將帥應依據敵情的變化機動靈活、隨機應變，這樣才稱得上用兵如神。
寫作例句	1. 在古代戰場上，優秀的將領深知「兵無常勢，水無常形，能因敵變化而取勝者，謂之神」。他們不會拘泥於既定的陣法和戰術，面對不同的敵軍陣容、地形地勢以及作戰時機，靈活調整作戰計畫。例如，當敵軍人數眾多且裝備精良時，他們不會盲目地正面迎敵，而是根據敵軍的弱點，或採用奇襲，或利用地形設伏，從而克敵致勝。 2. 在當今商業競爭的大舞臺上，成功的企業家都明白「兵無常勢，水無常形，能因敵變化而取勝者，謂之神」。市場環境瞬息萬變，消費者需求日新月異，競爭對手層出不窮。那些能夠敏銳感知市場變化，根據競爭對手的策略調整自己的經營模式、產品特色以及行銷策略的企業，就像戰場上的神兵天將，在風雲變幻的商海中乘風破浪，獲得令人矚目的成就。

名句・出處	用兵之法，無恃其不來，恃吾有以待之。（《孫子兵法・九變篇》春秋・孫武）

解析・應用	用兵的方法，不要依靠幻想敵人的不來，要依靠我已經做好了準備。
	常用來強調居安思危、有備無患的道理。
寫作例句	1. 在邊疆的防禦事務中，將領們始終秉持「用兵之法，無恃其不來，恃吾有以待之」的理念。他們不會因為邊境暫時的平靜就放鬆警惕，而是積極修築防禦工事，訓練士兵，儲備糧草。無論敵人是否有來犯的跡象，他們都做好了充分的準備，因為他們深知，只有這樣，才能在戰爭來臨之時，從容應對，保衛國土的安全。 2. 在企業經營的過程中，優秀的管理者懂得「用兵之法，無恃其不來，恃吾有以待之」。市場競爭激烈，各種風險隨時可能出現，如競爭對手的突然衝擊、經濟環境的突然惡化等。他們不會心存僥倖，認為這些危機不會降臨到自己的企業，而是積極制定應對策略，提升企業的核心競爭力，儲備資金，改善人才結構等。這樣，無論面臨何種挑戰，企業都能夠處變不驚，在商海中穩健前行。

名句・出處	投之亡地然後存，陷之死地然後生。（《孫子兵法・九地篇》春秋・孫武）
解析・應用	當兵卒陷入不決戰就死的境地時，就會人自為戰、衝鋒陷陣，而後才可以化險為夷生存下來。
	這句話後來被概括為「置之死地而後生」，比喻事先斷絕退路，就能下決心，獲得成功。

寫作例句	1. 在古代的戰爭中，許多將領深諳「投之亡地然後存，陷之死地然後生」的謀略。當面臨強大的敵軍時，他們故意將己方軍隊置於看似絕境之地，斷絕士兵的退路。就像項羽在鉅鹿之戰中，破釜沉舟，讓士兵們明白已無後路可退，唯有奮勇向前才能求生。在這種絕境下，士兵們往往能爆發出驚人的戰鬥力，從而戰勝看似不可戰勝的敵人。 2. 在人生的道路上，許多創業者都有過「投之亡地然後存，陷之死地然後生」的經歷。當他們的創業項目遇到極大的困難，資金短缺、市場轉冷、競爭激烈，似乎已經到了山窮水盡的地步。然而，正是這種絕境激發了他們的無限潛能，他們不得不重新審視自己的商業模式，進行大膽創新，削減不必要的開銷，尋找新的市場突破點。在這種看似絕境的情況下，他們的企業往往能夠煥發出新的生機，走向成功。

名句·出處	攻堅則瑕者堅，乘瑕則堅者瑕。（《管子·制分》）
	瑕：玉上的斑點，比喻薄弱環節。乘：攻擊。
解析·應用	攻擊對方的堅固點，弱敵也像強敵一樣難攻；攻擊對方的薄弱點，強敵也像弱敵一樣易攻。
	指進攻要選擇對方的薄弱處下手。
寫作例句	「攻堅則瑕者堅，乘瑕則堅者瑕。」這個道理不僅是對軍事而言，做任何事情都要掌握這個原則，先從容易處著手，然後步步緊逼，就會收到連鎖反應。

名句·出處	凡兵之道，莫過於一。（《六韜·文韜·兵道》）
	一：統一。
解析·應用	用兵的根本原則，是集中統一。
	常用來描寫用兵作戰的指揮原則和重要性，即強調在軍事行動中，指揮的高度統一和專一性是最為關鍵的要素。也可以被引申為在任何需要團隊合作和集體行動的領域中，統一指揮和高度協調都是至關重要的。
寫作例句	「凡兵之道，莫過於一。」我們不能想像一支將士不和、形同散沙的部隊能夠獲勝，但是團隊精神不排斥個人的積極性創造性，只有把二者結合起來才更完美。

名句·出處	天下雖安，忘戰必危。（《司馬法·仁本》）
解析·應用	天下雖然安定，忘掉備戰也是危險的。
	常用來描寫和平時期不應忽視國防與戰爭準備的重要性，強調即使國家處於和平安寧的狀態，如果忘記戰爭的危險性和備戰的重要性，就會陷入潛在的危機之中。多用來提醒人們要居安思危。
寫作例句	「天下雖安，忘戰必危。」在充滿希望和挑戰的 21 世紀，要走上富民強國之路，一個很重要的問題，就是地方各級領導者在致力於經濟建設的同時，必須具有強烈的國防意識。

名句．出處	無德不貴，無能不官，無功不賞，無罪不罰。（《荀子．王制》）
解析．應用	沒有德行的人不讓他顯貴，沒有才能的人不讓他當官，沒有功勞的人不給獎賞，沒有罪過的人不加處罰。
	常用來說明賞罰得當、按功行賞的道理。
寫作例句	1. 在古代治國理政的智慧中，「無德不貴，無能不官，無功不賞，無罪不罰」被視為公正嚴明的原則，意味著只有品德高尚者才能位居高位，具備能力者方能擔任官職，立下功勞者理應得到獎賞，而無過錯者則不應受到懲罰，確保社會秩序井然，國家長治久安。 2. 在現代企業管理中，同樣需要遵循「無德不貴，無能不官，無功不賞，無罪不罰」的公正原則，只有品德端正、能力出眾的員工才能被提拔重用，為公司創造價值者應得到應有的獎勵，而勤勉盡責、未犯錯誤的員工則不應受到不公的對待，這樣才能激發團隊的積極性和創造力，推動企業持續健康發展。

名句．出處	賞不加於無功，罰不加於無罪。（《韓非子．難一》）
解析．應用	（開明的君主）獎賞不會加給沒有功勞的人，懲罰不會加給沒有罪過的人。
	常用來強調不要濫用獎罰的權力。

寫作例句	1. 在古代治理國家的理念中，「賞不加於無功，罰不加於無罪」是維護公平正義的重要準則，意味著獎賞不應隨意給予沒有功勞之人，懲罰也不應無端施加於無辜之人，以此確保賞罰分明，人心向善，社會和諧。 2. 在現代企業管理實踐中，「賞不加於無功，罰不加於無罪」的原則至關重要，它要求管理者在激勵員工時，必須確保獎勵與業績掛鉤，避免無原則的施恩；在處理違規行為時，也應秉持公正，不冤枉任何一個無辜的員工，以此建構公平、透明的企業文化，激發員工的積極性和歸屬感，推動企業穩健前行。

名句．出處	戰陣之間，不厭詐偽。（《韓非子．難一》）
	厭：嫌惡。詐偽：欺騙。
解析．應用	雙方對陣交戰，要盡可能地採用假象以迷惑敵人。
	這就是成語「兵不厭詐」的由來，意思是用兵作戰不排斥運用詭變、詐欺的策略或手段克敵致勝。

寫作例句	1. 在古代的軍事對抗中，「戰陣之間，不厭詐偽」是許多將領奉行的策略。當面臨強大的敵軍時，他們常常會採用各種詐偽之術，如佯裝敗退以誘敵深入，或者虛設營寨來迷惑敵人的視線。例如，諸葛亮的空城計便是對「戰陣之間，不厭詐偽」的巧妙運用，他大開城門，自己卻在城樓上悠然撫琴，讓多疑的司馬懿誤以為城中有重兵埋伏，從而不戰而退。 2. 在激烈的商業競爭中，「戰陣之間，不厭詐偽」。一些企業在市場推廣時，會採用看似虧本的低價策略來吸引消費者，實則是為了搶占市占率，排擠競爭對手。或者在產品宣傳上，透過巧妙的包裝和概念炒作，讓消費者誤以為其產品具有獨特的優勢，這就如同在看不見硝煙的商業戰場上，運用詐偽手段來獲得競爭優勢。當然，這些手段都需要在法律和道德的範圍內進行。

名句·出處	計功而行賞，程能而授事。（《韓非子·八說》）
解析·應用	按功勞的大小給予獎賞，按才能的大小授予職務。
	常用來強調按功行賞、因才適用的道理。

寫作例句	1. 在古代賢明君主的治理下，「計功而行賞，程能而授事」是基本的為政之道。每逢戰事結束，君主會仔細考量將士們在戰場上的殺敵數量、所立戰功等，計功而行賞，或賜予金銀財寶，或封官加爵；同時，在朝政事務安排方面，君主會透過各種方式程能而授事，根據大臣們的學識、謀略、治理能力等，委以不同的官職，讓他們各司其職，從而使國家機器得以高效運轉。 2. 在現代企業管理中，優秀的管理者遵循「計功而行賞，程能而授事」的原則。在年終考核時，他們會全面評估員工的業績，如銷售額的成長、專案的完成品質等，計功而行賞，給予優秀員工豐厚的獎金、榮譽稱號或者晉升機會；在日常工作安排中，管理者會深入了解員工的專業技能、溝通能力、創新能力等，程能而授事，將不同的專案任務分配給最適合的員工，確保團隊的高效合作，進而提升企業的整體競爭力。

名句．出處	廢一善則眾善衰，賞一惡則眾惡歸。（《黃石公三略》）
解析．應用	棄置一個賢人，眾多的賢人便會引退了；獎賞一個惡人，眾多的惡人便會蜂擁而至。
	常用來說明賞罰的表率作用。

寫作例句	1.「廢一善則眾善衰，賞一惡則眾惡歸。」忽視或否定一個善行，將會導致更多的善行被冷落；而獎賞一個惡行，則會引來更多的惡行效仿，因此，統治者必須明辨是非，獎懲得當，以正風氣。 2. 在現代企業管理中，「廢一善則眾善衰，賞一惡則眾惡歸」是管理者必須牢記的準則。如果一位員工積極提出創新性的建議，為公司節省了大量成本，但管理者卻沒有給予認可和獎勵，那麼其他員工看到創新得不到重視，就會逐漸失去創新的動力，公司內部積極向上的創新氛圍就會被削弱；相反，如果管理者錯誤地賞識一個員工透過不正當手段獲取業績的行為，如虛報資料等，那麼其他員工可能會認為只要達到目的可以不擇手段，各種不良行為就會在企業內部滋生，嚴重破壞企業的健康發展。

名句・出處	賞必加於有功，刑必斷於有罪。（《戰國策・秦策》）
解析・應用	獎賞一定要給予有功勞的人，刑罰一定要加給有罪過的人。
	這句話明確提出了賞罰的標準。

寫作例句	1. 在朝堂之上，吾等須銘記「賞必加於有功，刑必斷於有罪」之古訓，以確保功勛卓著者得彰其榮，作奸犯科者受應罰之誅。 2. 在這個法治社會，「賞必加於有功，刑必斷於有罪」。那些在科學研究領域為國家做出卓越貢獻的科學家們，國家給予他們崇高的榮譽和優厚的待遇，這便是「賞必加於有功」；而對於那些貪汙腐敗、觸犯法律底線的官員，司法機關必定依法懲處，這就是「刑必斷於有罪」，只有這樣，社會才能在公平公正的軌道上不斷發展進步。

名句・出處	善戰者，因其勢而利導之。（《史記・孫子吳起列傳》漢・司馬遷）
解析・應用	善於作戰的人，會根據敵我雙方的情勢做出決策，使形勢向著有利於自己的方向發展。
	成語「因勢利導」由此而來，意思是順著事情發展的趨勢，向有利於實現目的的方向加以引導。

寫作例句	1. 在軍事指揮上，「善戰者，因其勢而利導之」。就如古代的孫臏，他深知魏軍輕敵且急於求戰的心理，利用馬陵的險要地勢設下埋伏，因勢利導地讓魏軍一步步走進自己設下的圈套，從而獲得了馬陵之戰的勝利，這便是軍事謀略中「善戰者，因其勢而利導之」的絕佳表現。 2. 在教育工作中，「善戰者，因其勢而利導之」。優秀的教師不會強行灌輸知識，而是敏銳地察覺每個學生的特點和學習狀態，對於好奇心強的學生，利用他們的求知欲引導其深入探索學科知識；對於思考活躍但缺乏耐心的學生，順著他們的思考節奏，逐步培養其專注力和毅力，這便是教育領域中「善戰者，因其勢而利導之」的智慧運用。

名句·出處	運籌帷幄之中，決勝於千里之外。（《史記·高祖本紀》漢·司馬遷）
	帷幄：軍用帳幕。
解析·應用	在軍帳之內做出計策部署，決定千里之外戰場上的勝利。
	常用來讚揚人具有超常的智慧和指揮才能。

寫作例句	1. 在古代戰爭史上，那些傑出的軍事家往往「運籌帷幄之中，決勝於千里之外」。韓信作為一代名將，他在營帳裡精心謀劃軍事策略，分析敵軍的兵力部署、地形優劣等諸多因素，然後調兵遣將。他的每一步計畫都精準無誤，最終在遠離營帳的戰場上獲得一場又一場勝利。 2. 在商業競爭的舞臺上，優秀的企業家就像古時的軍師一樣，「運籌帷幄之中，決勝於千里之外」。他們在公司總部的辦公室裡，透過分析市場動態、競爭對手的情況以及消費者的需求，制定出長遠的商業策略。例如，蘋果公司的高層管理者們在總部精心規劃產品的研發方向、行銷策略等，這些決策使得蘋果產品在全球各地的市場上大獲成功，從繁華都市到偏遠小鎮，處處都有蘋果產品的忠實使用者。

名句·出處	兵不可玩，玩則無威；兵不可廢，廢則召寇。（《說苑·指武》漢·劉向）
解析·應用	軍事不可以玩忽，玩忽就會失去威力；軍事不可以廢置，廢置就會招來敵國的侵犯。
	常用來強調國防建設常備不懈的重要性。

寫作例句	1. 國家國防建設極為關鍵，「兵不可玩，玩則無威；兵不可廢，廢則召寇」。古代宋朝重文輕武，玩忽軍事，士兵訓練不足，軍事制度鬆弛，軍隊威懾力盡失。游牧民族崛起時，宋朝因長期忽視軍事建設，無力抵禦外敵，陷入被動，充分印證此理。 2. 企業競爭中，「兵不可玩，玩則無威；兵不可廢，廢則召寇」。企業核心競爭力如軍隊，是立足根本。若輕視研發、品質控制等核心競爭力，削減投入、敷衍品質問題，企業威望漸失。若徹底放棄培育，不再創新，滿足現狀，就會被對手超越，新對手也會湧入搶奪市場，陷入經營困境。

名句．出處	兵之勝敗，本在於政。（《淮南子．兵略訓》漢．劉安）
解析．應用	軍事上的勝敗，根本原因在於政治。
	深刻地闡明了戰爭的勝負從根本上取決於政治的優劣的道理。
寫作例句	1. 歷史上，「兵之勝敗，本在於政」。秦國商鞅變法後，政治清明，百姓積極參軍，後勤保障得力，這為軍事擴張奠定基礎，秦軍得以橫掃六國，是此名言的例證。 2. 企業競爭中，「兵之勝敗，本在於政」。企業管理、決策機制、文化等是其「政」。管理高效、決策科學、文化積極的企業能凝聚員工、調配資源、捕捉市場資訊，反之則處於劣勢。

名句．出處	犯強漢者，雖遠必誅。（《漢書．陳湯傳》漢．班固）
解析．應用	讓那些冒犯強大漢朝的人知道，即使他們在偏遠之地也一定會加以誅滅。
	現在這句話常用來表達對國家強大的那種民族自豪感，以及誓死捍衛民族尊嚴的決心。
寫作例句	當匈奴屢屢侵犯大漢邊境，燒殺搶掠，大漢的將士們懷著滿腔的熱血和無畏的勇氣，千里奔襲。無論匈奴逃向何方，大漢的鐵騎都會緊追不捨，因為在大漢的信念裡，「犯強漢者，雖遠必誅」，這種堅決的態度捍衛了大漢的邊疆安寧和國家尊嚴。

名句．出處	不官無功之臣，不賞不戰之士。（〈論吏士行能令〉漢．曹操）
解析．應用	不提拔沒有功勞的臣子，不獎賞不作戰的將士。
	這句話的意思就是要論功行賞，賞罰分明。

寫作例句	1. 明君聖主皆遵循「不官無功之臣，不賞不戰之士」的原則，對於那些沒有立下實際功勞的官員，絕不輕易授予高位；對於未曾奮勇殺敵的士兵，也絕不輕易給予獎賞，以此確保國家的獎賞制度公正嚴明，激勵軍民為國家的繁榮富強而不懈奮鬥。 2. 在現代社會的職場競爭中，企業同樣須秉持「不官無功之臣，不賞不戰之士」的理念，對於那些在工作中沒有實際貢獻的員工，不應給予晉升的機會；對於那些缺乏創新精神與進取心的員工，也不應輕易給予獎勵，唯有如此，才能營造一個公平競爭、激勵創新的工作環境，促進企業的持續健康發展。

名句・出處	善戰者不羞走。（〈請招降江東表〉三國・魏・曹植）
解析・應用	善於打仗的人不以撤退為羞恥。
	常用來說明進退都要以敵我雙方的情勢來決定，不可逞一時之勇。

寫作例句	1.「善戰者不羞走」。楚漢相爭之時，面對項羽強大的軍事力量，劉邦多次選擇策略性的撤退。他深知保存實力的重要性，這種看似「逃跑」的行為實則是一種明智的策略抉擇。劉邦就是這樣一位「善戰者不羞走」的領導者，他不拘泥於一時的勝負榮辱，最終積聚力量，戰勝了項羽，建立了大漢王朝。 2. 當市場環境不利於企業當前業務的發展，或者競爭對手過於強大時，一些有遠見的企業家會果斷選擇收縮戰線，暫時退出某些市場領域。例如，某些網路企業在新興的社交平臺競爭中，發現自身產品無法與龍頭抗衡時，便會將資源重新整合，從該領域暫時撤離，去開拓其他更有潛力的業務方向。這就是「善戰者不羞走」在商業競爭中的表現，懂得適時退讓，才能謀求長遠發展。

名句·出處	兵可千日而不用，不可一日而不備。（《南史·陳暄傳》）
解析·應用	國家的軍隊可以千日不用，卻不可一日無軍放棄武裝警備。
	常用來說明建設國家強大的常備武裝力量的重要性。

寫作例句	1. 強大的國家總是遵循「兵可千日而不用，不可一日而不備」的原則。例如，唐朝雖然在其盛世時期，周邊國家大多臣服，邊境相對安寧，但唐朝的統治者依然高度重視國防建設，不斷加強軍隊的訓練和裝備更新。他們深知，儘管和平是常態，但戰爭隨時可能爆發，因此必須時刻保持軍隊的戰鬥力和備戰狀態，這樣才能在危機來臨時迅速應對，確保國家安全。 2. 在人生的旅途中，我們也應秉持「兵可千日而不用，不可一日而不備」的態度，雖然日常生活中我們可能很少遇到需要全力以赴的挑戰，但個人的成長與學習卻一刻也不能停歇，正如軍隊需要時刻保持戰鬥力，我們也須不斷充實自己，提升能力，以便在機遇來臨時，能夠毫不猶豫地抓住，成就一番事業。

名句·出處	用不才之士，才臣不來；賞無功之人，功臣不勸。（〈責躬薦弟表〉唐·王維）
解析·應用	任用沒有才能的人，有才能的臣子便不會再來；獎賞沒有功勞的人，有功之臣便不會繼續努力。
	常用來說明賞罰的重要表率作用。

寫作例句	1.「用不才之士，才臣不來；賞無功之人，功臣不勸。」昏庸的君主常常被諂媚之徒迷惑，任用那些無能之輩占據重要職位，真正有才華的人看到這種情況，便會對朝廷失望而遠離。同時，君主如果隨意獎賞那些毫無功績的人，那些為國家出生入死、建立功勛的臣子就會覺得自己的努力得不到公正對待，從而失去繼續為國家效力的動力，長此以往，國家必然走向衰敗。 2. 現代企業管理中，「用不才之士，才臣不來；賞無功之人，功臣不勸」。如果企業管理者任人唯親，將重要職位交給那些能力不足的員工，那麼有真才實學的人才在了解企業的這種用人風氣後，就不會選擇進入該企業。而且，當企業對那些沒有實際業績的員工給予豐厚獎勵時，那些為企業辛苦打拚、做出重大貢獻的員工就會感到沮喪，工作積極性也會大打折扣，這對企業的長遠發展是極為不利的。

名句·出處	必使為善者不越月逾時而得其賞，則人勇而有勸。（〈斷刑論〉唐·柳宗元）
	越月：超過一個月。逾時：超過一個季節。
解析·應用	必須使做好事的人不超過一個月或一個季節就得到獎賞，那麼人們就會受到鼓勵奮勇地去做好事。
	常用來強調及時行賞的重要性。

寫作例句	1. 賢明的君主始終秉持「必使為善者不越月逾時而得其賞，則人勇而有勸」的治國理念，確保那些做出善行的人不會因為長時間的等待而失去應得的獎賞，這樣，人們便會因為及時得到肯定與鼓勵而變得更加勇敢，更加積極地行善，社會風氣也因此而日益向善。 2. 在現代企業的激勵機制中，同樣需要踐行「必使為善者不越月逾時而得其賞，則人勇而有勸」的原則，確保那些在工作中表現出色、做出貢獻的員工能夠迅速獲得應有的獎勵與認可，這樣，員工們便會因為及時的正面回饋而充滿動力，更加勇敢地面對挑戰，更加積極地投入到工作中，為企業的持續發展貢獻自己的力量。

名句·出處	天下雖興，好戰必亡。（《策林》唐·白居易）
解析·應用	國家雖然興盛了，但如果窮兵黷武一定會滅亡。
	常用來強調窮兵黷武的危害性。

寫作例句	1. 歷史長河中，無數國家興衰更替，無不印證著「天下雖興，好戰必亡」的古老智慧。即使是在盛世之下，若一個國家沉迷於無休止的戰爭，肆意揮霍國力，那麼它的繁榮終將如泡沫般破滅，走向衰亡。 2. 在當今社會的競爭中，同樣需要警惕「天下雖興，好戰必亡」的道理。即使是在事業如日中天、蓬勃發展的時期，若我們過於激進，不顧後果地參與惡性競爭，盲目擴張，那麼最終可能會因為資源的過度消耗、團隊的疲憊不堪而陷入困境，失去原有的優勢，甚至導致整個事業的崩潰。因此，保持穩健的發展步伐，注重可持續發展，才是長久之計。

名句．出處	兵不妄動，師必有名。（《策林》唐．白居易）
解析．應用	軍隊不能輕舉妄動，出兵必須有正當理由。
	常用來強調師出有名的重要性。
寫作例句	春秋時期，齊國欲征伐楚國，雖齊國國力強盛，但也不敢輕易出兵。於是，齊國以楚國未按時向周天子進貢包茅為由興師問罪。齊國深知「兵不妄動，師必有名」，這個看似有些牽強的理由，卻在當時的政治和道德框架下為其出兵提供了正當性依據，使得齊國的軍事行動在諸侯間具有了一定的合理性。

名句·出處	制敵在謀不在眾。 (〈西平王李晟東渭橋紀功碑〉唐·李適)
解析·應用	戰勝敵人在於謀略而不在於兵士之多。
	常用來說明謀略的重要性勝過軍隊數量。
寫作例句	1. 在千鈞一髮的戰場上,名將深知「制敵在謀不在眾」,他憑藉著自己卓越的軍事謀略,以少數的精銳之師巧妙布局,設下重重機關與陷阱,如同諸葛亮當年的空城計一般,雖兵力寡少,卻能在智謀的運用下讓敵軍陷入混亂,不敢輕易進犯,最終成功抵禦了數倍於己的敵軍。 2. 在商業競爭的殘酷海洋裡,許多新興企業懂得「制敵在謀不在眾」。就像一些小型網路創業公司,他們沒有雄厚的資金去大規模地鋪設市場、招募大量員工,但他們憑藉獨特的商業謀略,精準定位市場需求,以創新的產品和行銷策略迅速搶占市場的占比,如同田忌賽馬般巧妙安排資源,從而在與大型企業的競爭中站穩腳跟,開闢出屬於自己的一片天地。

名句·出處	有功不賞,為善失其望;奸回不詰,為惡肆其凶。(《資治通鑑·漢紀》宋·司馬光)
	奸回:奸惡邪僻。詰:責問。
解析·應用	有功勞的得不到獎賞,那麼為善的人就會失望;奸邪之徒得不到懲罰,那麼為惡的人就會越發瘋狂。
	常用來強調賞罰的表率作用。

寫作例句	1. 古訓有云：「有功不賞，為善失其望；奸回不詰，為惡肆其凶。」故治國理政，當明辨是非，獎懲分明，以免功臣寒心，惡行猖獗。 2. 在職場之上，「有功不賞，為善失其望；奸回不詰，為惡肆其凶」之理亦通，唯有公正評價，激勵先進，懲戒懈怠，方能凝聚團隊，共創輝煌，避免人心渙散，邪氣滋生。

名句・出處	選用以公，賞刑以信，則誰不盡力，何求不獲哉！（《資治通鑑・唐紀》宋・司馬光）
解析・應用	如果選拔人才能出於公心，且賞罰分明，那麼誰還能不盡力，求什麼樣的人才得不到呢！
	常用來說明公平賞罰對人才的招攬作用。
寫作例句	1. 古之賢君治國，「選用以公，賞刑以信，則誰不盡力，何求不獲哉！」故而朝野清明，人才輩出，國家昌盛，百姓安居樂業。 2. 於企業而言，「選用以公，賞刑以信，則誰不盡力，何求不獲哉！」唯有公平選拔，誠信獎懲，方能激發員工潛能，促進企業穩健前行，無論市場風雲如何變幻，皆能穩操勝券，共創輝煌。

名句‧出處	行罰先貴近而後卑遠，則令不犯；行賞先卑遠而後貴近，則功不遺。（《資治通鑑‧唐紀》宋‧司馬光）
解析‧應用	執行懲罰應先懲罰顯貴和親近的人而後懲罰職位低下及疏遠的人，這樣就不會有人違犯政令；執行獎勵應該先獎勵職位低下和疏遠的人而後獎勵顯貴和親近的人，這樣就不會有功的人被遺漏。
	常用來說明賞罰的次序和重點不同，效果也就不同。
寫作例句	1. 這位英明的將領深知「行罰先貴近而後卑遠，則令不犯；行賞先卑遠而後貴近，則功不遺」。他對待軍中將士，一旦有人觸犯軍規，不論其是貴族近親還是普通士卒，都先從身分尊貴親近者開始處罰，如此一來，軍中法令森嚴，無人敢輕易觸犯；而在論功行賞之時，他先嘉獎那些出身低微、職位偏遠的士卒，然後才輪到身分高貴親近之人，這樣一來，軍中所有的功勞都不會被遺漏，全軍上下士氣高漲，作戰英勇無畏。 2. 在現代企業管理方面，睿智的領導者明白「行罰先貴近而後卑遠，則令不犯；行賞先卑遠而後貴近，則功不遺」。當企業內部出現違規行為時，無論是高層管理者還是基層員工，他總是先從高層管理者查起，嚴格按照規定處罰，這使得企業的規章制度具有強大的威懾力，無人敢輕易違反；而在進行獎勵表彰時，他首先關心那些基層默默奉獻的員工，之後才是中高層管理人員，這樣所有員工的貢獻都能被認可，整個企業充滿積極向上的活力，大家都努力為企業的發展貢獻自己的力量。

名句·出處	用兵之道，撫士貴誠，制敵尚詐。（《資治通鑑·唐紀》宋·司馬光）
解析·應用	用兵的原則，安撫士兵貴在真誠，制服敵人貴在欺騙。
	常用來說明對敵對我的不同用兵原則。
寫作例句	古之名將用兵，「用兵之道，撫士貴誠，制敵尚詐」，故能深得軍心，士氣如虹，臨敵之時，又能以智取勝，虛實結合，使敵人莫測高深，從而戰無不勝，攻無不克。

名句·出處	重賞之下，必有勇夫。（《西廂記》元·王實甫）
解析·應用	用重金懸賞，就會有勇於出來做事的人。
	舊指用大量金錢、財物作鼓勵手段，可誘導人為之效力。
寫作例句	城牆高聳，敵軍防守嚴密，將軍深知「重賞之下，必有勇夫」，於是他當眾宣布，凡能率先登上城牆者，賞黃金千兩，封千戶侯。此令一出，眾多士兵眼中燃起熾熱的鬥志，果然有勇士挺身而出，冒著密集的箭雨，攀爬雲梯奮勇向前，全然不顧生死，只為那豐厚的賞賜，最終成功破城。

名句·出處	千軍易得，一將難求。（《漢宮秋·第二折》元·馬致遠）
解析·應用	徵集成千的兵士容易，找一個好將領卻很難。
	常用來形容良才難得。

寫作例句	1.「千軍易得，一將難求」，故君主求賢若渴，不惜重金招攬，只為得那一位能夠運籌帷幄之中，決勝千里之外的曠世奇才。 2. 在現代的企業競爭中，普通員工的招募相對容易，透過各種徵才管道可以吸引眾多求職者前來應徵。但是，那些具有卓越領導能力、敏銳市場洞察力和創新思考的高階管理人才卻十分稀缺，這便是「千軍易得，一將難求」。例如一家新興的科技企業，雖然能夠招募到大量的程式設計師和基層員工，但始終缺少一位能引領企業在複雜多變的市場環境中找準方向、制定策略規畫的領導者，這在相當程度上限制了企業的發展速度和競爭力。

名句·出處	養軍千日，用軍一時。（《漢宮秋·第二折》元·馬致遠）
解析·應用	長期供養、訓練軍隊，就是為了一旦戰爭爆發用一用。
	成語「養兵千日，用兵一時」由此而來，常用來比喻平時積蓄力量，在必要時一下用出來。
寫作例句	1. 古代帝王深知「養軍千日，用軍一時」，故平時注重軍隊訓練，糧草充足，以備不時之需，一旦邊境有警，即可迅速調兵遣將，保衛疆土，彰顯國家之威嚴。 2. 現代職場中，「養軍千日，用軍一時」同樣適用。企業平時應注重人才培養，提升員工技能，建立緊急應變機制，一旦市場風雲突變，便能迅速調動資源，應對挑戰，掌握機遇，使企業立於不敗之地。

名句．出處	將在謀不在勇，兵貴精不貴多。（《喻世明言．第二十一卷》明．馮夢龍）
解析．應用	將軍領軍在於謀略而不在於勇猛，士兵的戰鬥力在於精良而不在於人數眾多。
	常用來強調謀略、戰鬥力對軍隊的重要意義。
寫作例句	1. 優秀的統帥深知「將在謀不在勇，兵貴精不貴多」。就像赤壁之戰中的周瑜，他並非以匹夫之勇上陣殺敵，而是憑藉著非凡的謀略，審時度勢，巧妙地利用東南風的天時，連環計的妙計，指揮著訓練有素的東吳精兵。這些精兵個個作戰能力高強，他們在周瑜的睿智領導下，以少勝多，大破曹操的百萬雄師，成就了軍事史上的一段傳奇佳話。 2. 在現代的商業競爭戰場上，成功的企業家明白「將在謀不在勇，兵貴精不貴多」。例如一些新興的科技創業公司，領導者並非依靠莽撞的決策和盲目擴張，而是以敏銳的市場洞察力和創新的商業謀略布局。他們精心挑選並培養出一批高素養、專業能力強的核心團隊成員，這些成員如同精銳之師。在面對行業龍頭的競爭壓力時，憑藉著領導者的謀略和團隊的精良素養，精準地掌握市場需求，推出具有競爭力的產品，在市場中站穩腳跟並逐步發展壯大。

名句．出處	風無常順，兵無常勝。（《醒世恆言．一文錢小隙造奇冤》明．馮夢龍）
解析．應用	駕船不會總遇到順風，帶兵不可能老打勝仗。
	常用來比喻人不可能總是一帆風順，遇到挫折是難免的。

寫作例句	1. 古之名將征戰沙場，深知「風無常順，兵無常勝」，故能坦然面對勝敗，不驕不躁。 2. 在現代商業的激烈競爭中，企業家們必須牢記「風無常順，兵無常勝」。就像那些曾經輝煌一時的手機品牌，在市場的浪潮中，有時候憑藉著順應潮流的設計和行銷策略，如同順風行船般迅速占領大量市場占比，旗下的銷售團隊和研發團隊就像精銳之兵，不斷創造佳績。然而，隨著技術的升級換代和市場需求的變化，風向轉變，他們也會遭遇失敗，因為市場環境不會永遠有利於自己，企業也不可能永遠在競爭中獲勝。所以，企業要不斷適應變化，保持警惕，積極應對各種挑戰。

第八章　生死榮辱

名句·出處	未知生，焉知死？（《論語·先進》）
	焉：哪裡，怎麼。
解析·應用	還沒有明白生的道理，怎麼能知道死？
	常用來說明做人要務實。
寫作例句	人文學者盡心於人生真目的之探討，為學術界放一異彩。他們會悟了人生的真意義，因而完全置神學的幻象於不顧。孔子曰：「未知生，焉知死？」

名句·出處	見利思義，見危授命。（《論語·憲問》）
解析·應用	見到財利就想到道義，國家危急關頭願獻出自己的生命。
	常用來強調道義重於金錢和生命。
寫作例句	1. 真正的君子應如古訓所言「見利思義，見危授命」，在面對利益誘惑時，以義為準則權衡取捨；當國家和人民處於危難之際，則挺身而出，不惜奉獻自己的生命。 2. 一個有擔當的企業領導者，必定秉持「見利思義，見危授命」的理念，在商業利益面前堅守商業道德底線，不做損人利己之事；當企業面臨行業危機或市場困境時，勇於承擔起帶領企業突破困境的重任，絕不退縮。

名句．出處	志士仁人，無求生以害仁，有殺身以成仁。（《論語．衛靈公》）
解析．應用	志士仁人，沒有貪生怕死而損害仁的，只有犧牲自己的性命來成全仁的。
	「殺身成仁」後變為成語，表示為正義而犧牲生命。
寫作例句	1. 古往今來，那些偉大的英雄們，無不踐行著「志士仁人，無求生以害仁，有殺身以成仁」的信條。在面臨生死抉擇之時，他們堅守內心的仁德，絕不因貪戀生命而做出違背仁德之事，反而甘願以犧牲自己的生命來成就仁德的大義，他們的英勇事蹟永遠鐫刻在歷史的長河之中，熠熠生輝。 2. 在當今社會，我們依然需要秉持「志士仁人，無求生以害仁，有殺身以成仁」的精神。當面對各種利益的誘惑時，如在商業競爭中面對不正當獲利的機會，有良知的商人不應為了追求利益而違背商業道德，而應在必要時，像那些仁人志士一樣，放棄一些個人利益以維護道德的尊嚴，如此，方能建構一個和諧、公正的社會環境。

名句．出處	見利不虧其義，見死不更其守。（《禮記．儒行》）
解析．應用	見到利益也不損害大義，寧可犧牲生命也不改變操守。
	常用來強調操守比金錢和生命更重要。

寫作例句	1. 歷史上諸多仁人志士，皆以「見利不虧其義，見死不更其守」為人生信條。文天祥兵敗被俘，元軍許以高官厚祿，這是龐大的利益誘惑，但他堅守民族大義，不為所動；面對死亡的威脅，他更是堅貞不屈，其高尚的操守至死未改，成為千古傳頌的英雄，他的事蹟如同璀璨星辰照亮了民族精神的天空。 2. 在商業競爭日益激烈的今天，真正優秀的企業家秉持「見利不虧其義，見死不更其守」的精神。當面臨可以透過不正當手段獲取鉅額利潤的機會時，他們堅守商業道德底線，不做虧義之事；當企業遭遇經濟危機、面臨倒閉風險等絕境時，他們也不放棄誠信經營、服務社會的信念，努力透過合法、合規的途徑帶領企業走出困境，這種精神是企業長遠發展的基石，也是社會道德風尚的重要支撐。

名句·出處	生有益於人，死不害於人。（《禮記·檀弓上》）
解析·應用	活著做對人有益的人，死了則也不損害人。
	常用來表達無論生死都要有益於社會的高尚情操。

寫作例句	1. 在歷史的長河中，那些被銘記的英雄豪傑，往往都是那些「生有益於人，死不害於人」的典範。他們活著的時候，用自己的智慧與力量，為民眾謀福利，為國家謀發展，留下了無數惠及後世的功績；而當他們離世之後，也依然保持著高尚的品德與無私的精神，沒有留下任何對他人有害的遺憾或負擔，真正做到了生而為人，死亦無愧。 2. 在人生的旅途中，我們應當追求一種「生有益於人，死不害於人」的生活態度。這不僅僅意味著我們要在活著的時候，透過自己的努力與付出，為他人帶來幫助與溫暖，讓這個世界因我們的存在而變得更加美好；更意味著我們要在離世之前，能夠以一種平和、豁達的心態，處理好自己與周圍人、事、物的關係，不留遺憾，不添麻煩，讓自己的離開成為一種自然的歸宿，一種對生命的尊重與敬畏。

名句．出處	志士不忘在溝壑，勇士不忘喪其元。（《孟子．滕文公下》）
解析．應用	有志之士，時刻準備為正義的事業而葬身荒郊野外；勇敢的人，時刻準備為國家貢獻出自己的頭顱。
	常用來讚揚那些勇於為國家、社會自我犧牲的人。
寫作例句	在那戰火紛飛的年代，無數熱血之士懷著堅定的信念奔赴戰場，他們深知「志士不忘在溝壑，勇士不忘喪其元」，即使面臨身死溝壑、身首異處的危險，也毫不退縮，以無畏的勇氣和堅定的意志為了理想和正義奮勇前行。

名句・出處	生，亦我所欲也；義，亦我所欲也。二者不可得兼，捨生而取義者也。（《孟子・告子上》）
解析・應用	生命，是我所追求的；義，也是我所追求的。這兩種東西不能夠同時得到的話，那麼就寧可捨棄生命而選擇義。
	我們今天所說的「捨生取義」的「義」，多指正義，即為了正義不惜犧牲生命。可用來說明某些事物（如利益、欲望等）和道德原則（或更高的價值追求）都是自己想要的，如果不能同時擁有，就放棄前者而選擇後者。
寫作例句	1. 在生死抉擇的關頭，真正的君子往往秉持「生，亦我所欲也；義，亦我所欲也。二者不可得兼，捨生而取義者也」的信念，他們深知生命寶貴，但更珍視心中的道義，當兩者發生衝突時，寧願犧牲生命，也要堅守正義與真理。 2. 在人生的旅途中，我們時常面臨各種誘惑與挑戰，唯有銘記「生，亦我所欲也；義，亦我所欲也。二者不可得兼，捨生而取義者也」的古訓，才能在紛繁複雜的世界中保持清醒，不為眼前的利益所迷惑，堅守內心的原則與信念，以高尚的品德和堅定的意志，書寫屬於自己的輝煌篇章。

名句・出處	生亦我所欲，所欲有甚於生者，故不為苟得也；死亦我所惡，所惡有甚於死者，故患有所不闢也。（《孟子・告子上》）
	闢：通「避」，逃避。

解析·應用	生命是我想要的，但想要的東西還有比生命更重要的，所以就不會苟且偷生；死亡是我厭惡的，但厭惡的東西還有比死亡更厲害的，所以有些禍患並不逃避。
	孟子在這裡強調的是人應該把節義看得比生命更重要。
寫作例句	古之仁人志士，皆懷壯志，他們心中堅守著「生亦我所欲，所欲有甚於生者，故不為苟得也；死亦我所惡，所惡有甚於死者，故患有所不闢也」的信念。岳飛精忠報國，面對金兵的威逼利誘，生命誠然可貴，但對他而言，國家的尊嚴、民族的大義遠勝於此，他絕不苟且偷生；死亡雖令人恐懼，可叛國投敵的恥辱更甚於死亡，所以他面對種種禍患，毫不退縮，以熱血書寫忠誠。

名句·出處	哀莫大於心死，而人死亦次之。（《莊子·田子方》）
解析·應用	人最可悲哀的事，莫過於思想頑鈍，麻木不仁，而身死還在其次。
	常用來表示萬念俱灰的心理狀態。
寫作例句	1. 面對生活的重重困難，有人選擇了沉淪，卻不知「哀莫大於心死，而人死亦次之」，內心的絕望比肉體的消逝更為可怕，它能讓一個人失去對生活的所有熱情和希望。 2. 在追求夢想的道路上，我們或許會遇到無數次的失敗與挫折，但請記住，「哀莫大於心死，而人死亦次之」，只要心中的火焰不滅，即使身體疲憊不堪，我們依然有力量重新站起來，繼續前行。

名句．出處	白刃交於前，視死若生者，烈士之勇也。（《莊子．秋水》）
	烈士：泛指有志功業或重義輕生的人。
解析．應用	面對刀劍，視死如歸，這是壯烈之士的勇敢。
	常用來讚揚那些不畏強敵、勇於犧牲的人。
寫作例句	那些英勇無畏的戰士們，他們懷著滿腔的熱血和忠誠，「白刃交於前，視死若生者，烈士之勇也」。當面對敵軍如林的白刃，他們毫無懼色，心中早已將生死置之度外，以這種壯烈之士的勇敢，在沙場上衝鋒陷陣，書寫著可歌可泣的英雄史詩。

名句．出處	倉廩實則知禮節，衣食足則知榮辱。（《管子．牧民》）
	廩：米倉。
解析．應用	糧倉充實，百姓就會懂得禮儀規矩，衣食富足，百姓就會懂得榮譽恥辱。
	用現在的話說，就是物質文明是公德心的基礎。

寫作例句	1. 一個社會的發展往往遵循著「倉廩實則知禮節，衣食足則知榮辱」的規律。在古代，盛世之時，百姓倉廩充實，家家衣食無憂，此時社會風氣良好，人們遵循禮節，重視榮辱。例如大唐盛世，百姓富足，於是在人際互動中處處彰顯禮儀，文人墨客以知榮辱為基本操守，整個社會呈現出一片繁榮且文明有序的景象。 2. 在當今社會，我們同樣可以看到「倉廩實則知禮節，衣食足則知榮辱」的道理在發揮著作用。一個人或一個家庭，在物質條件充裕、生活穩定之後，往往會更加注重個人修養與品德提升，追求精神層面的富足與成長，明白何為真正的尊嚴與價值，從而在社交場合中展現出更加文明、得體的舉止，以及更加積極向上、自尊自愛的生活態度。

名句·出處	畏患而不避義死，欲利而不為所非。（《荀子·不苟篇》）
解析·應用	君子雖然畏懼禍患，但卻可以為正義而死；雖然希望得到錢財，但不會因此胡作非為。
	常用來強調正義比金錢和生命更重要。

寫作例句	1. 古之豪傑，皆能秉持「畏患而不避義死，欲利而不為所非」的高尚品德。在亂世之中，他們雖深知世道艱難，災禍隨時可能降臨，但當正義需要有人挺身而出時，他們絕不退縮，視義死為歸宿；在面對利益的誘惑時，他們堅守內心的道德準則，不會因為貪婪而涉足非分之事，他們的英名因此而流芳千古。 2. 在當今複雜的社會環境中，真正有操守的人遵循「畏患而不避義死，欲利而不為所非」的理念。例如那些堅守在抗疫一線的醫護人員，他們畏懼被病毒感染的危險，然而為了拯救患者、履行自己的職責這一正義之事，他們勇往直前，不懼犧牲；在商業活動中，誠信的商人渴望盈利，但他們堅守商業道德底線，堅決不為獲取利益而做出詐欺消費者等錯誤之事，從而贏得社會的尊重和信任。

名句．出處	常思奮不顧身，以徇國家之急。 （〈報任安書〉漢．司馬遷）
	徇：解救。
解析．應用	常常想奮不顧身地解救國家的急難。李陵在和匈奴的戰鬥中，由於寡不敵眾，無奈投降了匈奴。司馬遷認為這是李陵的權宜之計，想等待以後有利的時機再來報答國家。
	這句話就是司馬遷在談到李陵平時為人時說的，現在常用來形容不怕犧牲、捨己為國的高尚精神。

寫作例句	1. 在歷史長河中，無數的英雄豪傑以實際行動詮釋著「常思奮不顧身，以徇國家之急」的偉大精神。古有岳飛，面對金兵入侵，國土淪陷的國家之急，他常思奮不顧身，率領岳家軍英勇抗金，精忠報國，不顧個人安危，在戰場上衝鋒陷陣，其英勇事蹟成為千古佳話，激勵著一代又一代為了國家的安危挺身而出。 2. 在當代社會，許多科學研究工作者秉持「常思奮不顧身，以徇國家之急」的信念。他們日夜奮戰在實驗室，不顧自己的身體健康和個人利益，只為攻克技術難關，滿足國家發展對晶片技術的迫切需求，他們是新時代的英雄，用自己的奉獻推動著國家不斷向著科技強國邁進。

名句·出處	眾人遇我，我故眾人報之；國士遇我，我故國士報之。(《史記·刺客列傳》漢·司馬遷)
	國士：國中傑出人物。
解析·應用	把我當普通人看待，我就以普通人的標準來報答他；把我當「國士」看待，我就以「國士」的標準來報答他。
	常用來表達「士為知己者死」之意。
寫作例句	豫讓一生秉持「眾人遇我，我故眾人報之；國士遇我，我故國士報之」的信念。在他侍奉智伯之前，所遇之人皆以眾人相待，他亦以常人的態度與之來往；而後智伯以國士之禮相待，尊他敬他，給予他信任與重用。智伯被害後，豫讓為報知遇之恩，漆身吞炭，多次謀刺趙襄子，雖最終未能成功，但他以國士之報的壯烈之舉，成為千古傳頌的義士。

名句·出處	一夫出死，千乘不輕。（《淮南子·說林訓》漢·劉安）
解析·應用	一個人決死而戰，即使擁有千乘戰車也不敢輕視他。
	常用來讚揚面對強敵、不怕犧牲的勇士。
寫作例句	古代戰場上，勇士們深知「一夫出死，千乘不輕」的道理，每一位勇於挺身而出的戰士，都承載著扭轉戰局、力挽狂瀾的重任。他們明白，即使是單槍匹馬，只要心懷壯志，勇於赴死，也能令敵人的千軍萬馬不敢輕舉妄動，展現出了英勇無畏的軍人本色和視死如歸的豪情壯志。

名句·出處	世治則以義衛身，世亂則以身衛義。（《淮南子·繆稱訓》漢·劉安）
解析·應用	世道太平就用道義來修養自己的身心，世道混亂就用自己的生命來捍衛道義。
	常用來表達捨生取義的價值觀。
寫作例句	在古代，賢士們秉持著「世治則以義衛身，世亂則以身衛義」的高尚準則。在大唐盛世，政治清明，社會安定繁榮，文人墨客們以義為行為準則，透過遵循道德規範、傳播文化知識來衛護自身的品德修養；而到了南宋末年，戰亂頻仍，世道混亂，文天祥等忠臣義士挺身而出，以身衛義，面對元軍的威逼利誘，他們堅守民族大義，寧死不屈，以自己的生命譜寫了一曲壯烈的忠義之歌。

名句・出處	義死不避斧鉞之罪，義窮不受軒冕之服。（《新序・義勇》漢・劉向）
	軒冕：古時大夫以上官員的車乘和冕服，後也代指高官厚祿。
解析・應用	為正義而死即使斧鉞加身也不迴避，為正義而窮困即使高官厚祿也不接受。
	常用來強調正義重於金錢和生命。
寫作例句	在歷史的洪流中，那些忠臣義士，即使面臨生死抉擇，亦能「義死不避斧鉞之罪，義窮不受軒冕之服」，堅守著心中的道義與忠誠，令後人敬仰不已。

名句・出處	義者軒冕在前，非義弗受；斧鉞於後，義死不避。（《說苑・立節》漢・劉向）
解析・應用	重義的人，即使高官厚祿擺在面前，如果是不義的也不會接受；哪怕是斧鉞隨在身後，為了義也不會迴避。
	常用來強調重義輕利、捨生取義的價值觀。
寫作例句	真正的君子，心中時刻秉持著「義者軒冕在前，非義弗受；斧鉞於後，義死不避」的準則，他們在面對榮華富貴的誘惑時，會先考量是否合乎道義，若不合義則堅決拒之，而當正義需要他們挺身而出，哪怕身後是斧鉞加身的危險，也絕不逃避，毅然決然地捍衛正義。

名句・出處	男兒要當死於邊野，以馬革裹屍還葬。（《後漢書・馬援傳》）

解析·應用	男子漢應為保衛國家死於邊疆，用馬皮包裹屍體回故鄉下葬。
	常用來讚揚勇於為國犧牲的勇士。近代革命烈士徐錫麟據此壯語寫出了「只解沙場為國死，何須馬革裹屍還」的著名詩句，使其境界昇華到了一個新的高度。
寫作例句	英勇無畏的戰士們常常以「男兒要當死於邊野，以馬革裹屍還葬」為誓，他們深知作為男兒，應當為國家邊疆的安寧奉獻一切，即使戰死沙場，也要以戰馬的皮革包裹遺體，回歸故鄉安葬，以此彰顯自己為國捐軀的榮耀與決心。他們用生命捍衛著國家的領土，用熱血書寫著忠誠的篇章，成為了後世傳頌的英雄。

名句·出處	鞠躬盡瘁，死而後已。（〈後出師表〉三國·蜀·諸葛亮）
	鞠躬：彎著身子，表示恭敬、謹慎。 盡瘁：竭盡勞苦。已：停止。
解析·應用	指不辭辛勞，勤勤懇懇，小心謹慎，竭盡全力，貢獻出全部精神和力量，一直到死為止。
	今天，「鞠躬盡瘁，死而後已」已經成為一個成語，常被用於表示為了某項事業竭盡全力的忠誠精神。特別值得一提的是，「鞠躬盡瘁」和「死而後已」也可以單獨作為兩個成語使用，足見諸葛亮這句話對後世的影響有多麼大。

寫作例句	1. 在歷史的長河中，諸葛亮以其非凡的智慧與無私的奉獻，真正做到了「鞠躬盡瘁，死而後已」，他為蜀漢的繁榮穩定傾盡心血，直至生命的最後一刻，這份忠誠與執著，猶如璀璨星辰，照亮了後世無數人的心靈。 2. 在當今社會，每一位在平凡職位上默默耕耘的人們，都在以自己的方式詮釋著「鞠躬盡瘁，死而後已」的精神內涵。他們或許不求名利，但求無愧於心，用汗水澆灌夢想，用堅持書寫人生，他們的努力與付出，如同細流匯成江海，推動著社會的進步與發展，照亮了前行的道路。

名句·出處	雖死之日，猶生之年。（《三國志·吳書·孫登傳》晉·陳壽）
解析·應用	雖然死了，還跟活著一樣。
	今天多用以表示只要自己的事業理想得以實現，即使犧牲了也跟活著一樣。
寫作例句	1. 那些為了保衛國家而英勇犧牲的戰士們，他們的英勇無畏和愛國情懷永遠留存。「雖死之日，猶生之年」，他們的名字被銘刻在歷史的豐碑上，他們的精神永遠激勵著一代又一代的中華兒女奮勇前行。 2. 許多偉大的藝術家，他們用自己的作品傳遞著對生活、對人性的深刻理解。像梵谷，他生前窮困潦倒，畫作不被當時的人廣泛認可，但他對藝術的執著追求和獨特的藝術風格，在他離世後卻產生了深遠的影響。「雖死之日，猶生之年」，他的畫作至今仍震撼著人們的心靈，不斷為世界各地的藝術家帶來靈感。

名句·出處	良將不怯死以苟免，烈士不毀節以求生。（《三國志·魏書·龐德傳》晉·陳壽）
解析·應用	賢良之將不會因怕死而苟且偷生，剛烈之士不會毀掉自己的節操而求活命。
	常用來讚揚不怕犧牲、捨生取義的將領。
寫作例句	1. 古往今來，無數英雄豪傑以「良將不怯死以苟免，烈士不毀節以求生」為信條。在戰場上，如岳飛這般的良將，面對金兵的強大攻勢，從未因怯死而尋求苟且保全自己的方法；而如文天祥一樣的烈士，被元軍俘虜後，堅守民族大義，堅決不毀節求生，他們的英勇事蹟成為歷史長河中的璀璨星辰。 2. 在商業競爭的浪潮中，真正的企業家秉持「良將不怯死以苟免，烈士不毀節以求生」的理念。面對強大對手的打壓，他們不會透過不正當手段如惡意詆毀對手、偷工減料等方式來苟免失敗；在企業面臨危機時，也不會違背商業道德和誠信原則，去毀節求生，而是堅守正道，積極應對挑戰。

名句·出處	膽勁心方，不畏強禦，義正所在，視死猶歸，支解寸斷，不易所守。（《抱朴子·行品卷》晉·葛洪）
解析·應用	有大無畏的膽略，堅定的信念，不懼怕強敵，為了正義的事業，視死如歸，就是粉身碎骨，也不改變操守。
	常用來讚揚那些不畏強敵、勇於犧牲的英雄。

寫作例句	1. 古代的忠勇之士，「膽勁心方，不畏強禦，義正所在，視死猶歸，支解寸斷，不易所守」。比干面對紂王的殘暴無道，他以剛正不阿的心性，堅守正義，毫不畏懼紂王的強權，明知進諫可能會身死，卻毅然前往，即使最終被剖心而死，也未曾改變自己對正義的堅守，他們的英勇事蹟永遠被後人傳頌。 2. 現代社會，那些為了公眾利益而奮鬥的反腐鬥士們，就如同「膽勁心方，不畏強禦，義正所在，視死猶歸，支解寸斷，不易所守」的勇士。他們在揭露官場黑暗、打擊腐敗勢力的道路上，不被貪官汙吏的權勢所嚇倒，堅守著正義的信念，哪怕面臨著生命威脅、家人被威脅的困境，也堅決不放棄自己的職責，始終堅守著反腐倡廉的操守，為社會的清正廉潔而不懈努力。

名句·出處	苟使國家有利，吾何避死乎！（《魏書·古弼傳》）
解析·應用	如果對國家有利，我怎麼能怕死呢！
	常用來讚揚勇於為國犧牲的精神。

寫作例句	1. 在國家面臨危機的時刻，真正的愛國者總是秉持著「苟使國家有利，吾何避死乎」的信念。像甲午海戰中的鄧世昌，在敵強我弱的形勢下，毅然駕艦衝向敵艦，他心中只想著國家的利益，為了國家的尊嚴，全然不懼死亡的威脅。 2. 許多無名的建設者們，在艱苦的邊疆建設過程中，默默奉獻著自己的青春和健康。他們就像秉持著「苟使國家有利，吾何避死乎」精神的勇士，為了邊疆地區的發展，為了國家的繁榮穩定，雖未面臨生死抉擇，但甘願犧牲個人的舒適生活，將自己的熱血和汗水揮灑在這片土地上。

名句·出處	寧為玉碎，不為瓦全。（《北齊書·元景安傳》）
解析·應用	寧做玉器被打碎，不做陶器得保全。
	後比喻寧願為正義而死，絕不苟且偷生。
寫作例句	1. 在面臨侵略者的威逼利誘時，那些忠貞的愛國志士堅守「寧為玉碎，不為瓦全」的信念，他們絕不屈服於敵人的淫威之下，寧可壯烈犧牲，也不願卑躬屈膝地活著，以自己的熱血捍衛了民族的尊嚴。 2. 在商業競爭中，有些企業堅守誠信的底線，當面對可以透過不正當手段獲取龐大利益的誘惑時，他們堅守「寧為玉碎，不為瓦全」的原則，堅決抵制這種違背商業道德的行為，即使可能會失去短期的利益，也要維護企業長久的聲譽和形象。

名句．出處	苟生何樂，直死何悲？（〈祭穆員外文〉唐．韓愈）
解析．應用	苟且偷生有什麼快樂，正直而死又有何悲哀？
	常用來表達寧可悲壯而死、不願苟且偷生的生死觀。
寫作例句	古之仁人志士，常以「苟生何樂，直死何悲」自勉，他們在面對奸佞當道、正義難伸之時，絕不選擇苟且偷生，因為他們深知苟生何樂，直死何悲。他們寧願為正義而慷慨赴死，也不願在屈辱中扭曲自己的靈魂，那浩然正氣至今令人敬仰。

名句．出處	男兒死耳，不可為不義屈！（〈張中丞傳後序〉唐．韓愈）
解析．應用	男子漢死就死了，不能屈從不義之人！
	常用來表示捨生取義的生死觀。
寫作例句	在古代英雄豪傑的心中，常有「男兒死耳，不可為不義屈」的豪情壯志，他們視名譽與正義高於生命，即使面臨生死抉擇，也絕不向不義低頭，寧願慷慨赴死，也不願背負汙名。他們的精神，如同巍峨的山峰，屹立不倒，激勵著後人追求正義，堅守氣節。

名句．出處	猛石可裂不可卷，義士可殺不可羞。 （《柳毅傳》唐．李朝威）
解析．應用	龐大的石頭可以使它裂開，但不可以使它捲曲；忠義之士可以被殺，不可以蒙受羞辱。
	常用來讚揚寧折不彎、寧死不屈的勇士。

寫作例句	許多忠肝義膽的壯士都有著堅定的信念，他們視名譽高於生命，面對敵人的威逼利誘，「猛石可裂不可卷，義士可殺不可羞」，寧死也不讓敵人羞辱自己的氣節，用生命捍衛了自己的尊嚴。

名句．出處	無義而生，不若有義而死；邪曲而得，不若正直而失。（《唐摭言》唐．王定保）
解析．應用	不講道義地活著，不如為道義而殉身；用不正當手段獲取利益，不如保持正直之性哪怕有所損失。
	常用來表達捨生取義、重義輕利的價值觀。
寫作例句	1. 古之俠者，深知「無義而生，不若有義而死；邪曲而得，不若正直而失」。他們寧願為忠義之事慷慨赴死，也不願苟活於世，行那背信棄義、卑躬屈膝之舉。 2. 在商業競爭的浪潮裡，有些企業為了獲取利益，採用不正當的手段，如虛假宣傳、偷工減料等。但那些有長遠眼光的企業家明白「無義而生，不若有義而死；邪曲而得，不若正直而失」，他們堅守誠信經營的理念，即使可能會在短期內失去一些利益，也絕不走邪曲之路。因為他們知道，靠不正當手段得來的利益無法長久，只有秉持正直，企業才能真正做大做強，贏得社會的尊重。

名句．出處	寧以義死，不苟幸生。（〈縱囚論〉宋．歐陽脩）
解析．應用	寧可為道義而死，不願意苟且偷生。
	常用來強調捨生取義的生死觀。

寫作例句	古往今來，無數英雄豪傑面對生死抉擇時，皆秉持「寧以義死，不苟幸生」的信念。如戊戌六君子，他們深知變法之路艱難險阻，卻毅然前行，當變法失敗，他們本可以選擇苟且偷生，遠遁他鄉，但他們寧以義死，不苟幸生，以鮮血喚醒民眾的覺醒，他們的英勇壯舉，成為了歷史長河中璀璨的星辰，永遠閃耀著正義的光輝。

名句．出處	與其含恥而存，孰若蹈道而死！（《資治通鑑．晉紀》宋．司馬光）
	蹈道：踐行道義。
解析．應用	與其蒙受恥辱而偷生，不如為了正義而獻身！
	常用來表達寧願捨生取義、不願苟且偷生的價值觀。
寫作例句	在古人的眼中，氣節高於生命，故有「與其含恥而存，孰若蹈道而死」之豪言。這意味著，他們寧願為了堅持正義、維護真理而慷慨赴死，也不願在屈辱中苟延殘喘，失去身為人的尊嚴與傲骨。

名句．出處	救人一命，勝造七級浮圖。（《㑳梅香騙翰林風月》元．鄭光祖）
	浮圖：譯音，或作浮屠，意為佛塔。
解析．應用	救人一命的功德，比造七級佛塔的功德還要大。
	指救人性命功德無量。用以勸人行善，或向人懇求救命。

寫作例句	在災難降臨的危急時刻，人們常說「救人一命，勝造七級浮圖」，這句話不僅是對英勇救援者的讚美，更是對生命價值的深刻詮釋。它告訴我們，在生死關頭伸出援手，挽救他人的生命，其功德之大，遠勝於建造宏偉的佛塔，因為生命的延續，是最寶貴的禮物。

名句·出處	生以義，死亦以義，何懼之有！（《玉堂叢語·義概》明·焦竑）
解析·應用	生是為了道義，死也是為了道義，有什麼可怕的！
	常用來表達道義重於生死的價值觀。
寫作例句	1. 古往今來，多少英雄豪傑以「生以義，死亦以義，何懼之有」為人生信條，他們在生時秉持正義，勇於擔當，在危難之際更是挺身而出，視死如歸。他們深知，生命的意義在於堅守道義，死亡若能成就大義，又有何懼？ 2. 在科學探索的道路上，許多科學家面臨著重大的挑戰和危險。例如那些研究病毒的科學研究人員，他們深入病毒的微觀世界，試圖解開病毒的奧祕，為人類健康尋找希望。他們可能會接觸到致命的病毒，面臨感染的風險，但他們卻勇往直前，因為他們秉持「生以義，死亦以義，何懼之有」的信念。這個「義」就是對科學真理的追求，對人類健康的責任，他們將自己的生死與偉大的科學使命相連繫，所以在危險面前沒有絲毫的退縮。

名句·出處	人生孰無死，貴得死所耳。（〈獄中上母書〉明·夏完淳）
解析·應用	人生誰不會死呢，貴在死得其所。
	常用來歌頌為理想而不怕犧牲的英雄。
寫作例句	將士們身披戰甲，奮勇殺敵。他們深知「人生孰無死，貴得死所耳」。面對敵軍的千軍萬馬，他們毫不退縮，因為在他們心中，馬革裹屍是光榮的歸宿。

名句·出處	達人觀之，生死一耳；何必生之為樂，死之為悲？（《聊齋志異·陸判》清·蒲松齡）
解析·應用	在達觀的人看來，生和死是一樣的。何必為活著而高興，為死亡而悲哀呢？
	常用來讚揚把生死看成平常事的豁達之人。
寫作例句	在智者眼中，「達人觀之，生死一耳；何必生之為樂，死之為悲」，他們將生死視為生命旅程的自然環節，既不因生而過度歡喜，也不因死而過分哀傷，因為他們深知，生命的價值在於過程，而非起點或終點，以豁達的心態面對生死，方能活出真正的從容與自在。

名句·出處	拚著一身剮，敢把皇帝拉下馬。（《紅樓夢·第六十八回》清·曹雪芹）
解析·應用	豁出命被千刀萬剮，就敢向皇帝造反。
	現多作「捨得一身剮，敢把皇帝拉下馬」，比喻再難的事，拚著一死也敢做下去。也用來比喻與惡勢力爭鬥而不惜犧牲自己的生命。
寫作例句	古有勇士，心懷大義，面對暴政，誓曰「拚著一身剮，敢把皇帝拉下馬」，其英勇無畏，令人敬仰。

第九章　針砭時弊

名句・出處	安而不忘危，存而不忘亡，治而不忘亂。（《易經・繫辭下》）
解析・應用	安定中不忘危困，生存中不忘敗亡，太平中不忘動亂。
	常用來描寫人們在安定、存在、治理良好的情況下，應保持警醒，不忘潛在的危機、滅亡的風險和混亂的可能，即強調居安思危、未雨綢繆的憂患意識。
寫作例句	強烈的憂患意識，是一個國家、一個民族長治久安、興旺發達的精神動力。因此，一個走向強盛的國家，必須深入普及國防教育，採取宣講、參觀、集訓等靈活多樣、喜聞樂見的教育形式，培養和增強公民的憂患意識，使其能夠在和平建設時期保持清醒頭腦，形成「安而不忘危，存而不忘亡，治而不忘亂」的良好氛圍。

名句・出處	無偏無黨，王道蕩蕩。（《尚書・周書・洪範》）
	偏：偏私。黨：結黨。
解析・應用	不偏袒偏私，不拉幫結派，仁治政策的貫徹就能暢通無阻。
	指政令的貫徹在於公正清明。
寫作例句	《尚書・洪範》言「無偏無黨，王道蕩蕩」，孟子言「以德行仁者王」，均是指政治必須展現天地生化養育萬物的大仁大公精神，從而得到人心普遍的歸向與認同。

名句．出處	為山九仞，功虧一簣。（《尚書．周書．旅獒》）
	仞：古時一仞為七或八尺。簣：盛土的竹筐。
解析．應用	壘築九仞高的山，卻因為差一筐土而沒有成功。
	比喻事情只差一點而未能成功。
寫作例句	在稍有懈怠時，他就想到艱苦卓絕的戰爭歲月，暗暗鼓勵自己，千萬不能「為山九仞，功虧一簣」。

名句．出處	皇天無親，唯德是輔。（《尚書．蔡仲之命》）
解析．應用	上天於人沒有親疏遠近之分，只輔佑德行好的人。
	指上天公正無私，總是幫助品德高尚的人。
寫作例句	1. 在歷史的長河中，我們見證了許多王朝的興衰更替，深刻理解了「皇天無親，唯德是輔」的道理，只有施行仁政、廣積德行的君主，方能贏得百姓的擁戴，穩固江山社稷。 2. 在當今競爭激烈的社會環境中，個人或企業的成功不再僅僅依賴於機遇與資源，更須銘記「皇天無親，唯德是輔」的哲理，不斷提升自身品德與能力，方能贏得客戶的信任與市場的青睞，實現長遠發展。

名句．出處	蓄疑敗謀，怠忽荒政。（《尚書．周官》）
解析．應用	心中積有疑慮不能決斷，其謀略就會失敗；思想懈怠玩忽職守，一定會荒廢政事。
	常用來說明遲疑、懈怠的危害性。

寫作例句	1. 若君主「蓄疑敗謀，怠忽荒政」，則國家必將陷入混亂，難以長治久安。 2. 在現代企業管理中，領導者若「蓄疑敗謀，怠忽荒政」，不僅會導致團隊士氣低落，更會使公司在競爭中失去優勢，最終走向失敗。

名句·出處	防民之口，甚於防川。（《國語·周語上》）
	防：堵塞。甚：超過。川：河流。
解析·應用	堵住百姓的嘴，其危害比堵塞河流更嚴重。
	指不讓老百姓發表意見，只會招致更大的禍患。
寫作例句	「防民之口，甚於防川。」川壅而潰，傷人必多，危害更大。你想，水是能堵得住、塞得了的嗎？人民的口也一樣，是堵塞不住的。

名句·出處	多行不義必自斃。（《左傳·隱西元年》）
	行：做。斃：僕倒。
解析·應用	指壞事做得多了，必然會自取滅亡。
	常用來描寫作惡多端的人最終會自取滅亡，即惡有惡報、正義終將勝邪的道理。
寫作例句	如果人生觀出了問題，非但個人幸福無從談起，而且災禍加身也是遲早的事。《左傳》有語「多行不義必自斃」，講的正是這個道理。

名句·出處	親仁善鄰，國之寶也。（《左傳·隱公六年》）
解析·應用	與仁德的人親近，與鄰邦友好，這是國家最寶貴的東西。
	指治國要把睦鄰友好放在重要位置。
寫作例句	先秦思想家就提出了「親仁善鄰，國之寶也」的思想，反映了自古以來人民就希望天下太平、與各國人民友好相處。

名句·出處	輔車相依，唇亡齒寒。（《左傳·僖公五年》）
	輔：頰骨；車：齒床。
解析·應用	頰骨和齒床互相依靠，嘴唇沒了牙齒就會受風。
	比喻兩者關係密切，互相依存。
寫作例句	1. 虢國和虞國是相鄰的兩個小國，晉國想要攻打虢國，向虞國借道。虞國大臣宮之奇勸諫虞君：「虢國和我們虞國就如同嘴唇和牙齒的關係，『輔車相依，唇亡齒寒』，虢國一旦滅亡，我們虞國必然難以自保。」然而虞君不聽，最終虢國被滅後，虞國也隨之被晉國吞併。 2. 在商業競爭的大環境下，各個相關行業之間「輔車相依，唇亡齒寒」。就像電商平臺與物流行業，電商的繁榮離不開物流的高效配送，物流如果發展滯後或者遭遇困境，電商的業務也會受到極大影響，二者緊密相連，一方受損必然會波及另一方。

名句·出處	人無釁焉，妖不自作。（《左傳·莊公十四年》）
	釁：縫隙，感情上的裂痕、爭端。

解析・應用	人無隙可乘，妖怪就不會作祟了。
	比喻自身有毛病，才給了壞人可乘之機。
寫作例句	1. 只要行事端正，無愧於心，「人無釁焉，妖不自作」，那些無端的謠言與是非便無法近身，自然能保得一身清白。 2. 在人生的旅途中，我們若能秉持正直，不為私欲所動，「人無釁焉，妖不自作」，那麼無論是外界的紛擾還是內心的掙扎，都將無法撼動我們的信念與決心，使我們在風雨中依舊能夠穩步前行，綻放屬於自己的光芒。

名句・出處	眾怒難犯，專欲難成。（《左傳・襄公十年》）
解析・應用	使大家都憤怒的事不可觸犯， 單憑個人意願事情很難成功。
	常用來強調不能違背多數人的意願。
寫作例句	1. 古代治理國家時，明君深知「眾怒難犯，專欲難成」的道理，因此常常傾聽百姓的聲音，以避免激起民怨，導致治國失敗。 2. 在職場中，聰明的領導者明白「眾怒難犯，專欲難成」的深意，因此注重團隊的意見和合作，避免因一己之私而使工作無法順利推進。

名句·出處	居安思危，思則有備，有備無患。 （《左傳·襄公十一年》）
解析·應用	處在安樂的環境中，要想到可能有的危險；有了這樣的思想就會有所準備，有了準備就不會產生禍患。
	常用來說明人在安全的時候一定要想到未來可能會發生的危險，這樣才會先做準備，以避免失敗和災禍的發生。
寫作例句	1. 在國家繁榮昌盛之際，我們更應銘記「居安思危，思則有備，有備無患」的古訓，不斷加強國防建設，確保國家長治久安。 2. 在個人事業的巔峰時刻，他始終保持清醒，踐行「居安思危，思則有備，有備無患」的智慧，提前規劃轉型之路，以應對未來可能出現的挑戰與變化。

名句·出處	飢者歌其食，勞者歌其事。（《公羊傳·何休注》）
解析·應用	飢餓者為了他們的食物而歌，勞苦者為他們從事的勞動而歌。
	這是說明詩歌從最初就是反映現實生活的著名句子。

寫作例句	1. 在古代的民間歌謠裡，「飢者歌其食，勞者歌其事」。那些飽受飢餓之苦的百姓，用簡單質樸的歌謠唱出對食物的渴望，如「碩鼠碩鼠，無食我黍」，便是對剝削者掠奪糧食的控訴；而終年辛勞的人們，則透過歌聲訴說著自己工作的艱辛，像「坎坎伐檀兮，置之河之干兮」，表達了伐木者對不公平勞動的不滿。 2. 在現代社會的文藝創作中，「飢者歌其食，勞者歌其事」也同樣適用。底層的工作者，用文字或影像記錄他們在城市裡為生計奔波的故事，展現他們對改善生活環境的嚮往；那些在艱苦環境中奮鬥的創業者，也會講述自己的創業歷程，其中的酸甜苦辣都是他們真實的經歷寫照，文藝作品成為了不同群體表達自身境遇和心聲的載體。

名句·出處	道不同，不相為謀。（《論語·衛靈公》）
解析·應用	想法目標不一樣的人，不共同謀劃事情。
	常用來說明主張、信仰等不同的人不相協調一致，思想、志趣不同的人不可能協同共事。

寫作例句	1. 在人生的旅途中，我們總會遇到志同道合的朋友，也會碰到理念相左的夥伴，這時，「道不同，不相為謀」便成為我們相處的準則，既然志向與道路不同，便無須勉強同行，各自尋找屬於自己的道路，追求心中的理想，方能心安理得，無憾無悔。 2. 在企業的發展策略規劃會議上，激進冒險派的高層管理者與穩健保守派的高層管理者產生了嚴重的分歧。前者渴望大刀闊斧地開拓新興市場，嘗試從未涉足的業務領域，而後者則堅持穩固現有市占率，謹慎對待任何新的投資和業務拓展。雙方爭執不下，最終只能各自為戰，因為「道不同，不相為謀」。他們在企業發展的理念和方向上有著不可調和的差異，難以共同謀劃企業的未來發展策略。

名句．出處	紂之不善，不如是之甚也。（《論語．子張》）
解析．應用	紂王雖然不好，但不像傳說的那樣厲害。
	常用來形容一個人或一事物，雖然不好，但也不像想像或傳說的那樣嚴重。

寫作例句	1. 在研究歷史人物時，我們應秉持客觀的態度，「紂之不善，不如是之甚也」。許多史書將商紂王描繪成一個極度殘暴、荒淫無道的君主，但隨著對歷史資料更深入的挖掘和分析，我們發現他的不善之處，可能並不像傳統記載中的那麼嚴重。也許在歷史的長河中，勝利者的書寫和口口相傳的演繹，使得他的形象被過度抹黑了。 2. 在對待他人的過錯時，「紂之不善，不如是之甚也」同樣適用。在生活中，我們常常聽到一些關於某人的負面傳聞，說這個人如何如何惡劣。然而，當我們真正去了解事情的全貌時，卻發現很多時候，這個人的過錯被誇大了，就像商紂王的不善被過度渲染一樣。我們不能僅憑傳聞就對他人進行嚴厲的評判，而應該深入調查，還他人一個相對公正的評價。

名句·出處	天下有道，則庶人不議。（《論語·季氏》）
解析·應用	天下政治清明，民眾就沒什麼可議論的。
	常用來說明如果政治清明就不會產生非議。
寫作例句	1. 在太平盛世，政治清明，民生安樂之際，「天下有道，則庶人不議」，百姓們安居樂業，無須對朝政多言，因為他們的基本需求與權益已得到充分保障，社會和諧穩定。 2. 在企業文化的建構中，同樣追求「天下有道，則庶人不議」的境界。當企業內部管理公正透明，員工權益得到充分尊重，工作環境積極向上，員工們便能安心工作，無須為不公而抱怨，這樣的企業方能凝聚人心，激發團隊的創造力與凝聚力，實現持續穩健的發展。

名句·出處	遠人不服，則修文德以來之。（《論語·季氏》）
	來：招來，使之來。
解析·應用	遠方的人如果不順服，就修文德來吸引他們。
	常用來描寫以德服人，即透過文化與德行吸引和感化人。
寫作例句	我們的祖先深諳「遠人不服，則修文德以來之」的道理，當今之世，我們也有必要在全球化的浪潮中藉助中華文化的形象來折服世人，加強內部的凝聚力，這也許是對付西方文化霸權更為高明的辦法。

名句·出處	自古皆有死，民無信不立。（《論語·顏淵》）
解析·應用	自古以來誰都難免一死，如果人民一旦對統治者失去信任，這個政權就難以鞏固了。
	指立國的根本是取信於民。
寫作例句	孔子曰：「自古皆有死，民無信不立。」媒體間的競爭日趨激烈，我們的媒體將面臨全球媒體的競爭。面對這種嚴峻的新聞競爭環境，我們的媒體更要講究「公共信譽」。

名句·出處	一言可以興邦，一言可以喪邦。（《論語·子路》）
解析·應用	一句話可以振興國家，一句話可以喪失國家。又作「一言興邦，一言喪邦」。
	常用來描寫語言的強大影響力，強調領導者或重要人物言辭的極端重要性及其對國家興衰的直接影響。

寫作例句	1. 言辭很重要，《論語》中有「一言可以興邦，一言可以喪邦」的說法，而歸根到底，修辭又為了「修身、齊家、治國、平天下」的儒家之道，「修辭立其誠，所以居業也。」 2. 深知語言的厲害，所以有「一言興邦，一言喪邦」、「人言可畏」之說。有時候，語言決定著民族、個人的命運。語言甚至預定了人類的生存方式。

名句·出處	上好禮，則民莫敢不敬;上好義，則民莫敢不服。（《論語·子路》）
解析·應用	做官的講求禮節，百姓就沒有人敢不尊敬；做官的行事正當，百姓就沒有人敢不服從。
	指要想在百姓中樹立權威，重在加強自身修養。
寫作例句	「上好禮，則民莫敢不敬；上好義，則民莫敢不服。」這句古訓在今天仍有借鑑意義。領導者的言行舉止不僅僅是個人行為，而是代表政府、影響大局的大事，絕不能疏忽大意。

名句·出處	君子周而不比，小人比而不周。（《論語·為政》）
	周：指對任何人都持開放和包容的態度。比：是相互比附，對其他人封閉和排斥。

解析·應用	一個品德行為高尚的人，是以正道來廣泛結交朋友，但不會互相勾結；而品德卑鄙的人則互相勾結，不會顧忌道義。
	常用來說明君子無論和什麼人來往都能一視同仁，從不拉幫結派；小人卻總是喜歡和自己相近的人結成小圈子，一起排斥異己者。
寫作例句	1. 他為人處世，始終堅持「君子周而不比，小人比而不周」的信條，廣結善緣，真誠待人，而非結黨營私，只與特定的人親近而忽視大局。 2. 在職場上，她以公正無私著稱，始終踐行「君子周而不比，小人比而不周」的哲理，對待每位同事都一視同仁，不因個人恩怨而偏袒或疏遠，贏得了廣泛的讚譽與尊敬。

名句·出處	舉直錯諸枉，則民服；舉枉錯諸直，則民不服。（《論語·為政》）
	直：正直的人。錯：通「措」，安置。諸：「之於」合音，（放置）在某種人之上。枉：不正直的人。
解析·應用	提拔正直的人，把他們安置在不正直的人之上，民眾就會服從；提拔不正直的人，把他們安置在正直的人之上，民眾就不會服從。
	常用來對比重用正直之人和不正直之人不同後果，強調識人的重要性。

寫作例句	1. 古代的賢明君主深知「舉直錯諸枉，則民服；舉枉錯諸直，則民不服」的道理，因此總是任用正直之人以壓制奸邪，使百姓心服口服，國家得以安定。 2. 在現代組織管理中，領導者若能踐行「舉直錯諸枉，則民服；舉枉錯諸直，則民不服」的原則，公平公正地選拔人才，團隊成員便會心悅誠服，積極貢獻力量。

名句·出處	飽食終日，無所用心。（《論語·陽貨》）
解析·應用	整天吃飽飯，什麼事也不思不想。
	本含貶義，現也用來表示自己在過著悠閒的日子。
寫作例句	1. 他自從失業後，就整天待在家裡，「飽食終日，無所用心」，既不思考重新找工作的事，也不做任何提升自己能力的事，只是渾渾噩噩地打發日子。 2. 在這個競爭激烈的時代，有些年輕人雖然有著良好的教育背景和豐富的資源，卻「飽食終日，無所用心」，他們不去積極探索自己的人生方向，也不努力為社會貢獻自己的力量，只是在安逸中虛度光陰。

名句·出處	大道之行也，天下為公。（《孔子家語·禮運》）
	大道：正道，常理。
解析·應用	實行大道，就是使天下的一切都成為公共所有。
	常用來描寫理想社會的公正與共享，強調公共利益高於個人私利。

寫作例句	1.「大道之行也，天下為公」、「大公無私」等等這類名言警語，不就是古代人發明的嗎？不論是儒家或道家，都有過這種原始的理想主義。 2. 孫中山先生說：「天下為公。」一個政治家總是以他為公的程度，以他對社會付出的多少，來換取人民的支持度，換取社會的承認度。

名句·出處	有文事者，必有武備;有武事者，必有文備。（《孔子家語·相魯》）
解析·應用	舉行和平盟會一定要有武裝力量作為後盾；而進行軍事活動，也一定要在宣傳、思想、策略方面做好準備。
	也就是說，敵我雙方無論舉行和平談判還是武裝抗爭，都應做好兩手準備。軍事實力是和平談判的籌碼，宣傳、策略是武裝抗爭中戰勝敵人的重要方法。

寫作例句	1. 在治理國家的大事上，領導者應深知「有文事者，必有武備；有武事者，必有文備」的道理。這意味著，在推行文化教育、外交談判等和平手段的同時，必須強化國防建設，確保有足夠的軍事力量作為後盾；而在進行軍事行動、保衛國家安全的同時，也不能忽視文化軟實力的建設，以文化和智慧來輔助軍事策略，實現國家的長治久安。 2. 在現代企業的發展中，同樣需要遵循「有文事者，必有武備；有武事者，必有文備」的原則。企業在追求技術創新、產品研發等「文事」的同時，必須建立強大的市場行銷、客戶服務等「武備」，以應對激烈的市場競爭；而在進行市場擴張、併購重組等「武事」時，也不能忽視企業文化建設、人才管理等「文備」，以提升企業的軟實力，確保企業在快速發展的同時，能夠保持內部的穩定與和諧。

名句·出處	苛政猛於虎。（《禮記·檀弓下》）
	苛政：指繁重的賦稅、苛刻的法令。
解析·應用	苛刻的暴政比老虎還厲害。
	常用來說明反動統治者的暴政比吃人的老虎更加可怕。
寫作例句	古代聖賢常以「苛政猛於虎」告誡統治者，提醒他們嚴苛的政令比猛虎還要可怕，因為它會使百姓陷入困苦，甚至引發民怨和動亂。

名句·出處	口惠而實不至。（《禮記·表記》）
解析·應用	口頭答應給人好處，但沒有實際行動。
	常用來批評「嘴巴講一套，實際做一套」的人或組織。
寫作例句	1. 在人際互動中，我們常會遇到那些「口惠而實不至」的人。他們口頭上承諾滿滿，言辭間盡顯誠意與熱情，然而實際行動上卻往往大打折扣，未能兌現其承諾。這種言行不一的行為，不僅讓人心生失望，更破壞了人與人之間的信任與和諧。 2. 管理者若「口惠而實不至」，即只在口頭上關心員工利益，卻不採取任何實際措施改善工作環境，久而久之，員工必然會對其失去信任和忠誠。

名句·出處	建國君民，教學為先。（《禮記·學記》）
	君：統治。
解析·應用	建立國家，統治人民，首要的任務是振興教育。又作「建國緯民，立教為本」。
	指教學是治國安民的頭等大事。
寫作例句	1. 文明何以能夠長期延續而生生不息，甚至在各種外來文化劇烈衝擊下，亦能沉著應變而不失其堅強的民族凝聚力？一個重要的原因就是因為我們向來重視教育：「建國君民，教學為先」，「化民成俗，其必由學」。 2. 建國緯民，立教為本；尊師崇道，茲典自昔。

名句·出處	人之患在好為人師。（《孟子·離婁上》）
解析·應用	人的毛病在於喜歡當別人的老師。
	常用來說明那種覺得自己比別人優越，喜歡處處教導別人的人，就不容易進步了。
寫作例句	1. 在學術研討會上，大家都在平等交流觀點，可總有那麼一、兩個人，總是急於表達自己的看法，強行對別人灌輸自己的理念，卻不知「人之患在好為人師」。真正的學術交流應該是相互分享、共同探討，而不是處處以師自居，強行教導他人。 2. 在生活中，我們要懂得謙遜，不要總是以自己的標準去評判他人並急於指導別人怎麼做，因為「人之患在好為人師」。每個人都有自己的生活方式和成長軌跡，過度地好為人師往往會引起他人的反感，破壞人際關係的和諧，我們應尊重他人的獨立性，而不是處處顯示自己的高明。

名句·出處	上無道揆，下無法守。（《孟子·離婁上》）
	道揆：法度，準則。
解析·應用	上邊沒有管理的準則，下邊就無法按法度履行職守。
	指治國安民，沒有法制是不行的。
寫作例句	法制有什麼作用？沒有它行不行？上面說過沒有它是不行的。兩千年以前有位大賢，叫孟軻，他曾說過：「上無道揆也，下無法守也。」

名句·出處	不以規矩，不能成方圓。（《孟子·離婁上》）
	規矩：規和矩分別是校正圓形、方形的兩種工具，多用來比喻標準法度。
解析·應用	不用規和矩，就畫不成方和圓。
	比喻做事要遵循一定的法則。
寫作例句	1. 木工師傅教導徒弟說：「製作木器時，『不以規矩，不能成方圓』，這直尺和圓規是必不可少的工具，沒有它們，就難以精確地製作出方形的框架和圓形的輪盤。」 2. 在社會生活中，「不以規矩，不能成方圓」，法律和道德規範就如同規矩一樣約束著人們的行為。如果沒有這些規範，人們的行為將失去準則，社會秩序就會陷入混亂，和諧穩定的社會環境也就無從談起。

名句·出處	言人之不善，當如後患何？（《孟子·離婁下》）
解析·應用	說別人的壞話，招來後患怎麼辦？
	常用來提醒搬弄是非的人。
寫作例句	1. 在人際互動中，我們應當謹言慎行，「言人之不善，當如後患何」，批評他人缺點時，須考慮其後果，以免言語不慎，傷人自尊，種下日後怨恨的種子，影響彼此關係。 2. 在網路環境裡，每個人都要時刻謹記「言人之不善，當如後患何」。網路的傳播速度極快，範圍極廣，當我們想要揭露他人所謂的「不善」之處時，可能會在不經意間引發網路暴力等嚴重後果，到時候面對這些不良的後患，又該怎麼辦呢？所以發言須謹慎，尊重他人是基本素養。

名句·出處	上有好者，下必有甚。（《孟子·滕文公上》）
	好：嗜好，愛好。甚：過分，厲害。
解析·應用	上級有什麼愛好，下屬必定效仿，而且表現得更強烈。又作「上之所好，下必有甚」。
	指上級的言行舉止對下屬影響很大。
寫作例句	1.「上有好者，下必有甚」，這是一句古話，值得每個人深思和警惕。如果我們的重要決策都建築在虛假和浮誇的基礎上，將形成一種多麼嚴重的局面？ 2. 隋煬帝志在無厭，唯好奢侈。所司每有供奉營造，小不稱意，則有峻罰嚴刑。「上之所好，下必有甚」，競為無限，遂至滅亡。

名句·出處	飽食、暖衣、逸居而無教，則近於禽獸。（《孟子·滕文公上》）
	逸居：居住安逸。
解析·應用	人吃飽穿暖，住得安逸，但是沒有教育，也和禽獸差不多。
	常用來說明要有所學，有所思，有所為，不要好吃懶做，消極無聊地打發日子。也指光有物質文明不行，公德心教育必須緊緊跟上。

寫作例句	1. 事實顯示，物質條件上去了，道德水準自然會上去的想法是不切實際的。如孟子所說：「人之有道也，飽食、暖衣、逸居而無教，則近於禽獸。」社會富裕並不等於道德提高，如果離開了道德教化，富裕很可能成為道德墮落的深淵。 2. 對於孩子的培養，「飽食，暖衣，逸居而無教，則近於禽獸」，僅僅提供物質上的滿足，而不注重品德與知識的教育，就如同讓花朵失去了陽光的照耀，難以綻放出應有的光彩，最終可能誤入歧途，失去人生的方向。

名句·出處	得道者多助，失道者寡助。（《孟子·公孫丑下》）
	道：道義、正義。寡：少。
解析·應用	符合正義，就能得到多數人的支持與幫助；違背正義，必然陷入孤立無援的境地。又作「得道多助，失道寡助」。
	常用來描寫道義與支持的關係，強調遵循正道會得到廣泛支持，背離正道則孤立無援。
寫作例句	1.「得道者多助，失道者寡助。」遵守道德準則表現出較高的道德修養，可能會暫時地失去某些商業利益。但從長遠來看，由於商業信譽的確立，經營利潤的未來成長是極為可觀的。 2. 古今中外無數事實證明，「得道多助，失道寡助」，弱國能夠打敗強國，小國能夠打敗大國。

名句·出處	雖有智慧，不如乘勢；雖有鎡基，不如待時。（《孟子·公孫丑上》）
	鎡基：鋤頭。

解析·應用	雖然有智慧，也不如憑藉有利的形勢；雖然有農具，也不如等待適宜的節令。
	指利用機遇比智慧謀略更重要。
寫作例句	「雖有智慧，不如乘勢；雖有鎡基，不如待時。」在經營管理活動中，一定的形勢和發展勢頭及合適的時機等，比智慧和工具更為重要。真正的智慧在於抓緊時機，看清發展趨勢，而當條件不具備時，則不如等待時機的出現。

名句·出處	出乎爾者，反乎爾者也。（《孟子·梁惠王下》）
	出：出去。反：返回。爾：你。
解析·應用	從你這裡出去的，會返回到你這裡呀。
	常用來說明你怎麼樣對待別人，別人也會怎麼樣對待你。成語「出爾反爾」出於此，意思有了改變，指人的言行反覆無常。
寫作例句	1. 人際關係中，「出乎爾者，反乎爾者也」，善待他人，終將被溫柔以待；冷漠待人，回饋的也將是冷漠，這是不變的法則。 2. 團隊之中，「出乎爾者，反乎爾者也」，領導者的言行，塑造團隊風氣，以身作則，方能帶領團隊前行；反之，則易導致團隊士氣低落。

名句·出處	天下有道，以道殉身；天下無道，以身殉道。（《孟子·盡心上》）
解析·應用	天下政治清明，自己就要身體力行推行道義；天下混亂，自己就要用生命來捍衛道義。
	常用來論述道義與時局、自身的關係。
寫作例句	古代賢者常以「天下有道，以道殉身；天下無道，以身殉道」為信條，在太平盛世中，以正道修身齊家；而在亂世之時，則不惜以生命捍衛心中的信念與原則。

名句·出處	民為貴，社稷次之，君為輕。（《孟子·盡心下》）
	社稷：國家。君：君主。
解析·應用	百姓最為重要，國家為其次，君主為最輕。
	常用來強調民本思想，即人民在國家和社會中的核心地位。
寫作例句	從以民為本的認識出發，孟子還提出了「民為貴，社稷次之，君為輕」的著名的民貴君輕的政治主張。在民不聊生的戰國時代，孟子能有如此深刻的思想，十分難得。

名句·出處	說大人，則藐之，勿視其巍巍然。（《孟子·盡心下》）
解析·應用	遊說那些位高顯貴的人，要藐視他，不要把他的顯赫地位和權勢放在眼裡。
	在孟子看來，君子所追求的是恢復古代的禮樂制度和高尚的人格修養，而位高權重並不是自己所追求的目標，因此對位高權重也就沒什麼可畏懼的。

寫作例句	在現代職場中，與高層溝通時，應秉持「說大人，則藐之，勿視其巍巍然」的心態，不被職位的高低所左右，勇於表達真實的想法，從而推動問題的解決與發展。

名句．出處	徒善不足以為政，徒法不能以自行。（《孟子．離婁上》）
	徒：僅，只。自行：自己實行。
解析．應用	光有好的願望，不能實施政治；光有法令條文，不能產生實效。
	常用來概括治理國家時既要重視道德教化，又要重視法制建設的重要性。
寫作例句	1. 今人多重法制，認為法制健全，即可萬事大吉，殊不知若沒有道德自覺，是不會有守法意識的，而法律也將成為如何規避的對象，更無論有法不依的現象了。孟子早就說過：「徒善不足以為政，徒法不能以自行。」 2.「徒法不能以自行」，必須把制度建設與思想教育結合起來。思想教育的功能不僅僅是喚起人們崇高的理想，更重要的是培育人們的自尊和責任，從而自覺遵守為社會所崇尚的包含公務道德的廉政體系。

名句．出處	治大國若烹小鮮。（《老子》）
	若：像。烹：烹煎。小鮮：小魚。
解析．應用	治理大國，就像烹煎小魚。
	指治國貴在安民。

寫作例句	「治大國若烹小鮮。」這是治國的千古警句，對傳統的政治思想有深遠的影響。老子這個形象比喻意味深長，誡諭治國者不要煎虐擾民，要以「道」治國，上下相安，才可享受「德」的惠澤而國泰民安。

名句·出處	天下皆知美之為美，斯惡已；皆知善之為善，斯不善已。（《老子》）
解析·應用	天下的人都知道美之所以為美，也就知道什麼是醜了；都知道善之所以為善，也就知道什麼是不善了。
	常用來說明美和醜、善和不善，是互相依存的，沒有一方，另一方也就不存在。
寫作例句	1. 世間萬物，若眾人皆以某物為美，那麼與之相對的醜便也隨之界定；同樣，若眾人皆以某行為為善，那麼與之相對的不善也就此分明。這正是「天下皆知美之為美，斯惡已；皆知善之為善，斯不善已」所揭示的道理，它告訴我們，美與醜、善與不善，往往是相互依存，相互定義的。 2. 在人際互動中，若我們過於執著於對與錯、善與惡的二元劃分，往往會忽視人性的複雜與多元。其實，很多行為與觀念，並非簡單的黑白分明，而是有著豐富的灰色地帶。正如「天下皆知美之為美，斯惡已；皆知善之為善，斯不善已」所引申的，我們應學會以更加包容與開放的心態，去理解他人的選擇與行為，不要輕易地將人貼上善惡的標籤，因為在這個多彩的世界裡，每個人都有自己的故事與難處。

名句·出處	彼知顰美，而不知顰之所以美。（《莊子·天運》）
	顰：皺眉。
解析·應用	東施只知道西施那樣皺著眉頭很美，但卻不知道是因為什麼美。
	因為西施本身就很美，所以皺眉頭的樣子也很美；東施的樣子本就很醜，所以皺眉頭的樣子就更醜了。比喻學習別人只是不顧條件生搬硬套地模仿。
寫作例句	1. 東施效顰的故事流傳千古，她只看到了西施皺眉時的美麗，卻未曾深究「彼知顰美，而不知顰之所以美」，西施之美，源於其自然流露的情感與獨特的氣質，而非簡單的模仿所能及，東施的盲目跟風，最終只能成為笑柄。 2. 在藝術創作與學習的過程中，許多人往往只看到了表面上的成功與技巧，卻忽視了「彼知顰美，而不知顰之所以美」的深層含義，即真正的藝術魅力在於其背後的情感、思想與文化底蘊，而非單純的形式模仿或技巧堆砌，唯有深入探究，理解並融入自己的情感與理解，才能創造出真正觸動人心的作品。

名句·出處	利莫大於治，害莫大於亂。（《管子·正世》）
	治：指社會安定。
解析·應用	利益沒有比社會安定更大的，危害沒有比社會動亂更大的。
	指維持社會安定，是治國的頭等大事。

寫作例句	「利莫大於治，害莫大於亂。」社會治安穩定，於國於民都是最大的好事；社會混亂不安，於國於民都是最大的危害。

名句·出處	以人為本，本理則國固，本亂則國危。（《管子·霸言》）
解析·應用	（實施王道或霸道）應該把百姓、人才作為根本。
	這是「以人為本」四字的最早出處，不過它的內涵和我們今天講的「以人為本」並不盡相同，其目的在於更有效地對人民進行統治。
寫作例句	1. 古代聖明的君主深諳「以人為本，本理則國固，本亂則國危」的道理，因此在治國時注重選賢任能，確保國家根基穩固，長治久安。 2. 在當代社會治理中，政策制定者若能踐行「以人為本，本理則國固，本亂則國危」的理念，關注民生福祉，傾聽群眾呼聲，國家就能在和諧中不斷發展壯大。

名句·出處	飽而知人之飢，溫而知人之寒，逸而知人之勞。（《晏子春秋·內篇諫上》）
解析·應用	（古代賢明的君王）自己吃飽了卻知道還有人餓著，自己穿暖了卻知道還有人凍著，自己安逸了卻知道還有人正在辛勞。
	原意是說明古代君王的愛民之情，現在常用來說明換位思考和同理心的重要性。

寫作例句	1. 古代的賢君總是牢記「飽而知人之飢，溫而知人之寒，逸而知人之勞」的教誨，時刻關心百姓的生活狀況，體恤他們的疾苦，才能贏得民心，使國家繁榮昌盛。 2. 在現代管理中，優秀的領導者懂得「飽而知人之飢，溫而知人之寒，逸而知人之勞」的重要性，只有設身處地為員工著想，關心他們的需求和困難，才能激發團隊的凝聚力和創造力。

名句·出處	公生明，偏生暗。（《荀子·不苟篇》）
解析·應用	公正就政治清明，偏私就政治昏暗。
	常用來說明公正便能明察事理。
寫作例句	1. 古代賢者常教導統治者要做到「公生明，偏生暗」，因為只有公正無私地對待每一個臣民，才能明察秋毫，洞悉天下事務，而偏袒一方則會導致判斷失誤，矇蔽雙眼。 2. 在現代職場中，管理者若能實踐「公生明，偏生暗」的原則，公平對待每位員工，便能營造出透明的工作環境，避免因偏袒而引發的內部矛盾和信任危機。

名句·出處	長袖善舞，多錢善賈。（《韓非子·五蠹》）
	賈：做買賣。
解析·應用	袖子長有利於起舞，金錢多有利於做買賣。
	比喻有所依靠，事情就容易成功。
寫作例句	那些善於交際且擁有豐富資源的人，「長袖善舞，多錢善賈」，在各個領域的發展中往往能搶占先機，迅速崛起。

名句·出處	賢者用之則天下治，不肖者用之則天下亂。（《韓非子·難勢》）
解析·應用	國家用賢才就會使社會安定，國家用佞才就會使社會大亂。
	常用來對比賢才、佞才對國家的不同影響力。
寫作例句	1. 古代治國之道貴在選賢任能，正所謂「賢者用之則天下治，不肖者用之則天下亂」，明君唯有任用賢德之人，國家才能安定繁榮；若任用不肖之徒，必致天下大亂。 2. 在現代企業管理中，領導者若能踐行「賢者用之則天下治，不肖者用之則天下亂」的理念，選拔有才德之人擔任重要職務，企業便能蒸蒸日上；反之，若任用不稱職者，則會導致管理混亂，企業陷入困境。

名句·出處	湯武非得伯夷之民以治，桀紂非得跖蹻之民以亂也。民之治亂在於上，國之安危在於政。（《慎子·逸文》戰國·慎到）
	湯：又稱武湯，成湯，商朝建立者；武：周武王，名姬發，西周建立者。二人均為春秋前的賢明君主。桀：夏桀，夏朝末代國王。紂：商紂王，商朝末代國王。二人均為著名暴君。伯夷：為儒家所稱道的殷紂王時的賢人。蹠：柳下蹠。蹻：莊蹻。他們均為春秋、戰國時封建統治者所稱的盜寇。

解析·應用	成湯和周武王時期並不是由於人民都像伯夷那樣的賢人，才把國家治理得那麼好；夏桀和商紂時期也並非老百姓都是盜寇，才使得國家大亂。可見人民治理得好壞的關鍵在於君王，國家安定或是危機的關鍵在於政策是否合理。
	常用來說明君王和統治政策對天下治亂的影響力。
寫作例句	「湯武非得伯夷之民以治，桀紂非得跖蹻之民以亂也。民之治亂在於上，國之安危在於政」不僅是對古代治國理念的回顧，更是對現代管理智慧的啟示。無論是企業管理還是社會治理，領導者的決策與行為，都直接影響著團隊的氛圍與效率，乃至整個組織的命運。一個優秀的領導者，應當以身作則，樹立良好的榜樣，透過公正透明的制度，激發團隊的凝聚力與創造力，而不是依賴員工的個人素養或性格來決定組織的成敗。唯有如此，才能在複雜多變的環境中，保持組織的穩定與發展，確保事業的順利推進。

名句·出處	病已成而後藥之，亂已成而後治之，譬猶渴而穿井，鬥而鑄錐，不亦晚乎？（《黃帝內經·素問》）
解析·應用	病了以後再吃藥，亂了以後再治理，就像渴了再掘井，要打鬥才造兵器，不是太晚了嗎？
	常用來說明未雨綢繆、不要「臨時抱佛腳」的道理。

寫作例句	1. 面對疾病，若待到「病已成而後藥之，亂已成而後治之，譬猶渴而穿井，鬥而鑄錐，不亦晚乎」，那時再尋求治療，往往事倍功半，甚至回天無力，因此，預防疾病，及早干預，方為上策。 2. 在專案管理中，同樣應警惕「病已成而後藥之，亂已成而後治之，譬猶渴而穿井，鬥而鑄錐，不亦晚乎」的教訓。我們不能等到問題堆積如山，危機四伏時才著手解決，而應未雨綢繆，提前辨識風險，制定應對策略，確保專案順利推進，避免不必要的損失。

名句·出處	欲求天下民，先設其利而自至，譬之若冬日之陽，夏日之陰，不召而民自來。（《逸周書·大聚解》）
解析·應用	想要聚集天下的人民，首先應該擬定對他們有利的政策，他們自然就會過來，就像冬天的陽光、夏天的陰涼，不用號召人們自己就會過來。
	常用來說明利民政策對民眾的號召力。
寫作例句	1. 古代賢明的君主深諳治國之道，即「欲求天下民，先設其利而自至，譬之若冬日之陽，夏日之陰，不召而民自來」，因此總是致力於創造利民的政策，以吸引百姓自願歸附，形成安定繁榮的局面。 2. 在現代商業競爭中，企業若能踐行「欲求天下民，先設其利而自至，譬之若冬日之陽，夏日之陰，不召而民自來」的策略，提供優質的產品和服務，自然能夠吸引客戶慕名而來，實現市場的持續成長。

名句·出處	無與禍鄰，禍乃不存。（《戰國策·秦策》）
解析·應用	與禍患保持距離，禍患就不會降臨。
	常用來說明提高警惕性、增加安全感的重要性。
寫作例句	1. 在人際關係中，我們始終秉持「無與禍鄰，禍乃不存」的原則，盡量不與那些可能帶來災難或麻煩的人為伍，不參與是非紛爭，從而避免禍患的侵擾，享受平靜與安寧的生活。 2. 在企業管理與決策中，同樣需要深刻理解並踐行「無與禍鄰，禍乃不存」的道理。企業在制定策略、選擇合作夥伴時，應當審慎行事，避免與那些信譽不佳、經營不善或存在法律風險的企業為伍。透過嚴格的風險評估與盡職調查，確保企業的決策與行動不會引發潛在的危機或損失。

名句·出處	罷無能，廢無用，損不急之官，塞私門之請。（《戰國策·秦策》）
	損：減少。塞：杜絕。
解析·應用	罷免沒有才能之人，裁撤無用的機關，減少不急需的官員，杜絕私人請託。
	常用來說明精兵簡政、廉潔自律的措施。

寫作例句	1. 在改變的過程中，我們堅決貫徹「罷無能，廢無用，損不急之官，塞私門之請」的原則。這意味著，對於那些能力不足、無法勝任工作的官員，我們果斷罷免；對於那些毫無實際效用、徒增負擔的機構與制度，我們堅決廢除；對於那些並非當務之急、冗餘繁瑣的官職，我們予以精簡；對於那些利用私人關係、謀求私利的行為，我們嚴厲打擊，杜絕私門請託之風。透過這一系列舉措，我們旨在打造一個高效、廉潔、公正的行政體系，為國家的長遠發展奠定堅實基礎。 2. 在現代組織管理中，若領導者能貫徹「罷無能，廢無用，損不急之官，塞私門之請」的原則，果斷淘汰不勝任的員工，精簡不必要的職位，並杜絕私下關係交易，就能打造一個高效透明的團隊環境。

名句‧出處	循法之功，不足以高世；法古之學，不足以制今。（《戰國策‧趙策》）
解析‧應用	遵循現成的法規建立的功業，不可能超過當世；效法古人的做法，不能夠管理當今的國家。
	常用來表達反對因陳守舊、支持改革創新的思想。

寫作例句	1. 古代思想家指出，單靠遵循舊有的方法難以成就偉業，正所謂「循法之功，不足以高世；法古之學，不足以制今」，因為簡單地模仿古人的學問不足以應對當代的複雜局勢。 2. 企業若只是一味遵循傳統技術，很難在行業中脫穎而出，正如「循法之功，不足以高世；法古之學，不足以制今」。唯有創新思考與技術突破，才能在快速變化的市場中獲得領先地位。

名句・出處	善作者不必善成，善始者不必善終。（《戰國策・燕策》）
解析・應用	善於創始的人不一定完成得很好，有個好開頭的人不一定有好結果。
	常用來說明做事不僅要有一個好的開頭，還要有好的過程和結果。
寫作例句	1. 古代哲人常提醒人們，雖然一個計畫的開創者不一定能成功完成它，正所謂「善作者不必善成，善始者不必善終」，因為事情的發展往往充滿變數，最終的結果並不總是由起初的努力決定。 2. 在現代專案管理中，團隊領導者應了解到「善作者不必善成，善始者不必善終」的道理，專案的成功不僅依賴於良好的開端，更需要在過程中持續關心和調整，以確保最終的圓滿收尾。

名句·出處	將拒諫則英雄散，策不從則謀士叛。（《黃石公三略》）
解析·應用	將帥聽不進下屬的忠告，手下的英雄就會離開；好的策略不被採用，謀士就會反叛。
	常用來說明領導者是否聽取下屬意見、採納下屬建議的效果反差。
寫作例句	在企業的決策與執行過程中，需要銘記「將拒諫則英雄散，策不從則謀士叛」的警示。當企業面臨重大決策時，如果管理層拒絕接受來自基層員工或外部專家的寶貴建議，那些原本願意為企業貢獻才華與智慧的菁英將會失去動力，甚至選擇離開；而如果企業的策略決策未能充分考慮並採納專業團隊的意見與方案，那些原本致力於企業發展的智囊團也會感到被忽視，進而可能產生牴觸情緒或選擇跳槽。因此，我們注重建構開放的決策環境，鼓勵員工與專家積極發表意見，以確保企業的決策更加科學、合理，從而推動企業的持續健康發展。

名句·出處	不知來，視諸往。（《春秋繁露·精華》漢·董仲舒）
解析·應用	不知將來怎樣，那就看看以往。
	常用來說明歷史是面鏡子，對照以後就可預知將來的結局。

寫作例句	1. 在探尋這條河流的漲潮規律時，「不知來，視諸往」，我們可以檢視以往的水文紀錄，了解過去它在不同季節、不同氣候下的水位變化情況，從而對未來它可能出現的狀況做出預測。 2. 面對這個新興行業的發展趨勢，投資者們有些茫然。然而「不知來，視諸往」，他們可以研究過去類似行業在興起時的發展路徑，包括面臨的挑戰、突破的機遇以及市場的反應等，這樣就能為判斷這個新興行業的未來走向提供重要的參考依據。

名句·出處	雕蟲小技，壯夫不為。（《法言·吾子》漢·揚雄）
	雕蟲：本指雕刻蟲書。所謂蟲書，是古代篆字的一種。這種篆字，是以纖細曲長的筆畫所寫的字型，多由鳥蟲形體發展而來。現在仍有「雕蟲篆刻」一語，說的就是這種雕蟲鳥的篆刻。「雕蟲小技」意指微不足道的小技藝。
解析·應用	微不足道的小技藝，豪傑之士是不屑做的。
	這句話是後人對揚雄文章相關片段的概括，常被文人墨客用作對自己從事職業的謙詞。

寫作例句	1. 在文學創作領域，他雖擅長雕琢詞句，但內心深知「雕蟲小技，壯夫不為」。對於那些只追求華麗辭藻、缺乏深邃思想的作品，他總是嗤之以鼻，認為真正的文學創作應該是情感的流露與思想的碰撞，而非僅僅停留於文字表面的裝飾。 2. 在事業的征途上，他始終秉持著「雕蟲小技，壯夫不為」的信念。面對那些看似光鮮實則空洞無物的短期利益，他從不為之所動，而是選擇了一條更為艱難卻更有意義的道路。他知道，真正的成功，不是靠那些表面的技巧和小聰明能夠獲得的，而是需要深厚的底蘊、堅韌的意志和不懈的努力。因此，他寧願在默默耕耘中等待收穫的季節，也不願為了短暫的榮耀而犧牲長遠的未來。

名句·出處	漢屈群策，群策屈群力。（《法言·重黎》漢·揚雄）
	屈：盡。策：計謀，主意。
解析·應用	漢皇劉邦能夠使大家各獻良策，這些良策使得大家各盡其力。
	成語「群策群力」由此而來，意思是大家出主意，大家盡力量。
寫作例句	在科學研究計畫突破瓶頸過程中，「漢屈群策，群策屈群力」。科學研究團隊的領導者應善於徵集團隊成員的各種策略建議，眾多的策略相互融合碰撞，進而發揮出團隊全體成員的力量，大家齊心協力，才能攻克一個又一個科學難題，推動科技不斷向前發展。

名句·出處	琴瑟不調，解而更張；為政不行，變而更化。（〈賢良策一〉漢·董仲舒）
	瑟：古代一種絃樂器。調：協調。
解析·應用	琴瑟的絃音不協調，就要重新調整；政策法令行不通，就要變革更新。
	指施政如同彈琴，需要隨時調整變革。
寫作例句	董仲舒說：「琴瑟不調，解而更張；為政不行，變而更化。」還有種說法是：「琴瑟不調，改而更張；布政施化，隨時取適。」這些格言告誡後人：施政與奏樂是同一個道理，樂器不和諧，就得另行調理；政令不合下情，就得實行改革。

名句·出處	抱火厝之積薪之下而寢其上，火未及燃，因謂之安，偷安者也。（《新書·數寧》漢·賈誼）
	厝：放置。薪：柴草。
解析·應用	把火放在柴堆下面，而人睡在上面，火未燒起來就自以為很安全，這就叫偷安。
	常用來比喻苟且偷安潛伏著極大的危險。

寫作例句	1. 面對潛在的危險，有人卻如「抱火厝之積薪之下而寢其上，火未及燃，因謂之安，偷安者也」。他們忽視了隱患的存在，將火種置於乾柴之下，自己卻安然睡臥其上，只因尚未發生火災，便自以為安全，實則是在掩耳盜鈴，自欺欺人。這種對危險的漠視與僥倖心理，正是「偷安者」的典型寫照。 2. 在人生道路上，我們需要警惕「抱火厝之積薪之下而寢其上，火未及燃，因謂之安，偷安者也」的心態。有時候，我們可能會因為一時的安逸或逃避，而將自己置於潛在的風險之中，比如忽視健康、拖延學習或工作、逃避責任等。這些看似無害的行為，實則如同在積薪之下放置火種，一旦火勢蔓延，後果將不堪設想。因此，我們應當時刻保持清醒的頭腦，勇於面對並克服挑戰，而不是沉溺於眼前的安逸，成為「偷安者」。

名句・出處	凡舉事無為親厚者所痛，而為見仇者所快。（〈為幽州牧與彭寵書〉漢・朱浮）
解析・應用	做事不要使自己人痛心，而使敵人高興。
	現在使用的短語「親者痛，仇者快」或「親痛仇快」，即是出自這句話。

寫作例句	1. 在家族紛爭之中，各方應保持理性，切不可做出魯莽之事，「凡舉事無為親厚者所痛，而為見仇者所快」，家族的和睦團結才是最重要的根基，莫要因一時意氣而傷害了親人，讓仇人看笑話。 2. 在職場上，處理事務應秉持客觀公正的原則，「凡舉事無為親厚者所痛，而為見仇者所快」，不因個人喜好或恩怨影響工作判斷，以免讓親近的同事因不公平待遇而心生怨懟，也不讓對手因我們的失誤而竊喜，這樣才能在職場中樹立威信，贏得他人的尊重與信任。

名句·出處	公道達而私門塞，公義立而私事息。（《韓詩外傳》漢·韓嬰）
解析·應用	公道通暢了，結黨營私的門就被堵住了；公義倡明了，那些想藉機辦的私事就停止了。
	常用來說明清明政治對結黨營私、營私舞弊的遏制作用。
寫作例句	1. 古代政治家強調，只有在「公道達而私門塞，公義立而私事息」的情況下，國家才能實現真正的公平正義，即當公正的原則暢行無阻，私人的請託得不到回應，公義才能樹立，私人事務才能平息。 2. 在現代社會治理中，若能做到「公道達而私門塞，公義立而私事息」，即透過健全的法律和制度確保公共利益高於一切，個人私利便無法左右決策，社會才能和諧有序地發展。

名句·出處	明鏡者，所以照形也；往古者，所以知今也。（《韓詩外傳》漢·韓嬰）

解析·應用	明鏡，可以照見形體；歷史，可以鑑戒當今。
	指歷史如同一面鏡子，能夠得到借鑑。
寫作例句	「明鏡者，所以照形也；往古者，所以知今也。」歷史就像一面鏡子，可以映照出當今世界的是是非非。因此，借鑑古人的經驗和教訓，能夠避免許多冤枉路，從而把事情做得更好。

名句·出處	戰勝而將驕卒惰者敗。（《史記·項羽本紀》漢·司馬遷）
解析·應用	打了勝仗以後，將領驕傲、兵士怠惰的，一定會有失敗。
	常用來強調驕兵必敗，引申為驕傲者必然失敗。
寫作例句	1. 古代兵法中強調「戰勝而將驕卒惰者敗」，即使在戰鬥中獲得勝利，但如果將領因此而驕傲自滿，士兵因而懈怠鬆散，最終仍可能遭遇失敗。 2. 在現代團隊管理中，若團隊在專案中獲得成功卻因此「戰勝而將驕卒惰者敗」，領導者變得自滿而不再進取，團隊成員失去動力和警覺，長此以往，團隊的競爭力必將下降。

名句·出處	項莊舞劍，意在沛公。（《史記·項羽本紀》漢·司馬遷）
解析·應用	項莊舞劍，真實的意圖是謀殺沛公。
	鴻門宴上，項羽的亞父范增，一直主張殺掉劉邦，一再示意項羽發令，但項羽卻默然不應。范增召項莊舞劍為酒宴助興，想趁機殺掉劉邦。張良意識到了事態的嚴重，於是到外面對樊噲講了宴席上的緊急情況。這句話是後人對張良向樊噲說的話的簡括，已為成語，用來比喻說話和行動的真實意圖別有所指。
寫作例句	1. 宴會上，項莊起身拔劍起舞，看似是在表演劍術助興，可眾人皆知「項莊舞劍，意在沛公」，他實際上是受范增指使，想要趁機刺殺劉邦。 2. 在商業談判桌上，對方提出看似合理的合作方案，大談各種優惠條款和發展前景，但我們深知他們「項莊舞劍，意在沛公」，真實目的是想獲取我們公司的核心技術機密，從而在市場競爭中占據主導地位。

名句·出處	當斷不斷，反受其亂。（《史記·春申君列傳》漢·司馬遷）
解析·應用	應該決斷的時候沒能決斷，反過來就會承受那件事情（或人）所產生的禍亂。
	指做事應當機立斷，否則後患無窮。

寫作例句	1. 在面臨重大決策時，我們往往需要果斷行事，因為「當斷不斷，反受其亂」。如果猶豫不決，遲遲不做決定，反而可能讓問題變得更加複雜，甚至引發一系列不必要的混亂與麻煩。正如古語所說，果斷是成功的關鍵，它能幫助我們迅速抓住機遇，避免陷入困境。 2. 在人生的旅途中，有時候「當斷不斷，反受其亂」。這不僅僅局限於具體事件的決策，更涉及到人生方向的選擇與調整。當發現某條道路不再適合自己，或者某個目標已無法實現時，如果我們依然固執己見，不願放手，反而可能讓自己陷入更深的困境，錯失更多可能的美好。因此，勇於放下，勇於重新開始，是我們在人生道路上不可或缺的一種勇氣與智慧。

名句．出處	得人者興，失人者崩。（《史記．商君列傳》漢．司馬遷）
解析．應用	能得到人心的就會興旺，失去人心的就會垮台。
	常用來說明「得人心者得天下，失人心者失天下」的道理。
寫作例句	1. 古代治國者深知「得人者興，失人者崩」的道理，即國家的興盛在於是否能得到賢才的輔佐，而一旦失去這些賢才，國家便會走向衰敗。 2. 在現代企業中，管理層若能貫徹「得人者興，失人者崩」的理念，重視人才的引進和培養，企業便能持續發展壯大；反之，若忽視人才的重要性，則可能導致企業的衰落。

名句·出處	安危在出令，存亡在所任。（《史記·楚元王世家》漢·司馬遷）
解析·應用	國家的安危在於發出的政令，國家的存亡在於任用的大臣。
	常用來說明制度和人才對國家存亡的重要意義。
寫作例句	1. 古代治國之道強調「安危在出令，存亡在所任」，這意味著國家的安危取決於頒布的命令是否得當，國家的存亡則在於所任用的人是否賢能。 2. 在現代企業管理中，領導者應牢記「安危在出令，存亡在所任」的原則，公司的興衰不僅依賴於策略決策的正確性，更取決於是否任用了合適的人才。

名句·出處	抱薪救火，薪不盡，火不滅。（《史記·魏世家》漢·司馬遷）
解析·應用	抱著柴草救火，柴草燒不完，火是不會滅的。
	比喻用錯誤（使災害擴大）的方法去消滅災害，只能使情況更糟。
寫作例句	這個國家在面臨經濟危機時，政府沒有採取有效的改革措施，反而不斷增發貨幣、加大債務，這無異於「抱薪救火，薪不盡，火不滅」，結果只能是經濟狀況越來越糟糕，陷入更深的危機泥潭。

名句·出處	居馬上得之，寧可以馬上治之乎？（《史記·酈生陸賈列傳》漢·司馬遷）
解析·應用	難道武力可以奪取天下，也可以用武力來治理天下嗎？
	這句話深刻地影響了封建社會，使得那些靠武力奪取政權後的皇帝明白了一個道理：文人雖然不可與進取，但可與守成。
寫作例句	1. 古代統治者常被告誡「居馬上得之，寧可以馬上治之乎」，這意味著雖然透過武力征戰可以奪取政權，但治理國家卻不能依賴武力，而需依靠仁政和智慧。 2. 在現代企業管理中，創業者應明白「居馬上得之，寧可以馬上治之乎」的道理，即使公司是透過激進的市場策略迅速崛起，但要實現長遠發展，仍需依賴穩健的管理和創新。

名句·出處	為治者不在多言，顧力行何如耳。（《史記·儒林列傳》漢·司馬遷）
	顧：看。力行：努力去做。
解析·應用	從政的人不在於多說話，關鍵要看實際行動怎麼樣。
	常用來強調實際行動的重要性，主張管理者應注重實踐而非空談。
寫作例句	應該著手做，從自身做起，從切近的做起。「為治者不在多言，顧力行何如耳。」一切在親自動手，一切在親自動手中學。

名句．出處	百里奚居虞而虞亡，在秦而秦霸，非愚於虞而智於秦也，用與不用，聽與不聽也。（《史記．淮陰侯列傳》漢．司馬遷）
解析．應用	百里奚在虞國任大夫虞國滅亡了，在秦國任大夫而秦國卻能稱霸，這並不是因為他在虞國愚蠢，而到了秦國就聰明了，關鍵在於國君任用不任用他，採納不採納他的意見。
	常用來說明人才的尷尬，世上不知有幾多英雄因無人賞識成為了庸才。
寫作例句	1. 歷史長河中，人才的價值往往取決於其被如何運用。正如「百里奚居虞而虞亡，在秦而秦霸，非愚於虞而智於秦也，用與不用，聽與不聽也」所言，百里奚在虞國時，虞國滅亡；而在秦國時，秦國稱霸。這並非因為他在虞國愚蠢，在秦國智慧，而是因為他是否被重用，其建議是否被採納的結果。這充分說明了，人才的價值在於被正確使用，而非人才本身有愚智之分。 2. 在現代社會，個人的價值與成就同樣受到環境因素的影響。「百里奚居虞而虞亡，在秦而秦霸，非愚於虞而智於秦也，用與不用，聽與不聽也」的啟示在於，即使是最有才華的人，如果置身於一個不重視人才、不傾聽建議的環境中，也可能難以施展才華，實現價值。反之，在一個開放、包容、尊重人才的環境中，個人的潛力將得到最大程度的發揮，從而創造出更大的社會價值。因此，營造一個良好的人才發展環境，對於個人成長與社會進步都至關重要。

名句·出處	服劍者期於銛利，而不期於墨陽莫邪。（《淮南子·修務訓》漢·劉安）
	銛利：鋒利。墨陽、莫邪：均為古代寶劍名。
解析·應用	使用寶劍的人是希望它鋒利，並不追求它是墨陽還是莫邪的虛名。
	比喻要重視事物本質的優劣，不必在乎它名氣的大小。
寫作例句	1.「服劍者期於銛利，而不期於墨陽莫邪。」對於用劍之人來說，他們所期望的是劍的鋒利，能夠在戰鬥中披荊斬棘，至於劍是否是墨陽、莫邪這樣的名劍並不重要。就像一位初出茅廬的劍客，手持一把普通卻打磨得極為鋒利的劍，在決鬥中也能憑藉劍的銛利克敵致勝，而不會因為手中之劍不是傳說中的名劍而怯場。 2. 在追求事業成功的道路上，「服劍者期於銛利，而不期於墨陽莫邪」。創業者們期望的是自身能力的強大和策略的有效，就如同劍的銛利一樣，能夠在激烈的市場競爭中脫穎而出，而不是一味地追求那些表面上的光環和虛名，如豪華的辦公環境、知名的合作對象等類似於墨陽莫邪般的外在名聲。真正務實的創業者，憑藉自身扎實的業務能力和敏銳的市場洞察力，即使沒有那些耀眼的外在附加物，也能開闢出屬於自己的成功天地。

名句·出處	民以食為天。（《漢書·酈食其傳》漢·班固）
解析·應用	百姓把食物看得像天一樣重要。
	常用來說明食物是百姓生存的基礎。

寫作例句	1. 在任何時代，「民以食為天」都是不變的真理，糧食的充足供應關係到百姓的生存與社會的穩定，所以必須重視農業生產，確保糧食安全。 2. 對於一個企業來說，員工的基本需求就如同「民以食為天」中的「食」一樣重要，只有先滿足員工合理的薪資、福利等基本需求，企業才能穩定發展，否則一切宏偉藍圖都將成為空中樓閣。

名句．出處	無以先入之語為主。（《漢書．息夫躬傳》漢．班固）
解析．應用	不要讓先聽到的話在心中占主導地位。
	因為先聽進去的話往往在頭腦中留有較深的印象，以後再遇到不同的意見時，就不容易接受了，所以應加以注意。成語「先入為主」由此而來。
寫作例句	1. 古代智者告誡人們「無以先入之語為主」，意思是不要輕信最先聽到的話，因為這些話可能帶有偏見或誤導，需要經過仔細的分析和驗證才能作為判斷的依據。 2. 在現代資訊社會中，人們應謹記「無以先入之語為主」的教誨，對於網路上最先看到的資訊，不應盲目相信，而應透過多方考核和理性分析，以避免被誤導。

名句．出處	千人所指，無病而死。（《漢書．王嘉傳》漢．班固）
解析．應用	被眾人所怨恨，沒有病也會死掉。
	比喻眾怒不可犯，人心不可違。

寫作例句	在當今的輿論環境下，公眾人物更應注重自身的言行舉止，一旦做出違背道德倫理之事，被大眾批判指責，就如同「千人所指，無病而死」，輿論的壓力會讓他們的形象一落千丈，事業也可能遭受毀滅性的打擊。

名句·出處	彼一時也，此一時也，豈可同哉？（《漢書·東方朔傳》漢·班固）
解析·應用	那時候是那時候，這時候是這時候，怎麼會是相同的呢？
	常用於說明處在不同的時段內，情況自然也會不同。
寫作例句	1. 昔日這片荒原寸草不生，如今卻綠樹成蔭、繁花似錦。「彼一時也，此一時也，豈可同哉」，時間的力量改變了這裡的面貌，過去和現在有著天壤之別。 2. 小時候他膽小怯懦，做任何事都畏首畏尾。而現在，他歷經諸多磨練，變得勇敢堅毅、自信滿滿。「彼一時也，此一時也，豈可同哉」，人在不同的成長階段會有截然不同的狀態，不可同日而語。

名句·出處	天下安，注意相；天下危，注意將。（《漢書·陸賈傳》漢·班固）
解析·應用	國家安定時，要留意宰相的任用；國家危亡之機，要留意將帥的任用。
	常用來說明宰相、將帥對國家興亡的重要作用。

寫作例句	1.「天下安，注意相；天下危，注意將。」在國家安定時期，應關注選拔賢能的宰相，以治理國家；而在國家危難之際，則須重視任用優秀的將領，以保衛國家。 2. 在現代企業發展中，若公司營運平穩，應「天下安，注意相」，即著重選拔優秀的管理人才以改善內部治理；而在面臨市場危機時，則須「天下危，注意將」，即重視選用出色的業務拓展人員，以開拓新市場和抵禦外部挑戰。

名句·出處	朝無爭臣則不知過，國無達士則不聞善。（《漢書·蕭望之傳》漢·班固）
	爭臣：直諫的大臣。達士：通達事理的人。
解析·應用	朝廷裡沒有勇於直諫的大臣，國王便不知自己的過錯；國家如果沒有通達事理的賢士，就聽不進、甚至聽不到至理名言。
	常用來說明有作為的治理者都重視民意，善於從百姓呼聲中知得失、明利弊、優決策。
寫作例句	1. 古代治國者常被告誡「朝無爭臣則不知過，國無達士則不聞善」，因為如果朝廷中沒有勇於直言進諫的臣子，君主就無法了解自身的過失；如果國家中沒有通達事理的賢士，好的建議和美德也難以被聽聞。 2. 在現代企業管理中，若公司內部缺乏勇於提出不同意見的員工和具有遠見卓識的人才，正如「朝無爭臣則不知過，國無達士則不聞善」，企業將難以察覺自身的問題和聽取有價值的建議，從而阻礙進步和創新。

名句·出處	絕江海者託於船，致遠道者託於乘，欲霸王者託於賢。（《說苑·尊賢》漢·劉向）	
	絕：渡過。	
解析·應用	想要渡過江海的要靠船，想要到達遠方的要靠車，想要成就王者之業的要靠賢才。	
	常用來比喻成就基業要靠賢才的道理。	
寫作例句	1. 探索與征服的征途中，智者深知「絕江海者託於船，致遠道者託於乘，欲霸王者託於賢」的道理。橫渡江河湖海，需要依賴堅固的船隻；遠行千里，需要藉助快捷的交通工具；而想要成就一番霸業，則必須依靠賢能的輔佐。歷史的長河中，無數英雄豪傑正是憑藉這些智慧與力量，才得以在各自的領域裡留下輝煌的篇章。 2. 在追求夢想與目標的道路上，需要銘記「絕江海者託於船，致遠道者託於乘，欲霸王者託於賢」的啟示。無論是學習上的攀登，事業上的拓展，還是生活中的挑戰，我們都需要找到適合自己的「船」與「乘」，即方法和工具，來幫助我們跨越障礙，加速前行。而更重要的是，我們需要學會借力，尋找並依靠那些能夠給予我們智慧與力量的「賢」，無論是導師、朋友還是團隊夥伴，他們的指引與支持將是我們實現夢想不可或缺的助力。只有這樣，我們才能在人生的旅途中，不斷突破自我，成就非凡。	

名句·出處	偏聽生奸，獨任成亂。（〈於獄中上書自明〉漢·鄒陽）
解析·應用	偏聽偏信，就會被邪惡的人鑽漏洞；獨斷專行，就可能造成禍亂。
	常用來說明偏聽偏信、獨斷專行的害處。
寫作例句	1. 古代治國理政者常被告誡「偏聽生奸，獨任成亂」，因為如果君主只聽信一面之詞，容易滋生奸邪之事，而獨斷專行則可能導致國家的混亂。 2. 在現代組織管理中，領導者應明白「偏聽生奸，獨任成亂」的道理，若只傾聽少數人的意見並獨自決策，可能會引發內部矛盾和管理失序，影響團隊的整體效能。

名句·出處	法令行則國治，法令弛則國亂。（《潛夫論·述赦》漢·王符）
解析·應用	法令得以實行國家就會安定，法令廢弛國家就會發生動亂。
	常用來說明法令對國家的重要作用。
寫作例句	「法令行則國治，法令弛則國亂。」只有當國家的法律法規得到嚴格執行，法律面前人人平等，公平正義得以彰顯，國家才能長治久安，社會才能和諧穩定；反之，如果法律法規形同虛設，執法不嚴，違法不究，那麼國家就會陷入混亂，社會秩序將難以維持，人民的生活也將飽受困擾。

<table>
<tr><td>名句·出處</td><td>盛名之下，其實難副。（《後漢書·黃瓊傳》）</td></tr>
<tr><td rowspan="2">解析·應用</td><td>指名聲常常可能大於實際。</td></tr>
<tr><td>常用來表示謙虛或自我警戒。</td></tr>
<tr><td>寫作例句</td><td>1. 許多所謂的「神醫」在廣告中被吹噓得神乎其神，然而「盛名之下，其實難副」，當患者滿懷希望地求醫問藥時，才發現他們並沒有真才實學，不過是徒有虛名罷了。
2. 這座新興的旅遊城市在宣傳中被描繪成人間仙境，吸引了無數遊客前來，可「盛名之下，其實難副」，遊客到達後發現這裡的基礎設施並不完善，旅遊體驗大打折扣。</td></tr>
</table>

<table>
<tr><td>名句·出處</td><td>作舍道旁，三年不成。（《後漢書·曹褒傳》）</td></tr>
<tr><td rowspan="2">解析·應用</td><td>在路邊蓋房子，因聽路人這樣那樣的議論拿不定主意，三年也不能建成。</td></tr>
<tr><td>常用來說明聽取別人的意見是必要的，但自己一定要有主見。</td></tr>
</table>

寫作例句	1. 村裡要修一座橋，可大家意見總是不統一，有人說用石頭，有人說用木頭，還有人提出各種新奇卻不切實際的想法，如此這般「作舍道旁，三年不成」。因為大家在路邊爭論不休，缺乏決斷，導致這座橋遲遲未能動工興建。 2. 這個專案組在制定方案時，成員們各執一詞，爭論不斷，沒有一個主心骨來拍板決定。這樣「作舍道旁，三年不成」的狀況持續了很久，錯過了很多市場機遇。如果他們不能盡快建立共識，果斷決策，這個專案恐怕永遠也無法順利推展。

名句·出處	得失一朝，而榮辱千載。（《後漢書·荀悅傳》）
解析·應用	一時的成功或失策，造成的榮譽或恥辱會影響千年。
	常用來強調對後世有重大影響的決策。
寫作例句	1. 在歷史的長河中，多少英雄豪傑因一時的選擇而改變命運，正所謂「得失一朝，而榮辱千載」，成敗往往在於瞬間的決定。 2. 在職場中，面對每一個專案的成敗，我們應以平常心視之，因為「得失一朝，而榮辱千載」，短暫的挫折並不能決定最終的榮耀。

名句·出處	不有臭穢，則蒼蠅不飛。（《後漢書·陳蕃列傳》）
解析·應用	沒有又臭又髒的東西，那麼蒼蠅是不會飛來的。
	比喻沒有客觀條件，就不會給壞人做壞事的機會。

寫作例句	1. 在那腐物堆積之處，「不有臭穢，則蒼蠅不飛」，此乃自然之法則，萬物皆循此道。 2. 於人心之幽暗角落，若無貪婪私欲之「不有臭穢，則蒼蠅不飛」，則奸佞宵小之徒自會退避三舍，清風正氣得以廣布世間。

名句·出處	知善不薦，聞惡無言，隱情惜己，自同寒蟬，此罪人也。（《後漢書·黨錮列傳》）
解析·應用	知有賢才不舉薦，聽到壞事不言語，隱藏真情保護自己，像寒蟬那樣默不作聲，這就是罪人。
	常用來強調對壞人壞事姑息縱容、明哲保身的危害。
寫作例句	1. 在朝堂之上，若有人明知良才卻不加推薦，聽聞奸佞之事卻不作聲，終日明哲保身，如同寒蟬般緘默，正所謂「知善不薦，聞惡無言，隱情惜己，自同寒蟬，此罪人也」，這樣的行為實為不忠不義之罪。 2. 在職場中，當面對不公正的現象時，如果選擇沉默不語，只顧自身利益，如寒蟬般噤聲，正如「知善不薦，聞惡無言，隱情惜己，自同寒蟬，此罪人也」，這種態度無異於助長不良風氣。

名句·出處	物有不求，未有無物之歲也；士有不用，未有少士之世也。（《昌言·損益》漢·仲長統）
解析·應用	東西只有不去尋求，沒有不產東西的歲月；人才只有沒有用到，沒有缺少人才的年代。
	常用來說明這個世界不缺乏好的事物，只是缺乏發現的眼睛。

寫作例句	1. 世間萬物，各有其時，「物有不求，未有無物之歲也；士有不用，未有少士之世也」，故知人才如星辰，雖時有隱現，然終不滅其光，待時而動，必有所成。 2. 在現代社會，創新資源和人才儲備從來不是稀缺的，關鍵在於如何有效利用，正所謂「物有不求，未有無物之歲也；士有不用，未有少士之世也」，我們需要的是識才和用才的智慧。

名句·出處	唯才是舉，吾得而用之。（〈求賢令〉漢·曹操）
解析·應用	只要是有才能的人就薦舉，我得到後就起用他。
	「唯才是舉」後來成為成語，意思是只有有才能的人，才任用、推舉。
寫作例句	1. 在古代治國理政中，明君常以「唯才是舉，吾得而用之」為準則，廣納天下賢才，不拘一格地加以任用，以實現國家的繁榮昌盛。 2. 在企業管理中，成功的企業家堅信「唯才是舉，吾得而用之」，他們注重發掘和培養優秀人才，不論資歷背景，只要有能力就給予重任，從而推動企業持續發展。

名句·出處	謗議之言，難用褒貶。（〈為徐宣議陳矯下令〉漢·曹操）
解析·應用	誹謗的言論，難以用來評論人們的好壞。
	常用來表達不相信誹謗之言的意思。

寫作例句	1. 在古代朝堂上，流言蜚語和誹謗之辭常常混淆視聽，令人難以做出公正的評價，正所謂「謗議之言，難用褒貶」，因此明君須謹慎甄別，方能明察秋毫。 2. 在資訊氾濫的現代社會，各種輿論紛繁複雜，常常讓人難以判斷是非，正如「謗議之言，難用褒貶」，我們需要保持理性，獨立思考，才能看清真相。

名句·出處	街談巷說，必有可採。（〈與楊德祖書〉三國·魏·曹植）
解析·應用	街頭巷尾的傳聞，也一定有可取之處。
	常用來說明寫文章平時就應該處處留心，從民間吸取營養。
寫作例句	1. 民俗學的研究者深知，「街談巷說，必有可採」。那些在市井小巷中流傳的家長裡短、奇聞軼事，看似瑣碎平常，實則蘊含著豐富的民俗文化資訊。從老人們口口相傳的古老傳說，到街坊鄰居談論的傳統節日習俗的由來，都是挖掘民俗文化瑰寶的富礦。 2. 在資訊時代，我們不應忽視大眾的聲音，因為「街談巷說，必有可採」。網路上的各種輿論焦點下的大眾評論，雖然繁雜且觀點各異，但其中往往包含著一些值得關心的社會現象反映，或是能啟發創新思考的獨特見解。無論是關於社會公平的討論，還是對新興科技產品的看法，大眾的街談巷說都可能為政策制定者、企業家和研究者提供有價值的參考。

名句·出處	善為國者，藏之於民。（《三國志·魏書·趙儼傳》）
解析·應用	善於治理國家的，總是把財物儲藏在人民手裡。
	常用來說明善於治理國家的人會將財富貯存在民眾手中，即強調民富是國富的基礎。
寫作例句	如果財富都聚集在少數人手裡，而老百姓普遍處於貧困狀態，怎麼可能認為這個國家是強大的呢？古言道：「善為國者，藏之於民。」只有人民普遍地富裕了，才是國家強盛的象徵。

名句·出處	近朱者赤，近墨者黑。（〈太子少傅箴〉晉·傅玄）
解析·應用	靠近硃砂的就變紅，靠近墨汁的就變黑。指環境對人有很大影響。
	常用來比喻接近好人可以使人變好，接近壞人可以使人變壞。

寫作例句	1. 在人生的旅途中，我們不難發現「近朱者赤，近墨者黑」的規律，選擇與優秀的人為伍，我們的心靈與品格也會如硃砂般日漸鮮紅，光彩照人；而若與消極墮落之人相伴，我們的思想與行為則可能如墨汁般逐漸黯淡，失去原有的光彩與活力，因此，選擇朋友與夥伴，實則是選擇了一種生活態度與成長方向。 2. 在企業文化與團隊建設的實踐中，同樣深刻表現著「近朱者赤，近墨者黑」的道理，一個積極向上、富有創造力的團隊氛圍，能夠激發每位成員的潛能，讓團隊整體如硃砂般熠熠生輝，創造出令人矚目的業績；而若團隊內部充斥著消極怠工、互相扯後腿的風氣，則可能使團隊如墨汁般失去活力與凝聚力，難以在激烈的市場競爭中立足，因此，營造健康向上的團隊文化，對於企業的長遠發展至關重要。

名句·出處	辯巧之文可悅，似象之言足惑。（〈崇有論〉晉·裴頠）
解析·應用	善辯的文章容易取悅於人，似是而非的言論足以讓人迷惑。
	常用來批判含糊不清的文章和言論。

寫作例句	1. 在文學創作中，「辯巧之文可悅，似象之言足惑」，我們追求的是言之有物、情真意切的作品，而非僅憑華麗辭藻堆砌、內容空洞無物的文字遊戲，以免讀者在閱讀後感到困惑不解。 2. 於世事紛擾中，「辯巧之文可悅，似象之言足惑」，意味著我們在面對各種資訊時，應保持清醒的頭腦，不被那些看似精妙實則空洞無物的言辭所迷惑，而應透過現象看本質，洞察事物背後的真相，以免在紛繁複雜的世界中迷失方向。

名句·出處	舉秀才，不知書；察孝廉，父別居。（《抱朴子·審舉》晉·葛洪）
解析·應用	當上了秀才，卻不會寫字；被推舉為孝廉，父親卻獨自住在別處。
	常用來諷刺東漢後期推舉制度腐敗盛行，舉薦的人才多名不副實。
寫作例句	1. 在漢代選拔制度中，曾出現過荒謬的情況，如「舉秀才，不知書；察孝廉，父別居」，這些現象反映了選拔標準的失誤，導致真正的人才被埋沒。 2. 在當今社會，若選拔人才仍僅憑表面光鮮或關係網絡，而忽視了真正的能力與品德，無異於「舉秀才，不知書；察孝廉，父別居」，這樣的做法不僅無法真正挖掘到潛力人才，更可能讓社會風氣敗壞，導致人才的浪費與不公。我們應當倡導公正、透明的選拔機制，讓真正有才華、有德行的人脫穎而出，為社會的發展貢獻力量。

名句·出處	貴遠而賤近者，常人之用情也。 (《抱朴子·廣譬》晉·葛洪)
解析·應用	看重遠處的人，而輕視身旁的人， 這是一般人的心理狀態。
	常用來說明「遠來的和尚會念經」之意。
寫作例句	1. 在評價事物或人物時，「貴遠而賤近者，常人之用情也」，意指人們往往容易過分推崇那些遙遠或古老的事物，而輕視近在眼前或最近出現的東西，這種心態在日常生活中屢見不鮮，反映了人們內心深處對於「歷史沉澱」的盲目崇拜與對「當下創新」的輕視。 2. 在藝術欣賞中，觀眾常常更讚賞那些來自異域的作品，而忽略本土藝術的價值，正如「貴遠而賤近者，常人之用情也」，因此我們需要培養更加全面和包容的審美觀。

名句·出處	賢才之畜於國，猶良工之須利器，巧匠之待繩墨。（《晉書·阮種傳》）
解析·應用	國家養育賢才，就像手藝精良的工人需要合用的工具， 技藝精巧的匠人憑藉繩墨一樣。
	常用來比喻說明國家要為人才發揮作用創造適當的條件。
寫作例句	在治國理政中，儲備賢才對於國家而言，就如同良工需要鋒利的工具，巧匠需要精準的繩墨，正所謂「賢才之畜於國，猶良工之須利器，巧匠之待繩墨」，只有這樣才能確保國家的長治久安。

名句・出處	吃文為患，生於好詭。 （《文心雕龍・聲律》南朝・梁・劉勰）
解析・應用	文章讀起來不順暢，是喜歡怪異造成的。
	常用來說明文章貴在達意，沒必要用奇字怪句標新立異。
寫作例句	1. 在文學創作中，「吃文為患，生於好詭」。有些作者刻意追求奇特詭異的表達，堆砌生僻晦澀的字詞，使用複雜拗口的句式，使得文章艱澀難懂，就像對讀者設定了重重障礙。這種過度追求詭譎文風而帶來的弊病，讓原本應流暢表意的文章變得如同荊棘叢，阻礙了讀者對作品內涵的理解。 2. 在學術研究的表述中，「吃文為患，生於好詭」。部分學者為了顯示自己的獨特見解或者高深學問，故意構造一些玄之又玄的理論框架，使用一些模稜兩可、充滿歧義的術語，結果造成學術交流的困難。這種弊病源於對詭祕、奇特學術表象的過度喜好，而忽略了學術研究應以清楚、準確傳達思想為首要目的。

名句・出處	博士買驢，書券三紙，未有驢字。（《顏氏家訓・勉學》北齊・顏之推）
解析・應用	一個有學問的人想買一頭驢，寫了三張紙，卻沒有一個「驢」字。
	常用來譏諷文辭繁冗，不得要領。

寫作例句	1. 在處理那份冗長的合約時，他無奈地搖了搖頭，笑道：「真可謂『博士買驢，書券三紙，未有驢字』。這合約洋洋灑灑數頁，卻遲遲不見關鍵條款，真是讓人哭笑不得。」這句話，既是對合約冗長而缺乏重點的諷刺，也是對當前形式主義、繁瑣文風的一種批評。 2. 在撰寫報告的過程中，他時刻提醒自己，要避免陷入「博士買驢，書券三紙，未有驢字」的境地。他深知，無論報告的內容多麼豐富，形式多麼新穎，如果缺乏核心觀點，不能直擊要害，那麼最終只會讓讀者感到厭煩和困惑。因此，他始終堅持簡潔明瞭，突出重點，力求每一句話都能傳達出有價值的資訊，讓報告真正發揮應有的作用。

名句·出處	朝多君子，野無遺賢。（《陳書·武帝紀》）
解析·應用	朝廷上多是高尚的君子，江湖上沒有不被重用的賢人。
	這是歌功頌德之詞，常用來說明朝廷裡高尚的人多了，朝廷之外就沒有不被重用的賢人了。
寫作例句	在古人的理想政治環境中，朝廷中充滿了賢明的君子，而民間沒有被埋沒的賢才，正所謂「朝多君子，野無遺賢」，這樣的社會才能實現真正的太平盛世。

名句·出處	天網恢恢，疏而不漏。（《魏書·卷十九》）
	天網：天道之網；恢恢：寬廣的樣子。

解析·應用	天道如大網，它看起來似乎很不周密，但最終壞人是逃不過這個網的。
	比喻作惡的人最終逃脫不了國法的懲處。
寫作例句	1. 那些為非作歹、犯下累累罪行的歹徒，妄圖逃避法律的制裁，他們東躲西藏，以為能夠逍遙法外。然而，「天網恢恢，疏而不漏」，無論他們逃到哪裡，隱藏得多深，警方憑藉著蛛絲馬跡，終將他們繩之以法，讓他們為自己的惡行付出應有的代價。 2. 在生活中，有些人總以為自己做一些違背道德的小事不會被發現，比如在公共場合偷偷破壞公共設施，或者占一些小便宜。但他們忘記了「天網恢恢，疏而不漏」，社會的公德監督機制雖然無形，但卻無處不在，一旦他們的行為被曝光，必然會受到輿論的譴責和道德的審判。

名句·出處	大廈將顛，非一木所支也。（《文中子·事君》隋·王通）
解析·應用	大廈將要傾倒的時候，不是一根木頭能支撐得住的。
	常用來比喻情勢危急的時候，不是一個人的力量所能扭轉的。現多作「大廈將傾，獨木難支」。
寫作例句	1. 國家若遇危難，猶如「大廈將顛，非一木所支也」，須萬民同心，方能共度時艱。 2. 企業面臨倒閉之境，正如「大廈將顛，非一木所支也」，須集思廣益，改革圖強，方能轉虧為盈，重煥生機。

名句·出處	通其變，天下無弊法；執其方，天下無善教。（《中說·周公》隋·王通）
解析·應用	通曉事物變化而靈活應對，天下就不存在有弊端的法制；拘泥於陳規舊制而死板教條，天下就不會有好的教化。
	常用來描寫靈活變通與固守成規的區別，強調在治理和教育中應根據實際情況靈活調整，避免僵化不變。
寫作例句	「通其變，天下無弊法；執其方，天下無善教。」世間萬物存在有其內在的規律，要努力研究、探索，以期達到一通百通的境界。利用他人的經驗，根據不同之處加以修正，就可以收到事半功倍的效果。

名句·出處	用得正人，為善者皆勸；誤用惡人，不善者競進。（《貞觀政要·擇官》唐·吳兢）
解析·應用	選用了正派人，做好事的人都會得到勸勉；誤用了惡人，壞人都會競相擠進。
	指用人應慎重。
寫作例句	1.「用得正人，為善者皆勸；誤用惡人，不善者競進。」唐太宗主張用人必須「慎擇」，是因為用得正人，可鼓勵為善者；誤用惡人，使不善者競進。 2. 在現代社會治理中，領導者應牢記「用得正人，為善者皆勸；誤用惡人，不善者競進」的教訓，只有任用品行端正、能力出眾的人，才能推動整個社會風氣往好的方向發展。

名句·出處	以銅為鏡，可以正衣冠；以古為鏡，可以知興替；以人為鏡，可以明得失。（《貞觀政要·任賢》唐·吳兢）
	替：衰。
解析·應用	以銅鏡作為借鑑，可以端正自己的衣服和帽子；以歷史作為借鑑，可以知道國家的興衰；以他人作為借鑑，可以汲取事業成敗的經驗和教訓。
	常用來描寫借鑑與自省的重要性，強調透過觀察歷史和他人的行為來認識自身，從而做出正確的判斷和改進。
寫作例句	古人把「借鑑」比神龍，可大可小，深奧無窮。大可以用之於治國興邦，小可以用之於修身齊家。唐太宗有「三鏡」:「以銅為鏡，可以正衣冠；以古為鏡，可以知興替；以人為鏡，可以明得失」，這實在是警示百世的至理名言。

名句·出處	上不信，則無以使下；下不信，則無以事上。信之為道大矣。（《貞觀政要·誠信》唐·吳兢）
解析·應用	上級不誠信，就無法指使下級；下級不誠信，就無法侍奉上級。誠信作為人生的道德品格作用太大了。
	常用來說明誠信在處理上下級關係中的重要作用。

寫作例句	1. 古代君主深知「上不信，則無以使下；下不信，則無以事上。信之為道大矣」，因此他注重誠信，以贏得臣民的忠誠和信任，從而使國家治理井然有序。 2. 在現代企業管理中，領導者應牢記「上不信，則無以使下；下不信，則無以事上。信之為道大矣」，只有建立起上下互信的工作環境，才能確保團隊高效合作，實現企業的長遠發展。

名句·出處	請看今日之域中，竟是誰家之天下！（〈為徐敬業討武曌檄〉唐·駱賓王）
解析·應用	請看今天的邦域之內，到底是誰家的天下！
	後人常用這句話質疑：現在的國家到底是誰的？含有針砭時弊之意。
寫作例句	1. 昔日英雄逐鹿中原，如今塵埃落定，眾人不禁感慨:「請看今日之域中，竟是誰家之天下」，歷史的車輪已然駛向新的王朝。 2. 在科技競爭激烈的時代，各大公司紛紛推出創新產品，市場格局風雲變幻，人們不禁要問：「請看今日之域中，竟是誰家之天下」，未來的發展充滿了無限可能。

名句·出處	安有執礪世之具而患乎無賢歟？（〈砥石賦並序〉唐·劉禹錫）
	礪：磨刀石，引申為培養。

解析·應用	如果能有培養人才的辦法，怎麼會擔憂沒有賢人出現呢？
	常用來強調培養人才方式的重要性。
寫作例句	1. 國家選拔人才，若持「安有執礪世之具而患乎無賢歟」之理念，則必能廣納賢才，共謀發展大計，何愁國不強盛？ 2. 企業欲求創新突破，當懷「安有執礪世之具而患乎無賢歟」之胸懷，積極引進各路英才，集思廣益，方能不斷超越，引領行業潮流。

名句·出處	稱其任則政立，枉其能則事乖。（《策林》唐·白居易）
解析·應用	能勝任其職務的，政事就處理得好；用非所能的，事情就辦不好。
	常用來強調因才適用的重要性。
寫作例句	1. 古代明君治國，深知「稱其任則政立，枉其能則事乖」的道理，故而總是根據才能任用賢才，使國家政事井然有序。 2. 在現代企業管理中，領導者應牢記「稱其任則政立，枉其能則事乖」的原則，合理分配職位職責，才能確保公司運作順暢、業績提升。

名句·出處	文章合為時而著，歌詩合為事而作。（〈與元九書〉唐·白居易）
	合：應當。

解析·應用	文章應該為配合時政而寫，歌詩應當為表現事情而作。
	常用來描寫詩文創作應當緊密關聯時代背景和現實社會事件的重要性，強調文學作品應當具有時代性和現實性，即要貼近實際、掌握時代脈搏、反映社會現實。
寫作例句	唐代詩人白居易提出過一個口號，就是「文章合為時而著，歌詩合為事而作」，即發揮「補察時政，洩導人情」的作用。寫作的價值，就在於對社會生活發生積極的影響。

名句·出處	借聽於聾，求道於盲。（〈答陳生書〉唐·韓愈）
解析·應用	向聾子打聽話，向瞎子打問路。
	比喻所求非人，不會得到滿意的答覆。
寫作例句	在企業面臨重大決策時，他不去諮詢行業內的專家和經驗豐富的前輩，反而向那些對市場和業務一竅不通的人尋求建議，這就如同「借聽於聾，求道於盲」，最終只會做出錯誤的決策，使企業陷入困境。

名句·出處	歡愉之辭難工，而窮苦之言易好也。（〈荊潭唱和詩序〉唐·韓愈）
解析·應用	詩詞文章寫歡樂的很難寫得動人，而寫貧窮苦難的則容易寫好。 「詩窮而後工」，是古代詩歌創作理論中一個觀點。司馬遷在〈報任安書〉中就提出「《詩》三百篇，大抵聖賢發憤之所為作也」；宋代歐陽脩在〈梅聖俞詩集序〉中說：「予聞世謂詩人少達而多窮。蓋愈窮愈工，然則非詩之能窮人，殆窮而後工也。」韓愈的「歡愉之辭難工，而窮苦之言易好」可以說這一理論的繼往開來者。這些觀點揭示了一個詩歌創作規律：作者越接近勞苦大眾，詩歌越能反映基層民眾的疾苦；作者自身遭受的苦難越大，就對社會的認識越加深刻，作品也就越有打動人心的力量。
寫作例句	1. 文學創作往往有著獨特的規律，「歡愉之辭難工，而窮苦之言易好也」。在詩詞的世界裡，我們能看到許多例證，比如描寫宮廷宴樂生活的詩詞，大多辭藻華麗卻難以觸動人心深處的情感共鳴；而像杜甫經歷安史之亂後，那些書寫身世飄零、百姓疾苦的詩篇，卻因其真摯的窮苦之情而感人至深，流傳千古。 2. 人生的表達亦如同文學創作，「歡愉之辭難工，而窮苦之言易好也」。在社交網路上，人們分享自己的幸福時刻時，往往只是浮於表面的歡樂展示，難以讓他人留下深刻持久的印象；而當一個人傾訴自己在困境中的掙扎、在挫折中的感悟時，卻更容易引起他人的關注與同情，因為這些窮苦境遇下的心聲更能觸及人們內心柔軟的部分，喚起共鳴。

名句・出處	大凡物不得其平則鳴。（〈送孟東野序〉唐・韓愈）
解析・應用	一概來說萬物在失去平衡時就會發出聲音。
	常用來比喻人在遭遇不平時，就會發出不滿的呼聲。「文章憎命達」說的也是這個意思。
寫作例句	1. 在文學創作中，他深刻理解「大凡物不得其平則鳴」的精髓，筆下流淌的不僅僅是文字，更是那些被壓抑、被忽視的情感與故事的吶喊。每當社會不公、人心不平之事觸動心弦，他便會提筆疾書，讓那些沉默的聲音透過他的作品發聲，讓世間的不平得以宣洩，讓讀者的心靈得到共鳴與慰藉。 2. 在人生的舞臺上，他也始終銘記「大凡物不得其平則鳴」的哲理。面對生活中的不公與挑戰，他從不選擇沉默，而是勇敢地站出來，用自己的行動去爭取公平與正義。無論是為弱勢族群發聲，還是為環境保護貢獻力量，他都堅持不懈，因為他深知，只有當每一份不平都得到應有的關注與解決，這個世界才能更加和諧美好。他的每一次發聲，都像是夜空中最亮的星，照亮了前行的道路，也激勵著更多人加入到追求公平與正義的行列中來。

名句・出處	一不做，二不休。（《奉天錄》唐・趙元一）
解析・應用	要麼不做，做了就索性做到底。
	指事情既然做了開頭，就索性做到底。

寫作例句	1. 面對突如其來的挑戰，他毅然決定全力以赴，心中默念著「一不做，二不休」，既然已經邁出了第一步，就索性堅持到底，無論是夜以繼日的努力，還是面對困難的堅韌不拔，他都全力以赴，不留遺憾。 2. 在人生的某些關鍵時刻，我們往往需要做出重大決定，這時，「一不做，二不休」的精神顯得尤為重要，它提醒我們，一旦決定了方向，就要果斷行動，全力以赴，不因小利而猶豫，不因困難而退縮，只有這樣，才能在紛繁複雜的人生旅途中，找到屬於自己的那片天地。

名句・出處	用之則如虎，不用則如鼠。（〈為崔中丞進白鼠表〉唐・李丹）
解析・應用	人才得到重用就會生龍活虎，人才不得重用則如老鼠一般無所作為。
	常用來比喻人才的任用。
寫作例句	在社會這個大舞臺上，人才往往「用之則如虎，不用則如鼠」。當社會給予他們廣闊的空間和合適的平臺時，他們就像猛虎一般，在各個領域開疆拓土，推動社會的進步與發展；反之，若被埋沒，沒有施展的機會，就只能像老鼠一樣蜷縮於角落，空有一身本領卻無處施展。

名句・出處	不才者進，則有才之路塞。（《新唐書・韋思謙傳》）
	進：任官，出仕。

解析·應用	無才的人得到晉升重用，那麼有才之士就會失去施展才能的機會。
	常用來強調重用無才之人對有才之士的危害。
寫作例句	1. 古代賢明的君主懂得任人唯賢的重要性，因為他知道「不才者進，則有才之路塞」，所以他總是謹慎選拔，確保真正有才能的人能夠施展抱負。 2. 在公司的人才選拔過程中，管理層應深刻意識到「不才者進，則有才之路塞」的風險，唯有建立公平公正的考核機制，才能確保優秀人才脫穎而出，推動企業持續發展。

名句·出處	微斯人，吾誰與歸？（〈岳陽樓記〉宋·范仲淹）
	微：無、沒有。斯：這，這樣。歸：歸依，歸屬。
解析·應用	沒有這樣（指古仁人）的人，我追隨誰去呢？
	常用來表示對古仁人的嚮往與敬慕。
寫作例句	1. 在這茫茫人海之中，我尋覓著那份心靈的共鳴，渴望遇見那個能與我靈魂相契的人。然而，環顧四周，卻似乎難以找到那個能讓我心安的伴侶，不禁感嘆：「微斯人，吾誰與歸？」若是沒有那個對的人，我又能與誰共度餘生，分享生活的點滴呢？ 2. 在學術的道路上，許多人都流於表面，追求快速產出成果而忽視了學術的純粹性。然而，總有一小撮人堅守學術的本真，默默耕耘。當我在這複雜的學術環境中感到孤獨時，不禁感嘆「微斯人，吾誰與歸」，他們就像黑暗中的燈塔，讓我找到了歸屬感，堅定了自己的追求。

名句·出處	言多變則不信，令頻改則難從。（〈準詔言事上書〉宋·歐陽脩）
解析·應用	話語屢次變化，就不能取信於人；政令頻繁改動，下面就難以遵從。
	常用來比喻朝令夕改的危害。
寫作例句	1. 古代明君治國時，深諳「言多變則不信，令頻改則難從」的道理，因而在頒布政策時慎之又慎，以保持政令的穩定和權威。 2. 在企業管理中，領導者須謹記「言多變則不信，令頻改則難從」的教訓，只有保持決策的一致性和連貫性，才能贏得員工的信任和支持，確保團隊高效運作。

名句·出處	憂勞可以興國，逸豫可以亡身。（〈《五代史·伶官傳》序〉宋·歐陽脩）
	逸豫：安逸舒適。
解析·應用	憂思勞苦，可以振興國家；貪圖安逸，難免身敗名裂。
	常用來描寫勤勉與安逸對國家和個人興衰成敗的影響，即勤勞憂慮能振興國家，安逸享樂會導致個人和國家滅亡。
寫作例句	「憂勞可以興國，逸豫可以亡身。」生活環境好了，對於有毅力、不斷進取的作家有好處，而對於一些安於逸樂、醉心於現成便利的人，是足以毀滅他的才華的。

名句．出處	禍患常積於忽微，智勇多困於所溺。（〈《五代史．伶官傳》序〉宋．歐陽脩）	
	忽微：忽略了微小之處。溺：沉溺。	
解析．應用	禍患常是因為小事不謹慎而積釀所致，智勇往往因為沉溺於眼前的事物而受到束縛。	
	常用來描寫小疏忽與過度沉迷的危害，強調細節和自我控制的重要性。	
寫作例句	有些事所以一時看不清楚，都是因為它太親近，反而使自己受到矇蔽，其實，道理就在你的面前，就像在你家裡一樣，只要多多精思，就可以知道是自家本有的。所謂「禍患常積於忽微，智勇多困於所溺」，便是此意。	

名句．出處	改過不吝，從善如流。（〈上皇帝書〉宋．蘇軾）
解析．應用	改正錯誤毫無保留，對待善言要像流水向下一樣遵從不逆。
	「改過不吝」最早見於《尚書》，「從善如流」出於《左傳》。蘇軾把這兩則古訓合而為一，可見他是作為一項很高的道德修養來提的。「改過」而「不吝」，「從善」而「如流」，確實不易做到。這兩句對當今的思想教育仍有積極意義，執政者更可作為借鑑。「從善如流」現已成為成語，形容能很快地接受別人的好意見。

寫作例句	1. 古代賢明的君主以「改過不吝，從善如流」為治國方針，勇於承認自己的錯誤，並虛心採納賢臣的建議，使國家日益昌盛。 2. 在現代職場中，要想不斷進步，每個人都應踐行「改過不吝，從善如流」的精神，及時糾正自己的不足，並積極吸取他人的優點，從而不斷提升自身能力。

名句·出處	才難之嘆，古今共之。（〈上荊公書〉宋·蘇軾）
解析·應用	「人才難得」的感嘆，古今都是一樣的。 常用來感嘆人才難求是個老話題。
寫作例句	1. 在選拔人才的過程中，我們常感「才難之嘆，古今共之」，無論是古代帝王求賢若渴，還是現代企業廣納英才，都難免遇到難以尋覓真正傑出人才的困境，這份無奈與惋惜，穿越了時空的界限，成為歷史長河中不變的共鳴。 2. 面對科技創新的浪潮，我們更加深刻地體會到「才難之嘆，古今共之」的深意，無論是探索未知領域的科學家，還是引領行業變革的企業家，他們的稀缺與珍貴，讓社會在追求進步的同時，也不得不面對人才短缺的挑戰，這份跨越時代的共鳴，促使我們更加重視人才培養與引進，以期在激烈的全球競爭中占據先機。

名句·出處	人之壽夭在元氣，國之長短在風俗。（〈上皇帝書〉宋·蘇軾）
解析·應用	人的壽命長短，在於元氣是否充沛；國家的命運興衰，在於風俗是否淳正。
	常用來描寫人的壽命長短與元氣是否充沛的關係，以及國家命運興衰與風俗是否淳正之間的緊密連繫，強調個人健康與國家興衰的深層次因素。
寫作例句	搭地鐵時不要為爭搶座位一擁而上，手中的廢棄物應扔到該扔的地方，等待辦事時講求先來後到，夜深了別把電視機的音量開得很響等等，這些行為看起來並不崇高偉大，但卻是一個人良好素養的具體表現，是文明社會的良好行為。正如古人所言：「人之壽夭在元氣，國之長短在風俗。」

名句·出處	凡免我厄者，皆平日可畏人也；擠我於險者，皆平日可喜人也。（《蘇軾文集·剛說》）
解析·應用	凡是免於使我陷入困境的人，都是平日對我嚴格要求的人；而使我陷入險境的人，恰恰是平時討我喜歡的人。
	常用來說明剛直之人和討好巴結之人在平時和關鍵時刻的不同表現。

寫作例句	1. 在人生的旅途中，「凡免我厄者，皆平日可畏人也；擠我於險者，皆平日可喜人也」。當我們遭遇困境時，往往會發現那些曾經讓我們敬畏、在他們面前不敢肆意妄為的人，卻能在關鍵時刻伸出援手，幫我們擺脫厄運；而那些平日裡看似和善可親、讓我們滿心歡喜與之來往的人，卻有可能在背後使壞，將我們推入危險的境地。這也提醒著我們，不能僅憑表面印象去評判他人。 2. 在職場這個複雜的環境裡，「凡免我厄者，皆平日可畏人也；擠我於險者，皆平日可喜人也」。當面臨專案危機或者職場爭鬥時，那些平日裡以嚴謹的工作態度、高標準要求而讓我們心生敬畏的同事，可能會基於公正和職業素養幫助我們化解危機；相反，那些平時善於阿諛奉承、看似很討喜的人，卻可能為了自身利益在背後捅刀子，把我們置於險地，這讓我們明白在職場中要保持清醒的識人眼光。

名句．出處	臥榻之側，豈容他人鼾睡？ （《桯史．徐鉉入聘》宋．岳珂）
解析．應用	我自己的床鋪旁邊，怎麼能容許別人打鼾睡覺？
	比喻在自己的管轄範圍內，不容許有威脅自己的力量存在。

寫作例句	1. 宋太祖趙匡胤陳橋兵變後欲統一江南，面對南唐後主李煜的求和，他深知統一大業勢在必行，畢竟「臥榻之側，豈容他人鼾睡」。在他心中，自己的帝王之榻周圍，怎能允許有其他政權安然存在並對自己構成潛在威脅呢？於是揮師南下，最終完成統一。 2. 在激烈的商業競爭中，某大型企業已經在某一領域占據了主導地位，當一個新興的小企業試圖涉足該領域時，這個大企業便感受到了威脅，因為「臥榻之側，豈容他人鼾睡」。它會利用自己的資源、市占率等優勢，對小企業進行打壓，以確保自己在該領域的絕對優勢地位。

名句·出處	愛之不以道，適所以害之也。（《資治通鑑·卷第九十六》宋·司馬光）
	適：正好，恰恰。
解析·應用	如果不以正道愛他，恰恰是害了他。
	常用於對溺愛子女的警示。

寫作例句	1. 在子女教育方面，「愛之不以道，適所以害之也」。許多父母過度溺愛孩子，對孩子的要求無條件滿足，縱容孩子的不良習慣，卻忽略了用正確的道德規範、行為準則去引導孩子成長，這種缺乏正確方式的愛，最終只會讓孩子在成長道路上迷失方向，不利於孩子形成健全的人格和良好的品德。 2. 在企業管理中，「愛之不以道，適所以害之也」。有些管理者對待員工過於寬鬆，對員工的錯誤和不規範行為不加以糾正，以一種無原則的「愛」來對待員工，而不是透過建立合理的規章制度、提供正確的職業培訓和發展路徑來引導員工成長進步，這樣的做法看似是對員工的關愛，實則是對員工職業發展的一種傷害，也不利於企業的長遠發展。

名句·出處	國以任賢使能而興，棄賢專己而衰。 （〈興賢〉宋·王安石）
解析·應用	國家因任用有德行、有才能的人而興盛，因棄置賢能的人獨斷專行而衰敗。
	常用來說明任用什麼樣的人才對國家的興衰存亡有關鍵作用。
寫作例句	歷史的長河中，無數國家興衰更替，皆印證了「國以任賢使能而興，棄賢專己而衰」的真理。一個國家若能廣納賢才，讓有能之士各展所長，國家便能蓬勃發展，繁榮昌盛；反之，若統治者閉目塞聽，獨斷專行，排斥賢能，國家便會逐漸走向衰落，陷入危機。

名句·出處	材之用，國之棟梁也，得之則安以榮，失之則亡以辱。（〈材論〉宋·王安石）
解析·應用	有用的人才，好比國家的棟梁，得到人才國家就會安定而昌盛，失去人才國家就會有滅亡之虞而遭受屈辱。
	常用來強調人才的國家的棟梁。
寫作例句	1. 古代君主常言「材之用，國之棟梁也，得之則安以榮，失之則亡以辱」，因此他們極為重視人才的培養與任用，以確保國家的長治久安和繁榮富強。 2. 在現代社會發展中，政府和企業都應意識到「材之用，國之棟梁也，得之則安以榮，失之則亡以辱」的深刻意義，唯有積極引進和培養人才，才能在全球競爭中立於不敗之地。

名句·出處	兼聽則明，偏信則闇。（《資治通鑑·卷一九二》宋·司馬光）
解析·應用	聽取多方面的意見，就能了解事情的真實情況；單聽信一方面的話，自己就糊塗，弄不清楚事情的來龍去脈。
	常用來說明要同時聽取各方面的意見，才能正確認識事物；只相信單方面的話，必然會犯片面性的錯誤。

寫作例句	1. 在決策過程中，我們深知「兼聽則明，偏信則闇」的道理，因此，我們廣泛聽取各方意見，無論是專家的見解，還是群眾的呼聲，都一一納入考量，力求全面客觀地了解事實真相，避免片面信息的誤導，確保決策的科學性和公正性。 2. 在人際互動中，同樣需要秉持「兼聽則明，偏信則闇」的原則，不應僅憑一時的印象或片面的資訊就對他人下結論。我們應該以開放的心態，耐心傾聽他人的想法和故事，理解他們的立場和情感，這樣才能避免誤解和偏見，建立起更加和諧與深入的人際關係，讓我們的生活更加豐富多彩。

名句·出處	幣厚言甘，古人所畏也。（《資治通鑑·晉紀》宋·司馬光）
解析·應用	送來的禮物多，說的話又甜蜜入耳，這是古人最警惕的事。
	常用來說明行賄受賄的危害。
寫作例句	1. 古人常告誡君主「幣厚言甘，古人所畏也」，因為豐厚的禮物和甜言蜜語往往隱藏著不可告人的動機，可能危及國家安全。 2. 在商業談判中，企業家應謹記「幣厚言甘，古人所畏也」的古訓，面對過於優厚的條件和過分恭維的言辭時，應保持警惕，以防落入陷阱。

名句·出處	任賢必治，任不肖必亂。 （《資治通鑑·漢紀》宋·司馬光）
解析·應用	任用賢人天下就會太平，任用不肖之徒天下就會生亂。
	常用來說明任用忠奸之人對國家興衰的影響。
寫作例句	1. 在治理國家的過程中，我們深刻了解到「任賢必治，任不肖必亂」的道理。一個國家若能任用賢能之士，讓他們在國家治理中發揮聰明才智，國家必將昌盛繁榮，社會安定有序；反之，若任用無能之輩，甚至是品德敗壞之人，國家則會陷入混亂，百姓生活困苦，國家前途堪憂。 2. 在企業管理中，「任賢必治，任不肖必亂」同樣適用。一個優秀的企業，必然懂得識人用人，將那些才華橫溢、品德高尚的人才放在關鍵職位上，讓他們引領企業不斷創新發展，這樣企業才能蒸蒸日上，成為行業的佼佼者；而若企業忽視人才的重要性，任用那些能力不足、責任心不強的人，企業則會陷入管理混亂，效率低下，甚至面臨倒閉的風險。因此，企業應當把人才策略放在首位，確保企業的長遠發展。

名句·出處	何世無才，患人不能識之耳。（《資治通鑑·漢紀》宋·司馬光）
解析·應用	哪個朝代沒有人才？就怕沒人能辨識他們。
	常用來說明人才是廣泛存在的，需要去發掘。

寫作例句	1. 古代智者常感慨「何世無才，患人不能識之耳」，因為每個時代都不乏人才，關鍵在於統治者是否具備辨識和任用賢才的眼光。 2. 在現代職場中，「何世無才，患人不能識之耳」這句話提醒管理者，應建立科學的人才評估體系，以辨識並重用那些真正具備潛力的員工，推動企業的持續發展。

名句．出處	物暴長者必夭折，功卒成者必亟壞。（《資治通鑑．漢紀》宋．司馬光）
解析．應用	成長太快的東西一定容易夭折，倉促做成的事情一定容易敗壞。
	常用來說明「欲速則不達」的道理。
寫作例句	1. 古人常言「物暴長者必夭折，功卒成者必亟壞」，因為自然界中凡是快速生長的事物往往容易夭折，而倉促完成的工程也容易迅速崩壞，因此強調循序漸進的重要性。 2. 在創業過程中，「物暴長者必夭折，功卒成者必亟壞」這句話提醒企業家，追求快速成功可能會帶來隱患，只有穩紮穩打，才能確保企業的長久發展和穩固基礎。

名句．出處	當官力爭，不為面從。（《資治通鑑．唐紀》宋．司馬光）
解析．應用	面對上司勇於堅持正確的意見，不礙於情面而順從。
	這是李世民鼓勵文武百官要勇於直言進諫的一句名言，現常用來對不阿諛奉承、不曲意逢迎可貴品格的褒獎。

寫作例句	1. 古代忠臣在朝堂上以「當官力爭，不為面從」為信條，面對君主的決策，他們勇於進諫，堅持正直，不因迎合而違背良心。 2. 在現代職場中，「當官力爭，不為面從」的精神鼓勵員工在面對不合理的決策時，勇於提出建設性的意見，而不是一味附和，只有這樣才能促進組織的健康發展和創新。

名句·出處	為治之要，莫先於用人;而知人之道，聖賢所難也。(《資治通鑑·魏紀》宋·司馬光)
解析·應用	治理國家的關鍵，首先在於用人是否得當；而考察人的方法，是聖賢也感到困難的。
	常用來說明考察人才的方法對選才的重要性。
寫作例句	1. 古代明君深知「為治之要，莫先於用人；而知人之道，聖賢所難也」，因此他們非常重視選拔和任用賢能，以期實現國家的長治久安，但辨識真正的人才卻始終是一項艱難的任務。 2. 在當今企業管理中，「為治之要，莫先於用人；而知人之道，聖賢所難也」提醒管理者，成功的關鍵在於正確選用人才，而辨識和培養合適的人才仍然是一項複雜且具有挑戰性的工作。

名句·出處	能用度外人，然後能周大事。(《夢溪筆談·雜誌》宋·沈括)
	度外：法度之外；指不按常法或不遵常禮。

解析·應用	能破格起用那些與自己疏遠而有才能的人，這樣才能成就大事業。
	常用來說明不任人唯親的積極作用。
寫作例句	1. 古代賢君常說「能用度外人，然後能周大事」，因為只有不拘一格任用外來賢才，才能更好地處理國家大事，實現治國理政的目標。 2. 在全球化的今天，「能用度外人，然後能周大事」提醒企業要有開放的心態，善於吸納外部優秀人才，這樣才能在國際市場上獲得更大的成功。

名句·出處	費千金為一瞬之樂，孰若散而活凍餒幾千百人。（《省心錄》宋·林逋）
解析·應用	花費重金為了一時間的高興，不如把它們發放給忍飢受凍的大眾使他們存活。
	這話對為虛榮心而大肆鋪張的個人和組織來說，無疑具有勸誡作用。
寫作例句	1. 古代賢者常告誡君主「費千金為一瞬之樂，孰若散而活凍餒幾千百人」，勸誡他們與其奢侈浪費以求片刻歡愉，不如將財富分散救濟千百個飢寒交迫的百姓，以展現仁政。 2. 在現代社會中，企業家們應反思「費千金為一瞬之樂，孰若散而活凍餒幾千百人」的智慧，選擇將資源用於公益事業，幫助那些真正需要幫助的人，比單純追求奢華享受更有意義。

名句・出處	爾俸爾祿，民膏民脂。（《蜀檮杌》宋・張唐英）
	爾：你。
解析・應用	你們當官人的俸祿，都是人民的血汗。
	指做官絕不可剝削壓榨百姓。
寫作例句	古代衙門前的大屏風，上面都寫有「爾俸爾祿，民膏民脂」、「下民易虐，上天難欺」。這幾句話，已經流傳一千多年了。

名句・出處	治天下以正風俗、得賢才為本。（《二程文集・請修學校尊師儒取士札子》宋・楊時）
解析・應用	治理天下以端正社會風尚、得到賢能的人才為根本。
	這句話將作風建設和選賢任能並列起來，上升到治國之本的高度。
寫作例句	1. 古代君王治國時常強調「治天下以正風俗、得賢才為本」，因為他們相信唯有端正社會風氣並廣納賢才，才能確保國家的長治久安。 2. 在現代社會治理中，「治天下以正風俗、得賢才為本」提醒我們，政府不僅要倡導良好的社會風尚，還須積極引進和培養人才，以推動國家的可持續發展。

名句・出處	治道之要有三，日：立志，責任，求賢。（《二程粹言・論政篇》宋・楊時）

解析·應用	治理政事有三個重要方面，就是要樹立志氣、積極負責任、請求賢人相助。
	常用來說明治理政事的要害方面。
寫作例句	1. 在治國理政的宏偉藍圖裡，「治道之要有三，日：立志，責任，求賢」，這是歷代先賢智慧的結晶。立志，即確立國家的長遠目標與願景，為民眾指引方向；責任，則要求領導者勇於擔當，對國家的興衰與民眾的福祉負責；求賢，則是廣納天下英才，共同為實現國家繁榮富強貢獻力量。這三者相輔相成，共同構成了國家治理的核心要素，引領著國家走向昌盛與輝煌。 2. 在現代企業管理中，「治道之要有三，日：立志，責任，求賢」提醒領導者，企業要成功，必須設定明確的目標，承擔社會責任，並不斷吸納和培養優秀人才，才能在競爭中立於不敗之地。

名句·出處	不可以一言之中，一事之善，而兼取其大體。（《二程粹言·論道篇》宋·楊時）
解析·應用	不能因為某個人說對了一句話，做好了一件事，就說這個人的所有言行是可取的。
	常用來強調在實踐中全面考察人，不能只看一時一事。

寫作例句	1. 在評價人物或事物時，我們應當秉持客觀公正的態度，「不可以一言之中，一事之善，而兼取其大體」。這意味著，我們不能僅僅因為某人的一句話或一個行為的優點，就全面肯定其整體表現。正如古人所言，人非聖賢，孰能無過？我們需要全面考察，綜合分析，才能做出準確而公正的評價。這樣的態度，既是對他人的尊重，也是對自己的負責。 2. 在現代決策中，「不可以一言之中，一事之善，而兼取其大體」提醒我們，在評估他人或計畫時，應全面考量其整體表現，而非僅憑某個瞬間的優點或短暫的成功就貿然做出決定。

名句·出處	得民之勞者昌，得民之憂者康，得民之死者強。（《芻言》宋·崔敦禮）
解析·應用	人民肯為國家出力的，這個國家就昌盛；人民肯為國家分憂的，這個國家就安康；人民肯為國家去死的，這個國家就強大。
	常用來說明國家和人民的依存關係。
寫作例句	1. 古代明君深知「得民之勞者昌，得民之憂者康，得民之死者強」的治國之道，因此他們注重體恤民情，分擔百姓之憂，共享其勞苦，國家因此而繁榮穩固。 2. 在現代社會治理中，「得民之勞者昌，得民之憂者康，得民之死者強」這一理念提醒執政者，只有真正理解並解決人民的困難，與人民同甘共苦，才能建立一個強大而和諧的社會。

名句．出處	不用賢能而用資格不可動。（〈上孝宗皇帝札子〉宋．葉適）
解析．應用	國家不用賢能只憑資格，這個國家就不能前進。
	常用來說明如果用人靠論資排輩，社會就會失去朝氣勃勃的生命力而凝固、僵死，停止前進的腳步。
寫作例句	1. 在朝堂之上，如果君王長期「不用賢能而用資格不可動」，那麼國家必將衰敗，民生凋敝。 2. 在企業管理中，若只看資歷而忽視才能，「不用賢能而用資格不可動」，終將導致公司創新停滯，競爭力下降。

名句．出處	必有事實，乃有是文。（〈上辛給事書〉宋．陸游）
解析．應用	一定有這種事實，才會有這種文章。
	常用來說明文章要寫好，必須反映社會真實。
寫作例句	1. 在撰寫歷史傳記時，「必有事實，乃有是文」。史家須深入挖掘史料，走訪古蹟，探尋當事人的遺跡。只有基於確鑿的史實，如實地記錄人物的生平事蹟、功過得失，才能寫出真實可信、具有史學價值的傳記文章。若憑空捏造，沒有事實依據，文章就成了無本之木，難以承受住時間的考驗。 2. 在新聞報導領域，「必有事實，乃有是文」。記者們要深入事件現場，採訪當事人，考核各種資訊來源。只有掌握了真實發生的事件情況，才能撰寫新聞稿件。虛假的新聞、沒有事實支撐的報導，不僅違背職業道德，更會誤導大眾，損害媒體的公信力。所以，事實是新聞稿件的基石，是新聞存在的根本前提。

名句·出處	含血噴人，先汙其口。（《羅湖野錄》宋·曉瑩）
解析·應用	嘴裡含著血噴人，首先就弄髒了自己的嘴。
	常用來說明捏造事實誣陷別人的人，自己也不會有什麼好結果。成語「血口噴人」由此而來。
寫作例句	在職場競爭中，有人為了晉升不擇手段，甚至不惜「含血噴人，先汙其口」，散布謠言，詆毀同事，企圖以此提升自己的地位。然而，這樣的行為雖能一時得逞，卻終難逃眾人雪亮的眼睛，最終只會讓自己陷入孤立無援的境地，失去了同事的尊重與信任。因為真正的成功，從來不是建立在詆毀他人的基礎上的，而是需要靠自己的實力與品德去贏得。

名句·出處	苦海無邊，回頭是岸。（《朱子語類·卷第五十九》）
解析·應用	佛家勸人改過向善的常用語。其中「苦海」比喻眾生受種種痛苦，猶如溺於無邊大海之中一樣。回頭，表示醒悟。作惡之人，一旦悔悟並努力向善，那麼就能獲得新生。
	這句話現已成為成語，用來比喻做壞事的人只要徹底悔改，就有出路。

寫作例句	1. 在逃逸歲月的深淵裡，他每日備受煎熬，如同置身於無盡的苦海之中，然而「苦海無邊，回頭是岸」，只要他能放下屠刀，改過自新，就還有重新開始的機會。 2. 在這忙碌喧囂、物欲橫流的現代社會，許多人迷失了自我，在追逐名利的道路上越走越遠，感到疲憊不堪，其實「苦海無邊，回頭是岸」，若能回歸本心，看淡名利，便能尋得內心的寧靜與平和。

名句·出處	天變不足畏，祖宗不足法，人言不足恤。（《宋史·王安石傳》）
	恤：憂慮，顧慮。
解析·應用	天象的變異不足以畏懼，祖宗的規矩不足以死守，人們的毀譽不足以顧慮。
	指進行改革必須具有勇於衝破一切束縛的大無畏精神。
寫作例句	撫州是王安石的故鄉，當年這位先賢抱著改變「積貧」、「積弱」，實現富國強兵的願望，推行「熙寧變法」15 年，到頭來卻空懷壯志付東流，但他那「天變不足畏，祖宗不足法，人言不足恤」的大無畏精神，卻永遠鼓舞和激勵著後人。

名句·出處	人才以用而見其能否。（《宋史·陳亮傳》）
解析·應用	對於人才，只有在使用中才能發現他是否具有真才實學。
	常用來說明實踐能為鑑別人才提供可靠證據。

寫作例句	1. 在治國理政中，「人才以用而見其能否」，唯有透過實戰考驗，方能辨識真正的賢才。 2. 在激烈的市場競爭中，「人才以用而見其能否」，只有給予他們展示才華的舞臺，才能發掘出企業的未來領袖。

名句·出處	為政者不難於始，而難於克終。 （《牧民忠告》元·張養浩）
解析·應用	理政的人凡事不難於開始，而難在堅持到最後。
	常用來勸誡理政的人要善始善終。
寫作例句	1. 在治國理政的過程中，「為政者不難於始，而難於克終」，初期的號令易行，而堅持到底並獲得長久成效才是最大的挑戰。 2. 在專案管理中，「為政者不難於始，而難於克終」，啟動階段的熱情高漲並不稀奇，關鍵在於如何克服中途的困難，確保專案圓滿收官。

名句·出處	眾口銷骨，三人成虎。（《木几冗談》明·彭汝讓）
解析·應用	大家都說你的壞話足以致你於死地，三個人說市場上有老虎，大家就會信以為真。
	比喻謠言或訛傳流傳廣久了，就會混淆是非，以假亂真。
寫作例句	1. 世間流言蜚語如利刃，「眾口銷骨，三人成虎」，即使清白之身，亦難逃輿論之戕害。 2. 在現代職場中，謠言四起可能導致團隊士氣低落，「眾口銷骨，三人成虎」提醒我們，在資訊氾濫的時代，更須保持理性和獨立思考，以免被虛假資訊左右。

名句·出處	天下之事，慮之貴祥，行之貴力，謀在於眾，斷在於獨。 （〈陳六事疏〉明·張居正）
	祥：通「詳」，詳盡。
解析·應用	世上的事情，思考貴在詳盡，實踐貴在努力，謀劃靠眾人的智慧，下決斷得靠自己。
	常用來說明領導者做決定前應該充分發揚民主、集思廣益，但做決定時則應是理智的指揮官，堅持自己的主見。
寫作例句	1. 治國理政，「天下之事，慮之貴祥，行之貴力，謀在於眾，斷在於獨」。這意味著計劃要詳盡，執行要有力，決策須集思廣益，但關鍵時刻須果斷獨斷，方能成就大業。 2. 追求夢想，「天下之事，慮之貴祥，行之貴力，謀在於眾，斷在於獨」。規劃要全面，行動要堅決，不妨多聽建議，但決定與堅持需靠自己，方能抵達夢想的彼岸。

名句·出處	用人不必出於己，唯其賢。 （《玉堂從語·器量》明·焦竑）
解析·應用	用人不以是否是自己人為標準，只要是賢才，就加以重用。
	常用來強調選才時不能主觀臆斷，要唯賢是舉。
寫作例句	1. 在用人治國方面，「用人不必出於己，唯其賢」，唯有任用真正有才德之人，而非僅限於親近之士，才能實現國家的長治久安。 2. 在企業管理中，「用人不必出於己，唯其賢」，只有打破任人唯親的局限，選拔真正具備能力和智慧的人才，才能推動公司持續創新與發展。

名句·出處	攫金於市者，見金而不見人；剖身藏珠者，愛珠而忘自愛。（《小窗幽記》明·陳繼儒）
解析·應用	在大街上搶奪別人金子的人，只看到了金子忽視了人的存在；把自己的身體割開藏珍珠的人，喜愛珍珠卻忘了愛護自己的身體。
	常用來形容人見利不顧羞恥或嗜財如命。
寫作例句	1. 面對誘惑，「攫金於市者，見金而不見人；剖身藏珠者，愛珠而忘自愛」，警示我們貪婪之人往往只見利益而忽視他人感受，甚至不惜犧牲自我，只為滿足私欲，最終可能得不償失。 2. 在追求夢想的過程中，「攫金於市者，見金而不見人；剖身藏珠者，愛珠而忘自愛」，提醒我們不應過分追求名利，而忽視了對身邊人的關愛與自我價值的實現。真正的成功，不僅在於物質的累積，更在於心靈的富足與人際關係的和諧。

名句·出處	三年清知府，十萬雪花銀。（《儒林外史·第八回》清·吳敬梓）
解析·應用	擔任三年「清廉」的知府，便可收入十萬兩雪花銀子。
	常用來諷刺舊時官場腐敗，即使是「清廉」的官員，也收入不菲。

寫作例句	1. 在封建王朝，官場腐敗現象屢見不鮮，「三年清知府，十萬雪花銀」，即使是被稱為「清知府」的官員，在短短三年任期內也能搜刮鉅額財富，可見當時官場黑暗，百姓深受其苦。 2. 如今在一些監管缺失的行業中，某些人利用職務之便，大肆謀取私利，雖然表面上看似正常經營，實則「三年清知府，十萬雪花銀」，這種行為嚴重破壞了行業的健康發展，損害了大眾的利益。

名句・出處	畫龍畫虎難畫骨，知人知面不知心。（《水滸傳・第四十五回》明・施耐庵）
解析・應用	龍虎好畫但難畫牠們的骨頭，人面好識但難知道人的內心。
	常用來說明人心險惡的一面不容易暴露。
寫作例句	1. 在人際互動的微妙世界裡，我們常常感嘆「畫龍畫虎難畫骨，知人知面不知心」，即使是再精湛的畫家，也難以描繪出動物骨骼的精髓，正如我們在認識一個人時，即使能夠觀察到他的外在表現，卻往往難以洞悉其內心深處的真實想法與情感，人的心靈深處，如同隱匿在骨骼之後的祕密，難以輕易揭示。 2. 在職場競爭的舞臺上，「畫龍畫虎難畫骨，知人知面不知心」的道理更為深刻，我們可以輕易地看到同事們的專業技能與外在表現，卻難以準確判斷他們的真正動機與意圖，有時，一個表面看似真誠友善的同事，背後可能隱藏著複雜的算計與心機，因此，在職場中行走，除了提升自己的業務能力外，更需要培養一雙洞察人心的慧眼，學會在複雜的人際關係中保持清醒與警覺，方能立於不敗之地。

名句·出處	恨鐵不成鋼。（《紅樓夢·第九十六回》清·曹雪芹）
解析·應用	惱恨鐵老是煉不成鋼。
	這是表示對人不爭氣而嗔怪的常用語。
寫作例句	老師看著那些在課業上不肯努力的學生，真是「恨鐵不成鋼」，他們本有很好的天賦，卻因貪玩懈怠，成績總是不盡如人意，老師滿心希望他們能早日醒悟，奮發圖強。

名句·出處	丁是丁，卯是卯。（《紅樓夢·第四十三回》清·曹雪芹）
解析·應用	丁是十天干之一，卯是十二地支之一，干支依次相配以記年月，不能錯亂。
	「丁卯」又與「釘鉚」諧音，又作「釘是釘、鉚是鉚」：釘是榫頭，鉚是鉚眼，兩者必須完全相合才能安上。常用來比喻辦事認真，毫不含糊。
寫作例句	1. 在處理事務時，我們應當秉持「丁是丁，卯是卯」的嚴謹態度，確保每一個細節都準確無誤，不容有絲毫馬虎，這樣才能保證工作的品質，做到萬無一失。 2. 在人際關係中，保持「丁是丁，卯是卯」的分明界限，既是對他人的尊重，也是對自己的保護，不混淆是非，不模糊界限，讓每一份情誼都清楚明瞭，方能長久維繫和諧的人際關係。

名句·出處	心病終須心藥治，解鈴還是繫鈴人。（《紅樓夢·第九十回》清·曹雪芹）

解析．應用	心理上的問題需要靠解決心理問題的方法來解決，解開鈴鐺得靠拴繫鈴鐺的人。
	常用來說明要對症下藥，誰惹下的麻煩誰就了解事情的原委，就要靠誰來解決。「解鈴還是繫鈴人」亦作「解鈴還須繫鈴人」。
寫作例句	1. 她自從經歷了那次感情挫折後，便陷入了深深的憂鬱之中，家人朋友的安慰都難以讓她釋懷。醫生說「心病終須心藥治，解鈴還是繫鈴人」，直到那個曾經傷害她的人誠懇地向她道歉，解開了她心中的疙瘩，她才逐漸走出陰霾，重新開始生活。 2. 這個團隊因為上次專案失敗而士氣低落，各種激勵措施和外部培訓都效果不佳。管理者意識到「心病終須心藥治，解鈴還是繫鈴人」，於是組織團隊成員重新深入分析上次專案失敗的原因，從根本上解決問題，讓團隊成員自己克服心中的恐懼和沮喪，最終團隊恢復了活力，重拾信心迎接新的挑戰。

名句．出處	不學古人，法無一可。竟似古人，何處著我？（《續詩品》清．袁枚）
解析．應用	寫詩作文如果不向古人借鑑，就沒有定式可以遵循。如果和古人一模一樣，又在什麼地方展現自己的風格呢？
	常用於說明要學古而不泥古，既要學習前人，但也要有自己的風格。

寫作例句	在書法藝術的學習過程中，「不學古人，法無一可。竟似古人，何處著我」。書法有著深厚的傳統，若不向古代的書法大家學習，基本的筆法、結構等規則都無從掌握。然而，如果只是一味地模仿古人，寫得與古人一模一樣，那自己的風格又在哪裡呢？真正的書法家是在傳承古人技法的基礎上，融入自己的理解與創新，從而形成獨特的藝術風格。

名句·出處	諛吾聰，欲相聾。諛吾明，欲相盲。（《不下帶編》清·金埴）
	諛：吹捧。
解析·應用	吹捧我聽覺靈敏的，是想讓我變聾；吹捧我眼睛明亮的，是想讓我變得盲目。
	比喻心懷某種欲望而吹捧你聰明的人，是希望你變得糊塗起來，好達到目的。
寫作例句	1. 在人際互動的微妙世界裡，「諛吾聰，欲相聾。諛吾明，欲相盲」，那些過分吹捧你聽力敏銳的人，可能正是想讓你忽視真相的聲音；而那些過分讚美你洞察秋毫的人，或許正是想讓你在光芒萬丈中失去判斷力，變得盲目。 2. 在追求真理與智慧的道路上，「諛吾聰，欲相聾。諛吾明，欲相盲」，過度的讚美與奉承，如同甜蜜的毒藥，會讓人在自我陶醉中失去警覺，無法聽取逆耳忠言，更難以洞察事物本質，唯有保持清醒的頭腦，才能不被虛假的光環所迷惑，持續前行。

名句．出處	作詩者，亦必先有詩之基焉。詩之基，其人之胸襟是也。（《原詩．內篇》清．葉燮）
解析．應用	作詩的人，應該先有詩的根基。詩的根基，就是一個人的胸襟懷抱。
	常用來說明一個人的胸襟懷抱決定了他所作詩的優劣，一個雞腸小肚之人，恐怕很難寫出大氣磅礴之作來。
寫作例句	1.「作詩者，亦必先有詩之基焉。詩之基，其人之胸襟是也。」一個優秀的詩人，必須先有廣博的胸懷與深刻的情感作為基石，只有這樣，他的詩歌才能言之有物，感人至深，表達出超越個人情感的普遍價值與人文關懷。 2. 在人生的各個領域，無論是藝術創作還是科學研究，「作詩者，亦必先有詩之基焉。詩之基，其人之胸襟是也」，都強調基礎的重要性以及個人修養對於成就的高度影響。只有具備寬廣的視野、深邃的思考與包容的心態，才能在各自的領域內有所建樹，創造出真正有價值、有影響力的作品或成果。

第十章　哲理思辨

名句·出處	仁者見之謂之仁，智者見之謂之智。（《易經·繫辭上》）
解析·應用	仁者看見它說是仁，智者看見它說是智。
	比喻對同一個問題，不同的人從不同的立場或角度去看，會有不同的觀點。成語「仁者見仁，智者見智」即出於此。
寫作例句	1. 這幅抽象畫風格獨特，畫面看似雜亂無章卻又充滿深意，不同的觀賞者有不同的理解，有的從色彩搭配中感受到了寧靜與和諧，有的從線條走勢裡體會到了力量與動感，真可謂「仁者見之謂之仁，智者見之謂之智」。 2. 對於這個新發表的政策，不同的群體有不同的看法。一些注重社會公平的人看到了政策對弱勢族群的扶持，認為這是促進社會和諧的重要舉措；而一些關注經濟發展效率的人則看到了政策對新興產業的激勵，覺得這是推動經濟轉型更新的關鍵一步，這就是「仁者見之謂之仁，智者見之謂之智」。

名句·出處	窮則變，變則通，通則久。（《易經·繫辭下》）
	窮：終極，盡頭。通：通達。

<table>
<tr><td rowspan="2">解析‧應用</td><td>事物發展到極限，就會引起變化，變化就能通達，通達就能長久。又作「窮則思變，變則通，通則久」。</td></tr>
<tr><td>常用來描寫在困境中尋求變革，透過變革達到通達順暢的境地，進而實現長久的穩定和發展，概括了面對困境時應採取的積極態度和行動策略。</td></tr>
<tr><td>寫作例句</td><td>1. 世界上沒有不變的東西，這就叫做「窮則變，變則通，通則久」。事物達到極限，就要發生變化，變化就能發展，發展就能創新。
2.「窮則思變，變則通，通則久。」京劇到了變革的關鍵時期，在內容上要改革，在曲調上也要改革。</td></tr>
</table>

<table>
<tr><td rowspan="2">名句‧出處</td><td>觀乎天文，以察時變；觀乎人文，以化成天下。（《易經‧賁》）</td></tr>
<tr><td>天文：日月星辰等天體在宇宙間分布運行等現象。人文：人類社會的各種現象。化：教化。</td></tr>
<tr><td rowspan="2">解析‧應用</td><td>觀察天體氣象，可以知道四時節令的變化；觀察人類的各種現象，可以推行教化以安定天下。</td></tr>
<tr><td>常用於揭示古代中國對於天、人關係的理解，以及在此基礎上形成的治理理念。其中，「觀乎天文，以察時變」強調了順應自然規律的重要性，而「觀乎人文，以化成天下」則突出了人文精神在社會治理中的核心作用。</td></tr>
<tr><td>寫作例句</td><td>什麼叫文化？《易經》上說：「觀乎天文，以察時變；觀乎人文，以化成天下。」文化一詞，就是從這裡來的。它的意思是按照人文來進行教化。</td></tr>
</table>

名句．出處	不以一眚掩大德。（《左傳．僖公三十三年》）
	眚：本義為眼睛生翳，引申為過失，錯誤。
解析．應用	不因為一點小的過失就抹殺大的功績。
	常用來表示對犯有過失的人要客觀公正地評價。
寫作例句	1. 在評價歷史人物時，我們應當秉持「不以一眚掩大德」的原則，不因他們偶爾的過失或錯誤，就全盤否定其卓越的貢獻與高尚的品德，這樣才能公正地看待每一位先賢的功過是非。 2. 在團隊合作中，我們堅持「不以一眚掩大德」的理念，即使某位成員偶有失誤，也不應因此而忽略其在團隊中的整體價值與長期貢獻，共同營造一個寬容、理解、共同進步的工作氛圍。

名句．出處	度德而處之，量力而行之。（《左傳．隱公十一年》）
解析．應用	衡量自己的德行是否能夠服人，來擺正自己的位置；猜想自己的能力是否能夠勝任，來決定自己的行動。
	成語「度德量力」由此而來，意思是衡量自己的德行是否能夠服人，猜想自己的能力是否能夠勝任。
寫作例句	1. 在治理國家時，必須「度德而處之，量力而行之」，才能使社稷安定，百姓安居樂業。 2. 面對人生的各種挑戰，我們應當「度德而處之，量力而行之」，方能在紛繁複雜的世事中保持內心的平衡和從容。

名句·出處	尺有所短，寸有所長。（《楚辭·卜居》）
解析·應用	尺比寸長，但和比尺更長的東西相比，就顯得短了；寸比尺短，但和比寸更短的東西相比，就顯得長了。
	指人和事物都有優點和缺點，彼此都有可取之處，要一分為二地看待。
寫作例句	尺有所短，寸有所長，每個人都有優點、長處。用人時，我們要善於發現這些優點，讓他們充分地發揮，而不是老盯著別人的缺點來求全責備。

名句·出處	逝者如斯夫，不捨晝夜。（《論語·子罕》）
	斯：這。
解析·應用	逝去的時光就像河水啊，不分白天黑夜地向前流動。
	指時光像河水一樣流逝，一去不復返。
寫作例句	1.「逝者如斯夫，不捨晝夜。」既然生活按著自然規律前進、變化、發展，既然每個人都不能夠兩次站在同一條河裡，不允許你總是想著明天，還有明天，那你何不面對現實，用奮發有為的態度來認識和面對現實生活呢！ 2. 歷史是一條川流不息的河，「逝者如斯夫」，人類社會是在一個不斷揚棄和不停發展的流動過程中生生不已的。

名句·出處	質勝文則野，文勝質則史。（《論語·雍也》）
	野：粗野。史：虛浮。

解析·應用	質樸超過文雅，就顯得粗鄙；文雅超過質樸，就顯得虛浮。
	指人的品格和儀表，文章的內容和形式，要協調統一。
寫作例句	孔子的文藝批評對後代影響最大的是「文質」說和《詩》論。他說：「質勝文則野，文勝質則史。」「質」和「文」的本義是質樸和文華，是指人的品德和文化修養講的，但可以引申到文學作品的內容與形式方面來。

名句·出處	君子和而不同，小人同而不和。（《論語·子路》）
解析·應用	指君子追求和諧，但不苟同；小人經常苟同，但不會和諧。
	常用來描寫君子與小人的區別，強調君子在保持和諧的同時尊重差異，而小人則盲目追求一致卻缺乏真正的和諧。
寫作例句	中國古代思想家孔子說：「君子和而不同，小人同而不和。」「和而不同」的價值取向在於：要承認「不同」，在「不同」的基礎上形成和諧，才能使事物得到發展。

名句·出處	眾惡之，必察焉；眾好之，必察焉。（《論語·衛靈公》）
	惡：厭惡。察：考察。好：喜愛。
解析·應用	對於眾人都厭惡或都喜歡的，一定要考察之後再做結論。
	常用來描寫獨立判斷的重要性，強調在面對眾人喜好或厭惡時，應保持冷靜和客觀，進行深入考察。

寫作例句	「眾惡之，必察焉；眾好之，必察焉。」大家都在狂貶的那個人未必就真有那麼壞，大家都在狂捧的那個人未必就真有那麼好。因此於人於事，切勿輕信盲從，須得經過自己的考察判斷再下結論。明白了此中道理，對於當今社會的一些現象也就見而不怪了。

名句·出處	名不正則言不順，言不順則事不成。（《論語·子路》）
解析·應用	名分不正，說話講道理就不順當，說話講道理不順當就難把事情辦好。
	「名正言順」後成為成語，多指做某事名義正當，道理也說得通。
寫作例句	1. 在古代政治中，君主必須確保自身名正言順，因為「名不正則言不順，言不順則事不成」，只有這樣才能有效治理國家，實現長治久安。 2. 在現代企業管理中，領導者必須明確職位和職責，因為「名不正則言不順，言不順則事不成」，只有這樣才能保證團隊的高效運作和目標的順利達成。

名句·出處	苟日新，日日新，又日新。（《禮記·大學》）
	苟：如果。
解析·應用	如果一天能革新，是非常可喜的；天天能革新，是非常可貴的；永遠革新不停步，就成為全新的了。簡作「日日新，苟日新」。
	指一切事物都貴在不斷革新。

寫作例句	1. 水更至健至美，永遠向前，「不捨晝夜」。「苟日新，日日新，又日新」，是世界命脈所繫。就是面對沙漠絕對一元的專制，她也義無反顧，前仆後繼，非但要衝出禁錮，還要在死寂的戈壁留下多元的生命的綠洲。 2. 此地博物館一類場所不多，而且大都是老樣子，三年五載沒有變化，去過一次便不想再去了。但有一個地方卻處在「日日新，苟日新」的狀態之中，讓有心人玩味不盡。

名句·出處	大音希聲，大象無形。（《老子》）
	大音：最大的聲音。希聲：無聲。大象：抽象。
解析·應用	最大的聲音反而沒有聲響，抽象的事物總是不見形影。簡作成語「大象無形」。
	指藝術的至高境界是看不見、摸不到的，只能用心去感悟。
寫作例句	1. 老莊思想影響了文學藝術形式的兩個方面：第一，「大音希聲，大象無形」的觀點揭示了藝術中「虛」和「實」、「無」和「有」的辯證法，指出「有生於無」，對於形成文藝含蓄精煉的藝術表現形態上的特點，具有不可估量的影響。 2. 老子曰「大象無形」，這是藝術真理，從一滴水可以看世界。這位詩人的詩詞反映的小形象是真實的，為感官所接受即有形的，大象是無形的東西。

名句．出處	甚愛必大費，多藏必厚亡。（《老子》）
	大費：龐大的耗費。厚亡：損失很多。
解析．應用	過分地愛惜名譽，必然要付出很大的代價；過多地珍藏財富，必然會招致更大的損失。
	常用來描寫過度貪愛、聚斂財物會導致龐大的耗費與嚴重的損失，即物極必反的道理，告誡人們不要過分貪求與累積，以免招致不幸。
寫作例句	老子的人生觀是「守中」，表現在生活上是適可而止，知足常樂。他認為「知止」、「知足」，才能「不辱」、「不殆」，因而對醉心於追逐名利和聚斂錢財者提出了嚴厲警誡：「甚愛必大費，多藏必厚亡。」

名句．出處	天下之至柔，馳騁天下之至堅。（《老子》）
	至：最。馳騁：奔馳。
解析．應用	天下最柔弱的東西，卻能在天下最堅硬的東西中穿行奔馳。
	指柔弱與剛強都是相對的。
寫作例句	「天下之至柔，馳騁天下之至堅。」柔能勝剛的思想是老子「無為而不為」哲理的精義。天下之至柔莫過於水，水卻能穿行馳騁於堅硬的山岩之中，無間不入。老子以此啟示人們，在柔弱的東西裡蓄積著足可戰勝剛強的生命力。

名句·出處	瞽者無以與乎文章之觀，聾者無以與乎鐘鼓之聲。（《莊子·逍遙遊》）
	瞽：眼睛失明。文章：錯雜的色彩或花紋。
解析·應用	失明的人無法給他看文章的華麗，失聰的人無法給他聽鐘鼓之聲的美妙。
	常用來說明藝術要呈現給能夠欣賞或能夠懂得的人。
寫作例句	在思想的交流與感悟中，如果缺失必要的認知前提，就會出現「瞽者無以與乎文章之觀，聾者無以與乎鐘鼓之聲」的情況。在一場關於古典文學名著深度解讀的研討會上，對於那些對古典文學毫無涉獵、缺乏基本文學素養的人來說，就像瞽者面對錦繡文章一樣，無法參與對名著的精妙結構、深刻內涵的探討之中；在一場關於現代音樂創新風格的座談會上，那些對現代音樂風格、音樂元素毫無概念的人，就如同聾者面對鐘鼓之聲，不能融入進對現代音樂獨特魅力的感悟當中。

名句·出處	生於憂患，死於安樂。（《孟子·告子下》）
解析·應用	憂患能使人奮發圖存，安逸享樂可使人敗亡。
	常用來說明要保持警醒，不要沉溺於安逸享樂中，否則會失去前進的動力和奮鬥的目標。它提醒人們要時刻保持憂患意識，不斷努力追求進步和發展。

寫作例句	1. 古代賢者常常提醒君王要警惕逸樂，因為國家的興盛「生於憂患，死於安樂」，唯有保持警醒，方能長治久安。 2. 在創業這條荊棘滿布的路上，我們深知「生於憂患，死於安樂」的古訓，因此在企業起步之初，即使面臨資金短缺、市場認可度低的重重困難，我們也未曾有過絲毫懈怠，反而將每一次挑戰視為成長的契機，最終不僅成功度過難關，更在逆境中鑄就了企業堅韌不拔的品格。

名句·出處	君子之澤，五世而斬。（《孟子·離婁下》）
	澤：指一個人的功名事業對後代的影響。斬：斷絕。
解析·應用	君子的影響五代以後就消失了。
	這句話現在幾乎與「富不過三代」同義了，常用來表示完全依靠上輩人奠下的基業享受是不會長久的。
寫作例句	1. 歷史長河中，多少顯赫一時的世家大族，都未能逃脫「君子之澤，五世而斬」的宿命。那些曾以詩書傳家、禮義立身的先輩，其恩澤與美德雖深厚如澤，卻也難以延續至五代之後，往往因後世子孫的懈怠與放縱，導致家族逐漸衰敗，輝煌不再，徒留後人感嘆世事無常，家族興衰皆繫於一念之間。 2. 在現代社會中，家庭的財富和影響力也如「君子之澤，五世而斬」，唯有透過持續的教育和品德傳承，才能確保家族精神薪火相傳。

名句·出處	天時不如地利，地利不如人和。（《孟子·公孫丑下》）
	天時：作戰的時機、氣候等。地利：是指山川險要，城池堅固等。人和：指人心所向，內部團結等。
解析·應用	(作戰) 有利的時機和氣候不如有利的地勢，有利的地勢不如人的齊心協力。
	孟子提出三個概念：天時、地利、人和，並將這三者加以比較，層層推進。用兩個「不如」強調了「人和」的重要性。三者之間的比較，實質上是重在前者與後者的比較，強調指出各種客觀及諸多因素在戰爭中都比不上人的主觀條件及「人和」的因素，決定戰爭勝負的是人而不是物。
寫作例句	1. 在古代戰爭中，謀略家們深知「天時不如地利，地利不如人和」的道理，因此他們不僅注重天時和地理優勢，更加重視軍隊的團結和士氣，以確保戰鬥的勝利。 2. 在現代企業的競爭中，管理者明白「天時不如地利，地利不如人和」的重要性，因此他們不僅關心市場環境和地理位置，更加注重團隊合作和員工的凝聚力，以實現企業的長遠發展。

名句·出處	利之中取大，害之中取小。（《墨子·大取》）
解析·應用	有利的方面，爭取最大的；有害的方面，選擇最小的。
	常用來描寫人們在面對利益與損害時的明智取捨態度。

寫作例句	人生天地之間是避不開利害這兩個字的。如何對待這利害二字呢？墨家認為只有「利之中取大，害之中取小」才是最為合理的行為方式。何以知之？因為對人來說，生存是最大的利益，不可能還有比生存更大的利益了，這也正是自然的法則。同樣，人的最大損害莫過於人死身滅這一狀況。利之中取大，害之中取小，乃是基於自然法則的一種人的本能。利之中取大，害之中取小，也正是合於自然這個理，故被稱為理性的。

名句・出處	持之有故，言之成理。（《荀子・非十二子》）
	故：根據。
解析・應用	立論有根據，所講有道理。 又作「言之成理，持之有故」。
	指說話有理有據。
寫作例句	1. 許多思想家對名家多有非議，但卻又無可奈何地稱其「持之有故，言之成理」，這就從反面證明，在名家的論名談辯中，確有許多看似乖戾但卻使人不得不折服的論辯技巧。 2. 每一種學科的教員，即使主張不同，若都是「言之成理，持之有故」的，就讓他們並存，令學生有選擇的餘地。

名句・出處	伯樂不可欺以馬，而君子不可欺以人。（《荀子・君道》）

解析·應用	伯樂最了解什麼樣的馬是駿馬，道德高尚的君子能知道什麼樣的人是賢才。
	常用來比喻論證選才者和人才的密切關係。
寫作例句	1. 古人常說「伯樂不可欺以馬，而君子不可欺以人」，這意味著真正識馬的伯樂不會被劣馬所矇蔽，正如賢明的君子不會被小人所欺騙。 2. 在職場中，領導者應當具備識人的眼光，因為「伯樂不可欺以馬，而君子不可欺以人」，只有這樣才能任用真正的人才，避免被表面現象所誤導。

名句·出處	登高而招，臂非加長也，而見者遠；順風而呼，聲非加疾也，而聞者彰。（《荀子·勸學》）
	疾：強，大。彰：明顯，清楚。
解析·應用	登上高處招手，手臂並沒有加長，但是別人遠遠地就能看見；順著風向呼喊，聲音並沒有加大，但是別人遠遠地就能聽清。
	指善於藉助有利條件，就能收到事半功倍的效果。
寫作例句	古代哲人有言：「登高而招，臂非加長也，而見者遠；順風而呼，聲非加疾也，而聞者彰。」為了使遠處的人能看到自己，就要登上高處；為了使遠處的人能聽清聲音，就要順風呼叫。做一切事情都是這樣，要善於利用有利條件，運用巧妙的方法。

名句·出處	慈母有敗子。（《韓非子·顯學》）
解析·應用	慈愛的母親中有養育出不好兒子的。
	比喻過於遷就就會養成一些人壞的毛病。
寫作例句	1.「慈母有敗子」，過度的溺愛往往會讓孩子失去應有的約束和磨礪，就像有些母親對孩子百般嬌縱，事事包辦代替，孩子在這種毫無節制的寵愛下，容易養成依賴、任性等不良習性，最終難以成才。 2.「慈母有敗子」，如果領導者對成員過於仁慈，缺乏必要的紀律要求和嚴格的考核制度，成員就可能滋生懈怠情緒，缺乏進取動力，從而影響整個團隊的戰鬥力和發展前景。

名句·出處	見出以知入，觀往以知來。（《列子·說符》）
解析·應用	看見外在的表現就知道內在的修養，觀察以往就可以預知將來。
	常用來說明由表及裡、由古知今的道理。
寫作例句	1. 在古代，智者們透過觀察事物的顯現來推測其本質，正所謂「見出以知入，觀往以知來」，以此洞悉世事變化，做出明智的決策。 2. 在現代商業中，成功的企業家常常藉助對市場趨勢的分析來預測未來的發展方向，正如「見出以知入，觀往以知來」，從而在競爭中占得先機。

名句·出處	口者，心之門戶也。（《鬼谷子·捭闔》）
解析·應用	口是思想的門戶。
	常用來說明一個人的思想要想表達出來，要想和人溝通，就得透過嘴來說。
寫作例句	1.「口者，心之門戶也」，言談舉止間，字字句句皆如心門輕啟，真情流露，須謹慎以待。 2. 社交場合中，「口者，心之門戶也」，善言者能以妙語為鑰，打開人心之門，搭心橋以通情誼。

名句·出處	因事之是而是之，因事之非而非之。（《關尹子·三極》）
	前一「是」字為「正確」的意思，後一「是」字為「肯定」的意思；下一句前一「非」字為「錯誤」的意思，後一「非」字為「否定」的意思。
解析·應用	事情對的就肯定它，事情不對的就否定它。
	也就是說不以自己的主觀好惡來評價事情的對錯。
寫作例句	1. 古代賢者在處理政務時，講究公正，凡事「因事之是而是之，因事之非而非之」，這樣才能確保國家的治理公平且有序。 2. 在日常生活中，我們應當堅持原則，對待任何事情都要「因事之是而是之，因事之非而非之」，唯有如此，才能建立和諧的人際關係和公正的社會環境。

名句·出處	其曲彌高，其和彌寡。（〈對楚王問〉戰國·宋玉）
解析·應用	曲子越高雅，跟著唱的人就越少。
	成語「曲高和寡」由此而來，比喻言論或作品的格調越高雅，就越難以被人們理解和接受。
寫作例句	1. 在那場音樂會上，著名小提琴家的演奏如泣如訴，旋律優美至極，讓人如痴如醉。然而，曲終人散後，他卻不免有些落寞，因為「其曲彌高，其和彌寡」，那超凡脫俗的音樂，雖然震撼人心，卻難以被大多數人所理解，共鳴者寥寥。 2. 在追求藝術的道路上，他始終堅守自己的風格，不斷創新，作品日益精湛，卻也面臨著「其曲彌高，其和彌寡」的困境。他的畫作，每一筆都蘊含著深邃的情感與獨特的見解，然而，這樣的藝術高度，往往讓普通觀眾難以企及，欣賞者寥寥。儘管如此，他依然堅定地走在這條孤獨而光輝的道路上，因為他相信，真正的藝術，是超越時代的，是為那些能夠與之共鳴的心靈而存在的。

名句·出處	前事不忘，後事之師。（《戰國策·趙策》）
	師：借鑑。
解析·應用	以前的事情不要忘記，可以作為以後的借鑑。
	常用來提醒人們記住過去的教訓，以作後來的借鑑。

寫作例句	1. 歷史學家強調學習歷史的重要性，因為「前事不忘，後事之師」，只有牢記過去的經驗教訓，才能避免重蹈覆轍，推動社會進步。 2. 在人生的旅途中，我們要善於總結過去的得失，因為「前事不忘，後事之師」，這樣才能在未來的挑戰中更加從容自信地應對各種局面。

名句．出處	宵行者能無為奸，而不能令狗無吠己。 （《戰國策．韓策》）
解析．應用	在夜裡行走的人能不做壞事，卻不能讓狗不對自己吠叫。
	常用來比喻說明一個人即使品行端正，也不能保證背後沒人說你的壞話。
寫作例句	即使我們盡力做好每一件事，仍可能會遭受非議，正如「宵行者能無為奸，而不能令狗無吠己」，因此我們要學會坦然面對外界的誤解和批評。

名句．出處	匿病者，不得良醫。（《春秋繁露．執贄》漢．董仲舒）
	匿：隱瞞。
解析．應用	怕別人知道自己疾病的人，不會有高明的醫生為他治療。
	常用來比喻掩飾自己過失的人，得不到別人的幫助。

寫作例句	1. 古訓有云「匿病者，不得良醫」，這意味著如果患者隱瞞自己的病情，就無法得到醫生的正確診治，因此如實告知病情是治癒的前提。 2. 在團隊合作中，我們要明白「匿病者，不得良醫」的道理，只有坦誠面對問題，才能找到合適的解決方案，從而推動專案的順利進行。

名句．出處	大行不顧細謹，大禮不辭小讓。（《史記．項羽本記》漢．司馬遷）
	大行：大的作為。讓：指責。
解析．應用	做大事的人不拘泥於小節，有大禮節的人不責備小的過錯。
	常用來說明抓住事物的主要方面，次要方面可以次之考慮。
寫作例句	在企業管理中，領導者應明白「大行不顧細謹，大禮不辭小讓」的道理，只有在重大決策時不被瑣碎問題牽絆，才能帶領團隊實現更遠大的目標。

名句．出處	矩不正，不可以為方；規不正，不可以為圓。（《淮南子．詮言訓》漢．劉安）
解析．應用	畫方形的工具不準確，就不能畫出標準的方形；畫圓形的工具不精確，便無法畫出標準的圓形。
	常用來比喻作為法則的東西一定要公正準確，人們遵從起來才會順理成章。這和「沒有規矩不成方圓」意思稍有不同，這裡是「有規矩」但不標準。

寫作例句	1. 工匠製器，若「矩不正，不可以為方；規不正，不可以為圓」，唯有精準度量，方能成就規矩方圓之美器。 2. 為人處世，亦如「矩不正，不可以為方；規不正，不可以為圓」，唯有秉持正直之心，行事方能合乎道義，贏得他人敬重。

名句·出處	千人同心，則得千人之力；萬人異心，則無一人之用。（《淮南子·兵略訓》漢·劉安）
解析·應用	一千個人同心同德，所有的力量就都能發揮；一萬個人各懷異心，連一個人的力量都不如。
	指力量的大小不在於人數多少，而在於人心的聚散。
寫作例句	「千人同心，則得千人之力；萬人異心，則無一人之用。」由此可見，要想辦成一件事情，最重要的不在乎人數的多少，而在於是否團結一致，齊心協力。

名句·出處	騏驥雖疾，不遇伯樂，不致千里。（《說苑·建本》漢·劉向）
解析·應用	駿馬雖然跑得很快，但如果沒有遇見伯樂，也就無法一日而行千里。
	常用來比喻人才要靠及時發現才能發揮作用。

寫作例句	1.「騏驥雖疾，不遇伯樂，不致千里。」那些擁有卓越才能的駿馬，縱然有著日行千里的潛力，但若沒有伯樂這樣善於識馬之人的發現與舉薦，也只能被困於狹小的空間，難以馳騁於廣袤大地，實現奔赴千里的壯志。 2.「騏驥雖疾，不遇伯樂，不致千里。」許多才華橫溢之人自身具備非凡的能力和潛力，就像千里馬一樣，但如果缺少賞識他們、給予機會的「伯樂」，往往只能在平凡的職位上碌碌無為，難以在自己擅長的領域裡施展才華，達成遠大的目標。

名句．出處	寸而度之，至丈必差；銖而稱之，至石必過。（《說苑．談叢》漢．劉向）
	銖、石：均為古代計量單位。二十四銖等於舊制一兩（亦有其他說法，標準不一）；十斗為一石。
解析．應用	一寸一寸地量，量到丈一定會有誤差；一銖一銖地稱，稱到石一定會有誤差。
	比喻處理事物要著眼於大的方面，不可在細枝末節上糾纏計較。

寫作例句	1. 在測量與稱重之時，須知「寸而度之，至丈必差；銖而稱之，至石必過」。即使是從最小單位開始累積，當達到較大數量級時，也難免會出現偏差或誤差，這是精度與範圍的天然矛盾，提醒我們在精確測量時須謹慎對待每一個細節。 2. 在人生與事業的旅途中，「寸而度之，至丈必差；銖而稱之，至石必過」，每一小步的累積都可能因時間的推移而產生意想不到的變化。微小的選擇與努力，在長遠看來，可能會帶來顯著的差異或偏差，因此，我們應時刻保持警醒，注重每一個當下的決策與行動，以期在人生的天平上保持平衡與精準。

名句．出處	得其所利，必慮其所害;樂其所成，必顧其所敗。(《說苑·敬慎》漢·劉向)
解析．應用	得到它的利益，一定要考慮它的害處；喜歡它的成功，一定要顧及它的失敗。
	這句話提醒我們，對任何事情都要保持一種平穩的心態，保持一份謹慎；任何事物都有兩面性，要學會辯證地看。這樣才不會得意忘形，樂極生悲。
寫作例句	1. 古代智者常教導人們在決策時要深思熟慮，正所謂「得其所利，必慮其所害；樂其所成，必顧其所敗」，只有全面權衡利弊，才能確保長久的成功與安穩。 2. 在投資領域，成功的投資者始終謹記「得其所利，必慮其所害；樂其所成，必顧其所敗」，因此他們不僅關注收益，還時刻警惕潛在風險，以確保資產的穩健成長。

名句·出處	眾口鑠金，積毀銷骨。（〈獄中上梁王書〉漢·鄒陽）
解析·應用	眾口所責，雖堅如鐵石之物，亦告熔化；毀謗不止，令人難以生存，而遭毀滅。
	常用來比喻輿論作用極大，眾口一詞，積非成是；流言可畏，能顛倒是非，置人於死地。
寫作例句	1. 在謠言四起之時，即使是清白之人，也難逃「眾口鑠金，積毀銷骨」之厄，名聲一旦受損，便如大廈傾頹，難以挽回。 2. 面對職場競爭，無端誹謗與惡意中傷往往能「眾口鑠金，積毀銷骨」，唯有保持堅韌不拔之心，方能抵禦流言蜚語，守護自己的職業尊嚴。

名句·出處	持滿之道，抑而損之。（《韓詩外傳》漢·韓嬰）
	持滿：處在盛滿的狀態。抑而損之：抑，壓抑，克制。損，貶損，減損自己，謙卑。
解析·應用	保持滿足興盛局面的方法，就是自己有所抑制。
	常用來表達過猶不及之意，包含著事物發展的辯證法。
寫作例句	人生道路上須懂得「持滿之道，抑而損之」的智慧，面對成功與榮耀，不可過於自滿，而應適時收斂鋒芒，謙遜待人，方能持續進步，避免盛極而衰。

名句·出處	大尾小頭，重不可搖。（《易林·咸》漢·焦延壽）

解析·應用	尾巴大頭小，搖擺就會困難。 常用來比喻上級如果支配不動下級，一切號令就無法施行。
寫作例句	在決策過程中，若政策規畫「大尾小頭，重不可搖」，就可能因結構失衡而導致執行困難，最終影響整體發展。

名句·出處	三寸之舌芒於劍。（《天祿閣外史》漢·黃憲）
解析·應用	人的舌頭比劍還鋒利。 比喻語言可傷人也可自辯。
寫作例句	1. 在辯論場上，他憑藉「三寸之舌芒於劍」，以言辭之鋒利，直擊對方要害，令對手無言以對，展現了語言的力量遠超於鋒銳之劍。 2. 在公關危機中，企業發言人運用「三寸之舌芒於劍」，巧妙化解輿論風波，以智慧和誠意贏得了大眾的信任與支持，證明了在資訊時代，良好的溝通比任何武器都更能化解矛盾，維護形象。

名句·出處	有粟不食，無益於飢；睹賢不用，無益於削。（《鹽鐵論·相刺》漢·桓寬）
解析·應用	有飯不吃，對飢餓就沒有益處；發現賢才不用，對國勢的衰弱就沒有益處。 常用來強調賢才在於用，不用就不能使他發揮作用。

寫作例句	一個企業如果擁有先進的技術卻不加以應用，或者發現了優秀的人才卻不加以重用，就如同「有粟不食，無益於飢；睹賢不用，無益於削」，最終只會導致企業停滯不前、錯失良機。

名句・出處	舉網以綱，千目皆張；振裘持領，萬毛自整。（《新論・離事》漢・桓譚）
	綱：魚網的綱繩。目：網眼。振：抖動。裘：皮襖。
解析・應用	提起魚網的綱繩，成千上萬的網眼就都張開了；握著衣領抖動皮襖，所有的毛自然就整整齊齊了。
	比喻凡事要抓住主要問題，其他次要問題也會跟著得以解決。
寫作例句	專案管理中須遵循「舉網以綱，千目皆張；振裘持領，萬毛自整」的原則，明確核心目標，理清關鍵路徑，如此方能統籌全局，協調各方資源，確保專案順利推進，最終達成預期成果。

名句・出處	得十良馬，不如得一伯樂；得十利劍，不如得一歐冶。（《桓子新論》漢・桓譚）
	歐冶：人名，傳說中的善鑄劍者。
解析・應用	得到十匹好馬，不如得到一位能辨識好馬的人；得到十把利劍，不如得到一位善鑄利劍的人。
	比喻善於辨識和培養人才比人才本身更重要。

寫作例句	現代企業中，與其累積大量的資源和工具，不如培養和引進能夠合理利用這些資源的人才，「得十良馬，不如得一伯樂；得十利劍，不如得一歐冶」，因為真正的關鍵在於如何把潛力轉化為實際的生產力。

名句·出處	畫虎不成反類狗。（《後漢書·馬援傳》）
解析·應用	想畫老虎結果畫出來的卻像狗。
	比喻沒有恆心和毅力，卻想做自己力所不及的事，必然事與願違，做出來的結果不倫不類。也作「畫虎不成反類犬」。
寫作例句	1. 在學習新事物的過程中，若一味追求高難度而缺乏基礎，往往容易「畫虎不成反類狗」，不僅未能掌握精髓，反而失去了原有的本色，變得不倫不類。 2. 在職場上，有些人盲目模仿上司或成功人士的行事風格，卻忽略了自身的特點和能力，結果「畫虎不成反類狗」，不僅未能獲得預期的成效，反而讓自己顯得格格不入，失去了原有的個性和價值。

名句·出處	挾天子以令諸侯。（《後漢書·袁紹傳》）
解析·應用	挾制著皇帝，用皇帝的名義向諸侯發號施令。
	現比喻用領導人物的名義按自己的意思去指揮別人。

寫作例句	1. 在古代的政治爭鬥中，強者往往透過「挾天子以令諸侯」的策略，掌握皇權以號令天下，使得各路諸侯不得不俯首稱臣，從而穩固自己的統治地位。 2. 在商戰的洪流中，有些企業憑藉與權威機構或行業領袖的緊密合作，猶如「挾天子以令諸侯」，利用這一優勢資源，引領行業標準，使競爭對手望塵莫及，從而在市場中占據主導地位。

名句·出處	燕君市駿馬之骨，非欲以騁道里，乃當以招絕足也。 （〈與曹公論盛孝章書〉漢·孔融）
解析·應用	燕國國君購買駿馬的骨頭，不是要牠在道路上奔馳，而是透過牠來招致千里馬。
	常用來比喻求賢貴在有求賢之誠。
寫作例句	1. 古有燕君，不惜重金購得駿馬之骨，「燕君市駿馬之骨，非欲以騁道里，乃當以招絕足也」，其意不在駕馭馬車遠行，而在以此彰顯求賢若渴之心，吸引天下英才歸附。 2. 在當今企業競爭中，一些公司高薪聘請行業領袖作為顧問，「燕君市駿馬之骨，非欲以騁道里，乃當以招絕足也」，其目的並非僅僅利用他們的現有能力，更重要的是藉此吸引更多頂尖人才，建構強大的人才團隊，為企業的長遠發展奠定堅實基礎。

名句·出處	仰高者不可忽其下，瞻前者不可忽其後。（《便宜十六冊·思慮》三國·蜀·諸葛亮）
	仰：臉朝上，抬頭。瞻：往前看。

解析·應用	仰望高處時，不可忽略下邊；看前面時，不可忽略後邊。
	常用來描寫人們在追求目標或處理事務時，應全面考量、周密細膩的態度。
寫作例句	諸葛亮說：「仰高者不可忽其下，瞻前者不可忽其後。」做事情最忌片面性，那種顧頭不顧尾、顧前不顧後的做法，沒有不跌跟頭的。

名句·出處	路不險則無以知馬之良，任不重則無以知人之德。（《中論》三國·魏·徐幹）
解析·應用	道路不險惡就無法知道馬的好壞，任務不繁重就不知道人的德性如何。
	常用來說明條件越是惡劣，越能看出一個人的品德和才幹。
寫作例句	1.「路不險則無以知馬之良，任不重則無以知人之德。」唯有途徑崎嶇之路，方能檢驗出馬匹的真正特質；同樣，唯有承擔艱鉅的任務，才能彰顯出人的德行與能力。 2. 在激烈的市場競爭中，公司需要面對各種挑戰，這正如「路不險則無以知馬之良，任不重則無以知人之德」，只有在這樣的環境下，才能辨識出真正有才能和品德的員工。

名句·出處	彈鳥則千金不及丸泥之用。（《抱朴子·備闕》晉·葛洪）
解析·應用	彈弓打鳥，千兩黃金不如泥丸適用。
	比喻物各有長處，貴在用得其所。

寫作例句	在解決問題或達成目標的過程中，「彈鳥則千金不及丸泥之用」提醒我們，無論投入多少資源，若不能精準定位問題核心，高效執行，那麼這些資源的價值將大打折扣，遠不如那些能夠直擊要害、迅速見效的策略與方法。因此，智慧與策略的選擇，往往比單純的資源堆砌更為重要。

名句·出處	白石似玉，奸佞似賢。（《抱朴子·內篇》晉·葛洪）
解析·應用	白色的石頭很像玉，邪惡之徒外表很像賢人。
	常用來比喻要了解一個人並不容易。
寫作例句	1. 世間萬物，外觀常易惑人，「白石似玉，奸佞似賢」，外表潔白無瑕的石頭，或許只是普通的白石，而非珍貴的玉石；同樣，表面和善、言辭動聽之人，可能內心狡詐，並非真正的賢良之士。 2. 在人才選拔與甄別上，「白石似玉，奸佞似賢」，領導者須具備慧眼識珠的能力，不能僅憑表面印象或言辭判斷，而應深入考察其品德與能力，以免被偽裝成賢才的奸佞之人所矇蔽，確保團隊中真正匯聚了德才兼備的菁英。

名句·出處	過載者沉其舟，欲勝者殺其生。（《抱朴子·安貧》晉·葛洪）
解析·應用	船裝載過重就會沉沒，人欲望太強就會損害生命。
	常用來勸誡人要節制自己的欲望。

寫作例句	1.「過載者沉其舟，欲勝者殺其生」，這句話提醒我們在航行時若不注意負載過重，船隻就可能沉沒；而在求勝心切的情況下，反而可能導致失敗。 2.「過載者沉其舟，欲勝者殺其生。」在職場上，若一個人承擔過多的任務而不懂得取捨，最終可能因負擔過重而無法完成任何一項；而過於追求成功，反而可能因急功近利而失去理智，導致事業受挫。

名句·出處	役其所長，則事無廢功；避其所短，則世無棄材。（《抱朴子·務正》晉·葛洪）
	役：役使，使用。
解析·應用	使用人的長處，做事就沒有不成功的；避開人的短處，世上就沒有可廢棄的人才。
	常描述合理利用人才，發揮其長處，避免其短處，以達到最佳效果。
寫作例句	用人要揚長避短。古訓說：「役其所長，則事無廢功；避其所短，則世無棄材。」試想，如果給李逵一把小鋤，讓他去葬花；給黛玉兩把板斧，讓她去殺敵，會是一種什麼狀況？

名句·出處	司馬昭之心，路人皆知。（《三國志·魏書》晉·陳壽）
解析·應用	司馬昭的用心（指篡權的野心），路上的人（指所有人）都知道。
	後世這句話被用於泛指人人皆知的不良用心。

寫作例句	1. 歷史的車輪滾滾向前，那些權謀家的野心如同「司馬昭之心，路人皆知」，無須多言，他們的每一個舉動都昭示著對權力的渴望，無法再隱藏於世俗的塵埃之下。 2. 在職場的競技場上，有些人的小想法如同「司馬昭之心，路人皆知」，他們的算計與心機雖隱藏得深沉，但在聰明人眼中，早已如同白紙黑字，清楚明瞭，無法再自欺欺人。

名句·出處	操千曲而後曉聲，觀千劍而後識器。（《文心雕龍·知音》南朝·梁·劉勰）
解析·應用	練習一千支樂曲之後就能懂得音樂，觀察過一千柄劍之後就可知道如何辨識劍器。
	常用來說明知識在於經驗累積，做一個文學批評家也是這樣，必須多讀文學作品才能鑑賞。
寫作例句	在人才的辨識和能力的培養方面，「操千曲而後曉聲，觀千劍而後識器」。一個人若想具備辨識人才的慧眼，就需要經歷眾多的人事來往，考察過形形色色的人，才能準確判斷一個人的品德、才能和潛力；同樣，要想提升自身的能力，也需要不斷地實踐、學習，接觸各式各樣的事物，累積豐富的經驗，才能成為有見識、有能力的人。

名句·出處	會心處不必在遠。（《世說新語·言語》南朝·宋·劉義慶）
	會心：對事物的領悟、感悟。

解析・應用	心靈（對事物的）感悟不一定到遠方去尋求。
	成語「會心不遠」出自於此，意思表示兩個人對同一事物的感悟沒什麼不同。
寫作例句	1. 在遊覽山水之間，他深深體會到「會心處不必在遠」，不必遠行千里，只須靜心感悟，身邊的一草一木，一石一水，皆能觸動心靈，讓人心曠神怡，領略到自然之美。 2. 在人生的旅途中，他逐漸明白「會心處不必在遠」的真諦，真正的幸福與滿足，並非遙不可及，而是藏在生活的細微之處，家人的微笑、朋友的關懷、工作的成就，這些看似平凡卻又溫馨的瞬間，才是生命中最珍貴的風景，值得我們用心去感受與珍惜。

名句・出處	弟子不必不如師，師不必賢於弟子。（〈師說〉唐・韓愈）
	弟子：學生。賢：高明。
解析・應用	學生不一定不如老師，老師不一定比學生高明。
	常用來描寫教學相長、師生關係的靈活性，即學生不一定比老師差，老師也不一定在所有方面都超過學生。 這句話強調了在學習過程中，師生雙方都可以從對方身上學到東西，相互促進，共同進步。它打破了傳統的尊師重道觀念中老師絕對權威的形象，倡導了一種更加平等、開放的師生關係。
寫作例句	身處網路時代的教育工作者，會更加深刻地感受到「青出於藍而勝於藍」，「弟子不必不如師，師不必賢於弟子」之類的古訓，這讓因聞道在先、有一定專長而為人師的教育工作者感到危機四伏。

<table>
<tr><td>名句・出處</td><td>取其一，不責其二；即其新，不究其舊。（〈原毀〉唐・韓愈）</td></tr>
<tr><td rowspan="2">解析・應用</td><td>肯定他的一個方面，就不苛求他的另一方面；肯定他目前的表現，就不追究他的過去。</td></tr>
<tr><td>常用來說明用人不能求全責備，還要既往不咎。</td></tr>
<tr><td>寫作例句</td><td>1. 在處理人際關係時，我們應「取其一，不責其二；即其新，不究其舊」，這樣才能與人和睦相處，建立長久的友誼。
2. 在企業管理中，領導者應踐行「取其一，不責其二；即其新，不究其舊」的智慧，對於員工新提出的創意方案，應當先看到其發光點並予以採納，不必過分追究其過往是否有過失誤，如此方能激發團隊的創造力，推動企業持續創新與發展。</td></tr>
</table>

<table>
<tr><td rowspan="2">名句・出處</td><td>敵存滅禍，敵去召過。（〈敵戒〉唐・柳宗元）</td></tr>
<tr><td>召：通「招」。</td></tr>
<tr><td rowspan="2">解析・應用</td><td>敵人存在，威脅便存在，可使人提高警惕免除災禍；敵人離去便會放鬆警惕，便會招來禍害。</td></tr>
<tr><td>常用來比喻勝利後不能放鬆警惕。</td></tr>
<tr><td>寫作例句</td><td>1. 在國家安全策略中，我們必須明白「敵存滅禍，敵去召過」的道理，保持警惕，以防外敵入侵帶來災禍，而敵人一旦消失，反而可能引發內部問題。
2. 在商業競爭中，「敵存滅禍，敵去召過」提醒我們，競爭對手的存在可以激勵我們不斷進步，而一旦失去競爭，可能會導致懈怠和錯誤的增加。</td></tr>
</table>

名句．出處	處若忘，行若遺，儼乎其若思，茫乎其若迷。（〈與李翊書〉唐．韓愈）
解析．應用	坐著時彷彿忘記了什麼，行走時彷彿丟失了什麼，有時樣子莊重若有所思，有時模糊不清迷迷惑惑。
	這是韓愈描摹的文章創作前進行構思的精神狀態，值得後世學習。
寫作例句	他痴迷於書法藝術，「處若忘，行若遺，儼乎其若思，茫乎其若迷」，在筆墨的世界裡沉醉不知歸路。

名句．出處	敬一賢則眾賢悅，誅一惡則眾惡懼。 （《群書治要．體論》）
解析．應用	敬重一個賢人所有的賢人都會喜悅，懲處一個惡人所有的惡人都會畏懼。
	常用來對比說明敬賢和懲惡的示範效應。
寫作例句	1. 在治理國家時，領導者應深諳「敬一賢則眾賢悅，誅一惡則眾惡懼」的原則，以此來激勵賢才踴躍為國效力，同時威懾不法之徒。 2. 在企業管理中，管理者若能做到「敬一賢則眾賢悅，誅一惡則眾惡懼」，便能營造出積極向上的工作氛圍，鼓勵員工爭先創造佳績，杜絕不良風氣。

名句．出處	但立直標，終無曲影。（《舊唐書．崔彥昭傳》）
解析．應用	只要立的是直杆，就不會有彎曲的影子。
	比喻上面是正直的，下面的才會無私。

寫作例句	1. 在為人處世的原則上，我們堅持「但立直標，終無曲影」，只要樹立起正直的標竿，無論面對何種誘惑或挑戰，我們的行為都將如同直線般明確無曲，不會留下任何歪曲的影子，讓人心悅誠服。 2. 在教育孩子的道路上，父母若能「但立直標，終無曲影」，以身作則，展現出正直、誠信、勤奮的特質，孩子自然會在潛移默化中受到薰陶，成長為一個品德高尚、行為端正的人，無論走到哪裡，都能贏得他人的尊重與信任，而不會因行為不端而留下負面的印象。

名句．出處	情人眼裡出西施。（《苕溪漁隱叢話後集．山谷上》宋．胡仔）
	西施：古代著名美人。
解析．應用	在相愛的人眼裡，對方就是天下最美的人。
	常用來說明對於相戀的人來說，感情比相貌更重要。
寫作例句	1. 他的女友在旁人看來只是相貌平平，但在他眼中卻美若天仙，這便是「情人眼裡出西施」，愛情的濾鏡讓他看到的她處處都是美好，滿心都是喜愛。 2. 對於這個小眾的藝術流派，很多人難以理解它的獨特之處，但那些真正熱愛它的人卻視之為珍寶，覺得其中充滿了無盡的魅力，這就是「情人眼裡出西施」，熱愛與喜好會讓人們對自己鍾情的事物給予極高的評價。

名句．出處	行坦途者肆而忽，故疾走則蹶；行險途者畏而慎，故徐步則不跌。（《省心錄》宋．林逋）
	蹶：跌倒。
解析．應用	走平坦道路的人，容易放縱而疏忽，所以因走得快容易跌倒；而走艱險道路的人，則因為畏懼而謹慎，所以走得慢反不容易跌倒。
	常用來告誡人們在處於順境時要謹慎小心，否則會遇到挫折。
寫作例句	1. 在旅行中，我們常見「行坦途者肆而忽，故疾走則蹶；行險途者畏而慎，故徐步則不跌」的現象，提醒我們在順利時也須謹慎，以免因疏忽而遭遇意外。 2. 在人生的旅程中，面對順境時須警惕「行坦途者肆而忽，故疾走則蹶；行險途者畏而慎，故徐步則不跌」的教訓，保持清醒頭腦，而在逆境中則應穩步前行，耐心應對挑戰。

名句．出處	以責人之心責己，則寡過；以恕己之心恕人，則全交。（《省心雜言》宋．李邦獻）
解析．應用	用要求別人的心來要求自己，就會少犯過錯；用寬恕自己的心來寬恕別人，就能維護友情。
	指對自己要嚴，對別人要寬。
寫作例句	人際關係說難處其實也不難，就看如何處理。「以責人之心責己，則寡過；以恕己之心恕人，則全交。」這也就是說，遇事要設身處地，多為別人著想。

名句·出處	謂言侵早起，更有夜行人。（《景德傳燈錄·卷二十二》宋·釋道原）
解析·應用	不要輕言自己是起得最早的，還有在夜裡行走的人呢。
	常用來表達不要認為自己很勤奮了，一定還有比你更勤奮的。俗語「莫道君行早，更有早行人」，也是這樣的意思。
寫作例句	1. 在這寂靜的小鎮上，大家都以為自己是最早開始一天工作的人，可當看到市集上已經有不少攤位在忙碌地準備開張時，才明白「謂言侵早起，更有夜行人」。那些攤販老闆們或許天還未亮就開始忙碌，比自己起得更早，這世間總有更勤奮努力的人在默默前行。 2. 在學術研究的領域裡，很多學者覺得自己已經足夠勤奮，成果頗豐。然而，當參加國際學術研討會，看到那些尖端的研究成果時，才驚覺「謂言侵早起，更有夜行人」。原來在自己埋頭鑽研的同時，還有許多人在更深入、更廣泛地探索，他們的成果更加卓越，自己仍須不斷努力奮進。

名句·出處	古人為詩，貴於意在言外，使人思而得之。（《續詩話》宋·司馬光）
解析·應用	古人作詩，貴在意思在言語之外，讓讀者經過思考自己體會出來。
	常用來說明作詩要講求含蓄。

寫作例句	1. 在創作詩歌時，他深諳「古人為詩，貴於意在言外，使人思而得之」之道，每一句都含蓄雋永，讓讀者在字裡行間細細品味，方能領悟其中深意，真可謂意境深遠，餘韻悠長。 2. 在演講中，他巧妙運用「古人為詩，貴於意在言外，使人思而得之」的手法，不直接陳述觀點，而是透過旁敲側擊，引發聽眾深思，讓智慧的火花在每個人心中悄然綻放，最終大家各自悟出了深刻的道理。

名句．出處	近寺人家不重僧，遠來和尚好看經。（《相國寺公孫合汗衫》元．張國賓）
解析．應用	靠近寺院的人家對僧人不怎麼看重，從遠道來的和尚則往往會被重視。
	比喻外地來的人比本地人更受重視。俗語作「遠來的和尚會念經」或「外來的和尚會念經」。
寫作例句	1. 在古鎮上，居民們常見僧侶來往，久而久之便覺得平常，正所謂「近寺人家不重僧，遠來和尚好看經」，而遊客們則對這些僧人充滿敬仰，紛紛駐足聆聽佛法。 2. 在公司引入外部顧問後，員工們對其解決問題的能力寄予厚望，因為「近寺人家不重僧，遠來和尚好看經」，他們相信外來者能帶來創新思考和新穎的解決方案，推動企業發展。

名句·出處	防微杜漸，禁於未然。（《元史·張楨傳》）
解析·應用	（壞事情、壞思想）從細微時就提防，杜絕蔓延，在它還沒有形成危害時予以消弭。
	指在壞思想、壞事或錯誤剛冒頭時，就加以防止、杜絕，不讓其發展下去。
寫作例句	1. 在治理國家時，領導者應牢記「防微杜漸，禁於未然」的道理，要在問題初露端倪時及時採取措施，以免小患釀成大禍，影響社會穩定。 2. 在企業管理中，管理者需要運用「防微杜漸，禁於未然」的策略，密切關注員工的工作狀態和團隊氛圍，及時解決潛在問題，以確保公司健康發展。

名句·出處	非盡百家之美，不能成一人之奇。（〈與阮芸臺宮保論文書〉元·劉開）
解析·應用	不把各家的風格融會貫通，就不能形成自己的特色。
	指博採眾長才能創新，才能形成獨特風格。
寫作例句	古話說：「非盡百家之美，不能成一人之奇。」廣播電視事業要適應開放後的大好形勢，只有「匯天下之精華」，才能「揚獨家之優勢」。

名句·出處	作樂府亦有法，曰鳳頭、豬肚、豹尾六字是也。（《南村輟耕錄·卷八》明·陶宗儀）

解析·應用	寫作樂府詩也要講究方法，開頭要像鳳凰頭那樣美麗，中間要像豬肚子那樣豐滿充實，結束要像豹子的尾巴那樣有力。
	現多用於形容文章的開頭、中間和結尾。
寫作例句	1. 寫一篇優秀的議論文也應遵循「作樂府亦有法，日鳳頭、豬肚、豹尾六字是也」。文章的開頭要像鳳頭一樣，簡潔而又引人入勝，提出鮮明的論點；中間部分如同豬肚，論據充分、論證嚴謹，內容飽滿詳實；結尾恰似豹尾，簡潔有力地總結全文，昇華主題，使讀者讀完後印象深刻，回味無窮。 2. 在策劃一場活動時，他巧妙運用「作樂府亦有法，日鳳頭、豬肚、豹尾六字是也」的原則，開場環節如鳳頭般精采紛呈，迅速吸引觀眾眼球；主體部分則如豬肚般豐富多彩，高潮迭起；收尾環節則如豹尾般簡潔有力，留下深刻印象，整個活動安排得恰到好處，贏得了廣泛讚譽。

名句·出處	人不可貌相，海水不可斗量。（《醒世恆言·第三卷》明·馮夢龍）
解析·應用	不能憑相貌來判斷一個人究竟如何，就像不能用斗來量海水有多少一樣。
	指不能以貌取人，就像海水不能用斗來量一樣。
寫作例句	在人際互動中，我們常會發現「人不可貌相，海水不可斗量」的道理，有些人外表平凡，甚至可能顯得有些不起眼，但他們的內心卻可能蘊藏著豐富的知識與高尚的品德，一旦深入了解，便會讓人刮目相看，如同深不可測的海水，無法僅憑表面的容器去衡量其廣闊與深邃。

名句·出處	人有逆天之時，天無絕人之路。（《醒世恆言·黃秀才徼靈玉馬墜》明·馮夢龍）
解析·應用	人有違背天意的時候，但天卻不會斷絕人的生路。
	常用來說明事在人為，即使身處困境之中，只要不懈努力，就會開出一條生路來。
寫作例句	1. 在人生的谷底期，我們常感到「人有逆天之時」，但也要堅信「天無絕人之路」，因為總會有轉機和新的希望在前方等待。 2. 在創業過程中，即使遇到再大的困難與挫折，也不要輕言放棄，正所謂「人有逆天之時，天無絕人之路」，堅持下去或許就能找到通向成功的突破口。

名句·出處	先下手為強，後下手遭殃。（《西遊記·第八十一回》明·吳承恩）
解析·應用	雙方交鋒首先動手的往往會取得優勢，後動手的往往會遭殃。
	這句話後來在使用中也不僅僅用於交鋒，有了「先行動起來再說」的意思。

寫作例句	1. 在戰場上，指揮官深知「先下手為強，後下手遭殃」的重要性，因此總是果斷出擊，以爭取戰鬥的主動權，避免被動挨打的局面。 2. 在商海浮沉中，「先下手為強，後下手遭殃」同樣適用，面對瞬息萬變的市場環境，企業若能敏銳洞察趨勢，迅速調整策略，率先推出符合消費者需求的新產品或服務，便能搶占市占率，樹立品牌形象，從而在競爭中脫穎而出；反之，若反應遲鈍，錯失市場先機，則很可能被競爭對手超越，甚至被擠出市場，面臨生存危機。因此，在商戰中，速度往往決定成敗，先動者往往能占據主動，後動者則須付出更多努力來彌補失去的先機。

名句·出處	要知山下路，須問過來人。（《金瓶梅·第九十回》明·蘭陵笑笑生）
解析·應用	要知道山下的路徑，應問問從山下來的人。
	常用來說明要想做成某件事，就得向有這方面經驗的人請教。
寫作例句	1. 這深山老林裡，道路錯綜複雜，極易迷失方向，「要知山下路，須問過來人」，前面那位樵夫常年在此山中砍柴，向他打聽，必能找到出山的正確道路。 2. 初入職場的新人，面對複雜的人際關係和工作流程往往不知所措，「要知山下路，須問過來人」，那些在職場摸爬滾打多年的前輩有著豐富的經驗，向他們虛心請教，就能少走許多冤枉路。

名句·出處	欲知後日因，當前作者是。（《聊齋志異·金生色》清·蒲松齡）
解析·應用	想知道以後有什麼樣的遭遇，就看看當前的所作所為。
	常用來說明今天的所作所為，常常為日後的遭遇創造了條件。
寫作例句	1. 歷史的長河中，每一場變革、每一項成就，皆是「欲知後日因，當前作者是」的生動詮釋。正如古人所言，今日之努力與決策，正是明日興衰榮辱的根源所在。 2. 在人生的舞臺上，每個人都是自己命運的編織者，「欲知後日因，當前作者是」。今日之選擇與行動，不僅鋪就了通往未來的道路，更決定了我們將以何種姿態迎接未來的曙光與風雨。

名句·出處	主雅客來勤。（《紅樓夢·第三十二回》清·曹雪芹）
解析·應用	主人雅致有禮，客人自然就來得勤了。
	可作為客人對主人的讚語或對自己頻繁叨擾的解嘲語。
寫作例句	1. 在這幽靜雅致的庭院中，「主雅客來勤」，主人高雅的品味與熱情好客的性格，吸引了眾多文人墨客紛至沓來，他們在此品茗論詩，揮毫潑墨，共同營造出一種濃厚的文化氛圍，讓這方小天地充滿了詩意與雅致。 2. 這個文化交流平臺氛圍輕鬆、格調高雅，「主雅客來勤」。無論是本土的文化愛好者，還是來自遠方的友人，都被這裡濃厚的文化氛圍和包容開放的態度所吸引，紛紛前來參與交流活動，使得這裡人氣旺盛，熱鬧非凡。

名句·出處	兩害相形，則取其輕；兩利相形，則取其重。（《湖廣水利論》清·魏源）
	相形：相互比較，對照。
解析·應用	比較兩者的危害，取其較輕的一種；比較兩者的利益，取其較重的一種。又作「兩害相權取其輕，兩利相權取其重」。
	指遇事要權衡利害，做出最佳選擇。
寫作例句	1. 主任站起身來，拍了拍他的肩膀，說道：「咳！這也是沒辦法的辦法。人常說，黃瓜沒有兩頭苦，甘蔗沒有兩頭甜。『兩害相形，則取其輕；兩利相形，則取其重。』眼下只能保一頭了。」 2.「兩害相權取其輕，兩利相權取其重。」吝嗇的「上帝」從來不讓人類「兩全其美」，人類在許多時候所面臨的最大難題都是「痛苦的利弊選擇」。

名句·出處	善詠物者，妙在即景生情。（《閒情偶寄·詞采第二》清·李漁）
解析·應用	善於描寫景物的，能讓讀者為景物所觸動而生發感情為好。
	常用來說明作者不能為寫景而寫景，要景中帶情，化情為景。

寫作例句	1. 在古代詩詞創作中，「善詠物者，妙在即景生情」。像林逋詠梅，他身處孤山梅林之中，看到梅花在寒冬中獨自綻放，暗香浮動，於是觸景生情，寫出「疏影橫斜水清淺，暗香浮動月黃昏」的千古名句。詩人將眼前梅花的姿態、神韻與自己孤高的心境相融合，藉梅花之景抒發內心之情，這便是詠物詩的妙處所在。 2. 在現代攝影藝術中，「善詠物者，妙在即景生情」。優秀的攝影師善於捕捉生活中的瞬間畫面，當他們看到破舊老巷中一位老人獨坐門口晒太陽的場景時，會由這一畫面聯想到歲月的滄桑、生命的寧靜與時光的流逝，從而透過鏡頭定格這一畫面，並賦予其深刻的情感內涵。他們不僅僅是在拍攝一個場景，更是在傳達一種由景而生的情感體驗。

名句·出處	備周則意怠，常見則不疑。（《三十六計·瞞天過海》）
解析·應用	以為防備周到的，便容易產生麻痺輕敵思想；平時見慣了的，往往就不再懷疑了。
	當防備周全時，更容易麻痺大意；習以為常的事，也常會失去警戒。人們在觀察處理世事時，由於對某些事情的習見不疑，往往會自覺不自覺地產生了疏漏和鬆懈。在賽局中，這種麻痺大意往往容易成為被對手利用的破綻，而招至失敗。

寫作例句	1. 在防禦工事中，士兵們因為「備周則意怠，常見則不疑」的心理，面對完善的防禦體系反而放鬆了警惕，習以為常的環境讓他們對潛在威脅失去了敏感。 2. 在職場中，員工面對一成不變的工作流程，常因「備周則意怠，常見則不疑」而產生惰性，未能及時發現和糾正其中隱藏的問題，因此創新和反思尤為重要。

古文名句，可讀可背的寫作素材：

自然風物 × 歷史文化 × 人生哲理 × 生活智慧 × 修身勵志，從讀懂到活用，助你輕鬆提筆成章！

編　　著：張祥斌，閆哲美
發 行 人：黃振庭
出 版 者：崧燁文化事業有限公司
發 行 者：崧燁文化事業有限公司
E-mail：sonbookservice@gmail.com
粉 絲 頁：https://www.facebook.com/sonbookss/
網　　址：https://sonbook.net/
地　　址：台北市中正區重慶南路一段 61 號 8 樓
8F., No.61, Sec. 1, Chongqing S. Rd., Zhongzheng Dist., Taipei City 100, Taiwan
電　　話：(02)2370-3310
傳　　真：(02)2388-1990
印　　刷：京峯數位服務有限公司
律師顧問：廣華律師事務所 張珮琦律師

定　　價：750 元
發行日期：2025 年 01 月第一版
◎本書以 POD 印製

國家圖書館出版品預行編目資料

古文名句，可讀可背的寫作素材：自然風物 × 歷史文化 × 人生哲理 × 生活智慧 × 修身勵志，從讀懂到活用，助你輕鬆提筆成章！/ 張祥斌，閆哲美 編著 . -- 第一版 . -- 臺北市：崧燁文化事業有限公司，2025.01
面；　公分
POD 版
ISBN 978-626-416-246-3(平裝)
830.99　　　113020632

電子書購買

爽讀 APP

臉書